PANINI BOOKS

AUSSERDEM VON PANINI ERHÄLTLICH:

The Art of *Star Wars*: *The Clone Wars*
Frank Parisi, Gary Scheppke
Hardcover mit Schutzumschlag, ISBN 978-3-8332-2035-7

***Star Wars*: THE CLONE WARS**
In geheimer Mission Band 1 – Das Breakout-Team
Ryder Windham – ISBN 978-3-8332-2245-0

***Star Wars*: THE CLONE WARS**
Du entscheidest Band 1 – Der Weg des Jedi
Sue Behrent – ISBN 978-3-8332-2247-4

***Star Wars*: DARTH VADER – Aufstieg und Fall**
Ryder Windham – ISBN 978-3-8332-1655-8

***Star Wars*: OBI-WAN KENOBI – Leben und Legende**
Ryder Windham – ISBN 978-3-8332-1877-4

***Star Wars*: REBEL FORCE Band 1 – Im Fadenkreuz**
Alex Wheeler – ISBN 978-3-8332-1878-1

***Star Wars*: REBEL FORCE Band 2 – Die Geisel**
Alex Wheeler – ISBN 978-3-8332-1938-2

***Star Wars*: REBEL FORCE Band 3 – Der Attentäter**
Alex Wheeler – ISBN 978-3-8332-1939-9

***Star Wars*: REBEL FORCE Band 4 – Unter Beschuss**
Alex Wheeler – ISBN 978-3-8332-2031-9

***Star Wars*: REBEL FORCE Band 5 – In der Falle**
Alex Wheeler – ISBN 978-3-8332-2032-6

***Star Wars*: REBEL FORCE Band 6 – Der Aufstand**
Alex Wheeler – ISBN 978-3-8332-2033-3

Nähere Infos und weitere Bände unter:
www.paninicomics.de

STAR WARS™

JEDI-PADAWAN

SCHREI NACH VERGELTUNG
DIE EINZIGE ZEUGIN
DIE INNERE BEDROHUNG

Jude Watson

Drei Romane in einem Band

PANINI BOOKS

Die Deutsche Bibliothek – CIP-Einheitsaufnahme
Ein Titeldatensatz für diese Publikation ist bei der Deutschen Bibliothek erhältlich.

Dieses Buch wurde auf chlorfreiem, umweltfreundlich hergestelltem Papier gedruckt. In neuer Rechtschreibung.

Titel der amerikanischen Originalausgaben:
„*Star Wars* Jedi Apprentice #16 – The Call to Vengeance",
„*Star Wars* Jedi Apprentice #17 – The Only Witness",
„*Star Wars* Jedi Apprentice #18 – The Threat Within".

Übersetzung: Dominik Kuhn
Redaktion: Mathias Ulinski, Holger Wiest
Chefredaktion: Jo Löffler
Umschlaggestaltung: tab indivisuell, Stuttgart
Satz: Greiner & Reichel, Köln
Druck: GGP Media GmbH, Pößneck
Printed in Germany

2. Auflage, April 2011
ISBN 978-3-8332-1714-2

www.paninicomics.de
www.starwars.com

STAR WARS™

JEDI-PADAWAN

SCHREI NACH VERGELTUNG

Band 16

Jude Watson

PANINI BOOKS

Kapitel 1

Die Leuchtröhren in dem großen Gebäude waren auf halbe Kraft heruntergefahren und auf ein sanftes Blau eingestellt. Die Korridore waren verlassen und dunkel. Vor einer Doppeltür aus schwarzem Glas stand eine einzelne Glassäule von der Größe eines Menschen, die sanft und stetig leuchtete.

Blau war auf dem Planeten New Apsolon die Farbe der Trauer. Zum Gedenken an jeden, der sein Leben durch Ungerechtigkeit verloren hatte, wurde eine Glassäule aufgestellt. Und dieser schlanke Kristallschaft erinnerte an die Jedi-Ritterin Tahl.

Manex, der Bruder des verstorbenen Gouverneurs von New Apsolon, Roan, hatte den Jedi sein Haus angeboten, damit sie ungestört trauern konnten. Manex hatte versucht, Tahls Leben zu retten, indem er die besten Mediziner von New Apsolon zu ihrer Behandlung gerufen hatte. Als sie schließlich doch gestorben war, hatte er alle weiteren Maßnahmen eingeleitet und sich selbst auf die Suche nach einer Lichtsäule gemacht, die ihren Geist verkörpern sollte.

Obi-Wan Kenobi fiel es schwer, sich dankbar zu zeigen. Er vertraute Manex nicht. Er traute weder seinem großen Reichtum noch seinem Charakter. Manex interessierte sich nicht für das Wohlbefinden anderer, sondern nur für sein eigenes. Weshalb war er so freundlich zu den Jedi?

Obi-Wan wünschte, er könnte mit seinem Meister darüber reden. Doch Qui-Gon Jinn war nicht erreichbar. Er war in Tahls Zimmer gegangen und seitdem nicht mehr herausgekommen.

Obi-Wan saß draußen auf dem Boden. Zunächst hatte er gestanden, doch irgendwann war er so erschöpft, dass er sich hinsetzen musste. Jetzt wollte er sich eigentlich hinlegen, andererseits wollte er aber so lange wie möglich wach bleiben. Das war das Einzige, was er seiner Meinung nach für seinen Meister tun konnte.

Der Schock klang zwar langsam ab, doch Obi-Wan fiel es immer noch schwer, Tahls Tod zu akzeptieren. Er musste nun einer Zukunft ohne ihren Charakter, ihren Humor und ihre bestechende Intelligenz entgegensehen. Wie oft hatte ihn ein freundliches Wort oder ein Lächeln von ihr wieder aufgerichtet. Tahl hatte seinen Meister Qui-Gon Jinn besser gekannt als irgendjemand sonst. Sie hatte auch Obi-Wan geholfen, den großen Jedi zu verstehen. Obi-Wan hatte sie sogar in Verdacht, ihn und Qui-Gon wieder zusammengebracht zu haben, nachdem er einmal den Jedi-Orden verlassen hatte. Das hatte eine tiefe Kluft zwischen Obi-Wan und Qui-Gon gerissen, die nur schwer wieder heilen wollte. Doch Obi-Wan hatte immer wieder Trost aus dem Gefühl geschöpft, dass Tahl bei Qui-Gon für seine Wiederaufnahme eingetreten war. Sie hatte mehr als jeder andere verstanden, weshalb er sich für seinen Austritt entschieden hatte. Sie hatte gewusst, dass Obi-Wan eine Lektion über seinen eigenen Charakter gelernt hatte und sie hatte gewollt, dass Qui-Gon ihm eine zweite Chance gab.

Er hatte als Jedi-Schüler eine Menge gelernt – wie man Angst in Entschlossenheit wandeln konnte, wie man Disziplin in Willenskraft umsetzen konnte. Aber wie konnte man Trauer in Akzeptanz verwandeln? Er konnte ihren Tod nicht akzeptieren. Und doch musste er irgendwie nach vorn schauen, bis er ihn vielleicht irgendwann einmal akzeptieren konnte.

Zunächst war er so voller Schmerz gewesen, dass er kaum hatte nachdenken können. Tahl war von Balog entführt worden, dem Obersten Sicherheitsoffizier des Planeten. Er hatte sie betäubt und in einen Behälter der so genannten sinnesblockierenden Internierung gesperrt, in dem früher politische Gefangene von New Apsolon gefoltert worden waren. Als Qui-Gon und Obi-Wan sie endlich befreit hatten, war sie sehr schwach gewesen. Doch Obi-Wan war sich sicher gewesen, dass Tahls enorme Kraft gemeinsam mit ihrer Jedi-Macht sie retten würde. Nicht eine Sekunde lang hatte er angenommen, dass sie sterben würde.

Und auch sein Meister hatte damit nicht gerechnet, dessen war er sich sicher. Als Obi-Wan in Tahls Zimmer im Med Center gelaufen war, hatte er Qui-Gon über ihren reglosen Körper gebeugt vorgefunden. Er hatte auf den Displays der Sensoren gerade, glatte Linien gesehen – Ausdruck für das Verschwinden ihrer Lebenszeichen. Und Qui-Gon hatte sich nicht bewegt. Er hatte ihre Hand gehalten und seine Stirn gegen die ihre gepresst. Obi-Wan hatte seinen Schmerz nicht nur gesehen, er hatte ihn gespürt wie einen lebenden Schatten im Zimmer. In diesem Augenblick war ihm klar geworden, dass Qui-Gon für Tahl mehr empfunden haben musste als nur freundschaftliche Verbundenheit. Seine Gefühle waren so tief und vielschichtig gewesen wie der Mann selbst. Qui-Gon hatte sie geliebt.

Jetzt gab es nichts, was Obi-Wan für seinen Meister tun konnte. Qui-Gon hatte weder auf seine Worte noch auf seine Gegenwart reagiert. Obi-Wan wünschte sich verzweifelt, älter als sechzehn zu sein. Vielleicht hätte er mit etwas mehr Reife gewusst, wie man jemanden tröstete, dessen Welt gerade zusammengestürzt war.

Es tat ihm weh, Qui-Gon so leiden zu sehen. Nur einmal hatte sein Meister Tahls Zimmer verlassen, um etwas Dringendes zu erledigen. Bei seiner Rückkehr hatte er Obi-Wan nur erklärt, dass er zwei weitere Sucher-Droiden gefunden hatte. Er hatte sie losgeschickt, um Balog zu finden. Dann hatte er sich wieder zu Tahls Zimmer umgewandt.

„Kann ich etwas für Euch tun, Meister?", hatte Obi-Wan gefragt.

„Nichts", hatte Qui-Gon zurückgegeben und die Tür hinter sich geschlossen.

Obi-Wan war an Schweigen zwischen ihnen beiden gewöhnt. Oftmals war es sogar eine Form der Kommunikation. Er hatte im Laufe der Zeit begriffen, dass sein Meister ein Mann weniger Worte war. Aber dieses Schweigen war anders. Er konnte es nicht einordnen. Die Worte, die Qui-Gon an Tahls Sterbebett gesagt hatte, gingen Obi-Wan wieder und wieder durch den Kopf: „Es gibt für mich jetzt keine Hilfe. Nur Vergeltung."

Vergeltung. Obi-Wan hatte dieses Wort noch nie aus Qui-Gons Mund gehört. Es war kein Ansinnen, das die Jedi jemals unterstützen würden. *Keine Rache, nur Gerechtigkeit.* Diese Regel war in das Herz eines jeden Jedi graviert. Rachsucht führte zur dunklen Seite. Sie führte den Verstand in die Irre und ließ die Pflicht zu etwas verkommen, das voller Egoismus und Dunkelheit war.

Kämpfte Qui-Gon gegen die dunkle Seite in seinem Innern? Balog hatte ihm das Liebste genommen, was er besaß. Und er hatte es auf die grausamste Art getan, die man sich denken konnte. Er hatte Minute um Minute Tahls Kraft entzogen.

Hatte Qui-Gon die Sucher-Droiden auf Balog angesetzt, damit er ihn umbringen konnte?

Obi-Wan verdrängte diesen Gedanken. Er musste seinem Meister vertrauen. Qui-Gon würde die Ruhe in sich selbst finden, die er für alle weiteren Entscheidungen brauchte. Sie mussten Balog finden – aber im Interesse der Gerechtigkeit, nicht auf der Suche nach Vergeltung.

Wenn ein Jedi während einer Mission verstarb, musste der Rat der Jedi sofort kontaktiert werden. Obi-Wan hatte sich in der ersten Phase des Schocks nach Tahls Tod dazu durchgerungen, Qui-Gon daran zu erinnern. Doch der große Jedi hatte keine Antwort gegeben. Obi-Wan erkannte, wie wenig die rechte Vorgehensweise Qui-Gon jetzt bedeutete. Also hatte der Jedi-Schüler selbst den Rat kontaktiert und über alles informiert.

Yoda hatte schockiert und zutiefst verstört reagiert, denn auch er hatte viel von Tahl gehalten. Er hatte sofort ein Jedi-Team losgeschickt. Im Laufe des Tages hatte Obi-Wan immer wieder nachgedacht, wer das wohl sein würde. Wenn sie sofort mit einem schnellen Schiff aufgebrochen waren, dann würden sie New Apsolon bald erreichen. Er war sich nicht ganz im Klaren, wie er darüber dachte. Ein Jedi-Team wäre sicher eine Hilfe ..., aber würde es bemerken, dass Qui-Gon nicht er selbst war?

Manex tauchte im Korridor auf. Obi-Wan stand auf.

„Ist er schon herausgekommen?“, fragte Manex. Sein aufgeschwemmtes Gesicht war voller Sorgenfalten.

„Seit Stunden nicht mehr“, gab Obi-Wan zurück.

„Lass mich bitte wissen, wie ich euch helfen kann. Ich muss nun zum Vereinten Rat. Sie haben mich gerufen. In der Regierung sind die Dinge im Moment recht durcheinander. Ich werde so bald wie möglich zurückkommen. Ich habe den Sicherheitskräften Anweisungen gegeben, dass sie euer Team sofort nach der Ankunft hereinlassen."

„Vielen Dank", sagte Obi-Wan.

Qui-Gon kam wenige Sekunden, nachdem Manex gegangen war, in den Korridor heraus.

„Ich habe Stimmen gehört", sagte er tonlos.

„Manex ist zum Vereinten Rat aufgebrochen", erklärte Obi-Wan. „Kann ich Euch irgendetwas bringen, Meister?"

„Nein. Sind die Sucher-Droiden schon wieder zurück?"

Obi-Wan schüttelte den Kopf. „Ich werde es Euch natürlich wissen lassen, wenn sie wieder da sind. Aber ich denke, es gibt noch andere Maßnahmen, die wir ergreifen können, um Balog zu verhaften, Meister. Wir müssen nicht auf die Sucher-Droiden warten." Er sprach schnell, bevor Qui-Gon sich umwenden und wieder in das Zimmer gehen konnte. Während der langen Wartezeit hatte Obi-Wan über ihre nächsten Schritte nachgedacht. Das war auch das Einzige, was den Schmerz etwas verdrängte.

„Eritha ist noch immer bei Alani in der Residenz des Gouverneurs", fuhr er fort. „Sie behält das Wissen über die Verbindung zwischen ihrer Schwester und den Absoluten für sich. Sie hofft, so an mehr Informationen zu kommen. Sie hat versprochen, für uns zu spionieren. Alani könnte wissen, wo Balog sich aufhält."

„Also müssen wir auch darauf warten", sagte Qui-Gon.

„Aber wir könnten Ermittlungen über die Verbindung zwischen Balog und Alani anstellen", schlug Obi-Wan vor. „Wie kam die Allianz zustande? Was erwartet Alani von Balog? Was will er als Gegenleistung? Wohin haben sich Die Absoluten zurückgezogen, nachdem ihre Basis in den Steinbrüchen zerstört wurde? Und was ist mit der Liste geheimer Informanten der Absoluten? Balog hat sie nicht, denn er ist auf der Suche danach. Wir wissen, dass der Arbeiter Oleg sie möglicherweise hatte, bevor er verschwand." Obi-Wan schluckte. Qui-Gons Blick verfinsterte sich. Sie wussten das, weil Tahl es ihnen gesagt hatte. Er ging einfach über das Thema hinweg.

„Wenn wir erst einmal die Liste finden, können wir Balog eine Falle stellen. Und was ist mit Manex? Welchen Grund hat er, so freundlich zu uns zu sein? Wir haben jede Menge Spuren, denen wir nachgehen könnten. Ich bin mir sicher, dass innerhalb des Vereinten Rates Gerüchte kursieren. Ein paar davon drehen sich sicher um …"

„Wir sind hier, um Tahls Mörder zu finden und nicht, um uns in die Politik einzumischen", sagte Qui-Gon streng. „Unser Hauptziel ist Balogs Verhaftung. Sobald wir Informationen über ihn haben, kann ich mich auf den Weg machen."

„Ihr meint, *wir* können uns auf den Weg machen", korrigierte Obi-Wan seinen Meister und sah ihn aufmerksam an.

Keiner von ihnen hatte die näher kommenden Schritte gehört.

„Wir kamen so schnell wir konnten", sagte eine tiefe, vertraute Stimme.

Obi-Wan drehte sich um. Das Jedi-Team war angekommen. Er war erleichtert, seine gute Freundin Bant zu sehen. Doch diese Erleichterung wandelte sich in Beunruhigung, als er den Jedi-Meister an ihrer Seite sah. Es war Mace Windu.

Kapitel 2

Mace Windu nahm eigentlich nur noch an den allerwichtigsten Missionen selbst teil. Seine Pflichten im Rat der Jedi waren einfach zu vielfältig. Obi-Wan wurde erst jetzt klar, wie schwer Tahls Verlust die Jedi getroffen hatte. Er hatte nur an sich und Qui-Gon gedacht; an die gute Freundin, die sie beide verloren hatten. Doch Tahls Einfluss hatte wohl weiter und tiefer gereicht.

Mace bedachte sowohl Qui-Gon als auch Obi-Wan mit einem langen, prüfenden Blick. Er schien die Erschöpfung und den Schmerz ebenso wahrzunehmen wie die Spannung, die zwischen ihnen herrschte. Obi-Wan fragte sich, wie viel Mace noch von ihrer Diskussion gehört hatte. Er wurde unter dem alles durchdringenden Blick immer unruhiger.

Erleichtert wandte er sich an seine Freundin Bant. Sie hatten die Ausbildung im Tempel gemeinsam absolviert und Bant war für ihre Hilfsbereitschaft und ihr Mitgefühl bekannt. Doch jetzt lag etwas Kühles in der Art, wie Bant seinen Blick erwiderte. Sie war offensichtlich aufgewühlt. Sie war Tahls Padawan gewesen.

„Es tut uns Leid, dass wir uns hier unter solch tragischen Umständen treffen", sagte Bant zu Qui-Gon.

Obi-Wan glaubte sogar in ihrem Gruß an Qui-Gon eine gewisse Kühlheit wahrzunehmen. Das war eine noch größere Überraschung. Bant verehrte Qui-Gon und Obi-Wan wusste, dass sie in seinem Herz einen besonderen Platz einnahm.

Qui-Gon schien die Veränderung nicht aufzufallen. Er war zu sehr mit seinem Schmerz beschäftigt, das war Obi-Wan klar. Er nickte Bant zu.

„Tahl ist da drinnen", sagte er.

„Wir werden einen Moment zu ihr gehen", erklärte Mace. „Dann möchte ich über den Stand der Dinge unterrichtet werden."

Qui-Gon nickte. Mace und Bant verschwanden in dem Zimmer. Ein paar Minuten später kehrten sie zurück. Bant machte einen verstörten Eindruck. Mace schloss leise die Doppeltür hinter ihnen und ging etwas weiter in den Korridor hinein.

„Dieser Oberste Sicherheitsoffizier, Balog, war verantwortlich", sagte Mace. „Das wissen wir mit Sicherheit, wir kennen aber seinen Aufenthaltsort nicht. Korrekt?"

Qui-Gon schwieg, also gab Obi-Wan die Antwort. „Ja."

„Erzähl mir, was passiert ist", sagte Mace mit Blick auf Obi-Wan. Er schien zu verstehen, weshalb Qui-Gon schwieg. Qui-Gon schaute zur Tür von Tahls Zimmer. Es schien so, als hielte ihn nur der allernötigste Respekt im Korridor.

„Als uns klar war, dass Balog Tahl entführt hatte, besorgten wir einen Sucher-Droiden, um ihn aufzuspüren", erklärte Obi-Wan.

Mace runzelte die Stirn. „Sind Sucher-Droiden auf diesem Planeten heutzutage nicht illegal?"

„Ja", sagte Obi-Wan und schluckte. Er war sich völlig darüber im Klaren, dass Jedi die Gesetze fremder Welten nicht brechen durften. „Aber man kann sie auf dem Schwarzmarkt kaufen. Das war unsere einzige Chance, Tahl zu finden. Wir hatten Grund zu der Annahme, dass sie in einem Behälter für sinnesblockierende Internierung festgehalten wurde. Daher war uns klar, dass die Gefahr für sie wuchs, je mehr Zeit verstrich. Mit Hilfe des Sucher-Droiden fanden wir heraus, dass Balog ins Hinterland geflogen und bis zur Region der Steinbrüche vorgedrungen war. Eritha, eine der beiden Töchter des verstorbenen Regenten Ewane, folgte uns. Sie hatte herausgefunden, dass ihre Zwillingsschwester Alani gemeinsame Sache mit den Absoluten machte. Das war ein Schock, denn sowohl Eritha als auch Alani sind Arbeiter. Als die Zivilisierten an der Macht waren, setzten sie Die Absoluten für die Überwachung und zur Folter der Arbeiter ein – sie hatten auch Erithas und Alanis Vater gefoltert."

„Ich weiß, dass Die Absoluten die Geheimpolizei von New Apsolon waren", sagte Bant zögerlich. „Aber ich hatte noch keine Zeit, mich umfassend zu informieren. Wurden sie nicht verboten, nachdem Ewane gewählt worden war?"

„Ja. Aber Die Arbeiter haben den Verdacht, dass sich die Geheimpolizei niemals richtig aufgelöst hat", sagte Obi-Wan. „Wir fanden heraus, dass sie Recht hatten. Doch wir nahmen nicht an, dass Balog mit ihnen zusammenarbeitet. Er ist ein Arbeiter und er war der Schützling von Ewane. Wir wissen jetzt von Eritha, dass Alani ihre eigene Entführung und die ihrer Schwester selbst arrangierte, um uns von der richtigen Spur wegzulocken und in der Öffentlichkeit Sympathie zu gewinnen. Wir nehmen an, dass es auch ein Trick war, um Roan in die Hände der Absoluten zu locken. Roan war nach Ewanes Ermordung gewählt worden."

„Roan war ein Zivilisierter, kein Arbeiter", sagte Bant.

„Stimmt. Aber er hatte viel für die Sache der Arbeiter übrig und er arbeitete mit Ewane eng zusammen, um allen Bewohnern von New Apsolon Gerechtigkeit zu bringen. Er nahm sogar nach Ewanes Ermordung die Zwillinge auf."

„Und Alani hat ihn verraten", sagte Bant langsam. „Sie muss wirklich sehr korrupt sein."

„Während Balogs Verfolgung gerieten wir in ein Dorf von Fels-Arbeitern", fuhr Obi-Wan fort. „Ihre gesamte Siedlung wurde während eines Überfalls zerstört. Es überlebte nur eine Fels-Arbeiterin namens Yanci. Sie half uns, das geheime Hauptquartier der Absoluten zu finden. So konnten wir Tahl befreien. Aber es war zu spät. Qui-Gon brachte sie hierher, aber die Schäden an ihren inneren Organen waren zu schwer ..."

„Balog hat sie langsam umgebracht", sagte Qui-Gon. Seine Stimme klang heiser und rau.

„Er entkam in einem Unterwasser-Gleiter", fügte Obi-Wan hinzu. „Es war unmöglich, ihn zu verfolgen und wir mussten Tahl in Sicherheit bringen."

„Und jetzt?", fragte Mace Windu. „Wir sehen, dass auf den Straßen Unruhe herrscht. Wenn Alani eine Art Machtübernahme plant, wird es bald passieren. Es wäre klug, Balog sofort zu verfolgen."

„Das denken wir auch", sagte Qui-Gon.

„Und doch wird uns auch die Konzentration auf die eigentliche Mission vorwärts bringen", fuhr Mace fort. „Wenn sich Balog jetzt versteckt, dann müssen wir ihn anhand seiner Ziele aufspüren. Ziele verraten die Richtung."

„Die Arbeiter haben mich kontaktiert", sagte Obi-Wan. „Sie haben alle Dateispeicher im Hauptquartier der Absoluten durchsucht und dabei festgestellt, dass alles restlos gelöscht wurde. Wir haben nicht viel in der Hand, um weiterzumachen."

„Wir haben unseren Instinkt", sagte Mace. Er wandte sich an Qui-Gon. „Gibt es hier einen Ort, an dem wir uns unter vier Augen unterhalten können, Qui-Gon?"

Der große Jedi nickte zögernd. Dann drehte er sich um und ging den Korridor hinab.

Sobald sie allein waren, wandte sich Obi-Wan an Bant. „Das mit Tahl tut mir so Leid", sagte er schnell. „Ich weiß, wie du dich fühlen ..."

„Das glaube ich nicht." Bants Stimme klang abweisend. Sie sah ihn mit ihren großen silbernen Augen geradewegs an. Mon Calamari hatten extrem klare Augen und Obi-Wan hatte darin immer Bants Gefühle lesen können. Jetzt war er verwirrt, weil er Zorn darin sah.

„Dein Mitgefühl kommt zu spät", fuhr Bant fort. „Wie konntest du mir die Tatsache vorenthalten, dass Tahl entführt wurde, Obi-Wan? Du weißt, dass Qui-Gon und du mich sofort im Tempel hättten kontaktieren müssen."

„Ja, das weiß ich", sagte Obi-Wan. „Aber es geschah so viel in so kurzer Zeit. Qui-Gon dachte, dass noch mehr Jedi Tahls Leben nur gefährden würden. Wir hatten beschlossen, den Tempel zu kontaktieren, wenn wir sie nicht binnen vierundzwanzig Stunden gerettet hätten." In Wirklichkeit war es *Qui-Gons* Entscheidung gewesen zu warten. Doch Obi-Wan würde ebenfalls die Verantwortung dafür tragen, denn er hätte sich mit Qui-Gon darüber auseinander setzen müssen. Und das hatte er nicht getan.

„Es stand euch nicht zu, diese Entscheidung zu treffen", sagte Bant. Ihre normalerweise sanfte Stimme klang jetzt scharf und voller Ärger. „Was würdest du sagen, wenn dir das ein anderes Jedi-Team antäte, Obi-Wan? Was wäre gewesen, wenn Qui-Gon entführt worden wäre?"

Obi-Wan war beschämt. Qui-Gon war einmal von der Wissenschaftlerin Jenna Zan Arbor entführt worden. Wenn man ihn nicht in Qui-Gons Rettung einbezogen hätte, wäre er verrückt geworden.

„Wir haben nicht genug darüber nachgedacht", gab er zu.

„Das würde ich auch sagen", sagte Bant bitter. Sie hatte mit ihm noch nie in einem solch barschen Ton geredet. „Hast du auch nur einmal an mich gedacht, Obi-Wan?"

„Natürlich", sagte Obi-Wan. „Ich dachte, ich würde dir einen Tag Sorgen ersparen. Wenn wir Tahl gerettet hätten, wäre immer noch Zeit gewesen, ein Jedi-Team zu rufen."

„Aber ihr habt Tahl nicht gerettet", sagte Bant geradeheraus. „Zumindest nicht rechtzeitig. Oder?"

Obi-Wan war getroffen. Bant hatte nichts anderes als die furchtbare Wahrheit ausgesprochen, doch es passte einfach nicht zu ihr, dass sie ihn so verletzte.

Sie schien zu erkennen, wie schwer ihn ihre Worte getroffen hatten. „Sie war meine Meisterin, Obi-Wan", sagte sie in einem etwas sanfteren Ton. „Sie brauchte mich. Ich war nicht da. Du kannst dir nicht vorstellen, was das bedeutet."

„Nein", sagte er leise. „Und ich will es auch nie erleben. Es tut mir wirklich Leid, Bant. Du hast Recht. Wir hätten dich kontaktieren müssen."

Bant nickte steif. Seine Handlungsweise hatte ihre Freundschaft erschüttert. Er wusste nicht, wie tief die Kluft war und wie er sie überbrücken konnte.

Tahl war tot. Qui-Gon war auf einmal wie ein Fremder. Und jetzt hatte sich Obi-Wans beste Freundin von ihm abgewendet.

Er hatte sich noch niemals so einsam gefühlt.

Kapitel 3

Das Letzte, was Qui-Gon wollte, war ein Gespräch unter vier Augen mit Mace Windu. Seine Seele war so schwer, dass er dem Jedi-Meister diese Höflichkeit nur mit größter Überwindung erweisen konnte. Der Schmerz in ihm nahm zu und ab wie eine unberechenbare Springflut. Manchmal brandete er so gewaltig auf, als würde eine Bestie in ihm wüten.

Weshalb musste unter allen Jedi ausgerechnet Mace Windu diese Mission annehmen? Die beiden Jedi hatten großen Respekt voreinander, Qui-Gon hatte sich seinem herausragenden Kollegen jedoch noch nie sonderlich nahe gefühlt.

Die Tür schloss sich hinter ihnen. Sogar in seinem Privatzimmer hatte Manex das Licht auf ein gedämpftes Blau eingestellt. Es verlieh dem glänzenden schwarzem Stein an den Wänden und auf dem Boden einen seltsamen Schimmer und dem giftigen Grün der Sitzecken und Kissen eine befremdliche Färbung.

„Wollt Ihr Tahls Leichnam zurück zum Tempel begleiten?", fragte Mace. „Bant, Obi-Wan und ich können hier bleiben und die Mission fortsetzen."

Qui-Gon bemerkte, dass Mace versuchte, freundlich zu klingen. In seinem klaren Blick lag tiefste Anteilnahme. Qui-Gon war erleichtert, dass Mace Windu ihn nicht über seine Gefühle befragte oder darüber, ob zwischen Tahl und ihm etwas Tieferes bestanden hatte. Er hatte den Verdacht, dass Mace Windu das bereits ohne Worte begriffen hatte.

Qui-Gon hatte keineswegs vor, die Suche nach Tahls Mörder aufzugeben. Er musste jedoch vorsichtig sein. Er durfte Mace nicht sagen, dass in ihm das Bedürfnis brannte, Balog zu finden. Sein Zorn konnte sich möglicherweise in seiner Stimme oder in seinem Gesicht widerspiegeln. Mace könnte annehmen, dass er seinen Zorn nicht unter Kontrolle hatte. Er würde nicht verstehen, dass Qui-Gons Selbstkontrolle trotz seiner Trauer vollkommen war.

Weil es so ein muss. Weil ich nur so weiterleben kann.

„Vielen Dank für das Angebot", sagte er. „Aber ich muss die Mission im Gedenken an Tahl fortführen."

Zu Qui-Gons Erleichterung nickte Mace. Er würde also nicht mit ihm diskutieren. Tahl hätte es sicher getan. Sie hatte immer gewusst, wenn er seine Gefühle verleugnen wollte. Eine erneute Welle des Schmerzes veranlasste ihn unwillkürlich, seine Hände zu Fäusten zu ballen. Falls Mace es aufgefallen war, so kommentierte er es nicht.

Das Licht über der Tür blinkte auf und die Tür öffnete sich halb. Manex' Protokolldroide aus hochglanzpoliertem Plastik schwebte vor der Tür.

„Manex ist zurück und würde gern ein paar Worte mit den Jedi wechseln", sagte der Droide.

Qui-Gon, dankbar für die Unterbrechung, drehte sich um. „Bitte sag ihm, er möge hereinkommen."

Einen Augenblick später öffnete sich die Tür etwas weiter und Manex kam mit Obi-Wan und Bant herein.

„Bitte entschuldigt die Störung", sagte Manex und fuhr sich mit der Hand durch seine kurzen, lockigen Haare. Zum ersten Mal fiel Qui-Gon auf, dass seine Haare ebenso grau wurden wie die seines Bruders. „Ich komme gerade vom Vereinten Rat zurück und habe dort Neuigkeiten gehört, von denen ich glaube, dass Ihr sie wissen solltet. Ich bin froh zu sehen, dass das neue Jedi-Team angekommen ist."

„Ich bin Mace Windu und das ist Bant", erklärte Mace.

Manex verneigte sich zum Gruß. „Ich fühle mich geschmeichelt, die ehrenhaften Jedi in meinem Haus zu haben. Ich befürchte aber, dass die Neuigkeiten keine guten sind. Zu den Senatoren sickerte die Nachricht durch, dass Tahl den Absoluten half. Es gibt ein Holotape von einem Treffen, an dem sie teilnahm und bei dem sie darüber sprach, die Regierung zu übernehmen."

„Tahl hatte verdeckte Ermittlungen durchgeführt, um Die Absoluten zu entlarven", erklärte Obi-Wan.

„Die Senatoren wissen nicht mehr, was sie noch glauben sollen", sagte Manex.

„Wie kam dieses Band in Umlauf?", fragte Mace.

„Balog", sagten Qui-Gon und Obi-Wan gleichzeitig.

„Er hat es offensichtlich verbreitet", fuhr Obi-Wan fort. „Er muss die Jedi diskreditieren, um wieder Macht zu gewinnen."

„Das ist egal", sagte Qui-Gon. „Wir werden Tahls Namen reinwaschen, wenn wir Balog finden."

„Falls Ihr ihn schnell finden könnt", sagte Manex bedeutungsvoll. „Ich befürchte, dass er an die Macht kommt und wir nichts in der Hand haben, um es gegen ihn ins Feld zu führen. Wisst Ihr, wer ihn unterstützt? Wer auch immer es ist, er oder sie muss sehr viel Macht haben."

„Wir sind uns nicht sicher", sagte Mace. Die Jedi waren noch nicht so weit, Manex Vertrauen zu schenken. Er wusste nichts über Alanis Verrat. Vielleicht steckte er sogar mit ihr unter einer Decke.

„Ich habe noch mehr Neuigkeiten", sagte Manex. „Ich wurde zum Amtierenden Gouverneur ernannt, bis die Wahlen stattfinden. Ich habe dieses Amt weder gewollt noch darum gebeten. Ich bin Geschäftsmann, kein Politiker. Doch die Senatoren beriefen sich auf meine Liebe zum Planeten und meinen Wunsch nach Frieden. Sie dachten, Roans Bruder hätte die besten Möglichkeiten, die Regierung zusammenzuhalten. Bis zur Wahl wird der Vereinte Rat zweifellos sehr angreifbar sein. Ich habe die Sicherheitsmaßnahmen verstärken und das Museum der Absoluten schließen lassen. Wir versuchen in erster Linie, das Volk zu beruhigen. Und da ist noch etwas: Als Amtierender Gouverneur stelle ich eine offizielle Anfrage an die Jedi. Ich möchte, dass Ihr die Vorbereitungen für die bevorstehenden Wahlen überwacht. Wir halten die Wahlen in drei Tagen ab, denn wir können es uns nicht erlauben, länger zu warten. Das ist die einzige Möglichkeit, den Frieden zu wahren."

„Aber nicht jeder vertraut den Jedi", sagte Obi-Wan. „Und ich bin mir sicher, dass das Holotape mit Tahl nicht gerade hilfreich ist."

„Es gibt noch genug, die den Jedi vertrauen", sagte Manex. „Und wie Ihr schon sagtet, wenn Ihr Balog findet, wird das Tahls Namen reinwaschen. Bis dahin habt Ihr meine Unterstützung. Ich habe die planetaren Sicherheitskräfte instruiert, mit Euch zu kooperieren."

Mace nickte. „Dann akzeptieren wir."

Qui-Gon wurde unruhig. Mace hatte ihn nicht um seine Meinung gefragt – er hatte ihn nicht einmal angesehen. Er wäre der Anfrage nicht nachgekommen.

„Dann werde ich Euch jetzt wieder allein lassen", sagte Manex. Er ging eilig hinaus, wobei seine goldene Robe um seine weichen, polierten Stiefel wehte.

Qui-Gon wusste, dass er eigentlich diplomatisch sein musste, hatte jedoch keine Zeit für langes Taktieren. „Das war ein Fehler", sagte er zu Mace. „Die Überwachung der

Wahlen wird uns von den Ermittlungen über Tahls Mord abhalten. Wir sollten uns auf die Suche nach Balog konzentrieren."

Mace antwortete im selben strengen Ton. „Das sehe ich nicht so", sagte er. „Die politische Situation ist eng verknüpft mit der Suche nach Gerechtigkeit und der Suche nach Tahls Mörder. Alles hängt miteinander zusammen. Mit dieser Aufgabe sind wir in der perfekten Situation, an Informationen zu kommen. Ganz zu schweigen davon, dass das ursprüngliche Ziel unserer Mission ohnehin war, die politische Stabilität auf New Apsolon wieder herzustellen. Wenn der Amtierende Gouverneur unsere Hilfe bei einer legitimen Aufgabe anfordert, müssen die Jedi zustimmen."

Qui-Gon presste die Lippen zusammen. Er wusste, dass es keinen Sinn hatte, die Diskussion fortzuführen. Und doch war er wütend über Maces Entscheidung. Er wollte eigentlich aus dem Raum und aus dem Haus laufen und nicht mehr stehen bleiben. Er wollte einen Luftgleiter ohne jedes Ziel bis an die Grenze seiner Leistung zwingen. Unendliche Frustration kochte in ihm. Er spürte, wie sich Balog mit jeder verstreichenden Sekunde weiter seinem Zugriff entzog.

Kapitel 4

„Ich schlage vor, dass wir unsere Unterkünfte aufsuchen und eine Erfrischung zu uns nehmen", sagte Mace zu Bant. „Wir hatten eine lange Reise und noch keine Gelegenheit, uns auszuruhen. Danach gehen wir zum Vereinten Rat und beginnen mit der Arbeit."

Obi-Wan hatte Qui-Gons Unmut über Maces Vorschlag gespürt. Es war offensichtlich, wie sehr er anderer Meinung war. Obi-Wan wusste, dass Qui-Gon das als Zeitverschwendung ansah. Andererseits hatte sein Meister aber auch keinen Alternativplan ins Feld geführt.

Mace sah Qui-Gon mit einer gehobenen Augenbraue an. Es war beinahe so, als hätte er Qui-Gons Gedanken gelesen. „Wenn Ihr eine Idee hättet, wo Balog sich aufhalten könnte, oder eine Möglichkeit, ihn zu finden, würden wir die Mission aufschieben und der Spur folgen. Doch bis dahin bleibt uns nichts anderes, als Informationen zu sammeln."

Obi-Wan warf einen Blick auf Qui-Gon. Sein Meister hatte Mace Windu nichts von den Sucher-Droiden erzählt, die er auf Balog angesetzt hatte. Es war eine Sache, die Gesetze eines Planeten zu brechen, weil sich ein Jedi in unmittelbarer Gefahr befand. Es war eine andere, illegale Droiden bei der Suche nach einem Bürger des Planeten einzusetzen. Er war sich nicht sicher, wie Mace reagieren würde – und genau deswegen sprach Qui-Gon auch nicht darüber. Die Jedi standen auf diesem Planeten bereits auf unsicherem Boden.

Mace und Bant gingen aus dem Zimmer, doch die Spannung löste sich nicht. Qui-Gon ging grübelnd auf und ab. Er wollte offensichtlich nicht reden.

Manex' Protokolldroide schwebte jetzt wieder in der Tür. „Verzeiht mein Eindringen. Noch eine Besucherin. Sie sagte, sie kennt Euch, darum nahm ich mir die Freiheit, sie einzulassen. Ihr Name ist Yanci."

„Yanci?", sagte Obi-Wan überrascht. „Bring sie bitte herein." Yanci war die Medizinerin der Fels-Arbeiter, die sein Bein geheilt hatte, nachdem ein Felsen es zertrümmert hatte. Sie war ihnen gefolgt und hatte sie angefleht, den Fels-Arbeitern bei der Abwehr eines Angriffs der Absoluten auf ihre Siedlung zu helfen. Obi-Wan und Qui-Gon waren mit ihr zurückgekehrt, doch es war zu spät gewesen. Jeder Mann, jede Frau und jedes Kind waren getötet worden. Yancis furchtbarer Schmerz brannte noch immer in Obi-Wans Erinnerung.

Yanci kam ins Zimmer. Obi-Wan fiel plötzlich auf, dass sie sich innerhalb der letzten zwei Tage stark verändert hatte. Das Massaker an den Fels-Arbeitern und der Tod des Mannes, den sie geliebt hatte, hatten tiefe Spuren in ihre Züge eingegraben. Ihre Augen hatten sich verändert. Er konnte den Verlust, den sie erlitten hatte, darin erkennen.

Zum ersten Mal seit Tahls Tod wirkte Qui-Gon nicht mehr abgelenkt und er schien sich ernsthaft auf eine andere Person zu konzentrieren. Es war, als erkannten sich die beiden gegenseitig als Leidende. Er ging zu ihr und nahm ihre Hand. „Gut Euch zu sehen“, murmelte er.

Sie starrte in sein Gesicht. „Ich habe von der Jedi-Ritterin Tahl gehört. Ihr habt mein tiefstes Mitgefühl.“

Er drückte ihre Hand und ließ sie los. Obi-Wan sah, dass die beiden keine Worte austauschen mussten.

Sie wandte sich an Obi-Wan. „Und wie geht es deinem Bein?“

„Vollständig verheilt dank Eurer Hilfe.“

„Und deiner. Ich habe großen Respekt vor den Selbstheilungskräften der Jedi. Es tut mir Leid, dass ich während dieser schweren Zeit zu Euch komme. Ich lebe jetzt bei den Arbeitern in der Stadt.“ Ihre Stimme wurde leiser. „Ich habe etwas gehört, das Euch vielleicht helfen könnte. Es dreht sich um einen Arbeiter namens Oleg.“

Obi-Wan wurde aufmerksamer. Oleg war der Arbeiter, von dem sie glaubten, dass er im Besitz der geheimen Liste mit den Namen der Informanten der Absoluten war. Man hatte ihn mit Tahl gesehen. Daher hatte Balog auch angenommen, dass Oleg ihr die Liste gegeben hatte. Doch er war verschwunden.

„Ich habe gehört, dass Balog hinter Oleg her ist", fuhr Yanci fort. „Ich weiß nicht weshalb und ich muss es auch nicht wissen. Aber der Name kam mir bekannt vor. Die Fels-Arbeiter wurden vor ein paar Wochen von den Arbeitern in der Stadt kontaktiert. Sie fragten, ob sie uns einen Arbeiter schicken könnten, der sich verstecken muss. Es war Oleg. Er hatte sich bei den Absoluten eingeschlichen und brauchte ein Versteck für den Zeitpunkt, an dem er seine Mission abschließen würde. Sie waren nicht sicher, wann er kommen würde. Wir sagten natürlich zu. Später erreichte uns die Nachricht, dass seine Tarnung aufgeflogen war und er sofort zu uns geschickt werden würde. Aber er kam nie an. Wir machten uns Sorgen und durchsuchten die Steinbrüche, wir glauben aber, dass er die Stadt nie verlassen hat. Dann wurden wir selbst angegriffen. Wie Ihr ja wisst."

„Danke, dass Ihr zu uns gekommen seid", sagte Qui-Gon.

Obi-Wan hörte die Enttäuschung in seiner Stimme. Er war ebenso enttäuscht. Die Information war zwar interessant, brachte sie aber nicht näher an Balog heran.

„Aber das ist nicht alles, was ich Euch sagen wollte", erklärte Yanci. „Es gab einen Grund, warum Die Arbeiter ihn zu uns schicken wollten. Sie wussten, dass ich spezielle medizinische Kenntnisse über eine Krankheit habe, an der

Oleg leidet. Er bekam sie als Folge seiner Jahre zurückliegenden Internierung durch Die Absoluten. Es ist eine Art Winterschlafkrankheit, die in regelmäßigen Abständen auftritt und der Behandlung bedarf. Zufälligerweise kann ich die Behandlung durchführen, weil ein paar unserer Fels-Arbeiter dasselbe Syndrom hatten. Es gibt nur wenige Kliniken in der Stadt, die es behandeln können. Also dachte ich … Ich dachte, es wäre eine Möglichkeit, um Oleg aufspüren zu können, falls Ihr nach ihm sucht. Und er könnte Euch vielleicht zu Balog führen."

Yanci griff in ihren Mantel und holte eine Durafolie hervor. Sie gab sie Qui-Gon. „Hier ist eine Liste der Kliniken."

Obi-Wan spürte, wie seine Stimmung stieg. Wenn sie Oleg finden könnten, würden sie auch Balog finden. Qui-Gon stand wie angewurzelt da und starrte die Liste in seinen Händen an.

„Glaubt Ihr, dass sie Euch von Nutzen sein wird?", fragte Yanci.

„Ja", gab Qui-Gon zurück. „Sehr."

Qui-Gon hielt die Liste fest und starrte sie so wütend an, dass Yanci Obi-Wan einen besorgten Blick zuwarf.

Obi-Wan ging zu ihr und bedankte sich. „Das wird uns helfen", sagte er. „Vielen Dank für Euer Kommen. Ich bringe Euch hinaus."

Er führte sie zur Eingangstür des Hauses und verabschiedete sich. Dann ging er eilig zurück zu Qui-Gon. Er war begierig darauf, die nächsten Schritte zu besprechen.

Doch als er die Tür zu dem Zimmer öffnete, war Qui-Gon verschwunden.

Kapitel 5

Qui-Gon wusste, dass er Manex' Residenz nicht hätte verlassen dürfen, ohne Obi-Wan oder Mace über sein Ziel zu informieren. Doch er bereute es nicht. Noch mehr Reden bedeutete nur noch mehr Verzögerung. Und wenn er seinen Padawan mitgenommen hätte, so hätte er ihn in eine schwierige Lage gebracht. Er wollte nicht, dass Obi-Wan verantwortlich gemacht wurde, falls es zu einer Auseinandersetzung mit Mace Windu kommen sollte.

Und er gestand sich auch den wahren Grund für diese Entscheidung ein: Er musste die Sache allein durchziehen. Vier Jedi, das bedeutete vier Meinungen, noch mehr Diskussionen und Gespräche. Er hatte dazu keine Zeit. Wenn er Balog finden wollte, musste er sich beeilen.

Sein Comlink piepte. Es war das dritte Mal innerhalb einer Stunde. Er wusste, dass es Obi-Wan war. Er fühlte, dass sein Padawan dringend mit ihm reden wollte. Qui-Gon zögerte einen Moment und schaltete seinen Comlink dann ab. Er würde Obi-Wan später kontaktieren, wenn er verlässliche Informationen hatte. Er hoffte, dass sein Padawan das verstehen würde.

Yancis Informationen konnten nutzlos sein. Es würde nicht lange dauern, alle Kliniken zu überprüfen. In der Zwischenzeit konnte Mace zum Vereinten Rat gehen und alles besprechen, was er wollte.

Er war nun in drei Kliniken gewesen. In keiner war Oleg im Patientenregister verzeichnet. Natürlich konnte er einen falschen Namen benutzt haben, doch das wäre nicht einfach gewesen. Die medizinische Behandlung auf New Apsolon war kostenlos und es wurden Aufzeichnungen über alle behandelten Bürger geführt. Diese Aufzeichnungen wurden mit einem Retina-Scan der entsprechenden Person abgespeichert. Wenn Oleg eine Behandlung nötig hatte, brauchte die Klinik seine Daten, um ihm helfen zu können. Kein Zweifel – er würde das Risiko eingehen und seinen richtigen Namen benutzen.

Qui-Gon näherte sich der letzten Klinik am Rande des Sektors der Zivilisierten. Bisher war es einfach gewesen herauszufinden, ob Oleg Patient gewesen war oder nicht. Qui-Gon hatte dank seiner Höflichkeit und ein paar Bluffs immer Informationen von den Angestellten bekommen. In den Kliniken gab es keine sonderlich hohen Sicherheitsmaßnahmen. Auch bei der letzten Klinik nahm Qui-Gon an, dass alles recht einfach sein würde. Mit etwas Glück würde er Balog bald finden. Seine Hoffnung stieg, als er auf den Eingang zuging.

Vor dem Eingang stand eine Frau, die unsicher zu sein schien. Qui-Gon ging zum Eingang und wollte gerade die Tür für sie öffnen, als er sah, dass sie blind war. Er blieb stehen und beobachtete, wie sie die Hand ausstreckte und nach dem Öffnungstaster suchte.

Wie oft hatte Tahl ihn angefahren, er möge sie alles selbst machen lassen? Er hatte gelernt, sie ihren Tee selbst einschenken, sie eine Datei selbst öffnen und sie auf dem Weg zum See vorausgehen zu lassen.

Ich ertrage es nicht, wenn Ihr immer um mich seid, hatte sie gesagt. *Ich weiß, dass ich blind bin, ich habe aber noch immer meinen Orientierungssinn.*

Sogar die kleinsten Erinnerungen an Tahl verursachten ihm enormen Schmerz. Vielleicht waren die kleinen Erinnerungen sogar die schlimmsten. Ihre Freundschaft bestand aus tausenden solcher kleiner Erinnerungen. Sie würden bis ans Ende seiner Tage immer wieder auftauchen. Er würde sich an kleine Dinge über Tahl erinnern, die er längst vergessen hatte. Jedes einzelne Mal würde schmerzhaft sein.

„Etwas mehr links“, sagte Qui-Gon höflich.

„Danke“, murmelte die Frau.

Sie griff nach dem Taster und drückte ihn. Die Tür glitt auf. Sie ging hindurch und schritt bis zur Empfangstheke, die geradeaus lag. Qui-Gon konnte jetzt sehen, dass die Frau einen Laser-Sensor benutzte, um sich zu orientieren. Als Jedi hatte Tahl sich auf ihre anderen Sinne verlassen, damit sie nicht von derartiger Technik abhängig war.

Die Frau sprach kurz mit dem Mann an der Theke, der sie mit lauter Stimme und klaren Anweisungen zu einem Stuhl dirigierte. Qui-Gon sah den arroganten Ausdruck im schmalen Gesicht des Mannes und spürte sofort, dass er hier Schwierigkeiten haben würde. Er warf einen Blick auf das Namensschild an dessen Brust und ging zu ihm.

„Guten Tag Vero", sagte er. „Ich hoffe, Ihr könnt mir helfen. Mein Neffe Oleg wird vermisst. Ich glaube, er ist Patient hier. Es wäre mir eine große Hilfe, wenn ..."

Vero unterbrach ihn sofort. „Keine Herausgabe von medizinischen Informationen ohne ordnungsgemäße Autorisierung."

„Ich respektiere, dass Ihr die Regeln einhalten wollt", sagte Qui-Gon. „Dennoch ..."

„Keine Ausnahmen." Vero wandte sich ab. Er bellte den Namen des nächsten Patienten und ignorierte Qui-Gon.

Das war eine völlig neue Erfahrung. In den anderen Kliniken hatte er mitfühlende Angestellte angetroffen, die sich seine Geschichte angehört und versucht hatten, ihm zu helfen. Qui-Gon konnte die Macht bei Vero benutzen, doch er wusste, dass jeder hier zuhörte. Wenn der unfreundliche Vero plötzlich sein Verhalten änderte, würden das sicher alle eigenartig finden. Und doch wollte er nicht einfach davongehen, ohne herausgefunden zu haben, was er wissen wollte.

Plötzlich erklang hinter ihm ein lautes Scheppern. Die blinde Frau war gegen einen Stuhl gestoßen und dann gegen den nächsten. Sie versuchte, die Stühle wieder geradezurücken und kam dabei einem anderen Patienten in die Quere. Ein Streit brach aus.

„Aufhören! Aufhören! Das hier ist eine Klinik! Was macht Ihr denn? Nichts anfassen! Stehen bleiben!" Vero lief hastig um die Theke herum, aufgebracht über den Tumult.

Mit seinem scharfen Blick sah Qui-Gon, wie die Frau absichtlich eine Blumenvase umstieß.

„Nicht meine Ginkas!", schrie Vero und griff nach der Vase.

Sie tat es für ihn, das wusste Qui-Gon. Sie verschaffte ihm etwas Zeit.

Er griff über die Theke und drehte Veros Datenschirm zu sich um. Schnell tippte er Olegs Namen ein. Zu seiner Erleichterung tauchten ein paar Einträge auf. Oleg hatte eine Adresse in der Nähe der Klinik angegeben. Sein nächster Termin war in ein paar Wochen.

Qui-Gon drehte den Datenschirm schnell wieder in die alte Position zurück. Er ging an Vero vorbei, der gerade die Blumen aufhob und dabei die Frau anschrie. Qui-Gon rückte einen Stuhl gerade und gab der Frau eine Hand, damit sie sich setzen konnte. Er lehnte sich etwas vor und sagte ihr ins Ohr: „Danke für die Hilfe."

„Ihr wisst, wann man helfen muss und wann nicht", sagte sie. „Das ist selten."

„Ich hatte eine gute Lehrerin."

Qui-Gon ging eilig davon. Die Tür schloss sich hinter ihm und blendete den Tumult aus. Er hatte sich die Adresse eingeprägt und sich an die Straße erinnert, denn er war auf dem Weg zur Klinik daran vorbeigekommen. Qui-Gon war schnell wieder dort.

Die Adresse gehörte zu einem kleinen Hotel. Qui-Gon fragte nach Oleg und erfuhr, dass er ausgezogen war. Aber er sollte es in dem Café um die Ecke probieren. Qui-Gon war etwas überrascht, dass Oleg nicht vorsichtiger gewesen war, und ging zu dem genannten Café.

Der Eigentümer wischte gerade Tische im vorderen Bereich ab. Qui-Gon fragte nach Oleg und wurde nach hinten geschickt.

Ein blonder Mann saß an einem Tisch, die Hände um ein Glas mit Saft gelegt. Qui-Gon setzte sich gegenüber an den Tisch.

„Das wird aber auch Zeit", sagte Oleg nervös. „Ich bringe mich jede Minute mehr in Gefahr."

„Ich kam, so schnell ich konnte", sagte Qui-Gon. Oleg hatte offensichtlich auf jemanden gewartet, den er nicht kannte. Das erklärte, weshalb er sich nicht die Mühe gemacht hatte, einen falschen Namen zu benutzen. Außerdem war für Qui-Gon klar ersichtlich, dass dieser junge Mann nicht wusste, wie man sich in einer gefährlichen Situation verhalten sollte. Er drehte ständig den Kopf, als befürchtete er Schwierigkeiten. Jeder, der ihn suchen würde, hätte ihn sofort erkannt.

„Ich habe die Datei", sagte Oleg. „Nicht bei mir, aber sie ist nicht weit weg. Aber ich warne Euch, wenn Ihr irgendwelche Tricks versucht, schieße ich sofort. Außerdem muss ich leider den Preis erhöhen."

„Weshalb?", fragte Qui-Gon. Er würde dieses Spiel mitspielen. Natürlich ging er davon aus, dass Oleg von der Liste sprach. Er wollte sie ihm aber nicht abkaufen. Wenn Oleg sie noch hatte, bedeutete das, dass Balog sie nicht hatte.

„Ich muss den Planeten verlassen", sagte Oleg. Er wischte sich die nasse Stirn mit einer Serviette ab. „Glaubt Ihr, dass das für mich einfach ist? Zu viele Leute sind jetzt auf der Suche nach mir."

„Ich könnte vielleicht etwas mehr investieren", sagte Qui-Gon.

„Entscheidet Euch jetzt", stieß Oleg hervor. „Ich kann keine Zeit mehr verlieren." Sein Comlink piepte und er hielt ihn einen Moment lang ans Ohr. Den Blick immer auf Qui-Gon gerichtet, sagte er: „Ja, das stimmt. Ich habe sie noch immer. Könnt Ihr den Preis bezahlen? Gut. Ich treffe Euch dort. Schafft Ihr es auch früher? In Ordnung."

Er beendete die Kommunikation. „Wie Ihr seht, gibt es noch andere, die zahlungswillig sind", sagte er. „Ich habe eine Verabredung, aber Ihr könnt die Datei jetzt kaufen. Entscheidet Euch. Jetzt oder nie."

„Nie", sagte Qui-Gon. „Der Preis ist einfach zu hoch. Es tut mir Leid." Er stand auf.

Oleg machte jetzt einen noch nervöseren Eindruck. „Hört mal, ich muss ja nicht an diesen Typen verkaufen. Ich mag ihn nicht. Er ist einer von den Absoluten und die hasse ich. Sie haben meine Gesundheit ruiniert. Es wäre mit lieber, wenn die Liste bei einem Arbeiter landen würde, das könnt Ihr mir glauben. Ich sehe vielleicht aus wie ein Verräter, aber ich versuche nur, mich in Sicherheit zu bringen. Vielleicht können wir ja verhandeln."

„Tut mir Leid", sagte Qui-Gon noch einmal. Er drehte sich um und verließ das Café. Als er aus Olegs Sichtweite war, stellte er sich so auf, dass er ihn im Spiegelbild des Caféfensters beobachten konnte. War der Bieter am Comlink Balog gewesen? Er hatte das starke Gefühl, dass er es gewesen war. Oleg war der Schweiß ausgebrochen. Und er hatte gesagt, dass er die Liste nicht in den Händen der Absoluten sehen wollte.

Qui-Gon war jetzt kurz vor dem Ziel. Er spürte es. Seine ganze Konzentration galt jetzt dem dünnen, nervösen Mann im Café. Der Zorn und der Schmerz hatten sich zu einer Feuerkugel in seinem Innern geballt, die jeden Moment zu explodieren drohte. Noch musste er sie eindämmen. Geduld, ermahnte er sich selbst. Er würde Balog bald gefasst haben.

Kapitel 6

Qui-Gon hätte es niemals für möglich gehalten, dass ein lebendes Wesen so lange vor einem Glas Saft sitzen konnte wie Oleg. Er schien weder den genervten Blick des Cafébesitzers zu bemerken noch die hereinkommenden Gäste, die einen freien Tisch in dem immer voller werdenden Raum suchten.

Qui-Gon befürchtete, dass er langsam auffiel, also ging er die Straße entlang zu einem anderen Fenster. Nach ein paar Minuten ging er hinter das Café, von wo er den Innenraum durch ein kleines, verschmiertes Fenster sehen konnte. Er blieb dort auf Posten und tat so, als würde er sich umschauen, bis sich die Straßen langsam mit Menschen füllten, die von der Arbeit nach Hause gingen und es aus den Fenstern an der Straße hell leuchtete. Qui-Gon ging wieder zur Vorderseite des Cafés und über die Straße. Er stellte sich vor eine Saft-Bar mit gutem Blick auf das Café. Die Dämmerung brach herein. Seine Geduld schwand. War die Unterhaltung nur ein Bluff gewesen? Hatte Oleg nur versucht, Qui-Gon dazu zu bringen, seinen Preis zu akzeptieren?

Qui-Gon dachte schon darüber nach, noch einmal zu Oleg zu gehen, als er sah, wie der aus dem Café trat. Er blickte sich dabei nervös um. Qui-Gon mischte sich unter den Strom der Menschen auf dem Gehweg und folgte ihm.

Zunächst war es einfach, ihn im Auge zu behalten. Die Leute auf der Straße boten eine gute Deckung. Doch als Oleg über die Straße in den Arbeiter-Sektor ging, wurde die Menge dichter. Oleg war ein schlanker, junger Mann und er verschmolz bald in der Menschenmenge. Es war schwer, ihn im Auge zu behalten, wenn Qui-Gon ihm nicht direkt an den Fersen bleiben wollte.

Nach einiger Zeit wurde Qui-Gon klar, dass er nicht Olegs einziger Verfolger war. Er sah sich zwar nicht um oder änderte sein Tempo, jedoch warf er seinen Blick wie ein Netz auf seine Umgebung. Irgendjemand auf der anderen Straßenseite verfolgte Oleg.

Es war Balog. Qui-Gon sah sein Spiegelbild auf der glänzenden Oberfläche eines vorbeifahrenden Landgleiters. Er erkannte die gedrungene Statur und die Art wieder, wie die muskulösen Beine den Körper trugen, als wäre Balog eine Maschine und kein Mensch.

Qui-Gon wusste nicht, ob Balog ihn gesehen hatte. Vielleicht konzentrierte er sich auf Oleg. Wenn er Glück hätte, war das der Fall. Doch auf sein Glück durfte er sich nicht verlassen. Sein Herz begann heftig zu klopfen und er musste sich selbst zur Disziplin zwingen. Eigentlich wollte er umdrehen und Balog geradewegs angreifen. Er wollte, dass er für jeden Atemzug bezahlte, um den Tahl hatte kämpfen müssen, für jede Sekunde, in der ihre Lebenszeichen schwächer geworden waren. Er würde jeden Augenblick von Balogs Leiden zu einer Ewigkeit verlängern …

Woher war dieser Gedanke gekommen? Die Heftigkeit schockierte ihn. Der Gedanke war irgendwo in seinem tiefsten Innern entsprungen. Er hatte nach Rachsucht geklungen. Qui-Gon hatte nicht gewusst, dass ein solches Gefühl in ihm existierte. Dieses Wissen bedrückte ihn.

Ich kann meine Emotionen unter Kontrolle halten. Sie werden mich nicht übermannen. Ich kann Balog fangen und mich nicht von meinem Zorn überwältigen lassen.

Er sagte sich diese Worte selbst, genau so wie er sie zu Obi-Wan gesagt hätte. Er war ein Jedi. Seine Ausbildung würde ihn auf dem rechten Weg halten. Sie musste ihn auf dem rechten Weg halten.

Seine Hände zitterten und er ballte sie einen Moment zu Fäusten. *Hilf mir, Tahl,* sagte er verzweifelt. Als sie noch gelebt hatte, hätte er niemals so etwas zu ihr gesagt, obwohl ihm nun bewusst wurde, wie oft er zu ihr auf der Suche nach Hilfe gegangen war. Sie hatte gewusst, wie schwer es ihm fiel, um Hilfe zu bitten. Und es war die einzige Situation, über die sie nie eine ironische Bemerkung gemacht hatte. Stattdessen hatte sie ihm einfach gegeben, was er brauchte: Information, Unterstützung, Verständnis.

Balog wurde rechts neben ihm schneller. Qui-Gon verschmolz mit der Menge. Jetzt musste er sowohl Balog als auch Oleg im Blick behalten.

Oleg betrat ein Lagerhaus. Balog ging eilig in eine Gasse neben dem Gebäude. Qui-Gon fragte sich jetzt, wen von den beiden er verfolgen sollte. Er entschied sich für die Gasse und Balog.

Hinter dem Gebäude fand er sich in einem kleinen, eingezäunten Bereich wieder. Er war leer. Alle Fenster des Lagerhauses waren dunkel. Qui-Gon rüttelte an der Tür. Sie war verschlossen.

Es war nur ein Aufblitzen, das er aus dem Augenwinkel sah. Mehr nicht. Doch das reichte. Er hatte sich schon mit aktiviertem Lichtschwert umgedreht, als der erste Sucher-Droide angriff. Blasterfeuer zuckte ihm um die Ohren. Er spürte die Hitze dicht neben seiner Schulter. Qui-Gon hob das Lichtschwert und wollte den Droiden mit einem Hieb aus der Luft holen, doch die Maschine drehte vorher ab.

Blasterfeuer zu seiner Linken, dann von rechts. Hinter ihm. Qui-Gon zählte sechs Droiden, die sich jetzt alle im Angriffsmodus befanden. Ihre Sensoren leuchteten rot, als sie seine Position ausgemacht hatten. Das Blasterfeuer schloss sich um ihn wie die Stangen eines Käfigs. Es war beinahe unmöglich, den Angriffen auszuweichen.

Qui-Gon lief auf die Umzäunung zu. Er sprang mit Hilfe der Macht in die Horizontale und landete ohne Zuhilfenahme der Hände genau auf dem Zaun. Er war perfekt ausbalanciert. Er bewegte sich leicht zurück und holte dabei mit dem Lichtschwert in einem Hieb zwei Droiden aus der Luft.

Bevor er auf dem Boden aufkam, drehte er sich in der Luft und landete so ein paar Zentimeter weiter weg. Damit verwirrte er den Droiden, der gerade auf den Punkt feuerte, auf dem Qui-Gon hätte landen müssen. Qui-Gon lief auf die Mauer des Lagerhauses zu, drehte sich erneut um und versetzte dem dritten Droiden einen Streifhieb. Der gab summend eine Serie von ziellosen Blasterblitzen ab und flog schließlich rauchend in einer Spirale zu Boden.

Qui-Gon kämpfte verzweifelt, denn er wusste, dass Balog im Lagerhaus war. Die Sucher-Droiden hielten ihn auf und seine Frustration angesichts ihres beharrlichen Summens wuchs immer mehr.

Qui-Gon griff mit erneuter Heftigkeit an. Er sprang auf den Zaun und trat dabei gegen einen Droiden, der geradewegs in einen anderen knallte. Der zweite Droide gab ein wütendes Quieken von sich und schoss mit Höchstgeschwindigkeit auf den Boden zu, wo er in einem Flammenpilz explodierte.

Qui-Gon kam mit hoch erhobenem Lichtschwert auf dem Boden auf, bereit für die nächste Herausforderung. Doch zu seiner Überraschung drehten die beiden verbleibenden Droiden plötzlich ab und flogen in der Dunkelheit davon.

Er zögerte keine Sekunde, schnitt mit seinem Lichtschwert ein Loch in die Tür und schlüpfte hindurch. Er lief den Korridor entlang und durchsuchte einen Raum nach dem anderen. Alle waren voller Werkzeuge, Ausrüstungsteile und Durastahl-Tonnen. Er fand nichts, bis er in einen kleinen Raum in der Nähe des Turboliftschachtes kam.

Dort lag Oleg mit ausgestreckten Armen und offenem Mund auf dem Boden. Er hatte einen überraschten Gesichtsausdruck. Doch er würde nie wieder überrascht sein.

Kapitel 7

Mace zeigte keinerlei Gefühlsregung, als Obi-Wan ihm von Qui-Gons Verschwinden berichtete. Er nickte einfach nur. „Wir werden sicherlich bald von ihm hören", sagte er.

Als sie jedoch herausfanden, dass Qui-Gon seinen Comlink abgeschaltet hatte, war Maces Missmut offensichtlich.

„Wir müssen ohne Qui-Gon weitermachen", sagte er. „Ich denke, wir sollten uns trennen. Ich werde zum Vereinten Rat gehen und Informationen sammeln. Obi-Wan, kannst du diese Medizinerin Yanci irgendwo finden? Wir brauchen noch eine Kopie dieser Liste."

„Ich glaube schon", sagte Obi-Wan. „Sie sagte, dass sie bei den Arbeitern wohnt. Dann kann ich sie über Irini und Lenz suchen."

„Gut. Dann müssen Bant und du sie finden und Qui-Gon bei der Suche nach Oleg unterstützen. Ihr könntet Qui-Gon dabei ohnehin über den Weg laufen. Sobald ihr entweder Oleg oder Qui-Gon gefunden habt, kontaktiert ihr mich."

Obi-Wan nickte. Mace ging, verließ schnell Manex' Residenz und lief die Straße hinab. Ein paar Passanten starrten ihn wegen seiner Jedi-Robe an. Sie hatten zweifellos von den Gerüchten gehört, die über den Verrat der Jedi verbreitet wurden. Obi-Wan war sicher, dass Mace es bemerkte, doch er ging ohne sichtbare Reaktion weiter.

„Wohin gehen wir?", fragte Bant. Ihre Stimme klang jetzt wieder kühl.

„Zum Arbeiter-Sektor", gab Obi-Wan zurück. „Hier kriegen wir einen öffentlichen Transporter."

Obi-Wan dachte im Gehen darüber nach, dass er es nicht ertragen würde, wenn sie nie wieder Freunde sein würden. Für ihn war es wichtig, dass die Dinge zwischen Bant und ihm offen und unbeschwert waren. Ohne Qui-Gon war alles zu verwirrend. Er fragte sich, weshalb Qui-Gon wohl ohne ihn aufgebrochen war. Hatte ihn Rachsucht getrieben? Wollte er deshalb Obi-Wan nicht dabei haben?

Obi-Wan vermisste seinen Meister. Und deshalb war es so schwer, auch noch seine Freundin vermissen zu müssen. Vor allem wenn sie gerade neben ihm herlief.

Sie stiegen in einen beinahe leeren Schwebebus ein. Obi-Wan schaute auf die vorbeiziehenden Straßen hinaus, in der Hoffnung seinen Meister zu sehen.

„Er ist irgendwo da draußen", sagte er. Er wusste nicht, ob Bant mit ihm sprach, doch er war so daran gewöhnt, ihr zu vertrauen, dass die Worte einfach aus ihm hervorsprudelten, bevor er sie aufhalten konnte. „Und ich weiß nicht, was er denkt und plant. Er könnte sich geradewegs in Gefahr bringen. Er könnte mich brauchen. Wenn ihm irgendetwas zustößt …"

Bant sah ihn mit kühlen silbernen Augen an. „Wenn ihm etwas zustößt, wirst du dich so fühlen, wie ich mich jetzt fühle." Sie sah wieder nach vorn.

Obi-Wan hatte das Gefühl, eine Ohrfeige von ihr bekommen zu haben. Sie hatte natürlich Recht.

Was sollte er denn noch sagen? Er hatte sich doch schon entschuldigt. Es tat ihm zutiefst Leid, dass er Bants Gefühle nicht bedacht hatte. Das Einzige, was er jetzt tun konnte, war, ihr zuzustimmen.

„Ja", sagte er. „Dann wüsste ich genau, wie du dich fühlst."

Es war bei einer Mission eher selten, dass alles so lief, wie es sollte. Doch dieses Mal war das Glück mit ihnen. Obi-Wan erinnerte sich genau daran, wo Qui-Gon und er hingegangen waren, um sich mit Lenz zu treffen. Obwohl es nur ein paar Tage zuvor gewesen war, hatte Obi-Wan das Gefühl, als wäre eine Ewigkeit vergangen. Lenz lebte glücklicherweise noch in denselben Räumlichkeiten.

Lenz gab ihnen bereitwillig die Adresse von Yanci. Es war ganz in der Nähe. Yanci begrüßte Obi-Wan voller Freude, aber müde und druckte ihm eine Kopie der Liste auf einer

Durafolie aus. In kürzester Zeit waren sie wieder auf der Straße und unterwegs zur ersten Klinik.

In den ersten drei Krankenhäusern hatten sie keinerlei Schwierigkeiten. Die Angestellten erzählten ihnen ohne Vorbehalte, dass Oleg dort nicht als Patient registriert war. Doch in der vierten Klinik arbeitete ein arroganter Angestellter namens Vero. Aufgeblasen und wichtigtuerisch wie er war, verweigerte er die Herausgabe jedweder Informationen.

„Ich weiß ja nicht, was die Med Center im Arbeiter-Sektor machen", sagte er überheblich, „aber wir hier sind Zivilisierte und nehmen unsere Aufgaben ernst." Er beäugte Bant voller Ablehnung. „Du bist hier offensichtlich neu. Auf deinem Planeten werden die Dinge zweifelsohne etwas primitiver gehandhabt. Du bist sicher nicht mit unseren Regeln vertraut."

Bant lief vor Wut rosa an. „Hört mal, Ihr ..."

„Danke", sagte Obi-Wan schnell und zog Bant von der Theke weg.

„Sich auf einen Streit einzulassen, ist sicher keine Hilfe", flüsterte er. „Wir müssen uns etwas anderes ausdenken."

Bant beäugte den Mann hinter der Theke. „Wie wäre es mit Lichtschwertern? Wäre das *primitiv* genug für ihn?"

Obi-Wan grinste. Bant war die sanfteste Person, die er kannte, doch auch sie stieß zuweilen an ihre Grenzen. „Er hat vielleicht noch nie eine Mon Calamari gesehen", sagte er. „Auf New Apsolon gibt es nicht sonderlich viele Touristen. Hier leben viele nette Zivilisierte, aber sicherlich auch ein paar von Veros Sorte."

„Wie gut könntest du mit der Macht seinen Verstand beeinflussen?", fragte sie mit einem Stirnrunzeln. „Ich bin mir nicht sicher, ob ich es schaffen würde. Vero ist dumm, doch er scheint auch sehr dickköpfig zu sein."

Obi-Wan bezweifelte, dass er erfolgreich sein würde. „Und der Wartebereich ist zu klein", murmelte er. „Jeder würde es mitbekommen."

Bant ließ ihre silbernen Augen über die Gruppe schweifen. „Alle starren uns an."

„Sie haben wahrscheinlich auch noch keine Mon Calamari gesehen", merkte Obi-Wan an.

In Bants Augen blitzte etwas auf. „Das bringt mich auf eine Idee."

Sie begann plötzlich zu schwanken und japste nach Luft. „Ich bin über mein Limit", sagte sie. „Hilf mir. Ich brauche Wasser."

Obi-Wan stützte sie, als sie vornüber fiel. „Wasser!", schrie sie.

Vero sah mit einem Gesichtsausdruck zu ihnen herüber, der eine Mischung aus Irritation und Überraschung zeigte. „Was ist denn los? Alle Mediziner sind beschäftigt."

„Sie ist eine Mon Calamari", sagte Obi-Wan verzweifelt. „Sie kann sich nicht länger als vier Stunden außerhalb von

Wasser aufhalten. Wir müssen sie jetzt untertauchen. Sofort!"

„Das kann ich nicht gestatten", sagte Vero und schüttelte den Kopf. „Sie wird warten müssen."

„Sie wird sterben!", rief Obi-Wan. Bant spielte mit, indem sie weiter zusammensackte.

„Ich habe von den Mon Calamari gehört", sagte jemand aus dem Wartebereich. „Es stimmt, was er sagt."

„Das wird in Eure Personalakte eingetragen!", warnte Obi-Wan Vero. Er hätte fast an sein Gewissen appelliert, war sich aber nicht sicher, ob Vero überhaupt eines hatte. „Wollt Ihr das?"

Bei der Erwähnung seiner Personalakte zuckte Vero zusammen. „Schon gut, schon gut", sagte er. „Hinten gibt es eine Tauchröhre. Ich nehme sie mit."

Obi-Wan übergab Bant an Vero, der sie mit Abscheu am Arm nahm. Er schleppte sie zu den Behandlungskammern.

Obi-Wan verschwendete keine Zeit. Er schlich sich zur Empfangstheke und griff schnell auf die Holodateien zu.

Ja! Oleg war erst ein paar Tage zuvor da gewesen. Und seine Adresse war auch verzeichnet. Obi-Wan prägte sie sich schnell ein und trat wieder hinter der Theke vor. Er hatte sich gerade auf einen Stuhl im Wartebereich gesetzt, als Vero zurückkam.

„Deine Freundin nimmt ihr Bad", sagte Vero mit einem Stirnrunzeln.

Bant erschien wenige Minuten später, noch immer nass. Obi-Wan nickte ihr zu, um sie wissen zu lassen, dass er erfolgreich gewesen war. Sie verließen schnell die Klinik und suchten eine Straßenkarte an einem Kiosk, den sie in der Nähe fanden. Auf der Karte konnten sie die Adresse ausmachen. Sie führte sie zu einem kleinen Hotel, doch die Suche hatte ein Ende, als sie dort hörten, dass Oleg ausgezogen war.

„Über den wurden einfach zu viele Fragen gestellt", sagte der Hoteleigentümer mit düsterer Miene. „Und für euch habe ich keine Antworten."

Obi-Wan ging enttäuscht auf den Gehweg hinaus. Er hatte das Gefühl, als hätte Qui-Gon nicht so einfach aufgegeben.

„Wir könnten das Hotel ja beobachten", sagte Bant unsicher. „Oder die Klinik."

„Sein nächster Termin ist erst in zwei oder drei Wochen", sagte Obi-Wan mutlos.

„Dann lass uns Mace kontaktieren und ihm sagen, dass wir in eine Sackgasse geraten sind", schlug Bant vor.

Obi-Wan war nicht gerade begeistert bei dem Gedanken, Mace diese Neuigkeiten überbringen zu müssen, doch er griff nach seinem Comlink.

Als Mace antwortete, erklärte er ihm kurz, was sie bislang unternommen hatten und wo sie sich jetzt befanden.

Maces Stimme klang seltsam. „Sagt mir euren Aufenthaltsort noch einmal." Als Obi-Wan die Adresse wiederholte, gab es eine lange Pause. „Mir kam gerade die Nachricht zu, dass in der Nähe eine Leiche gefunden wurde. Trefft euch dort mit mir. Ich breche jetzt auf." Mace nannte Obi-Wan die Adresse und beendete die Kommunikation.

Obi-Wan sah Bant an. Er wusste, was sie beide befürchteten. Er konnte die Angst nicht aussprechen, doch sie wurde immer stärker und kostete ihn Kraft. Der Leichnam war vielleicht Qui-Gon.

Ohne ein weiteres Wort drehten sie um und liefen zu der Adresse, die Mace ihnen genannt hatte. Sie war nur ein paar Blocks entfernt.

Sie blieben vor einem Lagerhaus stehen. Davor standen Fahrzeuge der Sicherheitskräfte und Wachleute liefen ein und aus.

Obi-Wan ging zur Tür, so als gehörte er dazu. Er konnte keine Sekunde länger warten.

„Wir sind Jedi. Manex hat uns beauftragt, hier Ermittlungen anzustellen", sagte er entschlossen.

Zu seiner Überraschung winkte der Sicherheitsmann sie durch. Manex musste den Jedi tatsächlich alle Zugangsrechte verschafft haben.

Der Leichnam lag unter einer Plane im Korridor. Obi-Wan spürte, wie Erleichterung die restliche Kraft aus seinen Muskeln zog. Er konnte bereits an den Umrissen erkennen, dass der Körper zu klein und schlank für Qui-Gon war.

Er beugte sich vor und hob eine Ecke der Plane an. Sanfte blaue Augen starrten ihn überrascht an. Ganz gleich wie oft Obi-Wan den Tod schon gesehen hatte, er wollte sich nicht daran gewöhnen.

Er erriet, wer der junge Mann war. „Wisst Ihr, wer es ist?“, fragte er einen der Sicherheitsleute in der Nähe.

„Sein Name war Oleg“, gab der Mann zurück, nachdem er etwas in ein Datapad getippt hatte.

„Wurde bei dem Leichnam etwas gefunden?“, fragte Bant.

„Nur ein Blaster. Er hatte offensichtlich keine Chance, ihn noch zu benutzen. Ein Sucher-Droide hat ihn vorher erwischt.“

Während sie auf Mace warteten, durchforschten Obi-Wan und Bant die Räumlichkeiten. Zuerst fanden sie keinerlei Hinweise auf einen Kampf oder auf etwas, das sie in eine neue Richtung führen würde. Bis sie zur Hintertür kamen. Im Türblatt war ein Loch, groß genug für einen ausgewachsenen Mann. Das Metall rund um das Loch hatte sich durch Hitzeeinwirkung zurückgerollt.

Hinter ihnen erklang Maces Stimme. „Zweifellos ein Lichtschwert.“

„Es könnte auch ein Vibro-Brenner gewesen sein“, sagte Obi-Wan. Er wollte Mace von der Vermutung abbringen, dass Qui-Gon hier gewesen war.

Mace gab keine Antwort. Stattdessen verengte er die Augen und trat nach vorn, um etwas von der scharfen

Kante eines abgebrochenen Scharniers zu entfernen. Er hielt es Obi-Wan und Bant hin. Es war ein Fetzen von einer Jedi-Robe.

Er drehte sich um und sah durch die Öffnung in der Tür. Die Sicherheitsleute hatten draußen überall helle Leuchtstäbe hingelegt, um die Umgebung zu beleuchten.

„Hier hat es einen Kampf mit Sucher-Droiden gegeben", sagte Mace. „Seht ihr die Kratzspuren auf dem Bodenbelag? Vielleicht vier oder fünf – oder gar noch mehr." Er wandte sich an Obi-Wan. „Hat Qui-Gon Sucher-Droiden eingesetzt, um Balog aufzuspüren?"

Obi-Wan schluckte. Er konnte Mace nicht anlügen. „Ja", sagte er.

Mace stand mit dem Fetzen der Robe in der Hand da. An seinem Gesicht war nicht abzulesen, was er dachte. Obi-Wan konnte es sich aber denken.

War Qui-Gon in Olegs Tod verwickelt? Hatten sein Schmerz und seine Wut ihn zur dunklen Seite der Macht gezogen. Nahm er bei der Vergeltung von Tahls Ermordung keine Rücksicht darauf, wer ihm im Weg stand? Obi-Wan fürchtete, dass auch Mace über diese Frage nachdachte. Doch noch mehr ängstigte ihn die Tatsache, dass er es selbst tat.

Kapitel 8

Qui-Gon ging schnell durch die dunklen Straßen. Der Hinweis, den er an Olegs Todesort gefunden hatte, trieb ihn an. Neben Oleg hatte eine dünne Kette mit einem Anhänger gelegen. Die Kette war zerrissen und den Anhänger hatte er sofort wiedererkannt. Irini war im Lagerhaus gewesen.

Er blieb einen Moment lang vor dem Quartier von Lenz stehen und fragte sich, wie er weiter vorgehen sollte. Irini würde ihm keinesfalls freiwillig Informationen geben. Doch seine Ungeduld ließ ihm keine Zeit für lange Überredungsversuche.

Dann sah er sie auf sich zukommen, unter beiden Armen je eine Tasche mit Einkäufen. Sie wurde langsamer, als sie Qui-Gon erblickte. Dann ging sie entschlossen weiter, um ihre Unsicherheit zu verbergen. In diesem Augenblick beschloss Qui-Gon, dass seine beste Strategie ein Bluff war.

„So sehen wir uns also zum zweiten Mal an diesem Abend", sagte er.

Sie schaute ihn müde an. „Zum zweiten Mal?"

„Ihr wart heute Abend zusammen mit Oleg im Lagerhaus. Genau wie ich."

Sie schluckte. Ihre Augen verengten sich zu Schlitzen. „Was wollt Ihr von mir?"

„Habt Ihr die Liste bekommen?"

Sie atmete hörbar aus. „Nein. Ich habe sie nicht. Ich habe mich als Käufer ausgegeben in der Hoffnung, sie zu bekommen. Und falls es mir nicht gelingen würde, wollte ich ihn wenigstens beschützen."

„Aber er hat Die Arbeiter verraten", sagte Qui-Gon.

„Er dachte, er könnte ein Vermögen machen", erwiderte Irini traurig. „Viele Arbeiter sind derart verzweifelt. Trotz unserer Hoffnungen sickerte noch nichts vom Reichtum der Zivilisierten bis zu uns durch. Aber Oleg ist noch immer ein Arbeiter und wir wissen, dass er verfolgt wurde. Meine Aufgabe war, ihn zu beschützen."

„Habt Ihr gesehen, was passiert ist?", fragte Qui-Gon.

„Zwei Sucher-Droiden griffen an, also ging ich hinaus", sagte sie. „Ich bin mir sicher, dass Balog sie geschickt hat."

„Balog war auch da", sagte Qui-Gon. „Ich habe ihn gesehen."

Irini ließ die Taschen fallen. Obst und Proteinpacks fielen auf dem Boden umher. „Balog war da? Hat er die Liste?"

„Ihr sagtet Oleg hatte sie nicht", sagte Qui-Gon.

Sie schüttelte heftig den Kopf. Mit einem Mal schien sie ernsthaft besorgt. „Ich habe sie nicht gefunden. Aber vielleicht habe ich etwas übersehen ..."

„Ich glaube nicht, dass Oleg die Liste bei sich hatte", sagte Qui-Gon. „Er war um seine Sicherheit besorgt. Ich halte es sogar für möglich, dass er sie schon verkauft hatte."

„Weshalb würde er sich dann mit einem weiteren Käufer treffen?", fragte Irini.

„Wie Ihr schon sagtet, er wollte ein Vermögen machen", stellte Qui-Gon fest. „Er könnte die Liste an mehrere Leute verkauft und damit genug Geld verdient haben, um für den Rest seiner Tage in Reichtum zu leben."

Irini legte eine Hand über die Augen. „Also könnten mehrere Leute die Liste haben. Das hatte ich nicht in Betracht gezogen."

„Die Frage ist: *Wer könnte sie haben?*", sagte Qui-Gon. „Und wenn Balog sie hat, was könnte sein nächster Schritt sein?"

„Ich kann diese Fragen nicht beantworten. Ich tappe genau so im Dunkeln wie Ihr." Irini beugte sich hinunter und begann, ihre Einkäufe zusammenzulesen. Qui-Gon half ihr dabei.

„Wir sind hinter derselben Sache her, Irini", sagte er, als er eine Packung Tee in ihre Tasche legte. „Es wäre gut, wenn Ihr mir helfen würdet."

Plötzlich kam ein Ausdruck der Trauer über ihr normalerweise lebloses Gesicht. „Das würde ich tun, wenn ich es könnte", sagte sie. „Ich muss das zu Lenz bringen." Sie ging mit den Waren im Arm davon.

Qui-Gon dachte über seine nächsten Schritte nach. Er hatte Schwierigkeiten, seine Gedanken zu ordnen. Es schien ihm, als stolpere er durch die Dunkelheit. So vieles bei seiner Suche nach Balog beruhte nur auf Vermutungen.

Doch es war alles, was er hatte.

Die Liste war noch immer der Schlüssel. Selbst wenn Balog sie hatte, würde sein nächster Schritt die Festigung seiner Macht sein. Wer könnte an der Liste interessiert sein, falls Oleg sie bereits verkauft hatte?

Die Antwort war einfach. Neuwahlen standen bevor. Diejenigen, die am meisten davon profitierten und auch am meisten davon bedroht waren, waren die Politiker. Ein Ratsmitglied, das die Liste hatte, war damit im Besitz großer Macht.

Er hasste es, es zugeben zu müssen, doch Mace hatte Recht gehabt. Er musste zum Vereinten Rat gehen. Doch jetzt war es spät und er würde wohl kaum viele Ratsmitglieder finden. Aber vielleicht könnte doch etwas erreichen. Qui-Gon drehte um und ging zum Sektor der Zivilisierten.

Kapitel 9

Obi-Wan und Bant standen vor dem Luster, einem nobel ausgestatteten Café in der Nähe des Gebäudes, in dem der Vereinte Rat tagte. Im Café saßen unter kuppelförmigen Lampen reiche Zivilisierte an den Tischen. Sie lachten, aßen und unterhielten sich über Regierungsgerüchte. An die ohnehin schon vollen Tische waren noch mehr Stühle gerückt, sodass es schwer war hindurchzukommen. Das schien aber niemanden zu stören.

Mace war irgendwo im Café und versuchte Informationen zu sammeln. Er hatte ihnen gesagt, dass sie doch in den komfortablen Gemächern von Manex warten sollten, aber weder Obi-Wan noch Bant wollten gehen. Ihnen schien es, als zählte jede Sekunde.

Bant stand mit verschränkten Armen da und beobachtete das hell erleuchtete Café. Obi-Wan fragte sich, wie er wohl eine Unterhaltung mit ihr beginnen konnte. Plötzlich, nach all den Jahren, in denen er mit Bant über alles hatte reden können, was ihm in den Sinn kam, hatte er Schwierigkeiten, die richtigen Worte zu finden.

Bant stand aufrecht da. Ihr Blick war ebenso entschlossen wie der von Mace. Ihre steife und konzentrierte Art machte es ihm noch schwerer, das Schweigen zu brechen.

Dann bemerkte er, dass sie gar nicht so gefasst war, wie es schien. Sie hatte beide Hände fest zu Fäusten geballt. Ihm war klar, dass Bant sich keineswegs in Konzentration verloren hatte, sondern um ihre Fassung rang.

Als er genauer hinsah, bemerkte er, dass ihre Augen voller Tränen waren. Sie versuchte, sie zurückzuhalten.

„Bant", er sprach sanft ihren Namen aus. Er wusste nicht, was er sonst sagen sollte.

„Sie sollte eigentlich bei uns sein", sagte Bant mit erstickter Stimme. „Es scheint mir unvorstellbar, dass sie nicht hier ist. Ich kann einfach nicht glauben, dass sie nicht gleich um die Ecke kommt. Ich höre immerzu, wie sie uns ausschimpft, dass wir einen solchen Aufwand betrieben haben und hierher kamen, um sie zu retten." Die Tränen rollten ihre Wangen herab. „Es tut so furchtbar weh, Obi-Wan. Ich kann mich einfach nicht mit ihrem Tod abfinden. Ich weiß, dass ich ihn eigentlich akzeptieren muss, aber ich kann es nicht."

Es war wie eine Flut, so viel hatte sie seit ihrer Ankunft nicht gesprochen. Obi-Wan war auf einmal klar, dass sie all die Dinge ausgesprochen hatte, die er fühlte. Es schien wirklich *unmöglich*, dass Tahl tot war. Er wusste, dass ein Teil von ihm diese Tatsache noch nicht völlig akzeptiert hatte. Er wusste, dass er sich auf seine Sorge um Qui-Gon konzentrierte, damit er sich nicht mit Tahls Tod beschäftigen musste.

„Ich weiß, was du meinst“, sagte er. „Als wir sie fanden und sie so schwach war, dachte ich keine Sekunde, dass sie sterben könnte. Tahl war doch so stark. Sie war so stark wie Qui-Gon.“

„Hat sie noch etwas gesagt?“, fragte Bant zögerlich. „Bevor sie …“

„Als ich sie sah, war sie zu schwach, um zu sprechen“, gab Obi-Wan zurück. „Qui-Gon war bei ihr, als sie starb.“

„Ich bin froh, dass ein so guter Freund bei ihr war“, sagte Bant.

Obi-Wan zögerte. Er war sich nicht sicher, ob er etwas sagen sollte oder nicht. Aber sollte er Bant nicht vertrauen? Vielleicht würde das helfen, die Kluft zwischen ihnen zu schließen.

„Ich glaube, dass Qui-Gon und Tahl mehr als Freunde waren“, sagte er zu Bant. „Hier auf New Apsolon hat sich etwas verändert. Deshalb trauert Qui-Gon so sehr.“

Bant drehte sich überrascht zu ihm um. „Du meinst, sie liebten einander?“

Obi-Wan nickte.

Bant sah zu ihren geballten Fäusten hinab. „Dann ist es noch viel trauriger, oder nicht?“

„Ja“, sagte Obi-Wan. „Es ist das Traurigste, was ich jemals erlebt habe. Deswegen mache ich mir auch Sorgen um Qui-Gon.“

Bant streckte die Hand aus und drückte seinen Arm. Obi-Wan war über diese spontane Geste sehr glücklich. „Wir werden ihm helfen, Obi-Wan", versprach sie. Und zum ersten Mal hatte Obi-Wan das Gefühl, dass das möglich war.

In diesem Moment kam Mace mit wehender Robe aus dem Café. Er überquerte die Straße und lief auf sie zu.

„Ich habe nicht viel herausgefunden", gab er zu. „Aber im Gehen kam mir ein interessantes Gerücht zu Ohren. Gerade heute hat das Mitglied des Rates Pleni verkündet, dass sie sich zur Wahl als Gouverneurin aufstellen lassen will. In den Ratssitzungen hielt sie sich bisher eher zurück, daher ist ihre Kandidatur sehr ungewöhnlich. Innerhalb eines Nachmittags hat sie es geschafft, ein paar mächtige Ratsmitglieder auf ihre Seite zu ziehen."

Mace sah die konsternierten Gesichter von Bant und Obi-Wan. „Ihr plötzlicher Machthunger und die spontane Unterstützung, die sie erfährt, könnten bedeuten, dass sie die Liste von Oleg gekauft hat", sagte er. „Das lohnt auf jeden Fall ein paar Ermittlungen." Mace raffte seinen Mantel zusammen. „Wenn sie die Liste hat, könnte sie in Gefahr sein. Wer auch immer diese Liste besitzt, könnte wie Oleg enden. Kommt. Ihre Residenz ist nicht weit von hier."

Maces lange Schritte brachten ihn schneller voran als Obi-Wan bei einem lockeren Dauerlauf. Bant und er mussten joggen, um ihm folgen zu können.

Das Ratsmitglied Pleni lebte allein in einem kleinen, eleganten Gebäude aus dem grauen Stein, aus dem so viele

Bauwerke auf New Apsolon errichtet waren. Alle Lichter im Haus waren an. Mace drückte auf die beleuchtete Taste, die Besuch ankündigte. Sie warteten an der Sprechanlage, um sich vorzustellen, doch es kam keine Antwort.

„Sie hat vielleicht die Lichter angelassen, bevor sie aus dem Haus ging", sagte Mace. „Aber lasst uns das erst einmal überprüfen."

Sein Gesichtsausdruck war eher beunruhigt. Mace hatte eine tiefe Verbindung zur Macht. Obi-Wan hatte nichts Besonderes gefühlt, doch jetzt konzentrierte er sich auf die Macht und erkundete mit ihrer Hilfe seine Umgebung. Noch immer fiel ihm nichts auf.

Sie liefen um das Gebäude herum. Mace schien dabei immer besorgter zu werden. Als sie schließlich die Rückseite erreicht hatten, fühlte auch Obi-Wan es – eine Erschütterung der Macht. Er warf Mace einen Blick zu.

Der schaute nach oben zu einem Fenster. Eine kleine, runde Öffnung mit gezackten Kanten war in der glatten Oberfläche zu sehen. Eine Öffnung von der Größe eines Sucher-Droiden.

Die Haustür war zwar geschlossen, doch Mace zögerte keine Sekunde. Er schnitt mit seinem Lichtschwert ein Loch in die Tür und ging hinein. Obi-Wan und Bant folgten ihm.

Der Steinboden glänzte. Alles schien an seinem Platz zu sein. Sie gingen schweigend durch die leeren Zimmer. Dann stiegen sie die Treppe hoch.

Im Obergeschoss gab es Anzeichen für einen Kampf. Möbel waren umgestoßen, große Kristallvasen waren zerbrochen.

Mace sah zur Decke hoch und zeigte auf ein paar Schrammen. „Sucher-Droiden."

Die Erschütterung der Macht war jetzt auch für Obi-Wan mehr als ein Zittern. Sie war wie eine aufbrandende Welle. Er ging mit der Hand auf dem Griff seines Lichtschwerts weiter und trat in das Schlafzimmer des Ratsmitglieds Pleni. Es war unberührt bis auf eine halb angelehnte und von Blasterschüssen vernarbte Tür.

Obi-Wan ging langsam vorwärts. Er fürchtete sich vor dem, was er da hinter der Tür finden mochte. Vorsichtig stieß er sie mit der Stiefelspitze auf.

Das Ratsmitglied Pleni lag in der Ecke, die Hände um einen Blaster gekrallt. Neben ihren Füßen lag ein Sucher-Droide. Sie war tot.

Mace kam geräuschlos hinter ihm herein. Obi-Wan hörte sein tiefes Seufzen.

„Wir scheinen auf New Apsolon immer einen Schritt zu langsam zu sein", sagte Mace. Obi-Wan hörte am entschlossenen Klang seiner Stimme, dass dies ab sofort nicht mehr der Fall sein würde.

Plötzlich hörten sie unten Geräusche und dann Schritte auf der Treppe. Eine Minute später kam eine Schwadron Sicherheitsleute hereingestürmt.

„Sie ist dort drinnen", sagte Mace.

Er brachte Obi-Wan und Bant nach unten, wo sie die Zeichen der furchtbaren Tat an dem Ratsmitglied Pleni nicht mehr vor Augen hatten. Nachdem sie von den Sicherheitsleuten befragt worden waren, durften sie gehen. Doch Mace blieb noch da.

Als die Sicherheitsleute schließlich ihre Ermittlungen abgeschlossen hatten und die Treppe herunter kamen, stellte sich Mace vor den befehlshabenden Offizier.

„Irgendwelche Erkenntnisse?"

„Ja", sagte der Offizier und wollte schon an ihm vorbeigehen.

Mace stellte sich vor ihn und stand ihm im Weg. „Ihr wisst, dass Manex die Sicherheitskräfte zur Kooperation mit den Jedi angewiesen hat."

Der Offizier zögerte. Ein bösartiges Funkeln erschien kurz in seinen Augen. „In Ordnung. Ich werde Euch sagen, was wir herausgefunden haben. Das Ratsmitglied Pleni wurde von einem Sucher-Droiden getötet. Wir konnten den Besitzer feststellen."

„Ihr kennt seinen Namen?", fragte Mace Windu.

„Natürlich." Der Sicherheitsoffizier bleckte die Zähne und grinste. „Es ist Euer Jedi-Freund Qui-Gon Jinn."

Kapitel 10

Qui-Gon stand am nächsten Morgen früh auf. Den größten Teil der Nacht hatte er damit zugebracht, von Café zu Café zu gehen und Informationen zu sammeln. Je später es wurde, desto lockerer waren zwar die Zungen der Befragten geworden, doch er hatte nichts herausbekommen, was ihn auf Balogs Spur brachte. Überall kursierten Gerüchte über eine bevorstehende Kandidatur Alanis bei der Gouverneurswahl und Manex wurde mehr und mehr Unterstützung zugesprochen. Nichts davon half Qui-Gon weiter.

Er hatte den Rest der Nacht auf einer Bank in einem grünen Park verbracht und ungeduldig auf das Morgengrauen gewartet. Er fühlte, wie Balog irgendwo dort draußen unterwegs war, seine Komplotte schmiedete und die nächsten Schritte plante. Und Qui-Gon spürte Tahls Abwesenheit als einen so tiefen Schmerz, dass er sich ihm nicht stellen konnte. Immer wenn er an ihre letzten Tage zurückdachte und daran, was Balog ihr angetan hatte, musste er aufstehen und bis zur Erschöpfung durch den Park laufen, damit der dunkle Wunsch nach Vergeltung in ihm nicht die Oberhand gewann. Er musste ihn besiegen – irgendwie. Bis dahin musste er seinen Verstand betäuben. Das war seine einzige Chance. Es dauerte nicht lange, bis er jeden einzelnen Weg in dem Park abgegangen war. Er hätte mit verbundenen Augen eine Karte davon zeichnen können.

Die Sonnen gingen auf und langsam bevölkerten sich die Straßen wieder. Qui-Gon nahm den Anbruch des Tages mit Erleichterung zur Kenntnis. Er nahm in einem Café gegenüber vom Vereinten Rat ein leichtes Frühstück zu sich und beobachtete, wie sich die Verwaltungsgebäude langsam mit Leuten füllten, die ihren Arbeitstag begannen.

Qui-Gon trug noch immer ein Reisecape über seiner Tunika. Er hoffte, dass man ihn damit nicht als Jedi erkennen würde. Er beschloss, sich als Geschäftsmann auszugeben, der auf New Apsolon neue Kontakte knüpfen wollte.

Gerade als er gehen wollte, schnappte er Teile eines Gesprächs hinter sich auf. Zwei Regierungsangestellte hatten sich getroffen und Qui-Gon hörte „Ratsmitglied Pleni". Dann hörte er „Qui-Gon Jinn".

Qui-Gon lehnte sich etwas zurück und gab vor, an seinem Tee zu nippen. Er filterte die anderen Geräusche im Café aus und konzentrierte sich auf die hinter ihm stattfindende Unterhaltung. Irgendwann traf ihn der absolut unerwartete Schock, dass er wegen Mordes an dem Ratsmitglied gesucht wurde.

Das erschwerte seine Pläne, in den Gebäuden des Vereinten Rates Informationen zu sammeln, viel mehr als er vermutet hatte. Qui-Gon hatte vor den Sicherheitskräften auf New Apsolon großen Respekt. Er war sich sicher, dass jeder einzelne von ihnen eine detaillierte Beschreibung von ihm hatte. Und die Büros des Vereinten Rates wurden von Sicherheitsoffizieren bewacht.

Qui-Gons Hände verkrampften sich um die Teetasse und er musste sie in den Schoß legen. Der Drang, die Tasse in winzige Stücke zu zerschlagen, war zu groß. Er hatte das Gefühl, jedes Mal einen Schritt zurückgehen zu müssen, wenn er gerade einen nach vorn getan hatte.

Er ließ die Luft durch die Nase ausströmen und atmete langsam und gleichmäßig. Er dachte nicht wie ein Jedi. Frustration musste unter Kontrolle gebracht werden. Es gab immer einen Weg.

Die Straßen waren noch immer bevölkert, doch er musste weiterkommen. Außerdem brauchte er eine bessere Verkleidung als seinen Mantel. Er konnte seine Größe nicht verbergen, sich aber auf andere Art und Weise verändern. Qui-Gon verließ das Café und ging einkaufen.

Innerhalb einer halben Stunde hatte er sich in einen Geschäftsmann mit dunklen Augen und einer Robe aus Veda-Stoff verwandelt. Sein langes Haar hatte er in einem Wickeltuch versteckt, wie es die Elite des Planeten Rorgam gern trug. Er hatte es in einem kleinen Second-Hand-Laden gefunden. Die Verkleidung als ein Bürger von Rorgam war sinnvoll, denn dieser Planet war von Immigranten der verschiedensten Welten bevölkert.

Qui-Gon ging zu den Sitzungssälen des Vereinten Rates. Da New Apsolon für diesen Teil der Galaxis eine Art Technologiezentrum war, wurden hier viele Geschäfte abgeschlossen. Aufgrund der immer instabiler werdenden politischen Zustände auf dem Planeten lag eine gewisse Hektik in der Luft.

Am ersten Kontrollpunkt stand ein Sicherheitsoffizier. Qui-Gon hatte keine andere Wahl, als hindurchzugehen. Wenn er sich nicht in den Gängen des Ratsgebäudes bewegen konnte, würde er überhaupt nichts ausrichten.

Er war erleichtert, als er unbehelligt am ersten Wachmann vorbeikam, der ihn nur kurz ansah und sich dann schon dem nächsten Besucher zuwandte. Er hatte Glück, dass Manex keine höhere Sicherheitsstufe ausgerufen und Passierscheine gefordert hatte.

Er musste mehrere Dinge in Erfahrung bringen: Weshalb wurde er des Mordes an Pleni verdächtigt? Bis heute Morgen hatte er noch nicht einmal ihren Namen gekannt. Gab es eine Verbindung zwischen ihrem und Olegs Tod? Hatte sie ebenfalls die Liste kaufen wollen? Qui-Gon beschloss, dass seine einzige Chance darin bestand, sich selbst als Kaufinteressenten auszugeben. Wenn es sich herumsprach, dass ein wohlhabender Geschäftsmann von Rorgam Geld ausgeben wollte, würde früher oder später jemand auftauchen, der etwas zu verkaufen hatte.

Qui-Gon raffte seine Robe zusammen und begab sich in die Menge.

Er führte gerade eine ernste Unterhaltung mit einem wichtigen Regierungsassistenten, als er Eritha und Alani den Korridor entlang kommen sah. Alani redete mit einer Gruppe von Bewunderern, die sich dicht um sie geschart hatte. Zu seiner Erleichterung bogen alle in eine andere Richtung ab. Eritha, die ganz am Ende der Gruppe war, sah Qui-Gon. Zuerst zeigte sie einen überraschten Gesichtsausdruck, dann grüßte sie ihn. Qui-Gon ignorierte sie einfach.

Eritha zögerte. Dann schien ihr klar zu sein, dass er nicht erkannt werden wollte und ihr Gesichtsausdruck wurde wieder normal. Das Ganze dauerte nur einen kurzen Moment. Einmal mehr musste Qui-Gon Erithas Klugheit bewundern. Das Mädchen hatte gute Reflexe.

Eritha gab ihm ein unauffälliges Zeichen und ging in einen Seitengang. Qui-Gon beendete seine Konversation mit dem Assistenten und schlenderte ihr hinterher.

Der Gang war leer und sie wartete, bis er ihr gefolgt war, bevor sie eine Tür öffnete. Er betrat hinter ihr einen kleinen Konferenzraum.

Zu seiner Überraschung fiel ihm Eritha sofort um den Hals. „Ich bin so froh, Euch zu sehen“, sagte sie. „Ich habe mir solche Sorgen gemacht.“ Er klopfte ihr auf die Schulter und sie ging einen Schritt zurück. „Ihr solltet nicht hier sein. Wisst Ihr denn nicht, dass Ihr wegen Mordes an Pleni gesucht werdet?"

Qui-Gon nickte. „Doch. Aber weißt du, weshalb? Ich habe das Ratsmitglied Pleni nie kennen gelernt. Hat Balog das arrangiert?"

„Ich weiß es nicht", gab Eritha zurück. „Wäre möglich. Ich weiß, dass Alani noch immer Kontakt mit ihm hat. Ich bin hier, um Informationen zu sammeln. Und ich glaube, ich habe eine Spur. Ich möchte verhindern, dass Alani dahinter kommt, also gebe ich vor, ihre Kandidatur zu unterstützen. Außerdem geht im Rat ein Gerücht um, das ihr wissen müsst: Manex ist im Besitz der Liste mit den Namen der Informanten der Absoluten."

„Manex?"

Eritha nickte. „Ich habe das Gefühl, dass Roans Bruder machthungriger ist, als er zugibt. Er möchte seinen Einfluss behalten."

„Ich brauche eine Möglichkeit, um mit dir in Kontakt zu bleiben", sagte Qui-Gon. „Ich werde ständig in Bewegung sein."

Eritha biss sich auf die Lippe. „Könnt Ihr hier ein paar Minuten warten? Ich bin kurz davor herauszufinden, wo Balog sich versteckt. Dieser Konferenzraum wird nicht mehr oft benutzt. Ich bin in ein paar Minuten zurück."

„Wenn du aufgehalten wirst ..."

„Das werde ich nicht", sagte Eritha zuversichtlich und ging eilig hinaus.

Qui-Gon seufzte. Eritha trug die ganze Ungeduld und den ganzen Optimismus der Jugend in sich. Wenn sie nicht zurückkommen würde, hätte er keine Möglichkeit, mit ihr in Kontakt zu treten. Er würde sich in die Residenz des Gouverneurs schleichen müssen.

Es blieb ihm nichts anderes übrig, als zu warten. Er konnte vielleicht zehn oder fünfzehn Minuten erübrigen. Qui-Gon setzte sich auf einen Stuhl und dachte über alles nach, was an diesem Morgen vorgefallen war. Er hatte überall Hinweise gestreut, dass er Informationen kaufen und fürstlich dafür bezahlen wollte. Er hatte sogar Hinweise auf die Existenz einer Liste gegeben. Immer wieder hatte er einen Funken von Interesse im Blick eines Assistenten oder eines Ratsmitglieds gesehen, doch er war sich in keinem Fall sicher gewesen, ob es sich um Wissen oder pure Habgier gehandelt hatte.

Fünf Minuten vergingen. Qui-Gon stand ruhelos auf und ging zum Fenster. Er sah auf die dicht bevölkerte Straße jenseits der Mauer vor dem Ratsgebäude hinab. Bewegte Balog sich frei umher, oder versteckte er sich tagsüber und ließ seine Verbündeten wie Alani den Weg für seine Rückkehr ebnen?

Die Tür öffnete sich mit einem Zischen. Doch anstatt Eritha erschien ein verwirrt dreinblickender Assistent im Türrahmen. „Entschuldigt bitte – trifft sich hier nicht das Unterkomitee für das Gesetz über die Förderung des Felsabbaus?“

„Ich fürchte nein", sagte Qui-Gon.

„Oh. Entschuldigt nochmals." Der junge Mann nickte und zog sich zurück. Die Tür schloss sich hinter ihm mit dem üblichen Zischgeräusch.

Eine unbedeutende Störung, dachte Qui-Gon. Aber vielleicht auch nicht. Er dachte über das Auftauchen des jungen Mannes nach. Er hatte die blaue Tunika eines Ratsassistenten getragen, und doch …

Seine Stiefel. Es waren die Stiefel eines Sicherheitsoffiziers. Er hatte den Raum überprüft. Und er könnte Qui-Gon erkannt haben.

Der Jedi-Meister zog schnell sein Lichtschwert. Er würde später mit Eritha Kontakt aufnehmen. Er schnitt ein sauberes Loch in das Fenster und stieg hinaus auf den Sims. Mit Hilfe seines Seilkatapults ließ er sich jenseits der Mauer auf den Gehweg hinab.

„Da ist er!" Splitter der Felsmauer flogen ihm um die Ohren, als das erste Blasterfeuer einschlug. Qui-Gon sah nach oben. Zwei Sicherheitsoffiziere zielten mit ihren Blastern auf ihn.

„Keine Bewegung!", rief einer von ihnen.

Qui-Gon lief los. Er lenkte das Blasterfeuer mit dem Lichtschwert ab, während er im Zickzack den kurzen Weg zwischen der Mauer und dem Ratsgebäude hinter sich brachte. Er sprang auf die Mauer und auf der anderen Seite wieder hinunter.

Die Fußgänger zuckten zusammen, als er landete. Sie sahen ihn neugierig an, doch er passte sich sofort dem Tempo der Menge an und ging weiter. Als sie ihr Interesse verloren hatten, beschleunigte er seinen Schritt und bog in eine Seitenstraße ab. Er strich eine Zeit lang zwischen den Gebäuden des Vereinten Rates umher, bis er eine Seitengasse gefunden hatte, in der er seinen Übermantel und die Kapuze ablegen konnte. Eine aktualisierte Beschreibung seines Äußeren befand sich zweifelsohne schon jetzt auf dem Datapad eines jeden Sicherheitsoffiziers. In seinem Reisemantel war er nun unauffälliger.

Qui-Gon stieg in einen Repulsorlift-Schwebebus und fuhr bis zur Endstation mit. Er beschloss, zurückzugehen und Eritha im Schutz der Dunkelheit aufzusuchen.

Balog war ihm bislang immer einen Schritt voraus gewesen. Dieses Mal, das wusste er sicher, würde er schneller sein.

Kapitel 11

Das Holotape von Tahl als Absoluter hatte den Jedi geschadet. Doch Qui-Gons Haftbefehl machte alles noch schlimmer. Wo auch immer Mace Informationen sammeln wollte, stieß er auf Granit. Die Unterstützung von Manex genügte jetzt nicht mehr.

Obi-Wan bemerkte, wie die Frustration Maces Gesichtszüge mehr und mehr erhärten ließ. Er wusste, dass der Meister zutiefst besorgt war, weil Qui-Gon noch nicht aufgetaucht war, um die Anschuldigungen, die gegen ihn erhoben wurden, zu klären. Obi-Wan fragte sich, was sein Meister sich dabei wohl dachte. In den wenigen Momenten der Ruhe, die ihm blieben, versuchte er verzweifelt mit Hilfe der Macht hinauszugreifen und Kontakt mit ihm aufzunehmen. Manchmal glaubte er, Qui-Gon spüren zu können, doch es war kein klares, deutliches Gefühl. Es war schwammig und grau. Er wusste, dass er seinen Meister mit Hilfe der Macht nicht erreichen konnte. Sie würden keine Verbindung bekommen. Qui-Gon war von zu vielen Gefühlen aufgewühlt, er versuchte so vieles zu verbergen.

„Ihr braucht Ruhe", sagte Mace am Ende eines langen, ergebnislosen Tages. „Alle beide."

Doch weder Bant noch Obi-Wan wollten sich in ihre Unterkünfte zurückziehen. Sie saßen in Manex' privatem Ruhezimmer. Da Manex' Lieblingsfarbe Grün war und er nichts lieber tat, als den Tag in angenehmer Atmosphäre zu genießen, war jedes Kissen und jede Sitzecke in dem Zimmer in einem anderen Ton dieser Farbe gehalten. Der Boden bestand aus auf Hochglanz poliertem schwarzen Stein. Obi-Wan wurde beinahe schwindlig inmitten dieser grellen Farben, doch Manex hatte darauf bestanden, den Jedi sein Lieblingszimmer anzubieten. Sie hatten nicht ablehnen können.

Manex kehrte nur wenige Augenblicke nach den Jedi vom Vereinten Rat zurück. Er stürmte mit wehenden Locken und aufgeregtem Gesichtsausdruck in das Zimmer.

„Qui-Gon wurde im Ratsgebäude gesehen. Es gab einen Blasterkampf."

Obi-Wan spürte, wie ein stiller Protestschrei in ihm hochkam. Er würde es nicht ertragen, wenn Qui-Gon jetzt etwas zustieße. Ihm wurde schlagartig kalt. Bant ging näher an ihn heran, ihre Schulter berührte die seine.

Mace stand auf. „Was ist passiert?"

„Er ist natürlich entkommen."

Obi-Wan atmete hörbar aus. Qui-Gon war in Sicherheit. Er spürte, wie Bant sich entspannte. Sie sah Obi-Wan erleichtert an.

Manex tupfte sich mit einem goldfarbenen Taschentuch die Augenbrauen ab. „Was für ein Tag. Ich muss Euch mitteilen, dass eine Bewegung im Gange ist, die mich zu einer Kandidatur bei der Wahl überreden will. Es ist wirklich kein Amt, das ich haben möchte, doch ich denke langsam darüber nach. Vielleicht ist es an der Zeit, etwas zu tun. Ich dachte immer, mein Bruder wäre der Held, der Diener des Volkes. Ich sagte immer, dass ich nur fürs Geldverdienen zuständig war." Manex steckte das Tuch in die Tasche. „Vielleicht wurde ich so, weil mein Bruder ein solch nobler Charakter war. Jetzt bin ich mir nicht mehr sicher, was eigentlich meine Rolle ist. Vielleicht sollte ich jetzt mein Prinzip aufgeben, mich selbst zu schützen."

„Was ist mit Alani?", fragte Obi-Wan. „Würde es Euch schwer fallen, sich ihr entgegenzustellen?" Manex wusste nichts über Alanis Verbindung zu den Absoluten. Er betonte seine Zuneigung für die Zwillinge.

Manex zögerte. „Ich muss daran denken, was für New Apsolon das Beste ist", sagte er. „Und mir wurde etwas klar: Wir können keine beständige Regierung bilden – mit mir oder einem anderen Regenten –, wenn wir Balog und Die Absoluten nicht ausliefern. Ich habe einen Plan."

Obi-Wan versuchte, nicht allzu zweifelnd dreinzublicken. Er hatte nicht die geringste Vorstellung, wie Manex' Plan aussehen könnte.

„Ich werde als Köder fungieren", erklärte er. „Ich werde überall verbreiten, dass die Liste der Geheiminformanten jetzt in meinem Besitz ist."

Mace schüttelte den Kopf. „Nein. Das ist zu gefährlich. Ist Euch denn nicht klar, was mit den letzten beiden Menschen geschehen ist, die das behauptet haben?"

„Sie sind tot. Ja, das ist mir sehr wohl bewusst." Manex machte eine Pause. „Ich versuche, nicht daran zu denken. Und eigentlich könnt Ihr nicht mehr ablehnen, denn ich habe bereits begonnen, das Gerücht zu verbreiten."

Obi-Wan sah, wie Bant die Gesichter der beiden Männer beobachtete. Normalerweise sagte sie bei solchen Treffen nicht viel, doch sie war eine der aufmerksamsten Zuhörerinnen, die er kannte. Er konnte von ihrer Ruhe lernen, dachte er plötzlich.

„Das könnte sich als sehr unklug erweisen", sagte Mace mit gerunzelter Stirn.

„Das ist mir schon klar", schnaubte Manex. „Ich bin nicht gerade ein mutiger Mensch. Aber ich hoffe, dass ich unter dem Schutz der Jedi davonkomme. Wenn wir Balog aus seinem Versteck locken können, dann können wir ihn auch verhaften. Wollt Ihr nicht auch die Anschuldigungen gegen Qui-Gon klären?"

„Natürlich. Aber ich bin mir nicht sicher, ob dies der richtige Weg ist."

Obi-Wan sah von Manex zu Mace und wieder zurück. Er wusste natürlich, dass Mace Manex' Bitte um Schutz

Folge leisten musste. Zwar war Manex' Zug dumm gewesen, doch Obi-Wans Meinung war hier nicht gefragt. Jetzt mussten sie für Manex den Babysitter spielen in der Hoffnung, dass Balog auftauchte. War es das, was Manex wollte? Wollte er die Jedi an sich binden, bis er seine Macht gefestigt hatte? Vielleicht steckte er mit Balog sogar unter einer Decke.

Obi-Wan rief sich wieder ins Gedächtnis, dass Qui-Gon Manex vertraut hatte. Er hatte sanft darauf hingewiesen, dass der Hang eines Mannes zu Reichtum nicht unbedingt ein Zeichen für einen schlechten Charakter sein musste. Qui-Gon hatte etwas Liebenswertes darin gesehen, dass Manex so zufrieden sein eigenes Glück pflegte.

„In Ordnung", sagte Mace. „Wir werden Euch beschützen. Aber *wir* werden den Plan dafür entwerfen."

Die Beleuchtung des Hauses war noch immer heruntergefahren, wie in einem Trauerhaus üblich. Manex saß an einem Tisch im Garten und hantierte nervös mit einem Glas des „besten Saftes auf New Apsolon. Kann ich den Jedi ein Glas einschenken?" Die Jedi hatten schon vor längerer Zeit abgelehnt und Manex selbst hatte auch kaum etwas gegessen oder getrunken.

„Macht einen entspannten Eindruck", sagte Mace leise.

„Das versuche ich ja", gab Manex mit zusammengebissenen Zähnen zurück.

Mace stand hinter einer Hecke. Obi-Wan war ein paar

Meter von ihm entfernt. Bant stand auf der anderen Seite einer kleinen Lichtung, wo Manex Steinplatten über das Gras für eine Terrasse hatte legen lassen.

Sollte es einen Hinterhalt geben, so wollte Mace genügend Raum zum Agieren haben. Er hatte beschlossen, dass Manex sein Abendessen im Freien zu sich nehmen und dann noch ein wenig im Sonnenuntergang draußen bleiben sollte. Manex hatte seitdem in seinem Essen herumgestochert und machte jetzt den schwachen Versuch, anscheinend zufrieden an seinem Saft zu nippen. Er schaffte es allerdings nur, seine Tunika damit zu bekleckern.

Die Sonnen gingen langsam unter und es wurde dunkler. Nur ein paar wenige Lichter auf dem Tisch erhellten nun noch die Umgebung. Obi-Wan stellte sich auf das Geräusch sich nähernder Sucher-Droiden ein. Er war entschlossen, Balog nicht entkommen zu lassen. Wenn er einmal in ihren Händen war, würden sie Gerechtigkeit für Tahl fordern. Und Qui-Gon würde zurückkehren. Wenn es Obi-Wan auch niemandem gegenüber zugeben würde: Ihm war es lieber, wenn Balog in ihre Hände fiel und nicht in Qui-Gons.

Mace hatte das Sicherheitssystem mit seinem Comlink verbunden. Er musste vibrierend Alarm gegeben haben, denn Mace wandte sich unvermittelt an Obi-Wan. „An der Ostmauer wurden die Sicherheitseinrichtungen durchbrochen", sagte er.

„Was?“, fragte Manex.

„Kommt näher zu uns und tut so, als würdet Ihr Euch die Sterne ansehen“, sagte Mace leise.

Manex schob seinen Stuhl zurück. Er stand auf und gab vor, die Sterne zu betrachten, das Glas noch immer in den Händen. Obi-Wan wusste, dass Mace Manex schnell in Deckung haben wollte, falls etwas passieren sollte. Hinter ihnen gab es eine niedrige Steinmauer, hinter die sie ihn innerhalb von Sekundenbruchteilen in Sicherheit ziehen konnten.

Obi-Wan spürte ein Aufbäumen der Macht und sah im gleichen Moment einen Schatten über den Rasen huschen. Es hätte ein Nachtvogel oder ein Mondschatten gewesen sein können. Doch das war es nicht.

Er und Mace sprangen gleichzeitig los. Bant flankierte Manex von der anderen Seite. Obi-Wan stieß Manex hinter die Mauer und wandte sich dann nach vorn. Die Lichtschwerter waren aktiviert, als die Jedi lossprangen.

„Ich freue mich auch, Euch zu sehen“, sagte Qui-Gon, als er ins Licht trat.

„Meister!“, rief Obi-Wan.

Er sah zu Manex hinüber, der über den Mauerrand hinweg die drei Jedi anstarrte. „Also eine Falle. Sieht so aus, dass ich hineingetappt bin anstatt Balog.“

„Qui-Gon“, setzte Mace mit strenger Stimme an. „Was denkt Ihr Euch …“

Er verstummte schlagartig. Qui-Gon und er drehten sich

gleichzeitig zur Vorderseite des Gebäudes um. Es dauerte noch ein oder zwei Herzschläge, dann hörte auch Obi-Wan es. Wütendes Gepolter an der Vordertür. Ein paar Sekunden später sah Obi-Wan, wie Sicherheitsleute den Korridor entlang stampften, während Manex' Protokolldroide protestierend mit den Armen ruderte.

Mace hastete zur Tür und sagte über die Schulter zu Qui-Gon: „Ich schlage vor, Ihr sucht Euch einen anderen Ausgang."

Mace raffte seine Robe zusammen und ging schnell ins Haus. Sie hörten die ärgerliche Stimme eines Sicherheitsoffiziers.

„Ich weiß, dass er hier ist. Wir haben den Beweis! Er hatte den Sucher-Droiden gekauft, der das Ratsmitglied Pleni tötete."

Qui-Gon versteckte sich hinter den ausladenden Büschen des Grundstücks. Er blieb stehen und hörte sich an, was der Offizier sagte.

„Qui-Gon, Ihr müsst gehen", drängte Obi-Wan. „Ich komme mit Euch."

Qui-Gon zögerte. Er schaute Obi-Wan in die Augen. „Nein. Es tut mir Leid, dass ich dir Schwierigkeiten verursacht habe, Padawan", sagte er. „Ich muss dies auf meine Art erledigen."

„Aber ...", begann Obi-Wan. Doch bevor er seinen Satz beenden konnte, hatte er das Gefühl, dass seine Worte vom Wind davongetragen wurden.

Qui-Gon war wieder ein Schatten geworden, der sich über das weiche, grüne Gras bewegte. Dann verschwand er.

Kapitel 12

Qui-Gon lief durch die Nacht. Er war dankbar, dass die Neumonde die Nacht nicht so sehr erhellten. Er bewegte sich geräuschlos von Schatten zu Schatten. Erst als er eine beachtliche Strecke zwischen sich und die Residenz von Manex gebracht hatte, verlangsamte er sein Tempo.

Er war müde, wollte aber weiterlaufen. Nur wenn er seinen Körper bis an die Grenze belastete, konnte sein Verstand sich vollkommen ausschalten. Sich Mace zu stellen, war schwer gewesen. Obi-Wan zu sehen, war noch schlimmer. Er wusste, dass er bei den Jedi hätte sein müssen. Und doch konnte er nicht umhin, allein zu suchen. Seine Gefühle waren jetzt zu übermächtig, zu unkontrollierbar. In der Gegenwart der Jedi fühlte er sich bloßgestellt. Mace würde sehen, wie schwer es ihm fiel, Ruhe zu bewahren. Er konnte Qui-Gon sogar zum Tempel zurückbeordern. Das aber durfte Qui-Gon nicht zulassen.

In Wirklichkeit fürchtete er den Moment, in dem er wieder in den Tempel zurückkehren und feststellen würde, dass Tahls Schritte nie wieder durch die Gänge hallen würden. Der Tempel würde ihn niemals wie einst willkommen heißen. In Zukunft würde er im Tempel Verlust ebenso spüren wie Schutz.

Sein fieberhaftes Verlangen, Balog zu finden, kämpfte mit seiner Furcht vor der Zukunft, die ihn nach Abschluss dieser Mission erwartete. Er würde dann seinen Schmerz ertragen müssen und auf die kommenden Jahre der Leere blicken. Was würde dann mit ihm geschehen?

Ein Anflug von eisiger Kälte ließ ihn erschaudern. Der kühle Wind trocknete seinen Schweiß. Vor sich sah er einen Sicherheitsoffizier, also bog er schnell in eine Seitenstraße. Auch heute Nacht würde er wieder nicht schlafen. Er musste wach bleiben. Jeder Sicherheitsmann in der Stadt suchte jetzt nach Qui-Gon Jinn.

Doch er hatte etwas erkannt. Sie unterstellten ihm einen Mord, der mit Hilfe von Sucher-Droiden verübt worden war. Er wusste nicht, weshalb die Droiden jemanden angegriffen hatten, anstatt nach Balog zu suchen – worauf sie ja ursprünglich programmiert gewesen waren. Er fragte sich, ob die beiden Droiden, die nach dem Angriff auf ihn verschwunden waren, gar seine eigenen gewesen waren. Es war eigenartig, dass sie einfach abgedreht hatten. Bedeutete das, dass seine Sucher-Droiden auch Oleg angegriffen hatten? Dann musste sie irgendjemand umprogrammiert haben.

Er brauchte dringend Antworten auf diese Fragen und er wusste sogar, wo er sie finden konnte. Er würde dem

Schwarzmarkthändler Mota, der ihm die Droiden verkauft hatte, einen Besuch abstatten. Wenn sie umprogrammiert worden waren, so war Mota mit Sicherheit das Bindeglied zu der Person, die diese Programmierung vorgenommen hatte. Und wenn diese Person Balog war, würde es einen Weg geben, ihn zu kontaktieren.

Qui-Gon drehte sich um und sah die Straße hinunter. Der Sicherheitsoffizier war verschwunden. Also überquerte er schnell die Straße und ging in den Park. Dort gab es mehr Verstecke für den Fall, dass man ihn entdeckte. Und eine Abkürzung durch den Park würde ihn auch näher an den Arbeiter-Sektor bringen.

Qui-Gon spürte plötzlich, dass irgendjemand hinter ihm war. Es versuchte, sich dessen Schritten und dessen Tempo anzupassen. Der Jedi zog sich in den Schutz der Bäume zurück. Er ging einen weiten Bogen und gelangte so hinter seinen Verfolger. Als er den Schimmer von goldfarbenen Haaren in der Dunkelheit sah, wusste er, dass es Eritha war.

Er ging nach vorn und packte sie am Arm. Zuerst keuchte sie, doch dann sah sie, dass er es war. Sie atmete schwer, so als wäre sie schnell gelaufen. „Ich folge Euch, seitdem Ihr von Manex weggegangen seid“, sagte sie. „Zumindest habe ich es versucht. Irgendwann habe ich Euch aus den Augen verloren und alles abgesucht. Dann sah ich Euch in den Park gehen.“

„Warum folgst du mir?“

Sie beugte sich nach vorn und versuchte, wieder zu Atem zu kommen. Ihre Zöpfe waren aufgelöst, ihr Gesicht war rot angelaufen.

„Hat Manex die Liste?"

„Nein. Bist du mir deshalb gefolgt?"

Eritha schüttelte den Kopf. „Nein, ich bin Euch gefolgt, weil ich nicht warten konnte, bis Ihr mich kontaktiert. Ich nahm an, dass Ihr heute Nacht zu Manex gehen würdet. Ich habe die Informationen, die Ihr braucht. Ich habe Alani belauscht. Ich weiß, wo Balog ist. Ich kann Euch dorthin bringen."

Kapitel 13

Die Jedi bewachten Manex weiter, der sich jetzt in seinen Empfangsraum zurückgezogen hatte, um sich auszuruhen. Mace sicherte die Vorderseite der Residenz, während Bant draußen an der Hinterseite stand. Obi-Wan hatte hinter der runden Treppe Stellung bezogen. Von hier aus hatte er die Tür des Empfangsraums im Blick. Er hatte das Gefühl, dass es eine langweilige Nacht werden würde.

Nutze deine Zeit. Eines Tages wirst du herausfinden, dass du nur sehr wenig Zeit hast.

Qui-Gons Worte kamen ihm in den Sinn. Obi-Wan dachte wieder und wieder darüber nach, was er wohl hätte sagen sollen, als er seinen Meister wiedergetroffen hatte. Die nebelhafte Aura, die Qui-Gon umgab, besorgte ihn zutiefst. Er spürte Verwirrung und Unentschlossenheit, die eine richtige Verbindung unmöglich machten. Es hatte ihn beunruhigt. Vielleicht hatte es ihn sogar daran gehindert, schneller zu reagieren. Hätte er Qui-Gon folgen sollen, ungeachtet seiner Anweisungen?

Nutze deine Zeit …

Obi-Wan hatte nicht das Gefühl, das im Augenblick tun zu können. Seine Gedanken waren zu durcheinander.

In solchen Zeiten brauchst du Selbstdisziplin mehr als alles andere. Dafür erhältst du deine Ausbildung.

In Ordnung. Er würde Qui-Gons Stimme in seinem Kopf zum Schweigen bringen, indem er seinen Anweisungen Folge leistete.

Obwohl er müde war und das Gefühl hatte, über die Ereignisse der vergangenen Tage mehr als genug nachgedacht zu haben, begann er sich zu konzentrieren und noch einmal von vorn anzufangen. Er ließ noch einmal jede Kleinigkeit Revue passieren, die geschehen war, seitdem Qui-Gon und er New Apsolon betreten hatten. Er betrachtete die Dinge von allen Seiten und suchte nach Ungereimtheiten. Er zog jede offene Frage und jede mögliche Antwort in Betracht.

Irini hatte geschworen, dass sie am Tag ihrer Ankunft auf New Apsolon nicht auf sie geschossen hatte. Aber sie hatten auch niemals mit Sicherheit klären können, wer es eigentlich gewesen war. Balog? Sie waren für ihn zu diesem Zeitpunkt doch noch keine Bedrohung gewesen, oder?

War es nur ein Zufall gewesen, dass die Sicherheitsleute bei Mota aufgetaucht waren, als sie den Sucher-Droiden gekauft hatten? Es schien jetzt wahrscheinlich, dass Alani ihnen nur von Mota erzählt hatte, um sie in eine Falle zu locken. Sie hätte den Sicherheitskräften gesagt haben können, dass die Jedi illegale Waren kauften. Die Droiden waren sicherlich umprogrammiert worden, um Pleni anzugreifen.

Obi-Wan verwarf diese Gedanken vorerst wieder. Er hatte nicht das Gefühl, dass sie ihn näher an Balog heran brachten. Wenn doch nur die Antworten klar wären. Wenn sie doch nur eine deutliche Spur finden könnten. Wenn doch nur Eritha mit Informationen über Balog kommen würde. Sie war jetzt seit mehr als zwei Tagen an der Seite ihrer Schwester. Dabei musste sie doch etwas herausgefunden haben.

Würde es Eritha vielleicht doch schwer fallen, ihre Schwester zu hintergehen?

Allerdings hatte sie bereits einen Schritt getan, den sie nicht mehr ungeschehen machen konnte, das wusste Obi-Wan. Als sie herausgefunden hatte, dass ihre Schwester hinter Tahls Entführung steckte, hatte sie sich auf die Suche nach Qui-Gon und Obi-Wan gemacht. Und damit war sie ein großes Risiko eingegangen. Sie hätte in der Höhle ihr Leben verlieren können. Obi-Wan erinnerte sich daran, wie viel Angst Eritha gehabt hatte, als die Sprengladungen hochgegangen waren und die Höhle begonnen hatte einzustürzen. Er hatte bewundert, wie tapfer und mutig sie sich trotz ihrer Angst verhalten hatte. Er erinnerte sich noch immer an ihren Schrei. *Sie haben mich einfach zurückgelassen! Sie haben mich vergessen!*

Obi-Wan konzentrierte sich einen Moment lang. Da war etwas in Erithas Stimme gewesen, das ihn jetzt störte. Was war es gewesen? Das Gefühl, das sie getrieben hatte, war anders gewesen als das, was er in einer solchen Situation eigentlich erwarten würde.

Erstaunen. Sie war erstaunt gewesen. Und sie hatte sich verraten gefühlt.

Sie haben mich vergessen!

So als hätte das nicht passieren dürfen, als hätte sie trotz ihrer Gefangenschaft Privilegien gehabt.

Wenn sie überhaupt eine Gefangene gewesen war …

Und weshalb war sie *tiefer* in die Höhle gegangen?

Sicher, der Rauch war in der Nähe des Höhleneingangs dichter gewesen. Aber hätte sie nicht versuchen müssen, sich hindurchzukämpfen?

Sie hatte sich zum anderen Ausgang am Ende der Höhle aufgemacht, das wurde Obi-Wan mit einem Mal klar. Doch woher wusste sie von diesem Ausgang? Sie hatten ihn noch nicht gefunden, als Eritha gefangen genommen worden war. Sie hätte gar nicht gewusst haben dürfen, wie tief die Höhle eigentlich war.

Langsam, warnte Obi-Wan sich selbst. Es könnte andere Erklärungen für die Geschehnisse geben. Eritha war in Panik gewesen. Sie hatte nur reagiert, nicht agiert.

Doch nun, da der Verdacht Obi-Wan einmal in den Sinn gekommen war, führte er sich noch einmal Erithas Verhalten in seiner Gegenwart vor Augen. Er konzentrierte sich und betrachtete jeden Moment noch einmal, so als wäre er erst an diesem Morgen geschehen.

Eritha hatte einen aufrichtigen Eindruck gemacht, als sie sie eingeholt hatte. Kurz danach waren sie von den Fels-Arbeitern angegriffen worden. Obi-Wan war sich sicher, dass Eritha von dem Angriff wirklich überrascht worden war. Und sie hatte echte Angst gehabt. Als Qui-Gon ihr befohlen hatte, hinter ihnen zu bleiben, hatte sie Folge geleistet.

Weshalb war sie aber sofort nach vorn gesprungen, als der Sucher-Droide der Jedi in Sicht gekommen war? Sie hatte den Jedi keine andere Wahl gelassen, als sie zu beschützen. Obi-Wan hatte sich dabei eine Beinverletzung zugezogen und ihr Sucher-Droide war zerstört worden. Hätte das am Ende ein verzweifelter Versuch gewesen sein können, ihre einzige Möglichkeit, Balog zu verfolgen, zu vereiteln?

Und was war mit dem Angriff auf die Siedlung der Fels-Arbeiter? Qui-Gon hatte ihm erzählt, dass er Eritha vor Sonnenaufgang getroffen hatte. Sie wollte die Gleiter auftanken. Zumindest hatte sie das gesagt. Doch was wäre, wenn sie in Wirklichkeit hätte fliehen wollen? Wenn sie und Alani gemeinsame Sache gegen die Jedi machten, dann wäre ihre Arbeit zu jenem Zeitpunkt ja getan gewesen. Qui-Gon und Obi-Wan hatten ihren Sucher-Droiden verloren. Sie konnten Balog nicht mehr aufspüren. Eritha hatte nicht gewusst, dass es Obi-Wan besser ging und er schon wieder reisefähig war. Sie hatte wohl angenommen, dass Qui-Gon in der Siedlung bleiben würde.

Vielleicht wollte sie fliehen, weil sie von dem Angriff wusste.

Konnte das möglich sein? Obi-Wan war sich nicht sicher. Konnte Eritha sie wirklich in den Irrglauben geführt haben, dass sie die gute Schwester war? Griffen beide Schwestern nach der Macht auf dem Planeten?

Und da war noch etwas. Als Obi-Wan und Eritha wieder nach New Apsolon zurückgekommen waren, war Eritha furchtbar wütend gewesen, dass Manex sich eingemischt und ein Med Team für Tahl organisiert hatte. Obi-Wan hatte es in ihren Augen gesehen. Damals hatte er angenommen, dass sie dasselbe Misstrauen gegen Manex hegte wie er und dass sie sich Sorgen um Tahls Genesung machte. Aber was wäre, wenn das Gegenteil der Fall war? Was wäre, wenn sie gar nicht gewollt hatte, dass Tahl wieder gesund wird?

Was wäre, wenn sie die ganze Zeit die falsche Person verdächtigt hatten? Was wäre, wenn Manex gut und Eritha böse war? Obi-Wan hatte sich noch nie so sehr nach Qui-Gons Gegenwart gesehnt wie jetzt.

Als Manex ihnen von seinem Entschluss zur Kandidatur bei der Wahl erzählt hatte, hatte Obi-Wan Alani erwähnt. Weshalb hatte Manex in diesem Moment gezögert? Gab es einen Grund dafür, dass er gegen Ewanes Tochter antrat?

Obi-Wan rieb sich die Augen. Der Schlafmangel und die tagelange Rastlosigkeit forderten jetzt ihren Tribut. Seine

Gedanken drehten sich im Kreis. Er war sich nicht mehr sicher, ob er gerade ohne Beweise eine Anklage gegen Eritha zusammenstellte oder ob es sich lohnte, der Sache nachzugehen. Weshalb sollten die Zwillinge überhaupt Tahl um Hilfe bitten, wenn sie die ganze Zeit selbst die Machtergreifung planten? Das machte keinen Sinn.

Obi-Wan wusste, dass seine Gedanken sich nicht beruhigen würden, bevor er die passenden Antworten gefunden hatte. Er ging zur Tür von Manex' Empfangsraum und drückte auf den Knopf, der drinnen Besuch ankündigte.

Die Tür zischte ein paar Sekunden später auf. „Ist Balog da?", flüsterte Manex aus der Dunkelheit.

„Nein. Ich muss Euch ein paar Fragen stellen", sagte Obi-Wan und ging hinein.

Manex schaltete gedämpftes Licht neben seiner Couch ein. Er schwenkte seine Beine hoch und rieb sich die Augen. „Ich stehe zu deiner Verfügung."

„Weshalb habt Ihr auf Eurem eigenen Med Team für Tahl bestanden?", fragte Obi-Wan ohne Umschweife. „Das Team für den Gouverneur ist doch sicher gut genug, oder nicht?"

„Aber meines ist besser", sagte Manex. „Hast du schon vergessen, dass ich immer von allem das Beste habe?" Er versuchte, das in einem witzigen Ton zu sagen, doch es klang unglaubwürdig.

„Gibt es einen Grund, weshalb Ihr Eritha und Alani nicht

vertraut?“, fragte Obi-Wan. „Wenn ja, dann müsst Ihr mir bitte die Wahrheit sagen. Wenn Ihr einen Verdacht habt, so müsst Ihr ihn aussprechen.“

Manex sah einen Moment lang nachdenklich zur Seite. „Ich habe keinen richtigen Beweis“, sagte er langsam. „Ich fand es nicht fair, etwas zu sagen, bevor ich einen solchen Beweis habe. Die Mädchen mussten so viel durchmachen. Zuerst den Tod ihres Vaters, dann den ihres Beschützers. Zunächst dachte ich, ich wäre völlig verrückt, sie zu verdächtigen.“

„Sie zu verdächtigen?“, hakte Obi-Wan nach.

„Mit den Absoluten zusammenzuarbeiten“, sagte Manex. „Eine üble Anschuldigung für die Töchter eines Arbeiter-Helden. Doch aus diesem Grund lasse ich mich als Kandidat für den Gouverneursposten gegen Alani aufstellen. Ich kann es nicht mit ansehen, dass die Regierungsgewalt wieder in die Hände von Korrupten fällt.“

„Was bringt Euch dazu, sie zu verdächtigen? Und seid Ihr sicher, dass es beide sind?“

„Alani tut keinen Schritt ohne Eritha“, sagte Manex. „Und Eritha tut keinen Schritt ohne Alani. Wie ich schon sagte: Ich habe keinen Beweis. Nur ein paar Worte, die ich zufällig mitgehört habe. Momente der Unachtsamkeit. Die Art, wie sie miteinander kommunizieren. Ich spürte etwas Unaufrichtiges in ihrer Trauer über Roans Tod. Und heute, als ich hörte, dass Qui-Gon im Gebäude des Vereinten Rates war, fand ich noch etwas heraus – er war mit Eritha zusammen, kurz bevor die Sicherheitstruppen auf ihn gehetzt wurden."

„Ihr glaubt, sie hat ihn verraten?"

„Ich weiß es nicht", sagte Manex. Er streckte die Handflächen aus. „Es tut mir Leid. Es hilft nicht sonderlich viel weiter. Jetzt weißt du auch, weshalb ich noch nicht darüber sprechen wollte. Ich weiß nichts mit Sicherheit. Es ist alles nur Instinkt."

„Ich glaube an den Instinkt", sagte Obi-Wan und ging zur Tür.

Er nahm den Hinterausgang des Gebäudes, denn er wollte Mace nicht über den Weg laufen. Bant kam aus dem Schatten und rannte über den Rasen.

„Obi-Wan, wohin gehst du?"

„Sag Mace, dass ich mit Eritha reden muss", bat Obi-Wan.

„Aber kann das nicht warten?", fragte Bant mit gerunzelter Stirn.

„Nein. Nichts kann warten. Ich werde es dir später erklären. Sag Mace, dass ich weg bin." Obi-Wan glaubte ohnehin nicht, dass Balog heute Nacht angreifen würde. Doch er wusste, dass Mace und Bant es allein schaffen würden, falls es doch geschehen sollte. Er machte sich größere Sorgen um Qui-Gon. Qui-Gon vertraute Eritha immer noch.

Die Residenz des Gouverneurs war ganz in der Nähe. Obi-Wan ging um das Gebäude herum zur Hinterseite. Wenn er sich richtig an den Grundriss erinnerte, lag Erithas

Zimmer im hinteren Bereich. Sie hatte keinen Grund zu der Annahme, dass Obi-Wan sie verdächtigte. Sie würde nach draußen kommen und er würde ihr Fragen stellen können. Wenn er dann auch nur den geringsten Zweifel an ihrer Aufrichtigkeit hätte, würde er von Mace verlangen, auf die Suche nach Qui-Gon gehen zu dürfen.

Als er hinter das Haus kam, sah er, dass jemand über den dunklen Rasen ging. Zuerst wusste er nicht, welche der Schwestern es war. Doch als die Gestalt näher kam, war er sicher, dass es Alani war. Die Zwillinge waren beinahe identisch und vielleicht konnten sie andere täuschen. Aber nicht Obi-Wan.

„Guten Abend, Alani", sagte er.

„Wie ich sehe, kannst du auch nicht schlafen", sagte Alani. „Morgen ist ein großer Tag. Ich werde mich den Leuten als Kandidatin für die Wahl vorstellen. Ich werde das Erbe meines Vaters fortführen."

Obi-Wan beschloss sofort, direkt zu sein. Er würde mit Alani keine Spielchen treiben. „Das Erbe deines Vaters?", fragte er. „Aber Ewane war niemals ein Bündnis mit den Absoluten eingegangen. Sie haben ihn eingesperrt und gefoltert. Ich glaube, du hast sein Erbe etwas verändert."

Alani sah einen Moment lang zutiefst getroffen aus. Dann zwang sie ein Lachen hervor. „Du machst Witze."

„Nein, ich stelle etwas fest." Obi-Wan ging einen Schritt näher an sie heran. „Ich glaube nämlich, dass du deinem Vater nicht nicht im Entferntesten ähnelst."

Alani ging unwillkürlich einen Schritt zurück. Dann nahm sie all ihren Mut zusammen und hob das Kinn. „Es ist völlig gleichgültig, was du denkst. Eritha sagte mir, dass wir von den Jedi nichts mehr zu befürchten haben. Dein Freund jagt nur Luft. Bald wirst du damit beschäftigt sein, ihn aus dem Gefängnis zu holen. Und ich werde auf New Apsolon regieren."

„Bist du dir da so sicher?", fragte Obi-Wan. „Bist du sicher, dass dich niemand entlarven wird?"

„Das ist nicht mehr möglich", gab Alani zurück. „Die Jedi haben keinen Beweis. Das Volk von New Apsolon liebt mich. Eritha hatte Recht."

„Also ist Eritha deine Verbündete."

„Sie ist meine Schwester und Beschützerin. Sie ist ein Teil von mir. Sie sagte mir, dass sie klüger wäre als die Jedi – und sie hatte Recht. Sie sagte mir, ich sollte unbesorgt sein. Ich kann New Apsolon mit ihr an meiner Seite regieren. Eritha möchte nicht im Rampenlicht stehen, sie will aber die Macht haben. Ich hingegen mag es, wenn Leute um mich sind, die mit mir reden wollen. Also werde ich regieren und sie wird mir sagen, was ich tun muss. So war es schon immer. Sie sagte mir, sie würde sich um Qui-Gon kümmern und genau das hat sie getan. Es war so einfach, dass es sogar ein Kind geschafft hätte. Und wir sind keine Kinder mehr. Wir hatten niemals eine Kindheit. Unsere Mutter starb. Unser Vater wurde eingesperrt. Dann wurde er Regent und wir sahen ihn nie. Also nehmen wir das Einzige, was er uns hinterlassen hat – seinen guten Namen – und machen etwas aus uns. Das sagt Eritha."

Er musste sie weiterreden lassen. Alani, das sah Obi-Wan jetzt, war nicht so klug wie Eritha.

„Was ist mit Tahl?", fragte er. Er ignorierte die Welle von Zorn, die ihn bei Erwähnung ihres Namens überrollte. Der Zorn würde durch ihn hindurch fließen und verschwinden. „Sie war gut zu euch und ihr habt sie verraten."

„Sie war nützlich", sagte Alani. Sie lief dabei kurz rot an. „Ich dachte nicht, dass sie sterben würde. Doch Eritha sagt, dass sie uns noch einmal von Nutzen sein wird. Wegen Tahl wird Qui-Gon Eritha ohne nachzudenken vertrauen. Er wird überall dorthin gehen, wo sie es will, sogar zum Welt-Hauptquartier der Sicherheitskräfte. So klug ist meine Schwester. Sie hat heute im Vereinten Rat Qui-Gon einen Peilsender angehängt. Wir wissen die ganze Zeit, wo er sich gerade aufhält. Sie wird ihn geradewegs zum Welt-Hauptquartier der Sicherheitskräfte locken und er wird ihr folgen! Wenn er entkommt, macht das keinen Unterschied. Sie werden ihn so oder so finden. Ist das nicht ein kluger Plan?"

Das war alles, was er wissen musste. Ohne ein weiteres Wort drehte er sich auf dem Absatz um und lief davon.

„Du bist zu spät dran, Obi-Wan!", rief Alani ihm nach. „Wie du schon für Tahl zu spät dran warst."

Kapitel 14

Obi-Wan rannte den breiten Boulevard hinab zum Block mit den Regierungsgebäuden. Er hoffte verzweifelt, dass es nicht zu spät war.

Das Welt-Hauptquartier der Sicherheitskräfte ragte vor ihm auf, ein riesiges, graues Gebäude. Er sah zwei Gestalten, die eilig darauf zu gingen. Auf einer Seite des Bauwerks gab es einen großen Bereich, auf dem allerhand Schwebefahrzeuge und Swoops standen. Auf der anderen Seite stand eine hohe Steinmauer, die den Park von der Straße trennte.

„Qui-Gon!“, rief er.

Qui-Gon drehte sich um und sah ihn. Eritha berührte seinen Arm in dem offensichtlichen Versuch, ihn von Obi-Wan abzulenken und ihn dazu zu bringen, ihr in das Gebäude zu folgen. Obi-Wan beschleunigte sein Tempo und griff nach der Macht. Dann sprang er.

Als er auf dem höchsten Punkt seines Sprunges war, flogen die Türen des Hauptquartiers auf. Sicherheitsoffiziere und Kampf-Droiden stürmten auf die Straße.

Die Macht musste Qui-Gon gewarnt haben, denn er hatte das aktivierte Lichtschwert in der Hand, noch bevor Obi-Wan neben ihm den Boden berührte. Mit einer Hand drückte Qui-Gon Eritha in Sicherheit und sprang nach vorn, um ihr Deckung zu geben.

Jetzt war Obi-Wan nahe genug, um mit Qui-Gon sprechen zu können. „Sie werden ihr nichts tun. Sie hat Euch verraten", sagte er und nahm seine Position neben Qui-Gon ein.

Qui-Gon reagierte nicht. Er behielt die Offiziere und Droiden im Auge, die sich vor ihnen formierten.

„Wir müssen die Droiden ausschalten", sagte Qui-Gon. „Verletze keinen der Offiziere. Ich werde gesucht. Sie machen nur ihre Arbeit. Sobald der letzte Droide am Boden liegt, gehen wir. Sollen wir angreifen?"

Qui-Gon und Obi-Wan sprangen gleichzeitig los. Die Droiden feuerten aus allen Blaster-Rohren. Die Sicherheitsleute hingegen blieben hinter Duraplast-Schilden stehen und sahen zu, wie die Droiden ihre Arbeit verrichteten.

Die Lichtschwerter der Jedi bewegten sich gemeinsam, lenkten Blasterfeuer ab und schickten es zu den Droiden zurück. Die Sicherheitsoffiziere blieben angesichts dieser überraschenden Gegenwehr hinter ihren Schilden in Deckung.

Die Droiden teilten sich in zwei Flanken. Obi-Wan und Qui-Gon trennten sich ebenfalls. Obi-Wan ging nach rechts, Qui-Gon nach links. Sie schmetterten einen Droiden nach dem anderen nieder und brachen so die Linien auf.

Die Offiziere blieben zunächst weiter hinter ihren Schilden. Doch als der Kampf heftiger und das Blasterfeuer weniger wurde, wagten sie etwas mehr. Einige von ihnen zogen ihre Blaster und feuerten.

„Jetzt, Padawan!", rief Qui-Gon und lenkte das Blasterfeuer ab.

Die beiden Jedi sprangen über eine Reihe von Einsatzfahrzeugen. Einen Sekundenbruchteil später schlug das Blasterfeuer darin ein. Mit einem weiteren gewaltigen Satz landeten Qui-Gon und Obi-Wan auf der anderen Seite der Mauer. Obi-Wan konnte gerade noch einen Blick auf Erithas vor Wut verzerrtes Gesicht werfen, bevor sie in Sicherheit waren. Dieser letzte Blick sagte ihm alles, was er wissen musste.

Sie liefen im Dunkeln die Straße entlang in den Park hinein. Obi-Wan hörte den entfernten Klang eines startenden Hoverscout.

„Meister, Eritha brachte irgendwie einen Peilsender bei Euch an", sagte Obi-Wan. „Heute im Ratsgebäude."

„Als sie mich umarmte", sagte Qui-Gon. Er tastete im Laufen vorsichtig seine Kleidung und seine Haut ab. Dabei fand er ein hauchdünnes Gerät hinten an seinem Gürtel. Er warf es irgendwo in die Dunkelheit und lief in der entgegengesetzten Richtung weiter.

Die hellen Lichter des Hoverscout erleuchteten den Park, doch das Fahrzeug bewegte sich langsam auf den Peilsender zu. Obi-Wan und Qui-Gon hörten, wie Sicherheitskräfte durch die Bäume und Büsche brachen. Die Angreifer würden sich zunächst bis zu dem Sender vorarbeiten.

Die Jedi blieben in Deckung unter ein paar hohen Bäumen, deren Blätter guten Schutz boten. Die Bäume standen so dicht beieinander, dass sogar Swoops kaum hindurch zu manövrieren wären.

Qui-Gon führte sie auf einem Zickzack-Kurs durch den Park. Jedes Mal, wenn er Lichter sah, duckte er sich und lief dann weiter. Obi-Wan fiel auf, dass sein Meister den Park sehr gut zu kennen schien. In kürzester Zeit waren sie am anderen Ende des Parks angekommen. Dort sprangen sie über eine Mauer und rannten die Straßen entlang. Ein paar Blocks weiter erkannte Obi-Wan, wo sie sich befanden. Qui-Gon hatte sie zum Arbeiter-Sektor geführt.

Sie blieben stehen, um in einer schattigen Gasse zwischen zwei hohen Gebäuden wieder zu Atem zu kommen.

„Danke, Padawan“, sagte Qui-Gon. „Ich dachte nicht, dass ich Hilfe brauchen würde. Offensichtlich habe ich mich getäuscht. Woher wusstest du, dass Eritha mich verraten würde?“

„Instinkt“, erwiderte Obi-Wan. „Und Alani hat mir den Verdacht bestätigt. Sie haben vor nichts Angst, nicht einmal vor den Jedi. Alani sagte, dass sie nicht einmal mehr befürchteten, ihre Machenschaften könnten aufgedeckt werden."

„Das bedeutet, dass sie im Besitz der Liste sind", sinnierte Qui-Gon. „Also können wir aufhören, ihr nachzujagen."

„Alani ließ durchblicken, dass Balog nicht der Mörder von Oleg und Pleni ist", sagte Obi-Wan. „Sie sagte, wir jagten nur noch Luft."

„Aber ich habe ihn gesehen, kurz bevor Oleg getötet wurde", sagte Qui-Gon.

„Vielleicht war er gar nicht hinter Oleg her, sondern vielmehr hinter Euch", schlug Obi-Wan vor.

„Das wäre denkbar."

„Wohin gehen wir als Nächstes?", fragte Obi-Wan. Er hoffte, dass sein Meister ihm nun erlauben würde, bei ihm zu bleiben. Er hatte schon beschlossen, dass er nicht gehen würde, falls Qui-Gon ihn zu Mace zurückschicken sollte.

„Mota", sagte Qui-Gon. „Er ist der Schlüssel."

Qui-Gon aktivierte den Laser-Indikator, um Mota anzuzeigen, dass er Besuch hatte. Es schien eine Ewigkeit zu dauern, bis sich die Tür öffnete. Mota stand im Eingang.

„Es ist geschlossen", sagte er. „Auch ich brauche mal Ruhe. Kommt morgen wieder."

Qui-Gon streckte eine Hand aus und hielt die Tür mit Hilfe der Macht offen. Mota starrte erst die Tür, dann Qui-Gon an. Er zuckte mit den Schultern.

„Andererseits: Weshalb sollte ich mir ein Geschäft entgehen lassen?", fragte er. Er drehte sich um und verschwand im Lager.

Die Jedi folgten ihm. Sie kannten den Weg zu den unteren Ebenen, auf denen Mota seine Schwarzmarktware lagerte.

Er wartete schon dort. Statt des Arbeiter-Overalls, den er das letzte Mal getragen hatte, hatte er jetzt eine Schlaftunika an. Die Füße steckten in einem Paar halb offener Slipper.

„Was wollt Ihr dieses Mal, Jedi? Wieder einen Sucher-Droiden? Habt Ihr noch einen verloren? Ihr habt mehr Pech als alle anderen Leute, die ich kenne."

„Wir brauchen Informationen", sagte Qui-Gon.

Mota sah ihn misstrauisch an. „Informationen haben auch ihren Preis."

Obi-Wan sah, dass der Zorn bei seinem Meister jetzt überkochte. Er hatte Qui-Gon noch nie zuvor so wütend gesehen.

„Der Preis wird sein, dass ich nicht jedes einzelne Teil in diesem Lager in Stücke schlage", sagte Qui-Gon und machte einen Schritt auf Mota zu.

Der Mann sah in seinem Nachthemd neben dem großen und starken Qui-Gon plötzlich zerbrechlich aus. „Jetzt m… mal ganz ruhig, wir sind doch alle Freunde", stotterte er.

„Ich bin nicht Euer Freund und ich bin auch nicht hier,

um ruhig zu sein", donnerte Qui-Gon. „Ich bin hier, um herauszufinden, wo meine Droiden umprogrammiert wurden. Und Ihr wisst die Antwort."

Mota zog sich zurück, bis ein Tisch zwischen ihm und Qui-Gon stand.

„Ich bin nicht ganz sicher, was Ihr meint", sagte er.

Obi-Wan ergriff schnell das Wort, damit Qui-Gon Gelegenheit hatte, seinen Zorn zu kontrollieren. *Wenn* er ihn überhaupt kontrollieren konnte. Obi-Wans Besorgnis wuchs. Dies war ein Qui-Gon, den er noch nie zuvor gesehen hatte. Qui-Gon hatte seine Ungeduld bisher immer unter Kontrolle halten können. Wenn Zorn ihn überkam, dann nur in Blitzen, die Ruhe hinterließen.

„Wir wissen, dass die Sucher-Droiden umprogrammiert wurden, Mota", sagte Obi-Wan in einem ruhigeren Ton. „Sie haben nicht Balog verfolgt. Stattdessen griffen sie zwei andere Menschen an. Die Frage ist: Seid Ihr dafür verantwortlich?"

Mota schluckte. „Ich war es nicht", sagte er schnell. „Und ich weiß auch nicht, wer es war. Irgendjemand hat meine Datenbanken geknackt. Ich habe ein Warnsystem eingebaut, daher habe ich es bemerkt, als ich sie wieder geöffnet habe."

„Wann war das?", fragte Qui-Gon.

„Ein paar Stunden nachdem Ihr weg wart", sagte Mota. „Ich weiß nicht, wie es passierte. Oder wer es war. Man kann heutzutage niemandem mehr trauen."

„Woher wussten die Sicherheitskräfte, dass Qui-Gon die Droiden gekauft hatte?", fragte Obi-Wan.

„Sie haben mich gefragt", sagte Mota kleinlaut. „Alle Droiden haben einen Code. Sie haben die Droiden hierher zurückverfolgt. Ich sagte ihnen, dass der Jedi Qui-Gon sie gekauft hatte. Ich musste die Wahrheit sagen. Ihr wollt doch nicht, dass ich im Gefängnis lande, oder?" Mota versuchte zu lächeln.

Qui-Gon starrte ihn nur regungslos an. Mota zog sich noch weiter zurück. „Ah, ich nehme an, ich hätte den Offizieren meinen Verdacht mitteilen müssen, dass die Droiden umprogrammiert wurden. Aber wenn man mit Sicherheitskräften redet, ist es besser, wenn man keine Fragen beantwortet, die einem nicht gestellt wurden. Sie hätten alle meine Aufzeichnungen durchsuchen können. Ich hätte dann meine Kunden nicht länger schützen können. Und ich wäre aus dem Geschäft gewesen. Das will doch niemand. Ihr hättet ja zum Beispiel noch einen Sucher-Droiden brauchen ..."

„Wir brauchen Zugang zu Euren Computern", sagte Obi-Wan brüsk. „Sofort."

„Natürlich, seid so frei." Mota zeigte eilig auf den Datenschirm. „Aber löscht bitte nicht meine Buchhaltung, hä hä."

Qui-Gon begann sofort, Tasten zu drücken und sich Dateien anzusehen. „Seid Ihr dem Einbruch nachgegangen?"

„Nein", gab Mota zu. „Ich weiß nicht, wie ich es hätte tun sollen. Ich weiß nur, wie man Waren und Geld im Auge behält."

Qui-Gon ging weiter mit unglaublicher Geschwindigkeit durch Motas Aufzeichnungen. Obi-Wan wusste, dass er dabei nichts übersah. Er erkannte am Gesicht seines Meisters, wie sehr der sich konzentrierte.

Qui-Gon drückte ein paar Tasten und aktivierte einen Suchmodus, den Obi-Wan nicht kannte. Innerhalb von Sekunden bekam der Jedi-Meister eine Antwort.

„Kennt Ihr diesen Code?", fragte er und zeigte auf den Schirm.

Mota lehnte sich nach vorn. „Es ist eine Adresse der Arbeiter", sagte er. „Sie ist in meiner Datenbank."

„Wer benutzt sie?", fragte Qui-Gon.

Motas Gesicht leuchtete blau im Schein des Displays. „Irini und Lenz", sagte er.

Kapitel 15

Obi-Wan rannte Qui-Gon hinterher. Sein Meister hatte sich so schnell in Bewegung gesetzt, dass er keine Zeit gehabt hatte, seine Gedanken zu ordnen oder sich für eine Richtung zu entscheiden. Er hatte erwartet, dass Qui-Gon zur Rampe Richtung Straße ging, doch stattdessen lief er zur nächst tieferen Ebene. Er brauchte ein schnelles Transportmittel.

„Öffnet die Türen dieser Landebucht!“, rief Qui-Gon Mota im Laufen zu.

Mit jedem Herzschlag spürte Obi-Wan die Unruhe, die in ihm rumorte, als er Qui-Gon hinterherlief. Er hatte seinen Meister noch nie so erlebt. Qui-Gon schien seine Umgebung oder Obi-Wans Gegenwart kaum zu wahrzunehmen. Er verfolgte nur sein Ziel.

Es war das Ziel, das Obi-Wan beunruhigte. War es Gerechtigkeit ... oder Rache?

Als sie die untere Ebene erreicht hatten, stand die Tür zu dem langen Lagerraum schon offen. Qui-Gon sprang in einen Luftgleiter. Obi-Wan hatte kaum Zeit, sich in den

Passagiersitz zu zwängen, als Qui-Gon schon die Maschine anwarf und den Tunnel entlangschoss.

Das Gefährt hatte schon beinahe Höchstgeschwindigkeit erreicht, was viel zu schnell war, um in dem Tunnel noch manövrieren zu können. Obi-Wan sah, dass die Tore der Bucht am Ende des Tunnels noch nicht offen standen. Und doch nahm Qui-Gon das Tempo nicht zurück.

Obi-Wan warf den Kopf herum und sah ihn an. Qui-Gon forderte nicht sein Glück heraus. Dies war pure Kopflosigkeit. „Meister!"

Qui-Gons Gesicht schien aus dem grauen Stein von New Apsolon gemeißelt zu sein. Seine Lippen waren nur noch eine dünne Linie. Seine Hände lagen sicher auf den Kontrollen. Er schien Obi-Wan nicht zu hören.

Vor ihnen tauchte ein Spalt aus weißem Licht auf. Er wurde breiter. Die Türen öffneten sich, doch für Obi-Wans Geschmack zu langsam.

„Festhalten!", rief Qui-Gon.

Obi-Wan kam gerade noch etwas zu fassen, als Qui-Gon den Gleiter bereits seitwärts kippte. Ohne langsamer zu werden, zischte er durch die Öffnung, wobei er die Ränder nur um Zentimeter verfehlte. Sie flogen in die dunkle Nacht.

Obi-Wan presste sich in den Sitz und versuchte, ruhiger zu atmen. Qui-Gon schien kurz davor, seine Selbstkontrolle vollständig zu verlieren.

Es schien nichts zu geben, was Obi-Wan tun oder sagen

konnte, um ihn aufzuhalten oder dazu zu bringen, das Tempo zu verringern. Obi-Wan versuchte, seine Panik zu dämpfen. Er musste seinem Meister vertrauen.

Doch zum ersten Mal in ihrer langen Partnerschaft hatte er das Gefühl, dass er das nicht konnte. Diese Erkenntnis ängstigte ihn und schnürte ihm die Kehle zu.

Qui-Gon steuerte das Fahrzeug gekonnt durch die verlassenen Straßen. Er parkte vor dem Versteck von Lenz, sprang ab und rannte geradewegs die Treppe hoch. Er hämmerte gegen die Tür. Sie hörten das Knarren des Fußbodens.

„Versucht nicht, Euren geheimen Fluchtweg zu benutzen", warnte Qui-Gon. „Wir werden Euch finden."

Die Tür öffnete sich. Lenz blickte sie müde an. Er sah schwächer als sonst aus, seine Haut war blass und beinahe durchsichtig. „Es ist mitten in der Nacht."

Qui-Gon stieß die Tür weiter auf und marschierte in das Zimmer hinein. „Ich muss mit Euch und Irini reden. Wenn sie nicht hier ist, kontaktiert sie."

„Sie ist hier. Aber Ihr könnt nicht zu ihr", sagte Lenz ruhig. „Sie ist krank ..."

Qui-Gon ignorierte ihn und öffnete eine geschlossene Tür, betrat das Zimmer und blieb sofort stehen. Obi-Wan folgte ihm. Irini lag auf einem Bett, bedeckt von einem Leintuch. Sie zitterte und ihr Gesicht glänzte vor Schweiß.

„Was ist passiert?", fragte Obi-Wan.

Lenz schob sich an ihnen vorbei und kniete sich an Irinis Bett. „Ein Blasterangriff. Sie will aber keinen Mediziner zu sich lassen."

Obi-Wan ging schnell zu ihr. „Sie braucht Bacta."

„Ich weiß", sagte Lenz.

„Wer hat das getan?", fragte Qui-Gon.

„Balog", sagte Irini durch zusammengepresste Zähne. „Er hat jetzt die Liste."

„Also hattet Ihr die ganze Zeit die Liste?", fragte Qui-Gon.

„Nein. Ich hatte sie dem Ratsmitglied Pleni abgenommen."

Obi-Wan warf Qui-Gon einen Blick zu. Bedeutete das, dass Irini die Droiden darauf umprogrammiert hatte, das Ratsmitglied Pleni anzugreifen? War sie eine Mörderin?

Sie sah den Blick, den die beiden austauschten. „Ich ... musste ... diese Liste haben", sagte sie offensichtlich unter Schmerzen. „Ich wollte nicht, dass irgendjemand umkommt. Aber ich konnte auch nicht zulassen, dass sich irgendjemand in meinen Weg stellt."

„Und Ihr wolltet, dass ich die Schuld dafür bekomme?", fragte Qui-Gon.

Sie schüttelte den Kopf. „Das hat mich überrascht. Doch ich konnte nicht an die Öffentlichkeit gehen und die Sache aufklären."

Qui-Gon beugte sich hinab und untersuchte schnell Irinis Wunden. Sein Zorn schien sich angesichts ihrer Probleme aufgelöst zu haben. Sie brauchte Hilfe. „Eure Wunden werden Euch nicht das Leben kosten, wenn Ihr einen Mediziner zu Euch lasst. Aber ich sehe schon Zeichen einer Infektion."

„Das habe ich ihr auch gesagt", erklärte Lenz. Er wischte ein paar schweißnasse Haare aus Irinis Stirn. „Sie lehnt es noch immer ab."

„Habt Ihr auch Oleg die Sucher-Droiden nachgesandt?", fragte Obi-Wan.

Irini nickte. „Ich habe ihn verfolgt. Ich sagte Qui-Gon, dass ich Oleg beschützen wollte, doch das war eine Lüge. Er hat uns verraten. Wir brauchten die Liste. Hätte er doch nur aufgegeben ..., wenn Pleni doch nur aufgegeben hätte ..., wäre nichts von all dem passiert."

„Weshalb habt Ihr das getan?", fragte Obi-Wan. „Ihr sagtet doch, dass Ihr Gewalt ablehnt."

Irini presste die Lippen zusammen und schwieg.

„Sie hat es für mich getan", sagte Lenz.

„Lenz ...", begann Irini warnend.

„Es ist alles zu weit gegangen, Irini." Seine Stimme klang sanft. „Du hast mich schon zu lange gedeckt. Glaubst du, ich werde auch noch zusehen, wie du für mich stirbst?" Er wandte sich an die Jedi. „Mein Name steht auf der Liste."

„Ihr wart ein Informant?", fragte Qui-Gon.

„Er wurde gefoltert", sagte Irini. Sie stöhnte leise und schloss die Augen voller Schmerz. „Was sie ihm antaten ..., das hätte niemals irgendjemand ertragen müssen."

„Das ist keine Entschuldigung", sagte Lenz mit fester Stimme. „Ich habe Irini alles gestanden und sie hat mir verziehen. Andere nicht. Ich habe den Absoluten Informationen gegeben ..."

Irini wollte sich aufsetzen, doch die Schmerzen zwangen sie, sich wieder hinzulegen. „Sag es ihnen nicht, Lenz", bettelte sie. „Es ist unser Geheimnis. Und es soll auch unser Geheimnis bleiben. Deine Karriere ist zu wichtig. Du bist ein großer Anführer ..."

„Nein", sagte Lenz traurig. „Das bin ich nicht mehr – wenn ich es überhaupt jemals war. Die Arbeiter werden auch ohne mich weiterkommen." Er wandte sich an die Jedi. „Das war vor fünf Jahren. Die Absoluten überfielen einen Treffpunkt. Zwei Arbeiter wurden getötet, der Rest wurde eingesperrt. Mich ließen sie gehen." Er sah Irini traurig an. „Nun haben wir beide zwei Tote auf dem Gewissen, Irini."

Er stand auf. „Ich werde ein Med Team rufen." Irini protestierte, doch Lenz sprach weiter. „Balog hat jetzt die Liste. Er hat gewonnen. Er wird seinen Namen von der Liste entfernen und dann werden alle Geheimnisse ans Licht kommen. Er wird seine Feinde diskreditieren, mich eingeschlossen." Lenz sah Irini zärtlich an. „Was mich betrifft, so hätte ich Irini lieber lebend und eingesperrt als tot."

Irini drehte ihr Gesicht zur Wand. Obi-Wan sah, dass ihre Schultern bebten, weil sie weinte.

Lenz wandte sich wieder an die Jedi. „Ich wusste nicht, was Irini getan hat, und es tut mir Leid, dass Ihr ihrer Verbrechen beschuldigt werdet. Wir schulden Euch jetzt unsere Hilfe mehr denn je. Wir wissen, dass Alani Gouverneurin werden will. Wir haben erst kürzlich entdeckt, dass sie zwar die Unterstützung der Arbeiter sucht, sie aber gar nicht benötigt. Jemand anderes unterstützt sie – mit Geldmitteln, die wir nicht haben. Das hat uns misstrauisch gemacht. Wir haben heute Nacht Neuigkeiten von unserem Spion in der Residenz des Gouverneurs erhalten. Er hat entdeckt, dass es zwischen der Residenz und dem Museum der Absoluten einen geheimen Tunnel gibt. Früher wurde er wohl dazu benutzt, Gefangene auf geheimem Weg zum Hauptquartier der Absoluten zu bringen. Das Museum ist jetzt geschlossen. Es ist nur eine Vermutung, aber wäre das nicht der perfekte Ort für Balog und Die Absoluten, sich zu verstecken? Die Zwillinge könnten ihn ungesehen hinein- und herausschmuggeln, bis Alani morgen gewählt ist."

Obi-Wan wurde klar, dass das Sinn machte. Es würde zu Balog passen, dass er sich an dem einen Ort versteckte, der so offensichtlich war, dass dort niemand nach ihm suchen würde: der Stätte, an der die großen Untaten aufgezeichnet waren, die Die Absoluten auf New Apsolon angerichtet hatten.

Obi-Wan sah am Gesicht seines Meisters, dass der zum gleichen Schluss gekommen war.

„Wir müssen heute Nacht noch hingehen", sagte Qui-Gon. „Morgen ist es zu spät."

Kapitel 16

Sie liefen durch die dunklen, leeren Straßen zurück zum Sektor der Zivilisierten. Obi-Wan wusste, dass Qui-Gon nun das Gefühl hatte, Balog schon in den Händen zu haben. Und sein Meister zeigte alle Anzeichen eines Mannes, der nur noch auf Rache sann.

Er hatte beinahe Angst, etwas zu sagen. Der Ausdruck auf Qui-Gons Gesicht war zu abweisend. Die Erfahrungen mit seinem Meister, die Gemeinsamkeiten, die sie jahrelang geteilt hatten – all das schien sich in der Nachtluft aufzulösen. Qui-Gon war für ihn wie ein Fremder.

Er hatte angenommen, dass er, wenn er einmal bei seinem Meister war, ihm helfen konnte, seine grenzenlosen Trauer- und Hassgefühle zu kontrollieren. Er hatte die letzten Tage in dem ständigen, schmerzhaften Verlangen verbracht, an Qui-Gons Seite sein zu müssen. Doch jetzt erkannte er, dass seine Gegenwart für Qui-Gon keinerlei Bedeutung hatte. Sein Meister hatte sich in seiner eigenen Mission verloren. Und wenn er sich seiner Rachsucht hingeben würde, könnte Obi-Wan nicht eingreifen. Getrieben von seinem Willen und seinen enormen Fähigkeiten, war Qui-Gon unaufhaltsam. Obi-Wan fröstelte bei dem Gedanken. Er musste es versuchen.

Heute Nacht könnte er seinen Meister an den dunklen Weg verlieren. Das Unmögliche war möglich geworden. Er spürte es in der dunklen Energie, die in der Macht um Qui-Gon wirbelte. Noch nie zuvor hatte er sich so hilflos gefühlt.

Obi-Wan konzentrierte sich auf seine Verbindung zur Macht. Er beschloss, an der Seite seines Meisters zu bleiben, was auch immer geschah. Er durfte die Hoffnung nicht aufgeben. Er würde seinen Meister vor sich selbst schützen, wenn es sein musste. Er würde Qui-Gon nicht in dieser dunklen Nacht verlieren.

Qui-Gon hielt vor der Residenz des Gouverneurs an.

„Meister, wir sollten Mace Windu kontaktieren", sagte Obi-Wan.

Qui-Gon sprang aus dem Gleiter. „Was auch immer du willst."

Obi-Wan aktivierte seinen Comlink, sprang aus dem Gleiter und lief Qui-Gon hinterher. Er berichtete Mace hastig über den Comlink, was sie herausgefunden hatten.

„Wartet auf uns", sagte Mace. „Wir sind in der Nähe."

„Es ist zu spät", sagte Obi-Wan, als Qui-Gon bereits mit dem Lichtschwert ein Loch in die Eingangstür der Residenz brannte.

Obi-Wan schaltete den Comlink ab und folgte seinem Meister durch das Loch. Die Sicherheitseinrichtungen heulten auf und ein Wachmann kam aus seiner Kabine. Er sah die Jedi an, zog aber seinen Blaster nicht.

„Lenz hat mich schon kontaktiert", sagte er. „Ich werde den Alarm abschalten. Die Verbindung zum Welt-Hauptquartier der Sicherheitskräfte habe ich schon unterbrochen."

Qui-Gon nickte. Obi-Wan war dankbar für dieses kleine bisschen Glück. Der Spion der Arbeiter hatte heute Abend Dienst. Wahrscheinlich hatten die Zwillinge den Aufruhr gehört, doch zumindest wurden die Sicherheitstruppen nicht alarmiert. Sie würden also – wenigstens eine Zeit lang – nur mit den Wachkräften der Residenz zu tun haben.

Lenz hatte ihnen alle Angaben geliefert, die sie brauchten, um den Tunnel zu finden. Qui-Gon lief in den hinteren Teil des Hauses, Obi-Wan an seiner Seite. Sie wussten, dass der Eingang in einem Lagerbereich für die Küchen zu finden war.

Sie stürmten in das Lager. Eritha stand mitten im Raum und hatte zwei Blaster auf die Jedi gerichtet.

„Ihr müsst mich umbringen, wenn Ihr durch diese Tür wollt", sagte sie. Sie sah älter aus, als sie war. Ihr Gesicht war blass und ihre Augen glitzerten. Ihr goldenfarbenes Haar fiel auf ihre Schultern.

„Dazu bin ich bereit", sagte Qui-Gon.

Obi-Wan sah seinen Meister nicht an. Er hoffte, dass er nur bluffte. Er wusste nicht, an welcher Grenze Qui-Gon sich befand. Er spürte seinen Meister nicht mehr. Zwischen ihnen war nur ein graues, leeres Nichts.

„Du glaubst, dass ich dich nicht angreife, weil du ein junges Mädchen bist", sagte Qui-Gon. „Doch in dem Moment, in dem du den Weg zur Machtergreifung beschritten hast, hast du auch die Konsequenzen wie eine Erwachsene zu tragen. Du bist für Tahls Tod verantwortlich."

„Ich bin nicht verantwortlich!", sagte Eritha schrill. „Andere haben die sinnesblockierende Internierung überlebt. Warum nicht sie? Sie war ein Jedi!"

„Sie war tagelang darin eingesperrt", sagte Qui-Gon. „Viel länger als jeder andere Gefangene der Absoluten."

Er redete mit flacher, gefühlloser Stimme. Etwas hatte seinen Zorn so tief hinuntergedrückt, dass er in seinen Worten nicht zu hören war. Das beunruhigte Obi-Wan noch mehr als die vorherigen, offensichtlichen Zeichen des Zorns. Bedeutete das, dass sich Qui-Gon nun seinem Rachedrang hingegeben hatte und bereit war, ihm zu folgen?

„Ich hatte nichts gegen Tahl", sagte Eritha. „Sie ist ein Kriegsopfer. Wir hatten sie gerufen, weil wir wussten, dass sie kommen würde. Alles war bis ins Letzte durchgeplant. Zunächst einmal brauchten wir die Anwesenheit eines Jedi, um uns zu decken. Mit Jedi-Unterstützung war der Rest nur allzu leicht. Balog sollte uns entführen und Roan sollte abdanken. Alani sollte sein Amt übernehmen. Dann fanden wir heraus, dass es diese Liste gibt. Balogs Name stand darauf. Wir wussten, dass Roan sie hatte und dass er nur darauf wartete, Balog zu entlarven. Er dachte, dass Balog sein Freund war. Er wollte ihn eigentlich nicht bloßstellen, doch er musste es tun. Jeder hätte dann gewusst, dass Balog ein Absoluter ist. Das hätte all unsere Pläne vereitelt! Wir mussten also diese Liste haben. Ihr hättet vielleicht angenommen, dass Balog als Oberhaupt der Sicherheitskräfte nützlich war. Aber er war nutzlos. Er ließ die Information zu den Absoluten durchsickern und jemand stahl die Liste. Nur brachte dieser Jemand sie nicht Balog. Er behielt sie, um sie zu verkaufen. Wir wissen nicht, wer es war."

„Oleg", sagte Obi-Wan. Er wollte, dass Eritha weiter sprach. Er war beunruhigt darüber, dass sich Qui-Gons Ungeduld in eine tödliche Ruhe verwandelt hatte. Er spürte durch die Macht, dass in dieser Ruhe nichts Gutes lag. Qui-Gon starrte Eritha an, als wäre sie ein Hindernis und nicht ein lebendes Wesen.

„Ja. Es war unser Glück, dass der Absolute, der die Liste bekam, sich als Spion der Arbeiter herausstellte", sagte Eritha. „Doch zu diesem Zeitpunkt wussten wir nur, dass jemand die Liste hatte. Wir brauchten Hilfe – mehr Hilfe, als Balog uns geben konnte. Es war gut, dass Tahl kam. Ich wusste, dass wir sie für uns einsetzen konnten, ohne dass sie es merkte. Sie war einfach freigiebig in dieser Hinsicht.

Sie tat immer, worum wir sie baten. Sie sah uns noch immer als hilflose junge Mädchen ohne Mutter oder richtigen Vater."

Qui-Gon schloss die Augen.

„Wir ließen sie in dem Glauben, dass es ihre Idee war, Die Absoluten zu infiltrieren. Wir wussten, dass sie von der Liste hören und versuchen würde, sie für uns zu bekommen."

„Sie hat euch vertraut", sagte Obi-Wan.

Eritha zuckte mit den Schultern. „Jedermann vertraut uns. Das ist unser Vorteil. Wir sind die Töchter dieses großen Helden Ewane. Der große Held, der kaum eine Minute in der Gegenwart seiner Töchter verbrachte, sondern sie bei einem Fremden aufwachsen ließ. Der große Held, der nur an seinen Planeten dachte, anstatt an sein eigen Fleisch und Blut." Eritha verzog den Mund. „Weshalb sollten wir dieses Vertrauen nicht ausnutzen? Tahl tat alles, worum wir sie baten – und noch mehr. Als sie mit Oleg auf der Flucht gesehen wurde, dachten wir, sie hätte die Liste. Doch sie gab sie uns nicht, also mussten wir sie uns holen. Alles war vollkommen logisch. Wenn Tahl uns nur die Wahrheit gesagt hätte – dass sie die Liste nicht hatte –, wäre sie jetzt nicht tot."

„Balog hätte sie so oder so getötet", sagte Obi-Wan.

„Das weißt du nicht", sagte Eritha mit Nachdruck. „Vielleicht hätte er sie gehen lassen."

„Du lügst", sagte Qui-Gon unbewegt.

„Vielleicht." Obi-Wan war erschrocken über die Boshaftigkeit in Erithas Augen. Sie war wie eine Kreatur, die mit einem Opfer spielte, bevor sie es auffraß. „Ihr werdet es niemals erfahren. Vielleicht ist es Euer Fehler, dass Tahl tot ist, Qui-Gon."

Obi-Wan sah, wie alle Farbe aus Qui-Gons Gesicht wich. Er sah, wie dessen Hand zu seinem Lichtschwert glitt. Jetzt konnte er nicht länger warten. Er warf sich auf Eritha, die Qui-Gon tief in die Augen sah.

Obi-Wan trat mit dem Bein aus und schlug ihr damit einen Blaster aus der Hand. Eritha schrie auf, doch Obi-Wan befand sich bereits hinter ihr, packte ihr anderes Handgelenk und drehte ihr den zweiten Blaster aus der Hand. Er steckte beide Blaster in seinen Gürtel.

„Du hast mir wehgetan!", rief sie und hielt sich das Handgelenk.

„Qui-Gon, schnell", sagte Obi-Wan. Sein Meister hatte sich nicht bewegt. Doch nach den Worten seines Padawan lief er zum Tunneleingang.

„Ihr habt sie getötet, Qui-Gon!", rief Eritha ihnen nach, als sie durch den Tunneleingang gingen. „Damit müsst Ihr leben, wenn Ihr überhaupt am Leben bleibt!"

Kapitel 17

Qui-Gon zweifelte nicht im Geringsten daran, dass Eritha ihnen innerhalb der nächsten Minuten Kampf-Droiden hinterher schicken würde. Und er wusste, dass Die Absoluten alarmiert waren. Doch diese Hindernisse kümmerten ihn nicht mehr, als eine lästige Fliege ihn kümmern würde. Er dachte nicht mehr an Strategien. Er würde kämpfen und er würde gewinnen. Das war alles, was er wusste.

Qui-Gon sah, dass Obi-Wan ihn kurz anschaute. Er zwang sich, nicht die Wut zu offenbaren, die er bei Mota gezeigt hatte. Sein Padawan machte sich Sorgen darüber, dass er so leicht die Geduld verlor. Qui-Gon war selbst überrascht, wie sehr sein Zorn gewachsen war. Und er wusste, dass er ihn noch stärkte, anstatt ihn loszulassen. Sein Zorn machte ihn schnell und führte ihn ans Ziel.

Er wusste, dass seine Einstellung ihn gefährlich nahe an die dunkle Seite der Macht brachte. Er wusste, dass er es deutlicher erkennen würde, wenn er nur etwas Ruhe und Stille hätte. Doch dieser Luxus war ihm nicht vergönnt. Er musste sich auf seine Fähigkeit verlassen, seinen Zorn im richtigen Moment zu kontrollieren.

Der Tunnel verlief unter der Residenz des Gouverneurs. Er war schon seit vielen Jahren nicht mehr benutzt worden und war dunkel und stickig. Qui-Gon lief im Licht seines Schwertes. Er wusste, dass Obi-Wan ihm dichtauf folgte. Sein Padawan unterstützte ihn. Doch er wusste, dass er diese Unterstützung nicht brauchte. Dies war eine Angelegenheit zwischen ihm und Balog.

Erithas Worte hatten ihn erschreckt, doch er hob sie sich für die langen, schlaflosen Nächte auf, die vor ihm lagen. Jetzt war Balog sein Ziel.

Der Tunnel endete an einer Durastahl-Tür. Qui-Gon schnitt ein Loch hinein und trat hindurch. Er fand sich auf der unteren Ebene des Museums wieder.

„Droiden hinter uns, Qui-Gon." Obi-Wan sprach leise in sein Ohr. „Sie kommen aus der Residenz."

Wie lästig. Sie mussten sich erst um die Droiden kümmern, bevor sie weitergehen konnten.

Qui-Gon drehte sich um, als die ersten Droiden durch die Öffnung gestolpert kamen und das Blasterfeuer eröffneten. Die Jedi hatten Glück. Die Droiden waren darauf programmiert, sich vorwärts zu bewegen, doch sie hatten keine Strategie. Sie schlugen einfach den direktesten Weg zu ihrem Opfer ein und stürmten durch die Öffnung in der Tür, wo Qui-Gon und Obi-Wan auf sie warteten.

Obi-Wan lenkte das Feuer ab, während er die Droiden

zerschlug. Qui-Gon schwenkte sein Lichtschwert wie eine Axt. Er hatte keine Zeit für Finesse. Er musste in kürzestmöglicher Zeit so viele Droiden wie möglich niederstrecken.

Obi-Wans Bewegungen neben ihm verwischten zu unscharfen Flecken, so schnell waren sie. Qui-Gon war dankbar für die Schnelligkeit seines Padawan. Der Boden war bald über und über mit rauchenden Droiden bedeckt.

Irgendwann waren nur noch zwei übrig. „Bring sie zur Strecke", sagte Qui-Gon zu Obi-Wan und lief davon.

Es war von Vorteil, dass er und Obi-Wan nach ihrer Ankunft auf New Apsolon an einer Museumsführung teilgenommen hatten. Er konnte sich an jede Ebene und an jeden Raum erinnern. Diese Ebene wurde nur für Lagerzwecke genutzt, daher hatten sie sie auch nicht gesehen. Die Wände und der Boden waren leer. Auf dem Stockwerk darüber befanden sich die Zellen, Folterkammern und Büros. Die Absoluten hatten sich zweifellos dort eingenistet. Also auch Balog.

Qui-Gon nahm den Turbolift zur nächsten Ebene. Oben ging er hinaus in den Korridor. Vor sich bemerkte er eine Gestalt. Es war ein Mann in einer dunkelblauen Tunika. Ein Absoluter. Er blieb stehen, als er Qui-Gon sah. Dann drehte er sich um und rannte in die Richtung, aus der er gekommen war.

Qui-Gon lief ihm hinterher. Der Mann würde zweifellos Alarm auslösen. Die Absoluten erwarteten keine Eindringlinge, doch sie würden ihnen sicher nicht wehrlos entgegentreten.

Er stürmte gerade in den Raum, als der Absolute einige Kampf-Droiden aktivierte, die eigentlich Ausstellungsstücke waren. Zu Qui-Gons Überraschung formierten sich die Droiden sofort. Sie funktionierten. Die Absoluten hatten die Ausstellungsstücke im Museum bewaffnet.

Diese Maschinen waren besser programmiert als Erithas Droiden. Das Blasterfeuer war um einiges gezielter und kam gleichzeitig aus den Brustkörben, Köpfen und Händen der Droiden. Sie konnten sich in die verschiedensten Positionen drehen, rollen und schieben.

Die Droiden waren in der Überzahl, doch Qui-Gon wollte keineswegs einsehen, dass er besiegt war. Wie ein dichter Vorhang fiel das Blasterfeuer auf ihn ein. Jeder Teil von ihm war jetzt verwundbar. Sein Lichtschwert musste mit dem rasend schnellen Blasterfeuer Schritt halten, während er zurückwich. Erschrocken stellte er fest, dass er wahrscheinlich fliehen musste.

Er brachte zwei Droiden zu Fall, doch die anderen waren gnadenlos. Ein paar kamen in Gruppen auf ihn zu und schossen dabei unablässig. Die anderen hatten ihn in die Zange genommen und versuchten, hinter ihn zu gelangen. Qui-Gon spürte, wie Schweiß an seiner Stirn herabrollte und in seinen Augen brannte. Er bediente sich der Macht, um einen der Droiden gegen die Wand zu schmettern, doch der richtete sich wieder auf und kam zurück. Er schnitt ihn schließlich mit dem Lichtschwert in zwei Hälften.

Noch nie in seinem Leben war er glücklicher gewesen, Obi-Wan zu sehen. Sein Padawan sprang plötzlich mit kreisendem Lichtschwert in den Gang. Mit Obi-Wans Hilfe schaffte Qui-Gon es, wieder vorwärts zu kommen und die beiden Droiden zu seiner Linken niederzustrecken. Die Jedi holten weit aus und kamen von zwei Seiten auf die Droiden zu. Jeder brachte zwei zur Strecke, dann sprangen sie in die Mitte der Formation und erledigten zwei weitere Droiden, als sich diese in Position brachten.

Rauch stieg auf und raubte ihnen den Atem. Obi-Wan streckte den letzten Droiden nieder, bis sie endlich den kleinen Raum verlassen konnten.

Obi-Wan beugte sich nach vorn, um die reine Luft tief einzuatmen. „Wo könnte Balog Eurer Meinung nach sein?"

Die Frage schien in Qui-Gons Hirn nachzuhallen. Ihm wurde plötzlich klar, dass er sich über Balogs Aufenthaltsort noch keine weiteren Gedanken gemacht hatte. Er war einfach drauflos gerannt. Dabei entsprach das gar nicht seiner Art.

Ich denke nicht klar, sagte er zu sich selbst. *Ich agiere nicht, ich reagiere.*

Ihm wurde klar, was das bedeutete. Er war kurz davor, die Kontrolle zu verlieren. Doch sogar angesichts dieser Erkenntnis nahm er etwas wahr, das ihn genauso frösteln ließ: *Es ist mir gleichgültig.*

Und plötzlich wusste er, wo Balog sein konnte. Er erinnerte sich an die Museumsführung und an einen kleinen Technikraum auf diesem Stockwerk. Da Balog die Liste erst kürzlich von Irini gestohlen hatte, würde er sie auf einem Datenschirm sichten wollen. Er würde sicherlich keine Zeit verlieren, seinen Namen zu löschen und nach anderen zu suchen, die er denunzieren konnte.

Bevor er Obi-Wan antworten konnte, rollten hinter ihnen noch mehr Droiden um die Ecke. Sie spürten bereits eine Erwärmung der Macht, bevor das Blasterfeuer begann. Einmal mehr mussten Qui-Gon und Obi-Wan jeden Funken Konzentration aufbringen, um die beweglichen Droiden zu besiegen. Das Blasterfeuer schien von überall her zu kommen.

Die Droiden standen zwischen ihm und dem Technikraum. Die Verzögerung erfüllte Qui-Gon mit Wut. Jede Sekunde, die verstrich, bedeutete für Balog eine Chance zu entkommen.

Er stürmte auf die Droiden zu, wobei er sein Lichtschwert in einem konstanten Bogen schwenkte. Er bemerkte kaum das Blasterfeuer, das an seinen Ohren vorbeizischte oder nur knapp seinen Arm oder seine Hand verfehlte. Er schlug wie wild auf die Droiden ein und zerstörte einen nach dem anderen. Obi-Wan versuchte, ihn dabei so gut wie möglich zu schützen, doch selbst er konnte mit Qui-Gons wilden Attacken nicht Schritt halten.

Qui-Gon durchbrach die Linie der Droiden. Einen trat er

nieder und schnitt ihn dann mit dem Lichtschwert in zwei Hälften. Er hatte immer angenommen, dass es ihn unachtsam machen würde, wenn er sich dem Zorn hingab. Doch stattdessen verlieh es ihm Präzision. Er fühlte sich stark. Sein Zorn erfüllte ihn mit Entschlossenheit.

Die Droiden waren geschlagen, lagen in rauchenden Stücken um ihn verstreut. Er lief weiter.

„Qui-Gon, wartet!"

Doch er ignorierte seinen Padawan. Er konnte nicht warten.

Mit seinem frisch geschärften Verstand erinnerte er sich an die genaue Lage des Technikraums. Er zögerte keine Sekunde und öffnete die Tür. Hinter sich hörte er nur Obi-Wans Schritte. Ein Hauch von Enttäuschung durchfuhr ihn. Er wünschte, Obi-Wan wäre ihm nicht gefolgt.

Er wollte allein auf Balog treffen.

Der gedrungene, kräftige Mann saß vor einer Datenkonsole. Er wirbelte mit einem überraschten Gesichtsausdruck in seinem Drehstuhl herum. Eritha hatte ihn also nicht erreicht.

Qui-Gon sah die kleinen, dunklen Augen an, den schmalen Mund, den runden Kopf. Er konzentrierte all seinen Hass auf diesen Mann. Dies war der Mann, der Tag für Tag zugesehen hatte, wie Tahls Zustand schmerzhaft schlechter wurde und dabei nichts gefühlt hatte. Dies war der Mann, der nicht gemerkt hatte, dass er einen außergewöhnlichen Geist langsam vernichtet hatte.

Dieser kleine, böse Mann.

Die Ungerechtigkeit erschütterte Qui-Gon. Dieser Mann war am Leben. Tahl war tot. Die Macht der Gefühle in ihm trübte seinen Blick.

Balog stand auf und stieß seinen Stuhl weg. Er griff nach dem Blaster an seinem Gürtel.

Qui-Gon lächelte.

Obi-Wan stand mit abwehrbereitem Lichtschwert neben ihm. Er wartete darauf, dass Balog den ersten Schritt machte.

Balog griff mit einer Hand nach der Comm Unit auf der Konsole. „Ich brauche Hilfe im Datenraum. Schickt Kampf-Droiden …“

Doch Qui-Gon hatte bereits mit einer lockeren Geste sein Lichtschwert in der Konsole versenkt. Funken flogen und Rauch quoll aus den Schaltkreisen.

Balog schoss. Obi-Wan sprang nach vorn, um das Feuer abzulenken.

Für Qui-Gon bedeutete das Blasterfeuer nichts. Es war lediglich eine weitere Barriere zwischen ihm und Balog. Balog war sein Opfer. Eine Ansammlung von Haut, Muskeln und Knochen, die auf einem Haufen zusammenfallen mussten.

Sein Lichtschwert bewegte sich wie ein Irrlicht. Jeder Hieb war so schnell, dass er schon vergessen zu sein schien. Es war so leicht, Balogs zielloses Feuer abzulenken. Panik stieg in Balogs Augen und machte ihn unbeholfen.

Er ließ seinen Blaster fallen und versuchte davonzulaufen, doch er stolperte über den Stuhl, den er weggestoßen hatte. Er stürzte zu Boden.

Jetzt lag Qui-Gons Feind endlich zu seinen Füßen, wie er es sich immer vorgestellt hatte. Er stand mit hoch erhobenem Lichtschwert über Balog und bereitete sich auf den Hieb vor, der ihm so viel Befriedigung verschaffen sollte.

„Nein, Qui-Gon."

Die Stimme schien von weit her zu kommen und doch war sie dicht an seinem Ohr. Das verwirrte ihn.

Er drehte sich um und sah Obi-Wan in die Augen. Er hatte das Gefühl, als würde er ihn aus einer riesigen Entfernung anschauen. Verwirrung überkam ihn.

Dann war ihm, als teilten sich die Wolkenschleier, und Klarheit kehrte zurück. In einem einzigen Augenblick erkannte er so vieles. Im festen Blick seines Padawan sah er sowohl Angst als auch Mitgefühl.

Er war nicht länger weit entfernt. Die Distanz wurde geringer und er war wieder im selben Raum mit Obi-Wan. Qui-Gon kehrte zu sich selbst zurück und sah, wie weit er gegangen war. Die dunkle Seite war in sein Blut eingedrungen. Er hatte es gewusst und es sogar unterstützt. Zitternd deaktivierte er sein Lichtschwert und steckte es wieder an den Gürtel.

Er hatte beinahe aus Rachsucht ein Leben ausgelöscht. Nur er selbst wusste, wie dicht davor er gestanden hatte.

Das würde er niemals vergessen. Er würde es niemals zulassen, dass er das vergaß.

Balog schloss erleichtert die Augen. Obi-Wan stand über ihm und griff nach seinem Comlink, als Mace und Bant in den Raum traten.

Kapitel 18

Die vier Jedi standen an der Landeplattform hoch über der Stadt New Apsolon. Qui-Gon sah zu den eleganten grauen Gebäuden, den kurvigen Straßen und breiten Boulevards hinab. Von so weit oben konnte man gut erkennen, wo der Sektor der Zivilisierten begann und das kleinere, verwinkelte Viertel der Arbeiter endete.

Manex hatte ihnen das nobelste Konsularschiff von New Apsolon und einen Piloten zur Verfügung gestellt. Tahls Leichnam war in einen kleinen Raum an Bord gebracht worden, mit duftenden Blumen vom Planeten. Die Jedi würden sie auf ihrer letzten Reise zurück zum Tempel begleiten.

Sie ließen eine Regierung zurück, die noch immer geteilt war. Alani, Eritha und Balog waren verhaftet worden. Bei der Verhaftung der Zwillinge hatte es einen allgemeinen Aufschrei gegeben. Sowohl Arbeiter als auch viele Zivilisierte wollten nicht glauben, dass sie korrupt waren. Nicht die Töchter von Ewane.

Irini erholte sich in einem Med Center, doch man hatte Anklage gegen sie erhoben. Die Arbeiterbewegung hatte auf einen Schlag Irini und Lenz verloren. Sie war jetzt auf der schwierigen Suche nach neuen Anführern.

Die Turbolift-Türen öffneten sich und Manex trat heraus. Er trug eine kostbare Robe in seinem Lieblingsgrünton. Er kam näher und verbeugte sich vor den Jedi.

„Das Volk von New Apsolon schuldet Euch vieles“, sagte er.

„Auf New Apsolon herrscht noch immer Unruhe“, sagte Mace. „Doch die Regierung wird voller Ehrlichkeit fortfahren.“

Manex nickte. „Die Wahlen sind jetzt für nächste Woche angesetzt. Es haben sich noch andere Mitglieder des Rates aufstellen lassen. Ich weiß, dass die Bewegung der Absoluten angeschlagen ist, doch sie ist sicher nicht vollständig verschwunden. Wir haben noch immer Feinde, gegen die wir kämpfen müssen.

Außerdem dürften noch andere Schwierigkeiten vor uns liegen, wie zum Beispiel die Gründung eines Komitees, das sich mit der Liste der Informanten der Absoluten beschäftigt. Aber ich werde für meine Welt eintreten. Wenn ich gewählt werde, werde ich dort weitermachen, wo Roan aufhören musste.“

„Wenn Ihr uns wieder braucht, werden wir kommen“, sagte Mace.

Qui-Gon wandte sich ab. *Ich werde nicht derjenige sein, der kommt,* dachte er. Er würde niemals mehr nach New Apsolon zurückkehren.

„Wir danken Euch für das Transportmittel", sagte Mace zu Manex. „Und für alles, was Ihr für uns getan habt."

Manex braune Augen waren voller Sorge. „Ich kann Euch nicht zurückgeben, was Ihr hier verloren habt. Ich kann Euch nur meine Dienste für den Rest meines Lebens anbieten, solltet Ihr sie jemals benötigen."

Manex gab dem Piloten an Bord des Schiffes ein Zeichen, die Rampe zu senken. Dann ging er mit einer letzten Verbeugung davon.

Qui-Gon stand ein wenig abseits von den anderen. Er sah, wie Bant näher an Obi-Wan heran ging.

„Geht es Qui-Gon gut?", fragte sie leise und in besorgtem Ton.

„Ich weiß es nicht", sagte sein Padawan. „Doch es wird ihm wieder gut gehen."

Wird es das?, fragte sich Qui-Gon mit einer eigenartig kühlen Objektivität.

Obi-Wan sah Bant an. „Und was ist mit uns?"

Obi-Wan fühlte, dass, wenn überhaupt etwas, nur der warme Blick in Bants Augen sein Herz jemals berühren konnte. Er erinnerte sich daran, wie nahe er und Tahl sich gestanden hatten.

„Alles in Ordnung", sagte sie zu Obi-Wan.

Auch Qui-Gon schuldete Obi-Wan ein Wort. Er rief ihn zu sich.

„Ich muss dir danken", sagte er. „Als ich mit Hass im Herzen über Balog stand, hast du mich gerettet. Es war der

Klang meines Namens, der mich wieder mich selbst werden ließ."

Obi-Wan sah ihn verwundert an. „Aber ich habe nichts gesagt."

Qui-Gons Herz füllte sich mit Wärme. Es war Tahl gewesen. Natürlich war sie es gewesen. Die Stimme war so nah und doch so weit weg gewesen. Ihre Stimme, so sanft und warm. Ein Klang, den er nur selten gehört hatte und von dem er jetzt wusste, dass sie ihn nur für ihn aufgehoben hatte.

Sie war noch immer bei ihm. Es hätte ihm helfen können, das zu wissen. Doch stattdessen durchfuhr ihn nur erneuter Schmerz. Ihre Stimme allein genügte nicht in Zeiten, in denen er Tahl brauchte. Er brauchte sie. Er brauchte ihre Wärme, ihren Atem. Nahe genug, um berührt zu werden, um ein Lächeln auszutauschen.

Obi-Wan musste etwas in seinem Gesicht bemerkt haben. Er legte eine Hand auf Qui-Gons Schulter. Qui-Gon spürte den Druck nicht. Er wollte die Berührung seines Padawan nicht spüren. Doch er war ihm dankbar für sein Mitgefühl. Er schuldete auch Mace und Bant Dank für ihr verständnisvolles Schweigen.

Und doch ertrug er es nicht, bei ihnen zu sein.

Qui-Gon wandte sich ab und ging die Rampe hinauf. Er würde die Rückreise nach Coruscant mit Tahl allein verbringen.

Etwas war ihm klar: Er musste lernen, diesen Schmerz zu

ertragen. Und es war kein Schmerz, der im Laufe der Zeit schwächer werden würde. Er würde wieder kommen. Wieder und wieder. Er würde stärker werden und dann wieder schwächer und gerade wenn er denken würde, dass er verschwunden war, würde er wieder auftauchen. Der Schmerz war selbst für einen Jedi zu groß.

Was bedeutet es, ein Jedi zu sein und nicht akzeptieren zu können?, fragte sich Qui-Gon. Diese Frage sollte er sich wohl ein anderes Mal stellen.

Er betrat das Schiff, ohne sich umzusehen. Auf New Apsolon ließ er die Möglichkeit zu einem anderen Leben zurück. Er hatte diesem Leben mit einer Freude entgegengesehen, von der er zuvor nicht gewusst hatte, dass es sie in der Galaxis gab. Jetzt würde er zu dem Leben zurückkehren, das er kannte. Zu einem Leben einsamen Dienstes. Er wusste nicht, was ihm sonst blieb.

Er hoffte, dass er in diesem Dienst eines Tages wieder Freude finden würde. Dieser Tag schien weit in der Zukunft zu liegen. Jetzt ging er zunächst einmal in den kleinen Raum, in dem er sich lange und zum letzten Mal von Tahl verabschieden würde.

STAR WARS™

JEDI-PADAWAN

DIE EINZIGE ZEUGIN

Band 17

Jude Watson

PANINI BOOKS

Kapitel 1

Der Jedi-Meister Qui-Gon Jinn stieß einen tiefen Seufzer aus, als er den Korridor entlangging. Der Rat war der Meinung, er wäre zu lange nicht aktiv gewesen. Qui-Gon hatte das gewusst. Sie waren geduldig, weil er um seine verstorbene Freundin Tahl trauerte. Sie warteten, bis er bereit war, sein Leben als aktiver Jedi wieder aufzunehmen.

Doch er war nicht bereit. Und er war sich auch nicht sicher, ob er es jemals wieder sein würde.

Qui-Gon bog um eine Ecke und ging zum Ratssaal. Der Rat der Jedi hatte ihn gerufen, aber nicht gesagt, worum es ging. Vielleicht waren sie des Wartens müde. Vielleicht wollten sie ihn jetzt trotz allem auf eine Mission schicken.

Vielleicht ist es besser so, dachte Qui-Gon in dem Versuch, sich selbst zu überzeugen. In letzter Zeit hatte er sich von vielen Dingen überzeugen müssen, doch es war ihm nicht immer gelungen. *Zumindest ist es gut für Obi-Wan.*

Qui-Gons Padawan ging schweigend neben ihm her. Sein Gesicht war eine Maske vollkommener Ruhe, doch Qui-Gon wusste, was sich dahinter verbarg. Er spürte die wachsende Spannung zwischen ihm und seinem Padawan. Er spürte, dass Obi-Wan mit ihm reden wollte, obwohl er schwieg – was nicht typisch für ihn war.

Obwohl Qui-Gon und Obi-Wan während der letzten Wochen räumlich nie weit getrennt gewesen waren, hatte Qui-Gon seinen Padawan doch irgendwie allein gelassen. Er wünschte, er könnte Obi-Wan etwas sagen, das ihm Zuversicht gab. Doch die Weisheiten der Jedi erschienen ihm jetzt seltsam leer. Und leere Worte wollte er Obi-Wan nicht bieten.

Als Qui-Gon vor dem Ratssaal stehen blieb, drehte sich Obi-Wan zu seinem Meister um. Qui-Gon sah, dass er etwas sagen wollte, doch bevor er dazu kam, öffnete sich die Tür des Ratssaals.

Nur drei der zwölf Ratsstühle waren besetzt. Qui-Gon war nicht überrascht, nur so wenig Ratsmitglieder zu sehen. Er grüßte seine alten Freunde und stellte sich vor sie in die Mitte der vertrauten Runde aus Stühlen.

Yoda, Mace Windu und Plo Koon dankten den Jedi für ihr Kommen. Sie warfen einen kurzen Blick auf Obi-Wan und dann auf Qui-Gon. Sie waren offensichtlich besorgt.

Qui-Gon spürte, wie die Ratsmitglieder in sein tiefstes Innerstes blickten und herauszufinden versuchten, ob es die richtige Entscheidung war, ihn auf eine Mission zu schicken. Er stellte überrascht fest, dass er ihren Blicken nicht standhalten konnte. Ihr Mitgefühl befreite ihn nicht von seinen Sorgen, sondern erinnerte ihn nur an die gewaltige Last, die er trug.

Qui-Gon sah an den Meistern vorbei, zum Fenster hinaus auf die Skyline von Coruscant und versuchte, seine Gefühle zu beherrschen. Er fragte sich erneut, warum er nicht einfach die Flut der Gefühle, die in ihm wogte, durch sich hindurch fließen lassen konnte. Genau das hatte er von einigen hervorragenden Lehrern gelernt – ein paar davon saßen in diesem Augenblick vor ihm – und es hatte immer funktioniert. Doch jetzt funktionierte es nicht.

Obi-Wan scharrte leise mit den Füßen und Qui-Gon bemerkte, dass das Schweigen nun wohl zu lange gedauert hatte.

„Wir haben eine Anfrage von Senator Crote von Frego erhalten", sagte Mace Windu schließlich. „Er bat die Jedi um Hilfe beim Transport eines Zeugen nach Coruscant, der hier vor dem Senat aussagen soll."

Qui-Gon nickte. Einen Zeugen zu schützen, war für die Jedi Routine. Wie er es schon vermutet hatte, würde seine erste Mission einfach sein. Eine Ablenkung. Daher waren auch nur drei Ratsmitglieder hier.

„Eine einfache Aufgabe es nicht ist", sagte Yoda, so als würde er Qui-Gons Gedanken beantworten. „Viel Gefahr auf Frego es gibt."

Mace Windu schaute Qui-Gon noch immer ins Gesicht. „Wir würden Euch nicht schicken, wenn wir nicht der Meinung wären, dass Ihr dafür bereit seid. Fühlt Ihr Euch bereit, Qui-Gon?"

Qui-Gon wusste es nicht. Er hatte keinerlei Bedürfnis, den Tempel zu verlassen. Nicht einmal seine einfache Unterkunft. Aber Obi-Wan gegenüber wäre es nicht fair, wenn er für immer in Abgeschiedenheit lebte.

„Ich bin bereit", gab Qui-Gon zurück. Er sagte es überzeugter, als er in Wirklichkeit war.

Qui-Gon spürte Obi-Wans Erleichterung wie einen Atemzug, den er lange angehalten hatte und jetzt endlich herausließ. Auch die Ratsmitglieder schienen sich nach Qui-Gons Antwort zu entspannen. Sie hörten auf, seine Gedanken erforschen zu wollen. Sie hatten die Antwort erhalten, auf die sie gewartet hatten. Qui-Gon hoffte, dass er die richtige Entscheidung getroffen hatte.

„Wie Yoda schon sagte, die Situation ist kompliziert", erklärte Plo Koon. „Wir haben Jocasta Nu deshalb gebeten, Euch vor Eurem Aufbruch alle Informationen zu geben, die Ihr benötigt." Er deutete in Richtung des Tempelarchivs.

„Gehen du jetzt musst", sagte Yoda bedeutungsvoll.

„Wir fürchten, dass die Gefahr für den Zeugen wächst", sagte Mace. „Je früher Ihr Frego erreicht, desto besser." Er verabschiedete Qui-Gon und Obi-Wan mit einem leichten Winken. „Möge die Macht mit Euch sein."

Qui-Gon nickte und ging langsam aus dem runden Raum, gefolgt von Obi-Wan. Trotz der warnenden Worte seiner Meister war er überzeugt, dass die Mission einfach werden würde ..., wenn er sich auf die Mission konzentrieren würde.

Jocasta Nu war eine dünne, zerbrechlich wirkende Jedi-Ritterin mit langen, grauen Haaren, die sie zu einem strengen Zopf zusammengebunden hatte. Als die Jedi hereinkamen, stand sie von ihrem Arbeitstisch auf. In einer geradezu vorbildlichen Zurschaustellung von Effizienz sammelte sie ein paar Unterlagen zusammen, deutete auf einen größeren Tisch und bat Qui-Gon und Obi-Wan, Platz zu nehmen.

„Mir wurde gesagt, dass die Zeit drängt", sagte Jocasta. Sie hielt sich nicht mit langen Einführungsreden auf, die nichts zur Sache taten. Qui-Gon hatte schon einmal mit der Archivarin des Tempels zu tun gehabt und Obi-Wan wusste auch, wer sie war. Sie versorgte viele Jedi-Teams mit Informationen, bevor diese auf Missionen gingen.

Qui-Gon hatte es vorgezogen, seine Informationen aus

anderen Quellen zu beziehen. Er hatte sich daran gewöhnt, mit Tahl zu arbeiten und so hatte er Jocasta nicht mehr oft gesehen, nachdem er vor vier Jahren Obi-Wan als Padawan angenommen hatte.

„Der Zeuge ist eine Frau. Lena Cobral." Jocasta zeigte ihnen ein Holobild einer schlanken, jungen Frau mit dunklen Haaren, die zu einem kunstvollen Zopf geflochten waren. „Sie ist die Witwe von Rutin Cobral."

Das Bild der jungen Frau verschwand und ein Mann erschien an ihrer Stelle. Er war jung, nicht allzu groß, hatte kurze braune Haare und lächelte entspannt. „Rutin wurde jüngst ermordet und sein Mörder ist noch immer auf freiem Fuß."

„Ist das ungewöhnlich?", fragte Qui-Gon. „Ich dachte, der Planet Frego würde von Kriminellen beherrscht."

Jocasta blickte leicht missbilligend drein, bevor sie fortfuhr. „Die Cobral-Familie hat die Macht auf Frego. Sie führen einen Verbrecherring, der seit zwanzig Jahren die Regierung kontrolliert. Rutins Vater starb vor ein paar Jahren eines natürlichen Todes. Alle nahmen an, dass Rutin als sein Nachfolger ausgebildet worden war, obwohl er zwei ältere Brüder hat. Solan ist der älteste und der neue Anführer der Cobrals."

Eine kleinere, gesetztere Version von Rutin erschien auf dem Schirm. Neben der Körpergröße fehlte Solan auch das dichte Haar und das ehrliche Lächeln. Er war beinahe kahlköpfig und sein Grinsen erschien wie eine Maske.

„Solan ist auf seinem Planeten sehr bekannt, wird überall gefürchtet und respektiert. Er erreicht das, was er will, durch Drohungen, Gewalt und Beziehungen."

Jetzt, da Jocasta ihre Informationen preisgegeben hatte, konnte sie auch Qui-Gons Frage beantworten.

„Es ist auf Frego nichts Außergewöhnliches, dass Mörder ungeschoren davonkommen. Aber es ist ungewöhnlich, dass ein geschätztes Mitglied der Cobral-Familie umgebracht wird – und vor allem, dass kein Racheakt folgt."

Obwohl Qui-Gons Gesichtsausdruck unverändert blieb, spürte er, wie eine erneute Welle des Schmerzes über ihn kam. Er sehnte sich mehr denn je nach Tahl – nach ihrem Zynismus, ihrer schnellen Auffassungsgabe und nach ihrer besonderen Art, Informationen so zu vermitteln, dass Qui-Gons Gedanken bereits in die richtige Richtung gelenkt wurden.

Qui-Gon rief sich wieder in Erinnerung, dass ihre Beziehung über die Jahre gewachsen war. Die Verbindung, die er mit Tahl gehabt hatte, würde er mit der Tempelarchivarin niemals haben.

„Lena heiratete vor drei Jahren in die Cobral-Familie ein", fuhr Jocasta fort. „Es gab ein Gerücht, dem zufolge Rutin mit den Machenschaften seiner Familie nichts mehr zu tun haben wollte. Obwohl er sich vom kriminellen Treiben nicht ohne weiteres abwenden konnte, hat Senator Crote uns wissen lassen, dass Rutin sich zu einer Aussage gegen seine Familie vor dem Senat entschlossen hatte. Er wollte den gesamten Verbrecherring zerschlagen. Kurz nach seiner Zustimmung zu dieser Aussage wurde er ermordet." Jocasta holte kurz Luft, ließ aber nicht mehr als eine Sekunde verstreichen, bevor sie fortfuhr.

„Gestern Abend erhielten wir eine geheime Kommunikation von Lena Cobral. Und von Senator Crote. Sie hat beschlossen, sich der Sache ihres verstorbenen Mannes anzunehmen und selbst gegen die Cobrals auszusagen." Jocasta schob ein Datapad mit mehreren Dokumenten über den Tisch zu den Jedi. „Hier findet Ihr alles, was Ihr braucht."

Qui-Gon stand auf und nahm das Datapad in die Hand. „Danke", sagte er knapp. „Wir werden gegebenenfalls Kontakt mit Euch aufnehmen, wenn wir noch mehr Informationen brauchen."

„Natürlich." Jocasta nickte. „Möge die Macht mit Euch sein."

Qui-Gon nickte automatisch. Wie konnte er darauf vertrauen, dass die Macht noch mit ihm war? Wo war die Macht gewesen, als er sie am nötigsten gebraucht hatte? Er und Tahl hatten sich ihre Liebe gestanden.

Aber nichts – weder die Liebe, noch die Jedi, noch die Macht – hatte sie retten können.

Qui-Gon und Obi-Wan brauchten nicht lange, um ihre Habseligkeiten für die kurze Reise zusammenzusammeln. Sie würden bald an Bord des Frachters gehen, der sie nach Frego bringen sollte.

Qui-Gon wollte sich, unruhig und erschöpft wie er war, sofort in sein Quartier zurückziehen, sobald sie an Bord waren. Er wollte das gerade Obi-Wan mitteilen, als sein Padawan das Wort ergriff.

„Meister", begann er, „ich weiß, dass die letzten Monate für Euch schwer waren." Er streckte die Hand zu Qui-Gons Schulter aus, ließ sie aber wieder sinken, noch bevor er den Ärmel der braunen Robe seines Meisters berührte. „Und ich ..., ich muss immer wieder daran denken, was Ihr mir gesagt habt, als Bant im Tempel vermisst wurde. Ihr sagtet damals, dass die dunkelste Zeit die ist, in der man dem Jedi-Kodex am treuesten folgen muss. Wenn Ihr Euren Gefühlen freien Lauf lasst ..."

„Danke, Obi-Wan", unterbrach Qui-Gon den gut gemeinten Rat. „Du hast sehr gut gelernt, was ich dir beigebracht habe. Eines Tages wirst du ein hervorragender Jedi-Meister sein." Er drehte sich um und ging schnell zu seiner Unterkunft. Er spürte, dass der Junge verdutzt hinter ihm stand. Qui-Gon wusste, dass sein Padawan nur versucht hatte, ihn aufzumuntern. Aber er ertrug es nicht, sich die Weisheiten anzuhören, die ihn jetzt so kläglich im Stich ließen. Er wollte einfach nur allein sein.

Kapitel 2

Obi-Wan beobachtete schweigend, wie der Planet Frego in einer der Sichtscheiben des Frachters größer und größer wurde. Qui-Gon war während der Reise nicht mehr aus seiner Unterkunft aufgetaucht. Obi-Wan wusste nicht, ob er ihn stören konnte – nicht einmal jetzt, da sie fast am Ziel ihrer Reise waren. Er hätte Qui-Gon gern so getröstet, wie sein Meister ihn oft getröstet hatte. Doch bei seinen wiederholten Versuchen zog sich Qui-Gon immer mehr zurück. Die Kluft zwischen ihnen schien immer größer zu werden und Obi-Wan war ratlos. Wie sollte er diese Kluft ohne die Hilfe seines Meisters überwinden?

„Das muss Frego sein."

Qui-Gons Stimme überraschte Obi-Wan und erfüllte ihn mit Erleichterung. Er musste seinen Meister nun doch nicht aus seinen Gedanken reißen.

„Und dieser leuchtende Fleck muss die Hauptstadt Rian sein", fügte Qui-Gon hinzu.

Obi-Wan bemerkte, dass Qui-Gon noch immer traurig und verstört war. Es war beinahe so, als würde er neben sich stehen. Aber wenigstens sprach Qui-Gon. Er gab sich Mühe.

Als sie den Transporter schließlich verließen, wurde Obi-Wan plötzlich etwas klar. Er würde diese Mission leiten müssen. Er würde sich nicht auf seinen Meister verlassen können, der emotional so angeschlagen war.

Obi-Wan ging nicht davon aus, dass die Cobral-Familie über ihre Ankunft informiert war, doch ein von Kriminellen regierter Planet war immer ein gefährlicher Ort. Er erwartete beinahe, im Hangar Schwarzmarkthändler und anderes übles Volk anzutreffen. Doch es war nur eine einzige Person da, als die Jedi ausstiegen: eine Frau, die sie scheinbar gleichgültig ansah. Obi-Wan entspannte sich ein wenig, bis der Frachter-Captain die Rampe ausfuhr.

„Ich werde sobald wie möglich wieder starten, wenn Ihr nichts dagegen habt", sagte er nervös. „Ich will hier nicht mehr Zeit als unbedingt nötig verbringen. Wegen der Luftstraßen-Steuer und all diesem Zeug auf Frego."

Obi-Wan nickte. Obwohl er nicht genau wusste, was der Pilot meinte, konnte er sich ausmalen, dass es etwas Unangenehmes und höchstwahrscheinlich Illegales war.

Er bedankte sich bei dem Captain für die sichere Reise und sah ihm zu, wie er wieder in sein Raumfahrzeug kletterte.

Als sich die Tür des Schiffes geschlossen hatte, kam die Frau im Hangar auf die Jedi zu.

„Ich hoffe, Ihr hattet eine angenehme Reise von …" Sie hielt inne.

„Coruscant", ergänzte Obi-Wan. „Seid Ihr Lena?"

„Nein", antwortete die Frau und als sie ihre Kapuze nach hinten warf, sahen die Jedi kurz geschnittenes Haar und ein jugendliches Gesicht. „Ich bin Mica, aber ich werde Euch gleich zu Lena bringen." Mica sah sich noch einmal im Hangar um.

Sie ist nervös, dachte Obi-Wan. Er holte tief Luft und konzentrierte sich auf die Macht. Doch er spürte keine Gefahr – nur Micas Furcht.

„Folgt mir, aber nicht zu dicht. Wenn ich von jemandem angesprochen werde, werde ich so tun, als würde ich Euch nicht kennen." Mica sah Qui-Gon und Obi-Wan mit ihren großen, dunklen Augen an. Sie wartete, bis beide zustimmend nickten.

„Wir werden tun, was Ihr sagt", versicherte Obi-Wan ihr.

Mica setzte ihre Kapuze wieder auf und ging schnell aus dem Hangar.

Obi-Wan genoss es immer, einen neuen Planeten zu

Fuß kennen zu lernen. Qui-Gon hatte ihm beigebracht, dass das langsamere Tempo für allerlei Beobachtungen besser war – und es gab eine Menge zu beobachten auf Frego. Nichts davon war so, wie Obi-Wan es erwartet hatte.

Die Straßen waren sauber, die Gehwege waren voller Freganer, die bunte Bündel trugen und ohne Eile umhergingen. Nicht weit vom Hangar der Stadt gab es einen Bereich, in dem Buden entlang der Straßen aufgebaut waren. Dort verkauften Händler frisches Obst, Gemüse, Fleisch und Getreide. Sie schrien die Preise hinaus und begrüßten ihre Stammkunden. Als sie weiter in den Markt hineingingen, sahen sie Händler, die Haushaltswaren und sogar Fahrzeuge verkauften. Überall schienen die Leute fröhlich und entspannt zu sein.

Im Zentrum des Marktes war die Menge so dicht gedrängt und es gab so viel zu sehen, dass Obi-Wan Mica beinahe aus den Augen verlor. Doch jedes Mal, wenn er nach vorn schaute, sah er, dass Qui-Gons Augen auf Micas graue Kapuze gerichtet waren. Er schien die Umgebung nicht wahrzunehmen, wie er es sonst immer tat. Er war mit den Gedanken zweifellos woanders.

Obi-Wan hätte gern mit seinem Meister über das gesprochen, was er gesehen hatte. War es nicht ungewöhnlich, dass ein von Kriminellen kontrollierter Planet scheinbar eine solch zufriedene Bevölkerung hatte?

Doch er war sich sicher, dass Qui-Gon nicht über die Freganer nachdachte, also hielt er sich zurück.

Irgendwann gab es keine Verkaufsbuden mehr und die Menge löste sich auf. Nachdem Mica die Jedi durch ein Labyrinth aus dunklen, aber sauberen Gassen geführt hatte, blieb sie stehen und winkte Obi-Wan und Qui-Gon zu sich. Als sie näher kamen, tippte Mica etwas in ein Kontrollfeld ein. Eine große Lagerhaustür öffnete sich und gab den Blick auf einen riesigen Raum voller alter Ausrüstungsteile frei.

„Wir sind da", sagte Mica, winkte die Jedi herein und warf einen letzten Blick in die Gasse hinaus, bevor sie die Tür schloss. „Ich bin die Einzige, die Lenas Versteck kennt. Außer Euch. Es ist wichtig, dass man Euch niemals bis zu diesem Ort folgt."

„Natürlich." Obi-Wan nickte.

Am oberen Ende einiger Treppenaufgänge aus Durastahl ging die riesige Halle voller Maschinen in einen gemütlichen Wohnraum über. Dort, mit dem Rücken zum Eingang, stand zwischen einigen bunt gemischten, aber bequemen Sofas die Frau, die Obi-Wan auf Jocasta Nus Holoschirm gesehen hatte. Lena Cobral.

„Ihr habt es geschafft", sagte sie, hielt Obi-Wan und Qui-Gon die Hände zum Gruß hin und umarmte schließlich Mica. „Ich bin so froh. War Eure Reise sehr beschwerlich?"

„Sie ging schnell vorüber", sagte Qui-Gon zu ihr und stellte sich und seinen Padawan dann vor.

Obi-Wan war froh, dass Qui-Gon einmal mehr sein Schweigen gebrochen hatte, denn er war sich nicht sicher, ob er die Unterhaltung ohne weiteres hätte führen können.

Lena Cobral war schon auf dem Holoschirm eine attraktive Erscheinung gewesen, doch von Angesicht zu Angesicht war sie geradezu atemberaubend schön. Lange schwarze Haare flossen über ihre Schultern und rahmten ein Gesicht mit ebenso dunklen Augen ein, wie auch Mica sie besaß. Sie schien – ähnlich wie die Freganer auf der Straße – sehr gelassen. Sie hatte die Jedi begrüßt, als wären sie alte Freunde oder Ehrengäste auf einer Party und nicht Botschafter in seiner politischen Mission. Lena Cobral war nur wenige Jahre älter als Obi-Wan, was ihn überraschte.

„Bitte setzt Euch", sagte Lena und begleitete die Jedi zu den Stühlen. „Möchtet Ihr etwas trinken? Vielleicht Kopi-Tee?"

Bevor die Jedi ablehnen konnten, goss Lena eine warme, dunkle Flüssigkeit in zwei Tassen. Sie hatte einen leichten Orangeton und schmeckte hervorragend.

„Meine Kusine Mica versorgt mich mit allem, seitdem ich mich verstecke." Lena lächelte die schweigende Mica an. „Sie brachte mir gestern auch diesen Tee. Und heute hat sie mir Euch gebracht." Lena wandte sich mit ihrem einnehmenden Lächeln den Jedi zu. Obi-Wan war es beinahe unmöglich, nicht zurückzulächeln.

„Sie ist zu gut zu mir", sagte Lena in einem Ton, der nicht zu jemandem zu passen schien, der bedroht wurde. „Sie besteht darauf, bei mir zu bleiben, ungeachtet der Gefahr, in die sie selbst sich damit bringt. Ich weiß, dass ich das eigentlich nicht zulassen sollte."

„Du bist diejenige, die keinen Gedanken an die Gefahr verschwendet, der du dich aussetzt", sagte Mica sanft.

Als Obi-Wan sah, wie Lena ihre Kusine beobachtete, wie sie aufstand und ging, glaubte er zum ersten Mal so etwas wie Anspannung und Angst in ihrem Gesicht zu erkennen. Er warf Qui-Gon einen Blick zu, um herauszufinden, ob sein Meister es auch bemerkt hatte. Doch der starrte gedankenverloren in seine Teetasse.

„Es tut mir Leid", entschuldigte Lena sich und legte plötzlich eine Hand an die Augenbraue. „Ich vergeude Eure Zeit. Und ich war Euch gegenüber nicht ganz aufrichtig."

Obi-Wan setzte sich auf und Qui-Gon stellte seine Tasse auf den Tisch. Doch anstatt etwas zu sagen, warteten sie darauf, bis Lena fortfuhr.

„Es stimmt, dass ich eine Eskorte nach Coruscant brauche. Und es stimmt, dass ich gegen die Cobrals aussagen möchte. Ich muss zu Ende bringen, was Rutin begonnen hat. Die Aufgabe, für die er starb." Lenas Stimme begann zu zittern. Sie stand auf und drehte den milchigen Fenstern den Rücken zu, bevor sie fortfuhr. „Es war mein Fehler. Ich hatte nicht vor, mich in ihn zu verlieben. Ich wusste nicht, dass er ein Cobral war. Aber Liebe ist nicht etwas, das man sich aussucht, stimmt's?"

Obi-Wan schien es, als ob Qui-Gon leicht nickte.

„Bevor wir heirateten, versprach Rutin, dass er den Verbrechen ein Ende setzen würde, doch er konnte es nicht ertragen, aus seiner Familie ausgestoßen zu werden. Er war das Lieblingskind seiner Eltern und er liebte sie. Er hoffte, dass er sie von ihrem Weg abbringen konnte. Er hatte nicht einfach nur vorgehabt, selbst auszusteigen. Er wollte es ganz beenden." Lena sprach immer schneller, so als konnte sie die Worte nicht zurückhalten.

„Doch dann fand sein Bruder Solan heraus, dass Rutin etwas verändern wollte. Er war unglaublich wütend und ging zu ihrem Vater. Rutin konnte den Verbrecherring nicht von innen auflösen. Also beschloss er, es von außen zu tun. Es war die schwerste Entscheidung, die er jemals treffen musste. Ich wollte, dass er aussteigt, flehte ihn aber an, sein Leben nicht aufs Spiel zu setzen. Doch er wollte unbedingt aussteigen. Für mich, sagte er. Er tat es für mich." Lena hielt inne und wandte sich wieder an die Jedi. Ihre dunklen Augen waren voller Tränen.

Obi-Wan hatte das Gefühl, als würde sie nur ihn ansehen und ihre dunklen Augen bohrten sich geradewegs in sein Herz. Es war, als suchte sie etwas in ihm, als wollte sie herausfinden, ob er die Stärke und den Mut hatte, ihr zu helfen. Ob sie ihm vertrauen konnte.

Obi-Wan wusste instinktiv, dass er *ihr* vertrauen konnte. Da war etwas in der Art, wie sie sich gab, wie sie sprach. Sie log sie nicht an. Er konnte zwar ihre Angst spüren, aber auch ihre Aufrichtigkeit. Und er spürte ihre Stärke. Lena Cobral war kein Feigling.

„Deswegen muss ich diesen Plan zu Ende führen“, sagte Lena und richtete sich wieder auf. „Ich kann nicht zulassen, dass Rutins Tod vergeblich war. Ich werde aussagen und den Verbrechen ein Ende setzen. Aber …“

Obi-Wan beugte sich leicht vor. Bis hierher hatte er die Geschichte erwartet. Aber was würde nun kommen?

„Ich habe keine festen Beweise, die ich vor dem Senat anbringen kann“, sagte Lena seufzend. „Rutin hat sehr hart gearbeitet, um mich zu beschützen. Ich habe nur viel gehört, genauso wie die Freganer. Mein Wort steht gegen das der Verbrecher.“

Qui-Gon erhob sich. Obi-Wan sah an seinem Gesicht, dass er keineswegs glücklich darüber war, an der Nase herumgeführt worden zu sein. Sie waren als Eskorte für eine gefährdete Zeugin gesandt worden und jetzt sah es ganz so aus, als würde ihre Zeugin nichts aussagen können.

„Bitte", sagte Lena und nahm Qui-Gons große Hand. „Ich flehe Euch an. Bleibt, bis ich genügend Beweise habe. Ich weiß, dass es sie gibt – Listen und Daten, Konten und Aufzeichnungen der Cobral-Verbrechen. Mit Eurer Hilfe …"

„Wir wurden lediglich gesandt, um Euch zu helfen", sagte Qui-Gon emotionslos. „Wenn Ihr nicht aussagen könnt, müssen wir allein nach Coruscant zurückkehren."

Obi-Wan lief rot an. Er wollte nicht glauben, was er da hörte. Wie konnte Qui-Gon dieser Frau ihre Hilfe verweigern?

Kapitel 3

„Meister!“, sagte Obi-Wan etwas schärfer, als er es vorgehabt hatte. „Ich …“ Er hielt inne, als ihm klar wurde, dass es nicht sonderlich klug war, ihre Meinungsverschiedenheiten in Lenas Gegenwart zu diskutierten. „Ich würde Euch gern sprechen“, sagte er schließlich.

Obi-Wan nickte Lena zu, ging schnell zur Treppe und lief bis zum nächsten Absatz hinunter. Er hörte Qui-Gons Schritte hinter sich. Als sie die Zwischenplattform erreichten, wirbelte Obi-Wan herum.

„Meister, Ihr könnt doch nicht im Ernst diese Frau hier zurücklassen“, stieß er hervor. „Sie ist offensichtlich in Gefahr!“

„Sie hat uns hinsichtlich ihrer Beweise angelogen, Obi-Wan. Woher sollen wir wissen, ob sie nicht auch hinsichtlich der Gefahr lügt?“, erwiderte Qui-Gon ruhig.

„Ihre Angst ist echt“, sagte Obi-Wan. „Ihr spürt das doch sicher auch. Wir können sie nicht hier zurücklassen." Obi-Wan wurde heiß im Gesicht. Vor Tahls Tod hatte er zum letzten Mal so deutlich mit seinem Meister gesprochen, doch Qui-Gon schien seit jener Zeit nur noch das zu spüren, was in ihm selbst vorging.

Qui-Gon sah seinen Padawan lange an. Obi-Wan hielt seinem Blick stand. Er würde es nicht zulassen, dass Qui-Gon dieser Mission den Rücken kehrte.

„Wir können zwei Tage bleiben, aber nicht länger", sagte Qui-Gon schließlich. „Wenn sie bis dahin nicht die nötigen Beweise hat, werden wir ohne sie nach Coruscant zurückkehren. Aber ich halte das für keine gute Idee. Du lässt dich von deinen Emotionen leiten."

„Das werde ich nicht bereuen", sagte Obi-Wan entschlossen.

„Das hoffe ich", gab sein Meister zurück.

Wut und Frustration kochten in Obi-Wan hoch. Ohne ein weiteres Wort ging er wieder die Treppe hinauf. Hatte sich Qui-Gon in der Vergangenheit nie von seinen Gefühlen leiten lassen? Wenn sein Meister diese Gefühle bei sich selbst zulassen würde, würde er Obi-Wan verstehen. Sie würden die richtige Entscheidung treffen. Lena – und Frego – brauchten sie.

Obi-Wan musste einen Augenblick stehen bleiben und sich beherrschen, bevor er wieder in den Wohnraum ging. Lena hörte die Jedi auf der Treppe und drehte sich um. Ihr Gesicht war voller Hoffnung.

„Wir werden zwei Tage bleiben", sagte Obi-Wan lächelnd.

„Wir werden Euch beschützen, solange wir hier sind, aber das ist alles", fügte Qui-Gon hinzu. „Und wir werden keine Beweise gegen die Cobrals sammeln."

Das war genug. Lena umarmte Obi-Wan. „Vielen Dank", sagte sie in sein Ohr. „Danke. Das ist mehr, als ich verlangen konnte."

Obi-Wan spürte, wie sein Hals und sein Gesicht erröteten, als er Lena unbeholfen umarmte. Aus dem Augenwinkel sah er Qui-Gon und dahinter Mica. Keiner von beiden lächelte.

„Zwei Tage sind mehr als genug, aber wir dürfen keine Zeit verlieren", sagte Lena. Sie lief aus dem Zimmer und kehrte einen Augenblick später mit einer Robe zurück, die der von Mica ähnelte. Sie steckte schnell ihre Haare hoch und verbarg sie unter der Kapuze.

„Ich komme mit", sagte Mica.

Lena schüttelte den Kopf. „Es gibt keinen Grund, dich ebenfalls in Gefahr zu bringen."

Obi-Wan glaubte einen gereizten Blick in Micas Augen zu sehen, doch sie schwieg, als die Jedi und Lena das Apartment verließen.

Lena verhielt sich sehr kühl und ihr Gesichtsausdruck war voller Entschlossenheit, als sie die Jedi nach draußen in die Gasse führte. Obi-Wan fiel auf, dass ihre Augenbrauen nachgezogen waren, bevor sie sie hinter einer dunklen Brille verbarg, die den größten Teil ihres Gesichts verdeckte.

Lena bewegte sich noch schneller als ihre Kusine durch die Straßen. Sie führte die Jedi aus dem Viertel mit hohen, dunklen Lagerhäusern in eine Gegend voller riesiger, glitzernder Gebäude. Durchsichtige Turboliftkabinen glitten wie Luftblasen lautlos an den Fassaden auf und ab.

Lena blieb vor einem besonders großen und eindrucksvollen Gebäude abrupt stehen. Drei Männer standen vor dem Turbolift Wache.

„Wir müssen den Hintereingang benutzen", sagte Lena. Sie hatte sich endlich zu den Jedi umgewandt und seufzte traurig. „Ich war nicht mehr in meiner Wohnung seit ..."

„In Eurer Wohnung?", unterbrach Qui-Gon ihre Gedanken.

Obi-Wan nahm an, dass sein Meister nicht sonderlich über ihr Ziel überrascht war, dass er es aber auch für keine gute Idee halten würde, hineinzugehen. Auch Obi-Wan war sich nicht sicher. Aber er wollte Lena helfen.

„Seid Ihr sicher, dass das weise ist?", fügte Qui-Gon hinzu.

„Wir haben keine Wahl", erklärte Lena. „Dort drinnen befinden sich wichtige Informationen, die ich für meine Aussage brauche."

Qui-Gon gab keine Antwort, als sich Lena umdrehte und durch eine schmale Gasse in Richtung des Hintereingangs ging. Der war glücklicherweise nicht bewacht. Lena tippte einen Code in eine kleine Tastatur ein und die Tür glitt auf. Aber auf dieser Seite des Gebäudes gab es keinen Turbolift. Sie mussten siebenunddreißig Stockwerke zu Fuß hinaufgehen.

Als sie das oberste Stockwerk erreicht hatten, waren sie außer Atem. Doch Lena gönnte sich keine Pause. Sie führte sie um eine Ecke und vor etwas, das wie eine Durabeton-Wand aussah. Erst als er sehr dicht davor stand, erkannte Obi-Wan, dass es eine Geheimtür war. Lena drückte einen kleinen Knopf und die Tür glitt auf.

Noch bevor Obi-Wan einen Blick hinein werfen konnte, stöhnte Lena und legte eine Hand auf den Mund. Der Raum war wohl einmal ein schöner Salon gewesen. Doch das ganze Apartment war offensichtlich durchwühlt worden und es lagen haufenweise Trümmer auf dem Boden. Alles war zerstört.

Die prächtigen Stoffe der Möbel waren zerrissen und lagen überall auf dem Boden umher. Tische und Stühle waren zerschmettert. Schubladen lagen herum, Regale waren ausgeräumt und ihr Inhalt war im Zimmer verstreut.

Das Apartment war einmal elegant eingerichtet gewesen, doch jetzt sah es aus wie in einer Müllpresse. Wer auch immer dieses Chaos angerichtet hatte, hatte gute Arbeit geleistet. Sogar die Teppiche waren in Fetzen zerrissen.

Lena stützte sich auf Obi-Wans Arm. „Ich hätte mir denken können, dass sie alles durchsuchen", sagte sie niedergeschlagen. Sie beugte sich zum Boden und hob ein paar Scherben einer kleinen Steinfigur auf. Als sie sie in den Händen hielt, füllten sich ihre Augen mit Tränen. Obi-Wan wollte sie trösten, wusste aber nicht, was er sagen sollte. Er drückte sanft ihren Arm.

„Ich glaube, Ihr könnt froh sein, dass Ihr nicht zu Hause wart", bemerkte Qui-Gon trocken. Er hatte offensichtlich Lenas Gesichtsausdruck nicht bemerkt und Obi-Wan spürte einen Anflug von Ärger. Wie konnte sein Meister nur so gefühllos sein?

Lena holte tief Luft und ließ Obi-Wan los, bevor sie vorsichtig durch das Chaos in den hinteren Teil des Apartments ging. Qui-Gon blieb in der Nähe der Lifttüren stehen. Obi-Wan folgte Lena dichtauf für den Fall, dass sie wieder seine Hilfe brauchte. Es schien, als wäre das Apartment nicht nur durchsucht, sondern vorsätzlich zerstört worden.

Mit trauriger Miene blickte Lena über das Chaos. Einmal hielt sie inne, um ein Dekorationsstück aufzuheben, das nicht zerstört war. Sie stellte es auf ein Regal, das jeden Moment von der Wand zu fallen drohte. Obi-Wan fragte sich, wie lange es wohl dort stehen bleiben würde, bevor es zusammenbrechen würde.

„Wie eigenartig!", rief Lena plötzlich und ging zu ihrem Schlafzimmer am Ende eines kleinen Flures. In diesem Zimmer war alles unberührt. Die Möbel standen noch alle da. Das Bett war gemacht. Sogar das Porträt an der Wand hing gerade.

Obi-Wan ging näher an das Porträt heran. Es war ein Bild von Lena und Rutin. Sie standen vor einem Wasserfall und sahen sich tief in die Augen. Irgendetwas mit dem Bild stimmte nicht, doch bevor Obi-Wan sich klar wurde, was es war, schwenkte das Bild mitsamt der Wand, an der es hing, zur Seite und brachte ein kleines Büro zum Vorschein.

„Hier hat Rutin abends gearbeitet", erklärte Lena und ging durch die Geheimtür. „Hier sind sämtliche Daten über seine Familie gespeichert. Ich kann mir nicht vorstellen, dass, wer auch immer das Apartment durchsucht hat, hier nicht ..." Lenas Stimme erstickte, als sie den Computerbildschirm anschaltete.

Blaues Licht und ein Ausdruck des Entsetzens breiteten sich auf Lenas Gesicht aus, als eine Nachricht auf dem Bildschirm aufleuchtete.

DU KANNST UNS NICHT AUFHALTEN. WENN DU ES VERSUCHST, WIRST DU STERBEN.

Kapitel 4

Qui-Gon betrat das kleine Büro und sah gerade noch, wie die Nachricht ein letztes Mal aufblitzte. Dann wurde der Bildschirm wieder dunkel.

Lena sank in einen Stuhl und starrte fassungslos vor sich hin. „Sie haben die Beweise gelöscht“, sagte sie. „Sie haben alles gelöscht.“

Einen Augenblick verdrängte Verzweiflung Lenas Entschlossenheit. Qui-Gon war überrascht, auch bei Obi-Wan Verzweiflung zu spüren. Er sah ihn besorgt an. Sein Padawan verhielt sich sonst nicht so.

Qui-Gon wandte seine Aufmerksamkeit wieder dem aktuellen Problem zu. „War der Computer mit einem Netzwerk verbunden?“, fragte er.

„Ich glaube nicht“, gab Lena zurück. Dann schüttelte sie voller Überzeugung den Kopf. „Nein. Rutin hätte seine Informationen nicht hier gelassen, wenn das so gewesen wäre.“

„Und niemand sonst hatte Zugang zu den Informationen?“, fragte Qui-Gon weiter.

„Nun, die Informationen waren innerhalb der Familie kein Geheimnis. Sie alle wussten, was vor sich ging, waren aber bemüht, keine Spuren zu hinterlassen. Solan hat sich dessen versichert.“ Lena stand auf und ging zurück in ihr Schlafzimmer. Sie schien mehr mit sich selbst als zu den Jedi zu sprechen. „Und doch hat Rutin eine Spur gelegt. Jeder von ihnen hätte es tun können, aber Solan ...“

Qui-Gon sah, dass sich Lena bereits wieder von dem Rückschlag erholte. Sie schmiedete schon einen neuen Plan. Qui-Gon bewunderte ihre Entschlossenheit. Ihr Ehemann war erst vor kurzem gestorben und wenn sie ihn tatsächlich so sehr geliebt hatte, wie sie vorgab, war sie erstaunlich gefasst. Er dachte, dass sie sie womöglich doch zu täuschen versuchte.

„Sie wissen alle Bescheid“, sagte Lena noch einmal, dieses Mal lauter. „Und einer von ihnen könnte uns vielleicht helfen.“ Lena drehte sich um und machte sich auf den Weg zum Lift.

„Kommt“, bat sie die Jedi. „Jetzt werde ich Euren Schutz mehr denn je brauchen. Wir gehen zum Anwesen der Cobrals.“

„Haltet Ihr das für eine kluge Idee?“, fragte Qui-Gon.

„Dort lebt nur noch meine Schwiegermutter. Sie hat

nichts mit den Geschäften der Familie zu tun. Es lohnt sich, das Risiko einzugehen. Es muss sich lohnen." Lena klang entschlossen.

Lena und die Jedi stiegen im Keller des Gebäudes in einen großen Landgleiter. Augenblicke später flogen sie aus der Stadt in die Heimat von Lenas Schwiegermutter Zanita Cobral.

„Wir haben uns immer gut verstanden", erklärte Lena, als sie über die Oberfläche des Planeten dahinglitten. „Rutin war ihr Lieblingssohn. Er war der jüngste. Ihn zu verlieren war furchtbar für sie – für uns alle."

Vom Rücksitz fiel es Qui-Gon nicht leicht, sich auf Lena zu konzentrieren. Während er sich dazu zwang, dachte er gleichzeitig darüber nach, ob es eine solch gute Idee gewesen war, auf diese Mission zu gehen. Hier waren kühle Entscheidungen gefragt und er wusste nicht, ob er dazu in der Lage war. Er hatte das Gefühl, als würde er sich durch einen Nebel aus wirren Emotionen tasten.

„Zanita ist vermutlich die einzige Person auf diesem Planeten, die nicht unter Solans Knute steht", sagte Lena zu Obi-Wan. „Sie ist die einzige, die uns helfen kann. Ich hoffe nur, dass sie es auch will."

Das Anwesen der Cobrals lag auf einer Anhöhe mit Blick über Rian. Als das große Wohnhaus in Sicht kam, aktivierte Lena das Stahlglas-Dach des Gleiters, das die

Reisenden schnell vor Blicken schützte. Dann drückte sie einen anderen Knopf und das Dach nahm eine dunkle Tönung an.

„Wenn wir das Tor erreichen, müsst Ihr Euch ducken", sagte Lena. „Die Cobrals mögen keine Fremden."

Qui-Gon fragte sich, wie die Cobrals wohl auf Lenas Besuch reagieren würden. Obwohl sie gesagt hatte, dass sie und ihre Schwiegermutter sich gut verstanden, könnte ihre Gegenwart die Familie eher aufwühlen als beruhigen.

Doch die Cobrals hatten wenigstens jemanden, der sie an Rutin erinnerte. Wen hatte Qui-Gon, der ihn an Tahl erinnerte? Keiner hatte sie so gut gekannt wie er. Jeden Tag holten ihn neue Erinnerungen ein. Und er konnte sie mit niemandem teilen.

Qui-Gon saß, in seine Robe gehüllt, zusammengekauert auf der Rückbank des Gleiters und spürte, wie Lena sich anspannte. Er wusste, dass das bevorstehende Treffen mit Zanita nicht der einzige Grund dafür war. Etwas anderes ging vor sich.

„Da ist Solans Gleiter", flüsterte sie den Jedi zu. „Und der seines Bruders Bard. Die ganze Familie ist da."

Qui-Gon hob seinen Kopf und sah einige Luxusvehikel auf dem Platz vor dem Haus. Es gab keinen Zweifel, dass die Cobrals außerordentlich wohlhabend waren.

„Vielleicht sollten wir später noch einmal zurückkommen", schlug Obi-Wan vorsichtig vom Vordersitz vor.

„Nein“, entgegnete Lena mit der ihr eigenen Entschlossenheit. „Ich habe keine Zeit. Wir werden uns hineinschleichen und ich werde eine Möglichkeit finden, allein mit Zanita zu sprechen. Oder vielleicht finde ich allein, was ich suche, und wir brauchen ihre Hilfe gar nicht. Ein paar der Cobrals hier zu haben, könnte gar nicht so schlecht sein. Vielleicht erhalten wir so zusätzliche Informationen.“

Oder tödliche Informationen, dachte Qui-Gon.

Lena parkte ihren Gleiter am hinteren Ende der Reihe in der Nähe einer Metallstatue.

„Wir können durch den Kücheneingang hineingehen“, sagte sie und deutete auf eine kleine Tür.

Qui-Gon sah, wie Lena und Obi-Wan neben dem Lieferanteneingang in Position gingen. Einen Augenblick später kam ein Diener heraus. Er bemerkte nicht, dass Lena ihren Fuß in die Tür schob, damit sie sich nicht schloss. Als der Bedienstete um die Ecke des Gebäudes verschwunden war, trat Qui-Gon nach Lena und Obi-Wan durch die Tür.

Es war nur allzu leicht gewesen, hineinzugelangen.

Der Küchenbereich war riesig, voll glänzender Wandschränke und Container für Lebensmittel. Überall waren Bedienstete mit der Vorbereitung eines opulenten Mahls beschäftigt.

Lena wartete, bis die meisten der Diener mit dem Rücken zur Tür standen, zog ihre Kapuze hoch und ging durch den Raum. Sie bewegte sich mit einer solchen Entschlossenheit, dass niemand es wagte, sie zu fragen, wer sie war und wohin sie wollte. Nachdem sie einen sehr langen Korridor mit einem kostbaren, schweren Teppich hinter sich gelassen hatte, trat sie in ein kleines Zimmer und zog Obi-Wan und Qui-Gon hinter sich her. In dem Raum standen mehrere Holoschirme.

„Das war einmal eine Wachstation", erklärte Lena. „Doch nachdem ihr Mann gestorben war, meinte Zanita, dass sie nicht mehr so viel Schutz benötigte. Daher wird er nicht mehr benutzt."

Qui-Gon war ein wenig erleichtert. Zumindest gab es eine Erklärung dafür, dass sie so einfach ins Haus gelangt waren.

Lena stellte einen der Holoschirme so ein, dass er einen großen Speisesaal voller Leute zeigte.

„Bard hat heute Geburtstag", sagte Lena erleichtert. Das große freganische Geburtstagsbanner lag über dem Esstisch. „Ich hätte daran denken müssen."

Die Gesellschaft war über den gesamten Raum verteilt; alle lächelten und hielten Gläser mit einer roten Flüssigkeit in den Händen. Auf den ersten Blick schien es eine ganz normale Party zu sein. Qui-Gon beobachtete die Szenerie genauer.

„Da ist Zanita", sagte Lena und zeigte auf eine große,

ältere Frau, die ein schwarzes Kleid trug, das mit zahllosen winzigen Edelsteinen besetzt war. Um den Kopf hatte sie einen großen Schal aus grobem Leinen wie einen Turban gewickelt. Trotz ihres Alters war sie mit Abstand die auffälligste Person im Raum. Qui-Gon war beeindruckt von ihrer Erscheinung und der Art, wie sie sich ungezwungen um die Leute kümmerte – sie lächelte und lachte mit ihnen und achtete darauf, dass es ihnen an nichts fehlte. Dann fiel ihm etwas anderes auf.

„Ist das Solan?", fragte er leise und zeigte auf einen finster dreinschauenden Mann in der Ecke.

„Ja, woher wisst Ihr das?", fragte Lena.

Qui-Gon hob die Augenbrauen, schwieg aber. Er beobachtete Solan. Wie Zanita war auch der Mann mit dem Stirnrunzeln von Leuten umgeben. Doch niemand schien sich in seiner Gegenwart wohlzufühlen. Sie standen nur nervös in seiner Nähe.

Plötzlich erhob sich Solan. Eine Frau in seiner Nähe nahm schnell sein leeres Glas und seine Serviette. Ein paar andere Bedienstete fragten, ob er noch etwas wünschte, doch er schickte sie nur mit einer barschen Handbewegung weg. Solan ging zum Ehrengast der Feier. Der war kleiner als er, ähnelte ihm aber auffallend. Es war sein Bruder Bard.

Solan legte locker einen Arm um Bards Schulter und unterbrach damit dessen Unterhaltung. Er schob ihn an den Rand des Party-Treibens. Dort sprach er leise mit ihm.

„Sie haben alle Angst vor ihm", bemerkte Obi-Wan.

Qui-Gon war erfreut festzustellen, dass auch seinem Padawan nicht entgangen war, wie der jüngere Bruder seine Schultern versteifte. „Genau", sagte Qui-Gon. „Sogar seine Familie fürchtet sich vor ihm."

Lena hielt eine Hand hoch, um die Jedi zum Schweigen zu bringen. „Zanita verlässt die Party", flüsterte sie. „Das ist meine Chance."

Ohne ein weiteres Wort trat Lena durch die Tür. Die Jedi blieben zurück und beobachteten sie auf dem Holoschirm. Sie ging den Korridor entlang auf die Bibliothek zu und in den großen Raum mit schwerem Mobiliar und hohen Regalen voller Bücher. Zanita war offensichtlich in die Bibliothek gegangen, um sich einen Augenblick auszuruhen.

Qui-Gon war von einer seltsamen Unruhe erfüllt. Er konnte sich trotz Zanitas freundlicher Art nicht vorstellen, dass das Treffen gut verlaufen würde.

Obi-Wan ging näher an den Schirm heran. Lena erreichte, von den Gästen ungesehen, die Bibliothek.

Zanita schien beim Anblick ihrer Schwiegertochter erfreut. Die alte Frau stand auf, umarmte Lena und hielt sie lange fest.

Obi-Wan hantierte an den Kontrollen unter dem Schirm

und blendete den Ton der anderen Party-Gäste aus, bis sie hören konnten, was Lena und Zanita in der Bibliothek besprachen.

„Aber meine Liebe, weshalb versteckst du dich vor deiner Familie?", fragte Zanita mit besorgter Stimme.

„Ich hatte Angst", erklärte Lena. „Und ohne Rutin wusste ich nicht, was du von mir denkst."

„Du wirst immer eine Cobral sein", sagte Zanita ernsthaft und sah ihre Schwiegertochter nachdenklich an. „Aber weshalb hast du Angst?"

Lena zögerte und senkte dann die Stimme. „Ich habe Angst, weil ich glaube, dass Solan Rutin umbringen ließ."

Zanita ging erschrocken einen Schritt zurück und ließ sich dann in ein großes, komfortabel aussehendes Sofa sinken.

„Das war meine größte Befürchtung", flüsterte Zanita mit Tränen in den Augen. „Ich hatte gehofft, dass es nicht so ist. Und doch, wenn ich in mein Herz schaue, sehe ich, dass du Recht hast."

Sie zog ein besticktes Tuch aus der Tasche und wischte sich die Augen trocken, bevor sie fortfuhr. „Ich habe versucht, Solan aufzuhalten, ihn zur Vernunft zu bringen. Aber es war zu spät." Sie begann wieder zu weinen. „Und jetzt ist Rutin tot."

Lena kniete sich neben Zanita nieder und tröstete sie

so gut sie konnte. Sie erzählte Zanita auch alles über Rutins Pläne, den Verbrecherring zu zerschlagen. „Ich weiß, dass du das nicht gern hören wirst, aber ich habe vor, gegen die Familie auszusagen. Rutins sehnlichster Wunsch ist jetzt auch meiner geworden. Ich will der Gewalt ein Ende setzen." Lena sah ihrer Schwiegermutter in die Augen. „Und dazu brauche ich deine Hilfe."

Im Wachraum nahm Qui-Gon ein leichtes Zittern in Lenas Stimme wahr. Er konnte es Lena natürlich nicht verdenken – immerhin bat sie Zanita gerade darum, ihre eigene Familie zu verraten. Ihre eigenen Kinder.

Zanitas Blick blieb gesenkt und sie ließ Lenas Hand los. Ihre imposante Persönlichkeit schien dort auf dem Sofa kleiner geworden zu sein. Irgendwann hob sie den Blick zu dem Porträt an der Wand der Bibliothek. Es war ein Bild von drei Männern, den Cobral-Brüdern. Rutin stand stolz in der Mitte.

„Ja", sagte sie. „Es muss ein Ende haben."

Kapitel 5

Zanita blieb noch einen Moment schweigend sitzen. Als sie aufsah, hatte sie wieder Tränen in den Augen. „Es gibt ein paar Dokumente", sagte sie langsam. „Ich glaube, ich kann sie dir besorgen. Aber du musst mir versprechen, dass du meinen Namen in keiner Weise mit deiner Aussage in Verbindung bringst."

„Natürlich nicht, Zanita", versicherte Lena ihr. Sie drückte sanft ihre Schulter. „Ich weiß, dass du nichts mit der Gewalt und der Korruption zu tun hast."

Zanita schien wieder zu Kräften zu kommen, während sie nachdachte. Das erinnerte Qui-Gon an Lena. „Ich werde ein wenig Zeit brauchen, um dir die Dokumente zu beschaffen", sagte Zanita. „Vielleicht bis morgen Nacht. Wenn Solan Verdacht schöpft ..."

Plötzlich ertönte eine laute Stimme vor der Tür zur Bibliothek. Qui-Gon schaute besorgt drein. Es war die Stimme eines Mannes und sie klang wütend.

Lena ließ den Arm ihrer Schwiegermutter los und legte einen Finger auf die Lippen. Ohne zu zögern stand sie auf und versteckte sich hinter einem schweren Vorhang, der die Stahlglas-Tür der Bibliothek verdeckte.

Einen Augenblick später ging die Tür auf und Solan polterte in den Raum. „Mutter“, sagte er streng und sah Zanita an, als wäre sie ein Kind, das es zu bestrafen galt. „Was machst du hier?“

Zanita sah ihren Sohn an. Sie war kein Kind und wollte offensichtlich auch nicht wie eines behandelt werden. „Ich wollte lediglich einen Augenblick allein sein“, gab sie zurück. In ihrem Gesicht war keinerlei Angst zu sehen.

Solan tappte ungeduldig mit dem Fuß auf den Boden. „Du bist die Gastgeberin der Geburtstagsfeier deines Sohnes“, sagte er. „Es ist nicht angemessen, wenn du dich wegschleichst, um einen Augenblick allein zu sein. Wenn die Party vorüber ist, kannst du allein sein.“

„Hör auf, mich zu bevormunden, mein Sohn. Dies ist mein Haus und ich kann tun und lassen, was ich will.“ Sie sah ihren Sohn an.

Solan blinzelte und ging einen Schritt näher an sie heran. „Juno braucht dich in der Küche“, sagte er. „Er weiß nicht, welche Teller du für das Abendessen wünschst.“

„In Ordnung“, gab Zanita zurück. „Ich werde es mit ihm besprechen.“

„Gut. Danach kommst du zur Party zurück."

Zanita ging nicht darauf ein, dass ihr Sohn ihr gerade einen Befehl gegeben hatte. Stattdessen folgte sie ihm kommentarlos aus der Bibliothek. Sie drehte sich auch nicht um, als sich die Tür leise hinter ihr schloss.

Lena wartete ein paar Minuten und ging dann ebenfalls hinaus. Wenige Minuten später war sie wieder bei den Jedi im Wachraum.

„Ich nehme an, Ihr habt alles gehört", sagte sie. „Es macht mich rasend, dass er so mit seiner Mutter spricht. Ich würde mir wünschen, dass sie ihn manchmal in seine Schranken weist." Sie beruhigte sich etwas. „Aber ich nehme an, dass sie damit ihr Leben aufs Spiel setzen würde."

Lena schwieg einen Augenblick, während ihr schneller Verstand den nächsten Gedanken fasste. Sie war plötzlich aufgeregt. Qui-Gon fragte sich, ob sie sich darüber freute, nicht entdeckt worden zu sein oder darüber, ihre Schwiegermutter wiedergesehen zu haben.

„Ist das nicht großartig?", fragte sie vielleicht etwas zu begeistert. „Zanita wird uns helfen. Ich wusste, dass sie es tun würde. Eine Frau versteht sofort, dass die Gewalt von Kriminellen immer nur zu Zerstörung und Hass führen kann."

Qui-Gon musste unwillkürlich an Jenna Zan Arbor denken. Die Wissenschaftlerin hatte furchtbare Experimente an lebenden Wesen durchgeführt – einschließlich seiner selbst. Er kannte viele Frauen, die ein kriminelles Leben voller Gewalt geführt hatten. Doch er sagte nichts.

„Wie auch immer, ich bin sehr erleichtert. Das Treffen hätte nicht besser verlaufen können."

„Es scheint so, als wäre Eure Schwiegermutter bereit, Euch bei Eurer Aussage behilflich zu sein", sagte Qui-Gon. „Lasst uns hoffen, dass sie ihr Wort hält."

Lena nickte und wandte sich wieder den Überwachungsbildschirmen zu. „Wir müssen allerdings hier herauskommen, ohne entdeckt zu werden", sagte sie. Sie sah sich jeden der Schirme nacheinander an und merkte sich genau, wer sich gerade wo im Haus befand. Qui-Gon erkannte, dass sie den besten Zeitpunkt abpassen wollte, um zu gehen.

„Folgt mir", sagte Lena nach einer Weile. Sie öffnete vorsichtig die Tür der Wachstation und spähte in den Korridor. Sie gab den Jedi ein Zeichen und alle gingen hinaus. Da Zanita noch immer mit Juno im Küchenbereich war, gingen sie durch einen anderen, kaum benutzten Eingang an der Seite des Anwesens.

Als sie nach draußen gingen, dachte Qui-Gon über die Cobral-Familie nach. Oberflächlich betrachtet, wirkten sie wie eine ganz normale Familie – eng miteinander verbunden und liebevoll im Umgang, aber nicht ohne Spannungen. Unter der Oberfläche jedoch schien es düstere Verbindungen zu geben. Da war Angst. Und vielleicht sogar Hass.

Natürlich überraschte Qui-Gon das nicht unbedingt. Eine Familie, die einen Planeten mit Korruption und Gewalt regierte, musste durch ein finsteres Netz verbunden sein.

Abgelenkt von seinen eigenen Gedanken, spürte Qui-Gon die Gefahr nicht, die ganz in der Nähe lauerte. Obi-Wan war es, der zuerst schrie.

„Passt auf!“, rief er und stieß Lena und Qui-Gon von ihrem Landgleiter weg.

Als die Drei sich auf den Boden warfen, schlug genau dort eine riesige Metallstatue ein, wo sie gerade noch gestanden hatten. Sie verfehlte sie nur um wenige Zentimeter und traf den Vorderteil ihres Landgleiters.

Ihr Fahrzeug war zerstört. Und um ein Haar wären sie alle tot gewesen.

Kapitel 6

Die Jedi und Lena lagen noch immer auf dem Boden, als Zanita und Juno aus der Küchentür kamen. Qui-Gon spürte, wie sich Lena beim Anblick des Küchenhelfers anspannte und einen Moment sah Juno sie mit stechendem Blick an. Doch dann schaute er sie besorgt an.

„Alles in Ordnung?", fragte er und reichte ihr eine Hand, um ihr aufzuhelfen.

Lena kam allein auf die Beine und strich über ihre Kleidung. „Mir geht es gut", sagte sie barsch. Sie schaute sich um, um zu festzustellen, ob sich jemand näherte. Es war klug gewesen, den Gleiter auf der gegenüberliegenden Seite des Traktes zu parken, in dem sich die Gesellschaftsräume befanden.

Qui-Gon war von Lenas Haltung beeindruckt. Und er musste seinen Padawan nicht einmal ansehen, um zu wissen, dass es dem genau so ging.

Zanitas Wickelturban hatte sich gelöst und die alte

Dame schien etwas außer Atem zu sein. Doch es schien sie nicht zu überraschen, dass Lena mit zwei unbekannten Begleitern zu ihrem Haus gekommen war.

„Wir müssen den Sockel dieser Statue verstärken", sagte Juno und blickte auf die riesige Metallskulptur auf dem Boden. „Sie steht ziemlich unsicher."

„Ziemlich", wiederholte Qui-Gon mit einem Stirnrunzeln.

„Zanita, erinnerst du dich an Obi-Wan Kenobi und Qui-Gon Jinn?", fragte Lena und sah ihre Schwiegermutter mit leicht hochgezogenen Augenbrauen an. „Sie sind Freunde von mir."

Qui-Gon wusste instinktiv, was Lena gerade tat: Sie wollte verhindern, dass ihre Schwiegermutter in Junos Gegenwart zu erkennen gab, dass sie die beiden Jedi noch nie zuvor gesehen hatte.

„Aber sicher", gab Zanita unbeschwert zurück. „Wie schön, Euch wiederzusehen."

Qui-Gon lächelte mit einer Höflichkeit, die er nicht empfand. „Ich freue mich auch, Euch wiederzusehen", sagte er und hielt gemäß der freganischen Gepflogenheiten einen Augenblick ihre Hand fest.

Juno schien es nicht zu passen, dass er die Jedi nicht kannte. Er räusperte sich laut und ging auf die Gruppe zu. „Ihr müsst hineinkommen und Euch ausruhen", erklärte er. „Wir haben einen Medi-Droiden, der

Euch untersuchen und feststellen kann, ob Ihr verletzt seid."

Qui-Gon versuchte, unbeteiligt dreinzublicken, als ihm klar wurde, dass eine Familie wie die Cobrals wahrscheinlich einen eigenen Medi-Droiden *brauchte*. Aber etwas an Junos Angebot war eigenartig. Qui-Gon war sich ziemlich sicher, dass es dem Diener – trotz seiner besorgten Miene – um etwas anderes ging als ihr Wohlergehen. Vielleicht wollte er sie aus einem anderen Grund wieder ins Haus bringen.

„Das wird sicher nicht nötig sein", bemerkte Zanita spitz. „Lena und ihre Freunde wollten gerade gehen." Sie sah sich unauffällig um. Nach der Begegnung mit ihrem Sohn in der Bibliothek musste sie der Vorschlag, ins Haus zu gehen – oder die Möglichkeit, dass jemand herauskam – nervös machen.

„Du kannst dir einen Landgleiter leihen, Lena", sagte Zanita. „Das ist das Mindeste, was ich für Euch tun kann."

Lena lächelte ihre Schwiegermutter an. „Danke, Zanita, das ist sehr freundlich von dir", sagte sie.

Juno sah Lena böse an und ging dann in Richtung des Fuhrparks.

„Lena weiß, wo die Landgleiter untergebracht sind, Juno", sagte Zanita. „Und sie kann sich einen meiner Gleiter nehmen. Du musst es ihr nicht zeigen."

Juno sah noch böser drein, sagte aber nichts.

„Wir sollten wieder hineingehen", meinte Zanita fröhlich, als Juno stehen geblieben war. „Wir müssen uns um unsere Gäste kümmern."

Juno drehte sich mit einem letzten Blick auf die drei Besucher um und folgte seiner Chefin ins Haus.

„Noch einer, der der Familie nahe steht", flüsterte Lena mit einem leichten Schaudern. „Rutin mochte Juno nie. Und mir ist er unheimlich." Sie warf einen Blick auf die Tür, durch die Juno und Zanita gerade verschwunden waren. Dann drehte sie sich um und ging zu dem Hangar, in dem die Fahrzeuge standen. „Lasst uns hier verschwinden, bevor noch mehr passiert."

Ein paar Minuten später waren Lena und die Jedi auf dem Weg zurück in die Stadt.

„Es war nett von Zanita, uns ihren Gleiter anzubieten", sagte Obi-Wan vom Vordersitz.

„Sehr nett", gab Lena zurück. Doch dann schwieg sie. Sie schien auf einmal sehr damit beschäftigt zu sein, den Gleiter zu steuern.

Qui-Gon, der wieder hinten saß, dachte erneut über die Ereignisse der letzten Stunden nach. Obwohl er es nicht laut zugeben wollte, hatte er das Gefühl, im Dunkeln zu tappen. Er konnte nicht einschätzen, ob Lena und Zanita ehrlich gewesen waren – weder miteinander noch ihm und Obi-Wan gegenüber.

Qui-Gon seufzte. Zum millionsten Mal wünschte er sich, dass Tahl noch lebte. Abgesehen von dem Verlust, den er verspürte, wusste er, dass ihre scharfe Wahrnehmung und ihre Intuition die Wahrheit schnell ans Tageslicht gebracht hätten. Sie hätte sich nicht von diesen Frauen täuschen lassen, die so gefasst und besonnen wirkten. Sie hätte ihre wahren Ziele und Beweggründe durchschaut.

Qui-Gon senkte den Kopf und versuchte, den Schmerz über Tahls Verlust durch sich hindurch und davonfließen zu lassen. War es nicht das, was Yoda ihm gesagt hatte? Und hatte er selbst es nicht immer wieder seinem Padawan gesagt?

Gestatte dir, die Emotionen zu fühlen und dann lasse sie los. Qui-Gon konzentrierte sich auf die Worte. Er spürte, wie der Schmerz in ihm aufbrandete und er hatte das Gefühl, dieser Schmerz würde ihn zerbrechen, ihn in Stücke zerreißen. Dann versuchte er mit jeder Faser seines Körpers, den Schmerz loszulassen.

Doch es gelang ihm nicht.

Qui-Gon öffnete die Augen. Er hatte Kopfschmerzen. Es war immer dasselbe. Er spürte den unglaublichen Schmerz und dann eine endlose Leere. Doch der Schmerz verschwand niemals. Er höhlte ihn aus, verließ ihn aber niemals.

Kapitel 7

Obi-Wan schwieg, als der Gleiter durch die Stadt fuhr. Er spürte die melancholische Stimmung seines Meisters und Lena konzentrierte sich darauf, den Gleiter zu steuern. Sie fuhr geschickt durch die Straßen der Stadt und Obi-Wan war einmal mehr beeindruckt, wie gefasst zu sein sie schien. Vor nicht einmal einer halben Stunde waren sie beinahe getötet worden. Doch sie schien die Erinnerung mit derselben Leichtigkeit weggewischt zu haben wie Krümel von einem Tisch.

Obi-Wan hatte angenommen, dass sie zu Lenas Versteck in dem Lagerhaus zurückkehren würden. Stattdessen fuhr sie zu ihrem durchwühlten Apartment, nachdem sie sich vergewissert hatte, dass sie nicht verfolgt wurden. Obi-Wan überlegte, ob er sie fragen sollte, weshalb sie das tat; er schwieg jedoch. Er ging davon aus, dass Lena wusste, was sie tat.

Lena parkte den Landgleiter ein paar hundert Meter

von dem Gebäude entfernt. Sie gingen vorsichtig näher und fanden nur eine Wache vor dem Turbolift vor. Der Mann döste. Sie huschten schnell an ihm vorbei, stiegen in den Lift und fuhren zur obersten Etage. Als sie in ihrer Wohnung angekommen waren, ging Lena schnell durch alle Zimmer. Die Jedi folgten ihr.

Qui-Gon sagte zwar nichts, blieb aber immer auf der Hut. Obi-Wan war einen Augenblick frustriert, als ihm klar wurde, dass sein Meister weniger im Dunkeln tappte als er. Trotz seiner depressiven Stimmung schien Qui-Gon genau zu wissen, was vor sich ging.

Es fiel Obi-Wan nicht leicht, mit den beiden Schritt zu halten. Lena führte sie durch den geheimen Ausgang, den sie schon einmal benutzt hatten, dann ging es eine Treppe nach der anderen hinunter. Lena wurde nicht langsamer, als sie die Gasse wieder erreicht hatten. Sie lief einige Blocks weiter und bog hier und da ab. Schließlich winkte sie ein Lufttaxi heran und sie stiegen ein.

Obi-Wan ließ sich erleichtert in den Sitz fallen. Er war froh, nicht mehr hinter Lena und seinem Meister herlaufen zu müssen. „Wurden wir verfolgt?“, fragte er. Das wäre eine logische Erklärung für Lenas Aktionen gewesen.

„Nicht dass ich wüsste“, sagte Lena in einem eigenartigen Tonfall. Sie klang beinahe fröhlich, so als wäre der

Gedanke komisch. „Zanita ist wirklich eine wunderbare Frau. Ich bin froh, sie zu kennen."

Obi-Wan fand es etwas eigenartig, dass sie über ihre Schwiegermutter sprach, als wäre sie nur eine entfernte Bekannte und keine Verwandte. Doch auch jetzt schwieg er. Was wusste er schon über Familienbande?

Lena wies den Taxifahrer an, sie ein paar Blocks vom Lagerhaus entfernt abzusetzen. Als sie wieder zu Fuß unterwegs waren, entspannte sie sich ein wenig. Einen Augenblick später griff sie nach Obi-Wans Arm.

„Tut mir Leid", sagte sie und schaute ihm in die Augen. Obi-Wan versuchte, das Gefühl zu unterdrücken, das ihn überkam, als sie ihn so anschaute.

„Ich konnte im Taxi nicht reden", erklärte sie ihm. „Wegen des Kollektivs der Lufttaxifahrer. Sie sind alle Cobral-Anhänger. Und was Zanitas Fahrzeug angeht, so sind mit Sicherheit zahlreiche Überwachungseinrichtungen eingebaut, von denen Zanita vermutlich nicht einmal etwas weiß."

Obi-Wan nickte und Lena drehte sich um und ging los. Sie sprach leise weiter, sodass Obi-Wan und Qui-Gon sie gerade noch verstehen konnten.

„Dass die Statue umstürzte, war kein Unfall. Ich bin mir sicher, dass der Sockel vollkommen stabil war, ganz gleich was Juno sagt. Auf dem Anwesen gibt es mehrere Fallen – die Cobrals bezeichnen sie als Sicherheitseinrichtungen. Sie sagen, sie müssen ihr Eigentum schützen."

„Was glaubt Ihr, hat den Sturz ausgelöst?", fragte Qui-Gon. Er sprach zum ersten Mal, seitdem sie das Anwesen der Cobrals verlassen hatten.

„Ich weiß es nicht", gab Lena zurück. „Die Cobrals haben viele Verbündete – bezahlte und unbezahlte. Obwohl Juno eigentlich Zanitas Diener ist, arbeitet er in erster Linie für Solan. Ich bin mir sicher, dass er eine beträchtliche Belohnung bekommen würde, wenn es gelänge, mich umzubringen."

Die Drei gingen nachdenklich durch die Straßen wieder in Richtung des Lagerhauses.

Im Wohnraum lief Mica ungeduldig hin und her. Ein mittelgroßes Paket lag auf einem niedrigen Tisch.

„Das kam hier an, während du unterwegs warst", sagte Mica. Sie hob das Päckchen auf und warf es ihrer Kusine zu. Sie schien aufgewühlt zu sein.

Lena fing das Päckchen und drehte es in den Händen. Es war in dünnes, graues Packpapier eingewickelt. Es stand nichts darauf außer ihrem Namen in Blockbuchstaben. LENA COBRAL.

Kapitel 8

„Rutin", sagte Lena und starrte das Paket an. Sie strich mit den Fingern über ihren Namenszug. „Das ist Rutins Handschrift", erklärte sie und sah zu den Jedi auf. „Ich würde sie unter tausenden wiedererkennen."

Qui-Gon schaute das Päckchen an. Er war sich recht sicher, dass es sich um eine Falle handelte. Rutin war doch tot, oder nicht?

„Ich würde mir das gern einmal näher ansehen", sagte er und trat einen Schritt vor. „Ich möchte sicher sein, dass es nicht gefährlich ist, bevor Ihr es öffnet."

Lena runzelte die Stirn. „Rutin würde mich niemals in Gefahr bringen", sagte sie voller Überzeugung.

Qui-Gon hob eine Augenbraue. Nach allem, was er wusste, hatte Rutin sie in große Gefahr gebracht. Aber es war wohl nicht sinnvoll, Lena jetzt daran zu erinnern.

„Es könnte eine Falle sein", sagte Qui-Gon geradeheraus.

Lena sah Qui-Gon überrascht an. Vielleicht, so nahm der große Jedi an, dachte sie, dass er ihr Rutins letztes Geschenk wegnehmen wollte. Doch sie gab ihm das Paket.

Qui-Gon schloss die Augen und hielt es einen Moment in den Händen. Als er die Augen wieder öffnete, gab er Lena das Paket zurück.

„Ich spüre keine unmittelbare Gefahr", sagte er. Aber er war nicht überzeugt, dass das Paket von Rutin kam oder es ihnen helfen würde, Beweise gegen die Cobrals zu finden. Er war von gar nichts überzeugt.

Lena legte das Paket auf den Tisch und öffnete es mit einer kleinen Klinge. Sie holte den Inhalt heraus und legte alles auf den Tisch: Ein Paar schwarze Stiefel, ein durchsichtiges Röhrchen mit Erde … Lenas Gesicht wurde immer länger, als sie den Inhalt des Pakets betrachtete. „Das ergibt alles gar keinen Sinn", murmelte sie.

„Ich werde uns etwas zu essen bereiten", sagte Mica und wandte sich zum Gehen.

„Gute Idee, Mica", sagte Lena. „Ich bin ziemlich hungrig."

Als Mica den Raum verlassen hatte, setzte sich Qui-Gon neben Lena an den Tisch. Er fragte sich, was die beiden Frauen antrieb, doch vielleicht würde er es herausfinden, wenn er eine nach der anderen getrennt befragte. „Hattet Ihr jemals Besuch in diesem Lagerhaus?", fragte er ohne Umschweife.

Lena wandte ihre Aufmerksamkeit von dem Paket ab. „Nein, warum fragt Ihr?“, entgegnete sie und schüttelte den Kopf.

Qui-Gon antwortete nicht, sondern stellte die nächste Frage. „Habt Ihr jemals zuvor mysteriöse Pakete bekommen?“

Lena schüttelte wieder den Kopf. „Nein, natürlich nicht. Ich hätte es Euch gesagt.“

„Ich bin froh, das zu hören“, sagte Qui-Gon. Er war sich allerdings schon wieder nicht sicher, ob er ihr glauben konnte.

Die nächste Frage war vielleicht die wichtigste. „Ist Mica die Einzige, die diesen Ort kennt?“, fragte er leise.

Lena hob schnell den Kopf. Sie runzelte die Stirn.

„Ich werde schauen, ob Mica in der Küche Hilfe brauchen kann“, sagte Obi-Wan schnell.

Qui-Gon nickte seinem Padawan kurz zu. Doch er wandte seinen Blick nicht von Lena.

Lena, die noch immer die Stirn runzelte, stand auf. „Ja, Mica ist neben Euch und Obi-Wan die Einzige, die dieses Versteck kennt“, sagte sie kühl. Sie drehte sich zu Qui-Gon um und stützte die Hände in die Hüften. „Aber Ihr solltet nicht die Loyalität meiner Kusine anzweifeln. Mica und ich sind zusammen aufgewachsen. Wir sind wie Schwestern. Und sie steckt nicht mit den Cobrals unter einer Decke.“

Lena ging quer durch das Zimmer, seufzte laut, kam zurück und setzte sich neben Qui-Gon. „Ich mag nicht einmal in ihrer Gegenwart über die Cobrals sprechen", sagte sie langsam. „Als sehr kleines Mädchen war sie Zeugin, wie ihre Mutter ermordet wurde. Die Erinnerung daran ist noch immer furchtbar schmerzhaft für sie."

„Waren die Cobrals für den Tod ihrer Mutter verantwortlich?", fragte Qui-Gon.

Lena nickte traurig. „Sie haben sie kaltblütig ermordet. Mica war erst sieben Jahre alt und musste alles mit ansehen. Es war ein gewaltiger Verlust für sie – und vielleicht ein noch größeres Trauma. Sie ist niemals darüber hinweggekommen."

Qui-Gon schwieg.

„Auf Frego ist alles furchtbar kompliziert", sagte Lena mit einem tiefen Seufzer. „Aber ich werde dennoch versuchen, es zu erklären. Wie ich schon sagte, haben die Cobrals viele Verbündete auf Frego. Die Regierung hat die Bevölkerung jahrhundertelang schlecht behandelt. Die Steuern waren hoch und es gab praktisch keinerlei staatliche Leistungen. Die Freganer arbeiteten hart, aber ihr Geld wurde ihnen abgenommen.

Die Cobral-Familie hat das alles geändert. Es ist zwar richtig, dass sie ihr Vermögen mit dem Verkauf von Drogen und Waffen machte und einen üblen Ruf hatte, doch sie setzte ihre Macht ein, um die Regierung dazu zu bringen, dem Volk wenigstens die einfachsten Dienste zur Verfügung zu stellen. Sie senkte sogar die Steuern und erhöhte die Löhne."

„Was das Leben für das Volk einfacher machte", sagte Qui-Gon. Er hatte Planeten mit ähnlichen Geschichten gesehen. Eine korrupte Macht stürzte eine ungerechte Regierung und sorgte für Veränderungen. Doch die Mittel, mit deren Hilfe diese Veränderungen erreicht wurden, schufen wieder Schlechtes.

„Heute gibt die Regierung zu, dass sie früher falsch gehandelt hat", fuhr Lena fort. „Dass sie das Volk ungerecht behandelt hat. Und viele Politiker bereuen es, dass sie jetzt unter der Kontrolle der Cobrals arbeiten müssen. Sie wollen alles bei ihrem Volk wieder gutmachen. Zumindest einige von ihnen. Manche hingegen scheinen zwar großherzig zu sein, sind aber korrupt bis auf die Knochen."

„Ich sehe, dass die Cobrals die Lage doch stark komplizieren", kommentierte Qui-Gon. „Für jeden, wie es scheint."

„Niemand ist ehrlich. Es gibt keine Sicherheit", sagte Lena. „Wir sind der Willkür ausgesetzt, Gesetze bedeuten nichts. Deswegen muss die Gewalt auch aufhören. Ich weiß, dass es einen besseren Weg gibt und ich möchte Frego eine Chance für einen Neubeginn geben – die Chance für einen Neubeginn, die Rutin und ich nicht hatten."

Tränen stiegen in Lenas Augen und zum ersten Mal empfand Qui-Gon so etwas wie Sympathie für sie. Er verstand, wie sie sich fühlte. Auch er und Tahl hatten niemals die Chance für einen Neubeginn gehabt.

Lena wischte sich über die Wange. „Es gibt ein paar Politiker, die ebenfalls neue Wege für die Zukunft beschreiten wollen. Und manche Leute würden gern eine neue Regierung bilden. Aber es gibt eben viele andere, die glauben, sie stünden tief in der Schuld der Cobrals, weil die ihr Leben verbessert haben."

Lena starrte traurig auf das Paket und die Stiefel auf dem Tisch. „Es scheint, als könnte sich niemand befreien."

„Aber vertraut Ihr Eurer Kusine blind?", fragte Qui-Gon, um auf den Kern der Frage zurückzukommen.

Lena sah Qui-Gon direkt an. „Ja. Wie ich schon sagte: Sie ist wie eine Schwester für mich. Mica will unbedingt den Mord an ihrer Mutter rächen und die Korruption beenden. Vielleicht mehr als sonst jemand."

Qui-Gon merkte nicht an, dass Rutin und Solan Brüder waren. Stattdessen holte er tief Luft und atmete langsam wieder aus.

„Ich fürchte, Mica könnte Euren Aufenthaltsort verraten haben", sagte er. „Oder jemand anderes hat ihn von allein herausgefunden."

Kapitel 9

Obi-Wan betrat die Küche und war nicht allzu überrascht, sie leer vorzufinden. Er ging wieder hinaus in den Gang und fand in einem der provisorischen Schlafräume einen Turbolift. Eine Sekunde später spürte er, wie eine Erschütterung das Gebäude durchlief. Mica wollte davonlaufen.

Obi-Wan sprang in den Turboliftschacht und landete behände auf dem Dach der Liftkabine, als diese gerade anhielt. Er aktivierte sein Lichtschwert, schnitt ein Loch in das Metall und sprang noch ein zweites Mal. Doch der Lift war bereits leer. Er hörte das Echo von Micas entfernten Schritten, als sie zur Tür lief.

Obi-Wan wusste, dass er ihr eigentlich folgen müsste, denn so würden sie vielleicht Informationen erhalten können, die für die Mission – und für Lena – von zentraler Bedeutung waren. Aber was wäre, wenn Mica darauf angesetzt war, ihrer Kusine zu schaden? Was wäre, wenn Micas Handlungen Lena in noch größere Gefahr brachten?

Das durfte er nicht riskieren. Er musste mit Mica reden. Jetzt. Es dauerte nicht lange, bis Obi-Wan das Mädchen eingeholt hatte. Als er ihren Arm ergriff, wurde ihm schlagartig der Zorn bewusst, der in ihm hochkochte. Ihm wurde klar, dass er wütend war, weil Mica Lenas Sicherheit gefährdete.

Obi-Wan beruhigte sich. Er wollte, dass der Zorn durch ihn hindurchfloss, bevor er zu sprechen begann. Doch als er Micas Gesicht sah, war seine Wut verflogen. Das Mädchen war offensichtlich verzweifelt.

„Wohin wollt Ihr?", fragte Obi-Wan. Er versuchte, nicht allzu streng zu klingen.

Mica schien ängstlich zu sein. „Ich ... ich wollte ...", sagte sie blinzelnd. Sie hatte Tränen in den Augen. „Ich muss weg", beendete sie flüsternd ihren Satz.

„Nicht bevor Ihr mir erklärt habt, was hier vor sich geht", sagte Obi-Wan. Er sah in einer Ecke ein paar große Kisten stehen und führte sie hinüber. Er setzte Mica auf eine davon und nahm selbst Platz.

„Es ist an der Zeit, dass Ihr die Wahrheit sagt", erklärte er. „Wenn Euch Lena wirklich so wichtig ist, dann müsst Ihr es tun."

Mica sah zu Boden. Ein paar Minuten lang schwieg sie. Dann begann sie zu reden. „Die Cobrals sind schrecklich", sagte sie. „Sie tun furchtbare, böse Dinge. Aber ich glaube nicht, dass Lena – oder sonst irgendjemand – sie stürzen kann. Rutin hat es versucht und jetzt ist er tot. Von der eigenen Familie umgebracht. Meine Mutter wurde ebenfalls von den Cobrals ermordet."

Mica schluchzte und sie wischte sich die Augen trocken. „Natürlich will ich ihren Tod rächen. Und ich weiß, dass sie nicht die Einzige war, die getötet wurde. Auch andere haben Angehörige verloren. Ich will, dass die Mörder endlich für ihre Verbrechen bestraft werden. Aber wenn ich ihnen nachstelle, werde ich möglicherweise auch getötet. Und Lena vielleicht auch. Sie haben keine Skrupel, jemanden zu töten. Nicht einmal innerhalb ihrer eigenen Familie."

Obi-Wan nickte. „Ich kann Euch nicht sagen, ob Ihr auf dem falschen Weg seid", sagte Obi-Wan. „Aber die Cobrals haben Frego in einer bösen Falle aus Gewalt und Kriminalität gefangen. Lena hat die Chance, diese Falle – und jene, die sie geschaffen haben – für immer zu zerstören. Sie ist willens, dieses Risiko einzugehen."

Mica nickte. „Ich weiß. Lena ist eine Heldin. Sie denkt nicht an ihr eigenes Leben, nur an Frego und sein Volk. Und ich bin nur ein Feigling. Ich habe mich schuldig gemacht, ihre Pläne zu behindern."

Obi-Wan nickte wieder. Er war zum zweiten Mal überrascht, dass er nicht mehr zornig auf Mica war. Er wusste, dass Mica Lena verraten hatte, war aber auch erleichtert, dass sie sich deshalb schuldig fühlte. „Inwiefern habt Ihr ihre Pläne behindert?", fragte er nur.

„Ich wollte die Verhandlung verhindern", erklärte Mica. „Sie war zu gefährlich. Also überredete ich Lena, noch zu warten, bevor sie mit ihrem Plan fortfuhr. Dann bin ich in ihr Apartment eingebrochen und habe alle Daten gelöscht. Ich hatte angenommen, dass Lena aufgeben würde, wenn es die Beweise nicht mehr gab. Und dass die Cobrals sie dann in Ruhe lassen würden. Dass sie sicher wäre. Ich hatte natürlich nicht erwartet, die bezahlten Schläger in ihrem Apartment vorzufinden."

„Schläger?", wiederholte Obi-Wan.

Mica nickte. „Sie waren schwer bewaffnet und durchwühlten die Wohnung. Zuerst dachte ich, dass es nur Einbrecher waren, die Juwelen und Gold suchten. Lena und Rutin besaßen viele wertvolle Sachen."

Sie schwieg einen Moment, bevor sie fortfuhr. „Doch dann wurde mir klar, dass sie nach etwas Bestimmtem suchten."

„Habt Ihr erkennen können, wie sie aussahen?", fragte Obi-Wan.

„Nein", sagte Mica. „Sie flohen, als sie mich sahen. Das Schlafzimmer blieb unangetastet. Ich konnte nur noch ihre Rücken sehen, als sie über den Balkon kletterten. Ich habe nicht versucht, sie mir genauer anzuschauen, weil ich nicht gesehen werden wollte. Ich weiß nur, dass sie zu zweit waren – zwei Männer. Einer war recht groß und gelenkig. Der andere war klein und hatte eine Glatze."

„Nicht viel, um nachzuforschen", grübelte Obi-Wan.

„Ich bin mir sicher, dass sie von den Cobrals angeheuert wurden", sagte Mica.

Jetzt, wo sie sich ihm anvertraut hatte, hatte Obi-Wan Mica gegenüber ein besseres Gefühl. Aber da war noch immer eine Frage, die ihn beschäftigte: „Ich verstehe, weshalb Ihr die Computer-Daten löschen wolltet. Aber warum habt Ihr die Drohung auf dem Bildschirm zurückgelassen?"

Mica blickte überrascht auf. „Welche Drohung?", fragte sie. „Ich habe keine Drohung hinterlassen." Sie hielt einen Moment inne. Dann, als ob sie Obi-Wans Gedanken lesen könnte, sagte sie: „Und ich habe auch niemandem gesagt, wo Lena sich versteckt."

Kapitel 10

Lena sah Qui-Gon ungläubig an. Der Jedi spürte, dass Lena nicht glaubte, Mica hätte ihren Aufenthaltsort verraten. Doch das Paket auf dem Tisch bedeutete, dass es möglicherweise irgendjemand getan hatte. Der seltsame Inhalt war nicht gefährlich – dafür aber das Wissen über Lenas Versteck. Vor allem, wenn es in den falschen Händen war.

„Ich muss mit Obi-Wan reden", sagte Qui-Gon und stand auf.

Er fühlte sich erschöpft, als er zur Küche ging. Diese Routine-Mission schien schwieriger zu werden, als er erwartet hatte. Er spürte die Täuschung, doch konnte dieses Gefühl nicht einordnen. Er konnte nicht sagen, wer getäuscht wurde. Oder von wem. Und er verstand nicht, weshalb Lena ihre Kusine so vehement in Schutz nahm. Sie hatte offensichtlich auf eine sehr schmerzhafte Weise erfahren müssen, dass Familienbande nicht davor bewahrten, hintergangen oder gar getötet zu werden.

Die Küche war leer. Qui-Gon folgte seinem Instinkt und ging die Treppe hinunter. Auf halbem Weg nach unten traf er Obi-Wan und eine bedrückte Mica, die die Treppe heraufkamen.

„Die Beweise gibt es nicht mehr", platzte es aus Obi-Wan hervor. „Mica hat sie gelöscht."

„Gelöscht oder gestohlen?", fragte Qui-Gon und schaute Mica eindringlich an.

„Gelöscht!", stieß Mica empört hervor. „Ich bereichere mich nicht durch das Unglück anderer, erst recht nicht durch Lenas." Ihre Stimme wurde wieder etwas sanfter, als sie von ihrer Kusine sprach. „Ich wollte sie nur beschützen. Um all dies zu beenden." Mica ließ den Kopf hängen, als die Jedi sie wieder die Treppe hochbrachten. Sie wusste, dass es offensichtlich an der Zeit war, Lena über ihre Taten zu berichten.

Obwohl es ihr offensichtlich Leid tat, spürte Qui-Gon, dass sie kein schlechtes Gewissen hatte. Sie versuchte nicht, sie zu täuschen. Er war erleichtert, dass zumindest einer es *nicht* tat.

„Obi-Wan", sagte Qui-Gon und bedeutete damit seinem Padawan, am oberen Treppenabsatz stehen zu bleiben. Mica ging weiter. „Wir müssen vorsichtig sein. Bei unserer Zeugin ist nicht alles so, wie es scheint. Auf diesem Planeten wird eher gelogen als die Wahrheit gesagt."

Als Obi-Wan den Blick hob, um seinen Meister anzusehen, sah Qui-Gon kurz eine Spur von Zorn aufflammen.

„Lena hat edle Motive", sagte Obi-Wan ruhig. „Sie kämpft für Gerechtigkeit. Eure Zweifel werden ihr nicht helfen."

Qui-Gon konnte ein leichtes Lächeln nicht unterdrücken. Obi-Wan dachte, Qui-Gon hätte Lena beleidigt und war deswegen aufgebracht – und bereit, sie zu verteidigen. Das bestätigte, was Qui-Gon angenommen hatte: dass Obi-Wan von Lena angetan war. Er hätte früher auf seine Zweifel hinweisen und versuchen müssen, den Jungen zu warnen. Höchstwahrscheinlich würde sein Padawan zutiefst verletzt werden.

„Du bist in sie vernarrt, Obi-Wan", sagte Qui-Gon. „Achte darauf, dich nicht von deinen Gefühlen leiten zu lassen."

„Ich bin ...", begann Obi-Wan. Er schüttelte den Kopf und versuchte, seine Stimme zu kontrollieren. „Ich bin nicht vernarrt. Lenas Motive sind nobel."

„Die Motive, die sie uns verraten hat, sind nobel, aber es könnte auch noch andere geben. Denk nur daran, was sie aufgibt. Sie wird vielleicht nie mehr so leben, wie sie es gewohnt war. Sie hat die Nähe zu den Cobrals nach Rutins Tod verloren und ist in Gefahr, ausgestoßen zu werden. Nicht nur von ihrer Familie, sondern auch von Frego. Hältst du es nicht für möglich, dass sie Beweise sucht, mit denen sie etwas aushandeln kann?"

Obi-Wan ließ nicht erkennen, ob er Qui-Gon zustimmte. „Wir werden sehen", sagte er, drehte sich um und ging die Treppe hoch.

Qui-Gon ging hinter seinem Padawan in die Wohnung. Mica stand an dem Tisch und starrte auf das leere Paket. Der Inhalt war verschwunden.

„Ich habe ihr gesagt, dass ich die Beweise gelöscht habe", erklärte Mica mit Tränen in den Augen. „Aber ich glaube nicht, dass sie mir überhaupt zugehört hat."

„Wo ist Lena jetzt?", fragte Qui-Gon. Obi-Wan war bereits auf dem Weg zur Treppe.

„Ich weiß es nicht", schluchzte Mica und ließ sich auf eine niedrige Couch fallen. „Sie hat kein Wort gesprochen. Sie hat nur den Inhalt des Pakets genommen und ist weggegangen."

Kapitel 11

„Warte, Obi-Wan", rief Qui-Gon. Doch Obi-Wan wollte nicht zuhören. Nicht jetzt. Nicht, da Lena allein und in Gefahr war. Doch er blieb am Treppenabsatz stehen.

„Wir haben eine bessere Chance, sie zu finden, wenn wir wüssten, wohin sie gegangen sein könnte", sagte Qui-Gon. Er setzte sich neben Mica hin. „Wohin könnte sie Eurer Meinung nach gegangen sein?", fragte er sie.

Obi-Wan blieb am Treppenabsatz stehen. Er wusste, dass er nicht nur ungeduldig war, weil sie Lena finden mussten. Er war ungeduldig mit seinem Meister und ein wenig verwirrt. Es hatte Zeiten gegeben, da hatte er Qui-Gon so gut gekannt, dass er das Gefühl gehabt hatte, sie würden die gleichen Gedanken haben. Sie hatten immer gewusst, wie der andere auf eine Situation reagieren würde, was er dachte und unternehmen würde. Doch das war nicht mehr der Fall.

Und in dem Augenblick, in dem Obi-Wan der Meinung gewesen war, dass Qui-Gon der Mission überhaupt keine Bedeutung mehr zumaß, hatte er wieder das Kommando übernommen. Wenn Qui-Gon Obi-Wan nicht aufgehalten hätte, wäre er jetzt bei Lena und würde wissen, dass sie in Sicherheit wäre. Obi-Wan lehnte sich gegen das Treppengeländer und stieß einen übertriebenen Seufzer aus. Es war jetzt vollkommen sinnlos, Mica zu befragen.

„Also lasst uns gehen", sagte Qui-Gon. Er stand auf und ging auf die Treppe zu. Mica, die noch immer rot verweinte Augen hatte, eilte vor ihm her.

Obi-Wan folgte den beiden. Er war so sehr in seine Gedanken vertieft gewesen, dass er nicht gehört hatte, was die beiden besprochen hatten. Er atmete tief durch, ließ seinen Zorn los und konzentrierte sich auf die vor ihm liegende Aufgabe. Qui-Gon hatte kein Recht, Lena zu misstrauen. Er war bislang zu sehr mit sich selbst beschäftigt gewesen, um überhaupt zu erkennen, wer sie war, und was sie antrieb. Aber wenn sich Qui-Gon auf die Mission konzentrierte – zumindest im Moment – dann konnte Obi-Wan das auch.

Mica machte sich dieses Mal keine besondere Mühe, nicht gesehen zu werden, als sie die beiden Jedi durch die Straßen von Rian führte. Sie verließen die Gassen zwischen den Lagerhäusern und gingen eilig zum Stadtzentrum. Über Qui-Gons Kopf hinweg erblickte Obi-

Wan ein glänzendes durchsichtiges Bauwerk. Es sah aus wie eine riesige Schlange, die sich zwischen den hoch aufragenden Gebäuden schlängelte.

In dem Bauwerk sah Obi-Wan grüne Blätter und sich bewegende Formen. An der Innenseite der runden Stahlglas-Wände floss Wasser herab und ließ das ganze Gebäude wie ein riesiges, mehrstöckiges Gewächshaus aussehen. Obi-Wan konnte zwar nicht erkennen, wo das Bauwerk begann und endete, doch es schien sich über mehrere Kilometer durch die Stadt zu erstrecken.

„Da", sagte Mica völlig außer Atem und zeigte auf eine Tür in dem Bauwerk. „Ich glaube, sie könnte im Park sein."

„Ich hatte auf etwas Kleineres gehofft", sagte Qui-Gon. Obi-Wan konnte nicht erkennen, ob er leicht amüsiert oder wirklich frustriert war.

Obi-Wan holte Mica ein, als sie das Bauwerk betraten. „Weshalb würde sie hierher kommen?", fragte er.

„Dieser Park bedeutet Lena sehr viel", antwortete Mica. „Sie kam oft mit Rutin hierher und sie geht immer in den Park, um nachzudenken."

Die gigantischen ovalen Türflügel öffneten sich und die Drei gingen hinein. Als sich die Tür hinter ihnen wieder schloss, fühlte sich Obi-Wan, als wäre er aus einem Raumschiff auf einem anderen Planeten gestiegen. Hier drinnen war die Luft feucht. Das Geräusch von plätscherndem Wasser und der Klang von Kinderstimmen übertönten den Lärm der Stadt.

Als Obi-Wan nach oben sah, konnte er kaum das Dach über den hoch aufragenden Bäumen sehen. Wege überkreuzten sich überall, führten zu bunt blühenden Blumen oder mäanderten um Bäche und rauschende Wasserfälle. Leute spazierten über Brücken oder gingen durch die Tunnels, die sich überall unter und um die dichte Vegetation wanden. Kleine Tiere flogen durch die Luft und noch kleinere Amphibien bevölkerten die Teiche.

Obi-Wan verstand, dass Lena hierher kommen würde. Es erinnerte ihn an den Saal der Tausend Quellen im Tempel der Jedi. Auch der Saal war ein Rückzugsort und ideal, um nachzudenken.

„Kennt Ihr ihren Lieblingsplatz?“, fragte Qui-Gon.

Mica schüttelte traurig den Kopf. „Ich war nie mit ihr hier. Sie kam immer nur allein oder mit Rutin. Sie könnte überall sein.“

„Dann würde ich vorschlagen, dass wir uns trennen“, sagte Qui-Gon zu Obi-Wan. „Mica kann mit mir kommen.“

Obi-Wan nickte und ging nach links weiter. Er war erleichtert, eine Weile nicht mit Qui-Gon zusammen zu sein. Er brauchte etwas Zeit für sich allein, um nachzudenken.

Sobald er sich von seinem Meister getrennt hatte, musste Obi-Wan an Lena denken. Überall um ihn herum hatten sich Leute in kleinen Gruppen versammelt. Sie aßen, spielten oder lagen im Gras, um sich die Blätter der Bäume anzusehen. Doch Obi-Wan beobachtete sie nur so lange, bis er festgestellt hatte, dass Lena nirgends dabei war.

Könnte es wirklich Zuneigung sein?, fragte sich Obi-Wan. Nachdem er mehrmals tief Atem geholt und seinen Zorn und seine Frustration losgelassen hatte, konnte Obi-Wan es nicht länger leugnen. Qui-Gon hatte wie immer Recht gehabt. Er hatte sich in Lena verliebt. Es war nicht nur ihre Schönheit. Nein, es war mehr als das.

Es war ihre Stärke – die Stärke, die sie aus ihrer Verletzlichkeit gewann – die ihn zu ihr hinzog. Lena war eine trauernde junge Witwe. Sie hatte erst kürzlich ihren geliebten Ehemann verloren. Doch anstatt sich in der Leere zu verlieren, die er hinterlassen hatte, schöpfte sie neue Kraft daraus. Sie ertrank nicht in der Leere und sie weigerte sich nicht – wie Qui-Gon es tat – über den Verlust zu sprechen.

Obi-Wans Gedanken wanderten zu seinem Meister. Er schüttelte den Kopf, als er über eine steile Brücke ging, die über einen Wasserfall führte. Vielleicht war die Bindung zwischen ihnen nicht so stark gestört, wie Obi-Wan dachte. Wie auch immer er es betrachtete, er konnte nicht leugnen, dass Qui-Gon seine Gefühle für Lena erkannt hatte, noch bevor sie ihm selbst klar geworden waren.

Wie kann er so sicher die Gefühle anderer erkennen, wenn er seine eigenen Gefühle nicht in den Griff zu bekommen scheint?, fragte sich Obi-Wan.

„*Mit der Zeit*", würde Meister Yoda sagen. „*Mit der Zeit alle geheilt werden.*"

Obi-Wan spürte, wie neue Energie ihn durchströmte, als er alles losließ, was ihn bedrückt hatte. Er war gefährdet gewesen, sich von seinen eigenen Gefühlen blenden zu lassen. Doch jetzt fühlte er sich sicherer.

Und doch war Obi-Wan nicht der Meinung, dass sein Meister in *allen* Punkten Recht hatte. Er ging etwas schneller und suchte Lena im Park. Obi-Wans Entschluss, Lena helfen zu wollen, war jetzt stärker als je zuvor. Ganz gleich, ob seine Urteilsfähigkeit von Zuneigung getrübt gewesen war oder nicht – er wusste, dass Lena auf der richtigen Seite stand.

Zum ersten Mal seit Stunden war Obi-Wan sich sicher. Und mehr denn je wusste er, dass Lena das Richtige tat. Sie kämpfte für Frieden und Gerechtigkeit – und nicht für sich selbst. Sie kämpfte für ihren Planeten. Und es war seine Pflicht als Jedi, ihr dabei zu helfen.

Während sich dieser Gedanke in seinem Kopf festigte, begann ein neuer wie eine dunkle Wolke darüber zu schweben.

Die Zeit lief ihnen davon.

Kapitel 12

Qui-Gon zog seinen Comlink vom Gürtel. Er wollte ihn gerade aktivieren und Obi-Wan rufen, als sein Padawan ihm auf einem der Wege entgegenlief.

„Da ist er“, sagte Mica einen Augenblick später. Sie drehte den Kopf, um zu sehen, was Qui-Gon bereits wusste: dass Lena nicht bei ihm war. Die Drei hatten den größten Teil des Parks durchsucht, aber Lena nirgendwo gefunden.

Mica und die Jedi verließen den Park und gingen schweigend zum verlassenen Lagerhaus zurück. Qui-Gon versuchte zu erspüren, ob Lena in Gefahr oder überhaupt noch am Leben war. Doch er spürte nichts.

Im dämmrigen Abendlicht erschien das Versteck weniger einladend als es noch am Morgen gewesen war. Qui-Gon ging vor den anderen in den Raum und sah sofort eine Gestalt in der Dunkelheit auf der Couch sitzen.

Er aktivierte blitzartig sein Lichtschwert. Seine grüne

Klinge tauchte den Raum in ein seltsames Licht und ließ Lenas Augen glänzen. Qui-Gon schaltete sein Schwert schnell ab, als Obi-Wan und Mica zur Tür hereinkamen.

„Lena!", rief Mica beim Anblick ihrer Kusine. Sie lief zu ihr und sank vor der Couch auf die Knie. „Lena, wir haben uns solche Sorgen gemacht. Wo warst du?"

„Es tut mir Leid, dass ich weggelaufen bin", sagte Lena und sah von einer Person zur nächsten. „Ich wollte Euch keine Sorgen machen, aber ich musste sicher sein, dass das Paket von Rutin war. Ich musste wissen ..." Lena verstummte.

Mica stand auf und schaltete das Licht an. Auf dem Tisch lag der Inhalt des Pakets neben der Verpackung: das Paar wasserdichte Stiefel, die kleine Leuchte, der Strahlbohrer und das Röhrchen mit Erde.

Qui-Gon konnte sich aus diesen Dingen keinen Reim machen. Was konnte Lena wissen? Und wo war sie gewesen? Qui-Gon fühlte sich von ihr getäuscht. Sie sagte ihnen nicht die ganze Wahrheit.

Obwohl Lena aufgewühlt zu sein schien, wartete Qui-Gon nicht, bis sie sich beruhigt hatte. „Wo wart Ihr?", fragte er.

Lena sah auf. Sie war offensichtlich überrascht über den strengen Ton des Jedi.

„Spazieren", gab sie zurück. „Ich ... ich musste allein sein."

Das reichte Qui-Gon nicht. „Allein? Oder einfach weg von uns?"

Lenas Unterlippe zitterte und Qui-Gon bemerkte, dass Obi-Wan ihn anstarrte. Er sprach etwas sanfter, bohrte aber weiter. „Weshalb habt Ihr den Inhalt des Pakets mitgenommen?"

„Dieses Paket ist von Rutin", sagte Lena nach einem Augenblick. Sie versuchte, ihre Stimme zu kontrollieren. „Er hat es mir geschickt, bevor er …" Wieder kämpfte sie um ihre Beherrschung. „Aber wie konnte er wissen, dass er sterben würde? Und warum hat er es mir nicht gesagt?"

Lena verlor den Kampf gegen ihren Schmerz und ließ den Kopf in die Hände sinken. „Er versucht, mir etwas mitzuteilen", sagte sie einen Moment später mit zitternder Stimme. „Aber ich komme nicht dahinter! Es ist, als würde er mit mir sprechen und ich verstehe ihn nicht!" Sie sank wieder in sich zusammen. „Er ist für immer verschwunden."

Mica und Obi-Wan gingen zu ihr, setzten sich neben sie auf die Couch und wollten sie trösten. Qui-Gon ging ein paar Schritte zurück, bis er sich auf einer anderen Sitzgelegenheit niederließ und sah die Drei an. Lena wirkte jetzt viel kleiner als zuvor. Und irgendwie weniger in der Lage, sie zu täuschen.

Qui-Gon spürte, wie auch er kleiner wurde, als die

Wellen von Lenas Schmerz ihn ergriffen und in dem Meer der Trauer wogten, das in seinem Herz niemals aufgehört hatte zu tosen. Ihre Worte trafen ihn in seinem tiefsten Innern und er hatte keinen Zweifel mehr an ihrer Aufrichtigkeit. Er wusste selbst, wie vehement der Schmerz über den Verlust des Geliebten plötzlich auftauchen konnte, ebenso unerbittlich wie der Moment, in dem man von dem Tod erfuhr. Auch er hatte den Augenblick erlebt, in dem die Zukunft plötzlich nur noch leer und unerträglich zu sein schien.

„Die Geliebten, die wir verloren haben, sind immer bei uns", sagte Qui-Gon. Er war überrascht, sich diese Worte sagen zu hören. Doch sie waren tröstlich. Er hatte plötzlich das Gefühl, als wäre Tahl in der Nähe und der Sturm in seinem Innern beruhigte sich ein wenig.

Nachdenkliche Stille senkte sich über den Raum. Obi-Wan sah seinen Meister voller Mitgefühl an. Und zum ersten Mal hatte Qui-Gon nicht das Bedürfnis, dem Blick seines Padawans auszuweichen.

Auch Lena schien sich ein wenig aus ihrer Trauer zu befreien und sie sah den Jedi-Meister dankbar an. „Es stimmt", sagte sie und nickte. „Rutin kümmert sich sogar jetzt noch um mich. Er muss dieses Paket vor einiger Zeit vorbereitet und dafür gesorgt haben, dass es mir jetzt zugestellt wird. Ich bin mir sicher, dass es mir bei der Suche nach Beweisen helfen soll. Er muss gewusst haben, dass jede noch so kleine Information im Computer entdeckt worden wäre. Er wusste, dass ich mehr brauchen würde."

Qui-Gon fiel auf, dass Mica bei der Erwähnung des Computers blass wurde. Er fragte sich, ob es ihr jetzt peinlich war, dass ihr Plan misslungen war, oder ob sie Angst hatte, dass möglicherweise noch mehr Beweise existierten.

Die junge Witwe nahm keine Notiz von ihrer Kusine. Ihre Tränen waren versiegt und ihre frühere Selbstsicherheit kehrte zurück. Lena nahm die Stiefel vom Tisch und legte sie in den Schoß. „Ich habe den Hinweis bis jetzt noch nicht entschlüsselt, aber ich werde es schaffen", sagte sie entschlossen.

„Aber lauf bitte nicht mehr einfach weg", sagte Mica. „Du hast mich zu Tode erschreckt. Wir haben stundenlang den Park durchgesucht."

Lena runzelte die Stirn. „Den Park ...", murmelte sie.

Obi-Wan starrte die seltsamen Gegenstände auf dem Tisch an. „Rutin ließ Euch das Paket hierher liefern", sagte er dann plötzlich. „Also musste er über dieses Versteck Bescheid gewusst haben."

„Natürlich", sagte Lena. „Rutin war es, der diesen Ort gefunden hat. Er wollte sich hier verstecken, während er darauf wartete, den Planeten verlassen zu können."

Lena sprang plötzlich auf und warf die Stiefel zur Seite.

„Das habe ich beinahe vergessen“, rief sie und zog ein Datapad aus der Tasche. „Als ich unterwegs war, ging ich an meinem Apartment vorbei, um nachzusehen, ob Zanita eine Nachricht hinterlassen hat. Sie hat mir das geschickt.“

Kapitel 13

Der Himmel über dem Lagerhaus hatte ein dunkles Grau angenommen. Qui-Gon schaute durch die Scheiben der Fenster, durch die man von draußen nicht hineinsehen konnte. Es war spät geworden und die Gassen wurden immer leerer.

„Ein Treffen mit Zanita birgt ein unnötiges Risiko", sagte Qui-Gon, als er sich umdrehte und hin und her ging. Er hatte plötzlich das Gefühl, als wäre es das Beste, baldmöglichst den Planeten zu verlassen. „Wir haben den Hinweis von Rutin und sollten auch damit arbeiten. Daher müssen wir Eure Schwiegermutter nicht unbedingt erneut in Gefahr bringen."

„Sie geht das Risiko ein, weil ich sie darum gebeten habe", sagte Lena. „Ich kann sie jetzt nicht vergeblich warten lassen."

Mit sorgenvoller Miene sah sich Qui-Gon die Nachricht auf dem Datapad noch einmal an.

TRANSPORT-LADESTATION, DOCK 12
22 UHR HEUTE ABEND
ALLEIN
FÜR RUTIN

„Ich hätte Zanita niemals hineinziehen dürfen", sagte Lena. „Aber ich kann es jetzt nicht mehr ändern. Wenn ich allein gehe, kann ich mit ihr reden und sie davon überzeugen, dass ich es mir anders überlegt habe. Ich werde ihr sagen, dass ich Angst habe und den Planeten verlassen möchte. Dann werden alle sicherer sein."

Qui-Gon musste zugeben, dass das kein schlechter Plan war. Sie würden etwas Zeit gewinnen und vielleicht könnten sie sogar den Planeten leichter verlassen. Er nickte zustimmend.

„Aber wir werden Euch nicht allein gehen lassen", sagte Obi-Wan. Mica schien nach diesen Worten erleichtert zu sein.

„Natürlich nicht", stimmte Qui-Gon ein. „Es ist nicht sicher."

„Aber es ist die einzige Möglichkeit, Zanita zu überzeugen", sagte Lena. „Sie hat Euch auf dem Anwesen gesehen. Sie weiß mit Sicherheit, dass Ihr die Galaktische Republik repräsentiert. Ich werde sie kaum von meinem Sinneswandel überzeugen können, wenn ich in Begleitung zweier Jedi auftauche!"

„Wir sind zu Eurem Schutz hier", sagte Qui-Gon. *Und um sicherzugehen, dass Ihr das seid, was Ihr behauptet zu sein.* Die Nachricht, dass Lena während ihres Alleingangs wieder in ihrem Apartment gewesen war, hatte Qui-Gons Misstrauen erneut geweckt. Sie hätte dort alles Mögliche tun können. Obwohl er die Aufrichtigkeit ihrer Trauer erkannte, würde er keineswegs die Möglichkeit ignorieren, dass sie vielleicht unter Druck gesetzt wurde – von wem auch immer.

„Ich fürchte, Ihr werdet uns nicht los, bevor wir nicht alle sicher in Coruscant sind", sagte Obi-Wan grinsend. „Wir werden uns verstecken, aber wir werden Euch keinesfalls allein gehen lassen."

Lena erwiderte Obi-Wans Lächeln. „In Ordnung", sagte sie. „Wir sollten uns beeilen, damit wir als Erste dort ankommen. Es ist nicht weit weg."

„Seid vorsichtig", sagte Mica und nahm ihre Kusine in den Arm. „Ich werde da sein, falls du mich brauchst. Ich werde *immer* da sein, falls du mich brauchst."

Lena strich ihrer Kusine über die Wange. „Ich bin gleich wieder zurück!", versprach sie.

Qui-Gon, Obi-Wan und Lena verließen das Haus und gingen durch die dunklen Straßen, die nur gelegentlich vom Licht der beiden Monde erhellt wurden. Jetzt, wo das Tageslicht verschwunden war, schien Rian weniger einladend zu sein. Es schien, als würde erst die Dunkelheit die Lügen und den Verrat zum Vorschein bringen, die den Planeten beherrschten.

Als sich die Drei der Verladestation näherten, verschwanden Qui-Gon und Obi-Wan in der Dunkelheit. Lena bestand darauf, mitten auf der Straße unter dem Licht der Laternen zu gehen.

„Sie sollte etwas vorsichtiger sein", murmelte Obi-Wan.

„Nein, Padawan", sagte Qui-Gon. „Sie darf nicht den Eindruck erwecken, als müsste sie etwas verstecken. Außerdem wird sie so von unserer Gegenwart ablenken."

Über Dock 12 lag eine bedrückende Stille. Niedrige Gebäude umrahmten ein riesiges Landefeld, auf dem große Transportschiffe mit Waren beladen wurden. Die Ränder des Feldes waren beinahe vollkommen dunkel.

Obi-Wan gab seinem Meister ein Zeichen und die Jedi sprangen geräuschlos auf ein flaches Dach. Nachdem sie sich bis zum Rand vorgearbeitet hatten, legte sich Qui-Gon neben seinen Padawan und die beiden beobachteten, wie Lena langsam in das orangefarbene Dreieck in der Mitte des Landefeldes ging. Von ihrem Platz konnten die Jedi alles überblicken und sie würden im Notfall sofort zu Lena eilen können.

Obwohl Qui-Gon in der Dunkelheit nur Lenas Gestalt ausmachen konnte, wusste er, dass sie nicht allein waren. Beinahe von dem Augenblick an, seitdem sie das

Versteck verlassen hatten, hatte er eine andere Gegenwart gespürt. Doch jetzt war das Gefühl stärker und bedrohlicher.

Von der anderen Seite des Landeplatzes kam Zanita in Sicht. Lena ging mit offenen Armen auf ihre Schwiegermutter zu, um sie zu begrüßen.

Aber Zanita hob weder die Arme, noch erwiderte sie den Gruß. Nachdem sie einen weiteren Schritt vorwärts tat, war der Grund dafür ersichtlich.

In Zanitas Mund steckte ein Knebel und hinter ihr stand jemand, der ihre Arme fest auf ihren Rücken drückte. Es war ihr ältester Sohn Solan Cobral.

Kapitel 14

Obi-Wan sprang auf, als hinter Solan und Zanita noch mehr Gestalten auftauchten. Doch Qui-Gon zog ihn wieder auf das Dach herunter.

Obi-Wan wand sich aus dem Griff seines Meisters. Er musste Lena beschützen. Sie stand unbewaffnet zwei Droiden, Solan Cobral und seinem Bruder Bard gegenüber. Die junge Witwe hatte keine Chance gegen Männer, die skrupellos genug waren, ihre eigene Mutter gefangen zu nehmen und den Tod ihres Bruders anzuordnen.

„Noch nicht", sagte Qui-Gon leise. „Ich möchte sehen, was diese Männer im Schilde führen."

Obi-Wan sank auf die Knie. Er würde vorerst warten. Aber wenn irgendjemand gegen Lena vorging, würde ihn nicht einmal Qui-Gon zurückhalten können.

Im orangefarbenen Licht des Landeplatzes trat Lena ein paar Schritte zurück.

„Solan", sagte sie. Ihre Stimme erschien Obi-Wan seltsam, beinahe voller Schuldgefühle. Er fragte sich, ob sie sich für das verantwortlich fühlte, was gerade mit Zanita geschah.

„Du solltest doch allein kommen", polterte der Verbrecherboss.

„Ich bin allein gekommen", gab Lena ohne zu zögern zurück.

Nervös weil man sie entdeckt hatte, tastete Obi-Wan nach seinem Lichtschwert. Er versuchte aufzustehen, doch Qui-Gons Hand drückte ihn wieder nach unten.

„Er meint nicht uns", flüsterte Qui-Gon.

„Tut ihr nichts!", rief eine Stimme aus der Dunkelheit dort unten. Obi-Wan erkannte sie sofort. Es war Mica. Einen Augenblick später stand sie neben ihrer Kusine. Obi-Wan hatte nicht bemerkt, dass sie da gewesen war.

„Bitte tut Lena nichts an. Sie würde sich niemals gegen die Cobrals stellen. Sie hat nur versucht, mich zu decken. Ich bin diejenige, die Ihr wollt. Ich bin diejenige, die weiß, wie Ihr arbeitet. Ich bin diejenige, die gegen Euch aussagen will."

„Mica, nein", flüsterte Lena in dem Versuch, den Alleingang ihrer Kusine aufzuhalten. „Sei still."

„Hört nicht auf sie", sagte Lena zu den Cobrals. „Sie will mich nur schützen. Sie weiß nicht, dass ich heute Nacht gekommen bin, um Zanita mitzuteilen, dass ich es mir anders überlegt habe. Ich war töricht, als ich dachte, ich könnte es mit den Cobrals aufnehmen. Solan, hör mich bitte an. Du, Bard und Zanita, ihr seid das Einzige, was mir von meinem geliebten Ehemann Rutin noch geblieben ist. Mir ist klar geworden, dass ich jetzt mehr denn je an der Familie festhalten muss, die ich habe. Wo werde ich enden, wenn ich mich jetzt gegen euch wende? Was auch immer in der Vergangenheit geschehen sein mag, ihr seid meine Familie. Und meine Familie bedeutet mir mehr als alles andere."

„Wie weise", gab Solan lachend zurück. Er schob Zanita zu Bard, der sie mit der freien Hand auffing. In der anderen hielt er einen Blaster.

„Ich bin zutiefst gerührt, dass du noch immer ein Mitglied unserer Familie sein möchtest", fuhr er fort und ging einen Schritt näher an Lena heran. „Und ich bin froh, dass ihr zusammen gekommen seid." Er kam noch näher. „Das macht es um einiges einfacher, die Sauerei aufzuräumen, die ihr angerichtet habt."

Solan sprang auf Lena und Mica zu und die beiden Droiden kamen von der Seite heran.

Oben auf dem Dach wusste Obi-Wan, dass jetzt höchste Zeit war. Qui-Gon war an seiner Seite, als er vom Dach sprang und auf die hilflosen Kusinen zulief.

Solan hatte Mica fest im Griff, doch Lena war gerade noch rechtzeitig weggelaufen. Sie drehte sich um und fand sich Auge in Auge mit einem dünnen, aber potenziell tödlichen Droiden.

Die Arme des einäugigen Droiden schossen nach vorn und legten sich um sie. Lena jedoch duckte sich in dem Augenblick weg, als Obi-Wans Lichtschwert einen der Arme durchschnitt und mit dem nächsten Schwung den Kopf vom Rumpf des Droiden trennte.

Obi-Wan schob Lena hinter sich und lief auf den anderen Droiden zu.

Neben ihm lenkte Qui-Gon einen Schuss aus Bards Blaster auf Solans Füße ab. Der versuchte, Mica festzuhalten und gleichzeitig mit seinem Blaster auf die Jedi zu zielen. Er bemerkte nicht, wie Lena sich hinter ihm anschlich.

Lena ergriff Solans Blaster. Mica warf sich hin und her und versetzte Solan einen Kinnhaken mit dem Ellbogen. Er musste Mica und die Waffe loslassen.

Der zweite Droide feuerte in schneller Folge seinen Blaster auf Obi-Wan ab, aber der lenkte die Schüsse mit Leichtigkeit ab. Doch obwohl das Feuer auf den Droiden zurückregnete, waren keinerlei Schäden zu erkennen. Der Droide deckte das Landefeld weiter mit Blasterfeuer ein, während er seinen anderen Arm nach Mica ausstreckte.

Qui-Gon hackte den Arm des Droiden mit einem eleganten Lichtschwerthieb ab und machte einen Schritt nach vorn, um seinen Schlag zu vollenden. Ein Hieb mitten in den Brustbereich der Maschine brachte den Droiden zu Boden.

Während sich Qui-Gon um den Droiden kümmerte, suchte Obi-Wan schnell die Umgebung ab. Mica, die hinter ihm auf dem Boden lag und in die Dunkelheit starrte, schien unter Schock zu stehen. Lena zielte mit ihrem Blaster tapfer auf Solan.

Plötzlich sprang Obi-Wan hoch in die Luft über Lenas Kopf hinweg. Er wusste, was geschehen würde, noch bevor es geschah, war aber trotzdem nicht rechtzeitig da, um den Schuss abzulenken. Weiter im Schatten, wo er noch immer die gefesselte und geknebelte Zanita festhielt, feuerte Bard seinen Blaster auf Lena ab.

Mica machte einen Hechtsprung nach vorn. Lena schrie. Und der Blasterschuss traf ins Ziel.

Kapitel 15

Während Obi-Wan auf die beiden Frauen zulief, kam Qui-Gon von einem Sprung auf dem Boden auf und lief sofort los. Er rannte auf Bard und seine Geisel zu, konnte aber in der Dunkelheit nicht sehen, wohin sie gegangen waren. Er hörte nur das gedämpfte Geräusch ihrer hastigen Schritte irgendwo vor ihm.

Qui-Gon lief gerade noch rechtzeitig um ein Gebäude, um zu beobachten, wie Solan in ein Repulsor-getriebenes Gefährt stieg. Bard schob seine Mutter hinter seinem Bruder in das Fahrzeug und die Maschinen heulten auf.

Qui-Gon blieb abrupt stehen. Ihm blieb beinahe die Luft weg. Auf die Cobrals hatte ein Fahrzeug gewartet. Es war zwecklos, sie zu Fuß zu verfolgen. Außerdem wollte Qui-Gon so schnell wie möglich zum Landedock zurückkehren. Er spürte, dass ihn dort etwas Furchtbares erwarten würde.

Qui-Gon bog wieder um die Ecke des Gebäudes. Im

organgefarbenen Licht des Landefeldes sah er zwei kniende Gestalten. Eine dritte Gestalt lag in den Armen seines Padawans. Dieser dritte Körper war leblos.

Mica war tot.

Lena warf sich über den Leichnam ihrer Kusine und weinte. „Nein, Mica“, weinte sie flehend. „Nicht du. Verlass mich nicht.“

Qui-Gon beobachtete wie erstarrt die Szenerie. Seine Gedanken wanderten zu Tahls letzten Worten. Ein furchtbarer Schmerz überkam ihn.

„Wo auch immer ich jetzt hingehen muss, ich werde auf Euch warten, Qui-Gon“, hatte sie gesagt. *„Ich war schon immer jemand, der allein auf Reisen geht.“*

„Nicht mehr“, hatte er geantwortet. *„Erinnert Ihr Euch? Wir werden zusammen weitergehen. Ihr habt es versprochen. Jetzt könnt Ihr keinen Rückzieher machen. Das würde ich Euch niemals verzeihen.“*

Tahl hatte schwach gelächelt und schon diese Anstrengung hatte sie erschöpft. Qui-Gon hatte gewusst, in welch großer Gefahr sie geschwebt hatte. Dass sie im Sterben gelegen hatte. Er hatte nach der Macht gegriffen, die Jedi beschworen und seine große Liebe zu Tahl. Doch nichts hatte die Frau retten können, die er liebte.

Qui-Gon hatte seine Stirn auf Tahls Stirn gelegt. Ihr Atem hatte sich vermischt. *„Lasst meinen letzten Moment diesen sein“*, hatte sie gesagt.

Und er war es gewesen.

„Meister“, sagte Obi-Wan leise und Qui-Gon wurde schlagartig in die Gegenwart zurückgeholt. Lena war über Mica gebeugt. Sie bebte vor Schmerz. Von der starken, entschlossenen Frau, die Qui-Gon bei ihrer Ankunft auf Frego kennen gelernt hatte, war nichts mehr zu sehen. Er sah nicht mehr die Frau, von der er angenommen hatte, dass sie sie hätte täuschen können. Er sah nur eine Frau, die über einen toten Körper gebeugt und unfähig war, ihren Schmerz zu ertragen.

Er kannte dieses Gefühl genau. Aber er hatte überlebt und nicht aufgegeben. Und er war überzeugt, dass Lena es auch konnte.

Qui-Gon beugte sich zu Lena hinab. „Es tut mir so Leid“, sagte er leise. „Ich weiß, dass ich Euren Schmerz nicht lindern kann. Aber ich verstehe ihn.“

Lena ließ Micas Leichnam mit einem Schaudern los. „Ich würde den Leichnam gern einwickeln“, sagte sie. „Das ist hier so üblich.“

Obi-Wan fand neben einem Frachtschiff eine Decke und Lena zeigte den Jedi die traditionelle Art, auf die man den Leichnam darin einwickelte.

„Mica hat sich immer um mich gekümmert“, sagte Lena, als sie den Leichnam sanft auf dem Boden in das Tuch rollte. „Sie hat immer versucht, mich in die richtige Richtung zu leiten.“

Die Drei standen einen Moment still da und nahmen schweigend Abschied. Dann gingen sie fort und ließen Mica in dem Meer aus orangefarbenem Licht zurück.

„Der Park", sagte Lena leise, als sie sich langsam von dem Leichnam entfernten. „Mica sagte, Ihr hättet ihn stundenlang durchsucht."

„Das haben wir", sagte Qui-Gon. Lena hob die Schultern leicht an und ihr Blick klärte sich ein wenig. „Ich weiß, was Rutin mir mitteilen wollte", sagte sie. „Wir müssen sofort zum Park gehen."

Qui-Gon war beeindruckt, wie schnell Lena ihre Aufmerksamkeit wieder der Beweissuche zuwenden konnte. Ihr Gesicht war voll tiefer Traurigkeit, doch sie ging aufrecht auf dem Weg zum Röhrenpark.

Als sie dort waren, ging Lena geradewegs zu einem abgelegenen Teil des Parks. Es war noch immer dunkel, doch der Himmel war vollkommen wolkenlos und so leuchteten die beiden Monde in der Nacht. Ihr silberfarbenes Licht erhellte die Wege, Brücken und Bäche ein wenig.

Qui-Gon suchte ständig die Umgebung ab. Doch er spürte nichts Gefährliches. Der Park schien ebenso friedlich zu sein, wie er es noch am Tag gewesen war. Aber es wäre nicht klug, weniger wachsam zu sein. Obi-Wan stand etwas weiter entfernt und hielt nach Passanten Ausschau.

Lena blieb plötzlich neben einigen tropischen Bäumen stehen. Ein Bach plätscherte über glatte Steine in einen kleinen Teich.

Lena setzte sich mit einem Seufzer hin. „Das war unser Lieblingsplatz", sagte sie. „Ich erinnere noch, wie Rutin mich vor Jahren zum ersten Mal hierher brachte. Wir waren damals noch nicht verheiratet. Aber wir hatten so viele Pläne und Träume." Einen Augenblick leuchtete in ihren Augen so etwas wie Freude auf. Doch es stiegen ihr wieder schnell Tränen hoch und sie brach schluchzend zusammen.

„Es tut mir so Leid", sagte sie. „Manchmal ist es mehr, als ich ertragen kann. Ich wünsche mir immer wieder, dass ich an seiner statt getötet worden wäre. Ich hätte mit Freuden mein Leben gegeben, um seines zu retten."

Qui-Gon nickte. „Ich wünsche mir auch oft, dass ich mein Leben hätte geben können, um ein anderes zu retten. Das Leben von jemandem, den ich sehr geliebt habe. Jetzt weiß ich, dass es oft schlimmer ist, zurückzubleiben. Ich hätte nie gewollt, dass sie die Einsamkeit und den Schmerz ertragen müsste, die ich ertragen muss." Er berührte Lena sanft am Arm. „Rutin ließ diese Dinge für Euch zurück, weil er wusste, dass er vielleicht getötet werden würde. Er vertraute darauf, dass Ihr weitermachen würdet."

Mit einem Blick in Lenas Augen wusste Qui-Gon, dass

sie ihn verstanden hatte. Er war erstaunt festzustellen, dass auch er sich ein wenig erleichtert fühlte. Seine Trauer über Tahls Tod war noch immer furchtbar schmerzhaft, doch er wusste plötzlich, dass er sie eines Tages ertragen würde. Tief in seinem Innern war er sicher, dass Tahl gewollt hätte, dass er sein Leben weiterführen würde. Ihm wurde plötzlich klar, dass sie missbilligt hätte, wie sehr er über ihren Tod trauerte. Er hatte es zugelassen, dass seine Trauer ihn von all jenen Menschen entfernt hatte, die versucht hatten, ihm zu helfen. Weil sein Schmerz so schwer wog, hatte er nie seinen Kopf gehoben, um zu erkennen, dass auch andere um Tahl trauerten. Obi-Wan. Yoda. Bant. Clee Rhara. Die Liste war lang.

Tahls Gesicht erschien ihm in Gedanken. Er sah ihr ironisches Lächeln.

„*Wer* von uns ist blind?“, fragte sie.

„Danke, Qui-Gon“, sagte Lena leise und wischte sich die Augen trocken. „So schwer es auch ist, ohne Rutin zu leben – ich weiß, dass Ihr Recht habt.“

Qui-Gon drückte kurz Lenas Hand. Dabei bemerkte er, dass sein Padawan gleichermaßen frustriert wie verwirrt dreinschaute. Qui-Gon hatte das Gefühl, einige Dinge erklären zu müssen. Aber jetzt war nicht die rechte Zeit, um alles zu besprechen. Sie mussten die Beweise finden und den Planeten verlassen.

„Habt Ihr eine Idee, was die Hinweise in dem Paket bedeuten könnten?“, fragte Qui-Gon.

Lena stand wieder auf und begann, unter Felsen und dicken, grünen Blättern zu suchen. „Ich bin mir sicher, dass dies der Ort ist“, erklärte sie. „Aber die Hinweise ergeben für mich keinen Sinn. Wofür sollte ich einen Strahlbohrer benötigen? Oder ein Paar Stiefel?“

Die Drei durchsuchten die Umgebung, fanden aber nichts als Gras, Felsen, Wasser und Pflanzen.

„Hier gibt es absolut nichts“, sagte Obi-Wan schließlich leicht genervt. „Dieser Platz unterscheidet sich in nichts von anderen Wäldern.“

Als Lena die Worte hörte, sah sie plötzlich auf. „Oh, doch“, sagte sie. „Es ist alles künstlich. Von Menschenhand erschaffen.“ Sie begann, den Ort aus einem anderen Blickwinkel zu betrachten. Sie ging über ein Stück des künstlichen Bodens, das von Moos bedeckt war. Dann ging sie in die Knie und rollte das Moos zur Seite.

Darunter war eine große, verschlossene Abdeckplatte.

Lena nahm den Strahlbohrer zur Hand und brach die Platte auf. Als sie sie anhob, fand die darunter einen kurzen Tunnel, der nach unten führte.

Lena stieg aufgeregt in den Tunnel hinab. Einen Augenblick später hörte Qui-Gon ein lautes Platschen.

„Na ja, jetzt weiß ich wenigstens, wofür die Stiefel sein

sollten“, rief sie nach oben. „Ich stehe knöcheltief im Wasser. Aber wenigstens ist es kein Abwasser!“

Qui-Gon reichte Lena die Stiefel nach unten. Sie waren groß genug, dass Lena sie über ihre Schuhe anziehen konnte. Dann schaltete sie die Lampe an und lief platschend umher. Sie war in einem kleinen Pumpenraum.

„Braucht Ihr Hilfe?“, rief Obi-Wan hinunter.

Er hörte noch mehr Platschen, aber keine Antwort. Dann war es ein paar Augenblicke lang vollkommen still.

Qui-Gon und sein Padawan schauten sich an. Qui-Gon wollte gerade in den Tunnel steigen, als sie einen begeisterten Schrei hörten.

„Ich habe es gefunden!“, rief Lena.

Kurze Zeit später erschien sie mit einem zweiten Paket in einer wasserdichten Hülle.

Qui-Gon hoffte, dass es die Beweise enthielt, die sie brauchten.

Kapitel 16

Die Drei verloren keine Zeit und gingen sofort zurück zum Lagerhaus. Sie hatten immerhin ein paar Stunden im Park zugebracht und mittlerweile war es früh am Morgen.

Obi-Wan konnte es kaum erwarten, bis sie wieder in der provisorischen Wohnung waren und das Paket öffnen konnten. Außerdem war er erschöpft und hoffte, dass sie vielleicht ein paar Stunden Ruhe finden würden, bevor sie ihre nächsten Schritte unternahmen. Doch er wusste, dass sein Meister sich niemals ausruhte. Es hatte schon Zeiten gegeben, in denen Obi-Wan absolut davon überzeugt gewesen war, dass sein Meister niemals schlief.

Sobald sie im Lagerhaus in Sicherheit waren, riss Lena das Paket auf. Es enthielt ein Datapad, das wasserdicht und gegen Erschütterungen geschützt eingepackt war. Lena schaltete die kleine Maschine an und sie warteten, bis sie hochfuhr.

Die nächsten Augenblicke kamen ihnen wie eine Ewigkeit vor. Lena legte mit leicht zitternden Händen das Datapad auf einen niedrigen Tisch und setzte sich auf das Sofa.

Das Datapad piepte.

Lena drückte ein paar Köpfe an der Seite des Gerätes, woraufhin einige Informationen über das Display flimmerten. Informationen über illegale Landkäufe, Bestechung, Erpressung der Regierung, Abmachungen über Mordaufträge ... die Liste von Verbrechen schien nicht enden zu wollen.

„Verabschiede dich von deiner Macht, Solan", flüsterte Lena. Sie sah die Jedi lächelnd an. „Das wird die Cobrals sehr, sehr lange hinter Gitter bringen", sagte sie.

Obi-Wan seufzte erleichtert. Diese Mission würde bald abgeschlossen sein. Lena würde in Sicherheit und Frego frei sein.

Qui-Gon kontaktierte sofort Senator Crote auf Coruscant. Er erklärte ihm, dass sie die benötigten Beweise hatten und dass sie am nächsten Morgen unverzüglich aufbrechen würden.

„Wunderbar", gab der Senator zurück. „Nehmt die *Degarian II*. Sie ist schnell und steht zu Eurer Verfügung. Ich freue mich, Euch morgen wiederzusehen."

Da sie nun nichts weiter zu tun hatten, legten sich

Lena und die Jedi hin, um ein paar Stunden auszuruhen. Doch während Lena im Nebenzimmer schlief und Qui-Gon neben ihm döste, fand Obi-Wan trotz seiner Erschöpfung keinen Schlaf. Er musste immerzu an die kurze Unterhaltung zwischen Qui-Gon und Lena denken, die er im Park gehört hatte. Qui-Gon hatte noch nie offen über seine Trauer gesprochen. Mit niemandem. Weshalb hatte er sich dann einer Frau anvertraut, der er kaum traute, und nicht seinem eigenen Padawan?

Obi-Wan wusste, dass Tahls Tod für Qui-Gon unglaublich schwer zu ertragen war. Er wusste jetzt, dass sein Meister sie geliebt hatte. Doch zu Tahls Lebzeiten hatte Obi-Wan nicht erkannt, dass Liebe die beiden verband. Wann war sie aufgeblüht? So weit er wusste, waren Qui-Gon und Tahl selten allein gewesen.

Als er so in der Dunkelheit lag, überkamen Obi-Wan Schuldgefühle. Er wusste, dass er kein Recht hatte, sich über seinen Meister zu ärgern. Es war seine ganz eigene Entscheidung, wem er sich anvertrauen wollte. Und wenn nicht er, Obi-Wan, es sein sollte, dann musste das eben so sein.

Obi-Wan drehte sich auf die andere Seite und erinnerte sich an die Worte, die sein Meister zu Lena gesagt hatte. Er erinnerte sich an Qui-Gons Blick. Und mehr als alles andere wünschte er, dass er den Schmerz seines Meisters lindern könnte.

Schließlich übermannte ihn die Müdigkeit und Obi-Wan schlief ein. Doch gerade als er wirklich entspannt war, hörte er in Lenas Zimmer eine Bewegung.

Obi-Wan setzte sich auf und fragte sich, ob Lena wohl versuchte, ohne sie zu gehen; ob sein Meister wohl zu recht schon die ganze Zeit ihre Motive anzweifelte. Sie hatte sehr überzeugend geklungen, als sie mit Solan gesprochen hatte, vielleicht wollte sie sich ja tatsächlich mit den Cobrals arrangieren. Dann hörte Obi-Wan weitere Geräusche, die auf einen Kampf hindeuteten. Irgendjemand griff Lena an!

Obi-Wan prüfte, ob sein Lichtschwert an seinem Gürtel hing und lief in Lenas Zimmer. Lena saß mit einem Knebel im Mund an einen Stuhl gefesselt. Eine Gestalt in einer dunkelroten Kapuzenrobe stand vor ihr.

Obi-Wan sprang mit einem Salto über die beiden hinweg und zog die Kapuze der Gestalt zurück. Er hatte erwartet, in das Gesicht eines der Cobrals zu sehen, doch er erkannte den Mann nicht, der ihn wütend ansah und einen Blaster zog.

Obi-Wan hatte sein Lichtschwert in der Hand, doch der Fremde schob schnell etwas in die Tasche und lief auf die Stahlglas-Tür zu. Er war beinahe draußen, als Qui-Gon ins Zimmer kam und den Mann mit einem Macht-Hieb gegen die Wand schleuderte. Der Eindringling glitt zu Boden und blieb regungslos liegen.

Obi-Wan band Lena schnell los. „Alles in Ordnung?“, fragte er.

Lena nickte. „Noch ein Schläger, der für die Cobrals arbeitet“, sagte sie und lächelte ihn schräg an. „Ich fange beinahe an, mich an sie zu gewöhnen.“

„Gutes Timing, Meister“, sagte Obi-Wan trocken und half Lena auf die Beine.

„Danke“, sagte Qui-Gon, als er sich über den Mann beugte. „Ich fürchte, er wird mit ziemlichen Kopfschmerzen aufwachen.“

Qui-Gon hatte schon seit Wochen keinen Scherz mehr gemacht. Das klang wie Musik in Obi-Wans Ohren.

Qui-Gon durchsuchte die Taschen des Mannes und fand darin schnell Rutins Datapad. Obi-Wan sah, dass er noch etwas anderes hervorholte, doch Qui-Gon versteckte es in den Händen.

Der große Jedi stand auf und schaute Lena und Obi-Wan an. Sein Gesichtsausdruck war bedeutungsschwer und besorgt.

„Wir müssen unsere Pläne ändern und Frego so bald wie möglich verlassen“, sagte er.

Kapitel 17

Lena, Qui-Gon und Obi-Wan schwiegen, als sie wieder durch die dunklen Straßen von Rian gingen. Es war beinahe Morgengrauen und ein dünnes gelbes Band begann, den Himmel zu erobern. Qui-Gon wollte die Mission so schnell wie möglich beenden. Doch als er entschlossen durch die Straßen schritt, wurde er das Gefühl nicht los, dass das Ende der Mission noch in weiter Ferne lag.

Als sie auf einer der vielen Landeplattformen der Stadt ankamen, ging Obi-Wan zur *Degarian II*. Er wollte gerade einsteigen, als Qui-Gon ihn einholte und zurückhielt. Lena war ihm auf den Fersen.

„Nein, Padawan", sagte Qui-Gon leise, als er Obi-Wan zur Seite zog. „Wir werden nicht dieses Schiff nehmen." Qui-Gon zeigte unauffällig auf ein einsames Schiff in der Ecke des Landeplatzes. „Ich glaube, das Schiff dort drüben ist für unsere Zwecke besser geeignet."

Obi-Wan sah einen Augenblick verwirrt drein, doch dann nickte er. Er führte Lena sanft von der *Degarian II* weg und in einen schattigen Bereich der Landeplattform.

Qui-Gon ging zu dem Piloten des kleineren Schiffes. „Wir suchen ein Schiff nach Coruscant", erklärte er leise. „Wir möchten sobald wie möglich aufbrechen."

Der Pilot unterbrach, womit er gerade beschäftigt war, und richtete sich zu seiner vollen Größe auf, die beachtlich war. Zuerst sagte er nichts und sah Qui-Gon nur in die Augen. Qui-Gon hielt seinem Blick ohne Blinzeln stand. Er hatte das deutliche Gefühl, dass dieser Mann nicht mit den Cobrals im Bunde stand. Ein Flug mit ihm würde relativ sicher sein.

„Ich kann Euch nach Coruscant fliegen", sagte der Pilot schließlich. Er nannte einen Preis, der fair zu sein schien.

Der Pilot nickte. „Ich bin bereit."

Qui-Gon drehte sich um und ging zu Obi-Wan und Lena. Jetzt musste er nur noch dafür sorgen, dass es so aussah, als verließen sie den Planeten wie geplant mit der *Degarian II*.

„Zeit, an Bord zu gehen", sagte er in normaler Lautstärke, als er die Rampe hochlief. Dann sagte er leise zu Obi-Wan: „Überlass das Reden mir."

Die *Degarian II* war ein großes und komfortables Schiff mit einer Diplomaten-Lounge und bequemen Schlafkabinen für die Passagiere. Die Jedi und Lena wurden von einem Droiden in Empfang genommen, als sie an Bord gingen.

Qui-Gon stellte überrascht fest, dass der Droide identisch mit denen war, die er und Obi-Wan früher am Abend in Stücke gehackt hatten. Er grüßte den Droiden dennoch so, als hätte er ihn erwartet. Nachdem er ein wenig Konversation mit der Maschine betrieben und einen Willkommensgruß von Senator Crote entgegengenommen hatte, erklärte Qui-Gon, dass sie müde wären und sich in ihre Quartiere zurückziehen wollten.

„In Ordnung", sagte der Droide. „Ich kann Euch den Weg zeigen." Er führte sie einen langen Korridor entlang zu drei geräumigen Kabinen.

„Danke", sagte Qui-Gon. „Bitte sorge dafür, dass wir kurz vor der Ankunft geweckt werden."

Der Droide nickte. „Natürlich. Wir werden in zwanzig Minuten die Starterlaubnis erhalten." Er blieb einen Moment lang stehen, so als wollte er sich vergewissern, dass alle drei in ihre Kabinen gingen. Lena gähnte, sagte gute Nacht und verschwand dann in ihrer Kabine. Obi-Wan und Qui-Gon taten dasselbe.

Qui-Gon wartete knappe fünfzehn Minuten, bis er an Lenas Tür klopfte.

„Wir steigen vorher aus", sagte Qui-Gon, als Obi-Wan hinter ihm erschien.

Lena sah sie konsterniert an. „Glaubt Ihr, dass das sicher ist?"

„Weniger gefährlich als an Bord zu bleiben", gab Obi-Wan zurück.

Qui-Gon ging den Korridor zurück, gefolgt von den anderen. Sie stiegen durch eine kleine Luke am hinteren Ende des Schiffes, als die Maschinen aufheulten. Als die *Degarian II* über ihnen in der Atmosphäre verschwand, betraten sie das andere Schiff.

Sobald alle an Bord waren, erklärte Qui-Gon die Gründe für seine Entscheidung. „Ich fürchte, Senator Crote ist nicht der, der er vorgibt zu sein." Er holte eine Reiseanordnung hervor, die das offizielle freganische Siegel trug. Außerdem prangte Senator Crotes Unterschrift darunter. „Ich habe sie bei dem Schläger gefunden, der Rutins Beweise stehlen wollte."

Lena riss die Augen auf. „Der Senator?", rief sie. „Ich war mir vollkommen sicher, dass er über dieser … dass er nicht zu den Korrupten gehörte."

„Ich war mir auch schon einmal einiger Dinge sicher, die nicht so waren", gab Qui-Gon zurück. „In der Galaxis gibt es viele verborgene Wahrheiten so wie die Eure."

Lena lehnte sich zurück und rieb sich die Augen. Sie war offensichtlich überfordert. Es schien, als würde das Netz der cobralschen Lügen alles umschließen.

„Ich wollte daher lieber nicht das Risiko eingehen, mit

der *Degarian II* zu fliegen", fuhr Qui-Gon fort. Er lächelte leicht. „Ich glaube, wir sind bereits zu viele Risiken eingegangen."

Das kleine Schiff hob nur wenig später ab und Lena und die Jedi machten es sich für die Reise bequem. Obwohl das Schiff nicht annähernd so groß war wie die *Degarian II*, fiel Qui-Gon auf, dass Ruhe über die Gruppe kam, als sie in die Luft stiegen. Endlich ließen sie Frego hinter sich.

Als sie auf ungefähr halbem Weg nach Corsucant waren, wurde Qui-Gon vom Summen seines Comlink aus seiner Meditation gerissen. Einen Augenblick später hörte er Yodas vertraute Stimme.

„Angegriffen wurde die *Degarian II*", sagte er nur. Seine Aussage wurde von ein paar Sekunden Stille gefolgt. „Keine Überlebenden es gibt."

Kapitel 18

Der Jedi-Meister Mace Windu nahm Qui-Gon, Obi-Wan und Lena auf der Landeplattform in Empfang. Es war eine lange Reise gewesen und auf diesem Teil des Stadtplaneten Coruscant war es gerade Mittag. Die Sonne stand hoch am Himmel, tausende von planetaren Transportfahrzeugen reflektierten ihre Strahlen, die an den hoch aufragenden Wolkenkratzern glitzerten.

„Ihr müsst Lena Cobral sein", sagte Meister Windu und betrachtete sie einen Augenblick. „Ich freue mich, Euch endlich kennen zu lernen."

Er sah jeden der Drei der Reihe nach an, bevor er sie zum Jedi-Tempel brachte. „Wir sind erleichtert, dass Ihr noch am Leben seid", sagte er. „Die Nachricht über Senator Crote kam für uns überraschend und ist natürlich sehr unerfreulich. Als dann auch noch die *Degarian II* zerstört wurde ..."

Obi-Wan zuckte zusammen, als er sich vor Augen

hielt, wie knapp sie dem Tod entronnen waren. „Wir würden Lena gern so schnell wie möglich im Zeugenstand sehen“, sagte er, um das Thema zu wechseln.

„Natürlich“, stimmte Mace zu. „Der Kanzler hat für heute Nachmittag eine außerordentliche Anhörung anberaumt. Sie soll in wenigen Stunden beginnen. Der gesamte Senat wird zugegen sein.“

„Ausgezeichnet“, sagte Qui-Gon. „Wir wollen Senator Crote oder den Cobrals keine Zeit geben, um festzustellen, dass ihr Plan gescheitert ist – dass wir noch am Leben sind.“ Er berührte kurz Lenas Schulter. „Und wir können diese Sache ein für alle Mal abschließen. Das ist das Beste für Frego, glaube ich.“

Lena nickte. „In der Zwischenzeit würde ich mich gern erfrischen und die Kleider wechseln.“ Sie zeigte auf ihre schmutzigen Reisekleider. „Ich fürchte, das ist für eine Sondersitzung des Galaktischen Senats nicht angemessen.“

Obi-Wan lächelte. Sogar unter extremem Druck achtete Lena auf Details. Ihm wurde soeben klar, dass er sie nach Abschluss der Mission vermissen würde. Und das würde sehr bald sein.

„Wir haben im freganischen Konsulat einige Zimmer für Euch reserviert“, sagte Mace. „Wir glauben, dass sich Senator Crote bis zur Anhörung nicht in dem Gebäude aufhalten wird. Aber falls wir ihn treffen, müssen wir auf jeden Fall vorgeben, ihn in keiner Weise mit den Cobrals in Verbindung zu bringen."

„Ich verstehe", sagte Lena. „Aber ich hoffe, Ihr habt Recht, wenn Ihr sagt, dass er sich nicht im Gebäude aufhält."

Mace führte sie zu Lenas vorübergehenden Unterkunft und die Jedi warteten, bis sie sich etwas erfrischt und die Kleider gewechselt hatte.

Als sie ein paar Minuten später wieder auftauchte, war Obi-Wan überwältigt. Sie hatte ihre Haare zu einem kunstvollen Zopf geflochten und glitzernde Ohrringe angelegt. Ein schlichtes hellblaues Kleid reichte ihr bis zu den Knöcheln. Sie sah wunderbar aus – nicht wie jemand, der eine anstrengende Nacht hinter sich hatte.

Die Gruppe verließ das Konsulat und ging zum Senat.

Lena stöhnte auf, als sie das Senatsgebäude betrat. „Ich hatte keine Ahnung, dass die Galaxis so groß ist!", flüsterte sie Obi-Wan nervös zu.

Der lächelte sie beruhigend an. „Ihr werdet das gut machen", flüsterte er zurück. „Denkt daran: Was Ihr tut, ist das Richtige."

Lena richtete sich auf und nickte, als die kleine Gruppe auf der großen Schwebeplattform Platz nahm. Sie setzte sich, als die Plattform langsam ins Zentrum des riesigen Saales schwebte. Die Sitzung begann und Senatoren aus der ganzen Galaxis reckten die Hälse, um zu sehen, wer wohl auf dieser Sondersitzung sprechen würde.

Nach ein paar Minuten verstummte das allgemeine Gemurmel. Kanzler Valorum gab Lena ein Zeichen, dass es für sie an der Zeit war zu sprechen. Sie konzentrierte sich kurz und stand dann auf. Einen Augenblick war sie still, als sie in all die Gesichter sah, die sie anstarrten. Obi-Wan konnte nur raten, was ihr durch den Kopf ging. Sie hatte so viel durchgemacht, war so weit gekommen. Und jetzt lag ihr Schicksal in der Hand von Fremden. Würden sie ihr glauben? Würde es diese Fremden überhaupt interessieren?

Lena sprach mit fester Stimme, als sie von den Verbrechen der Cobrals berichtete. Als sie die Verbrecherfamilie mit Senator Crote in Verbindung brachte, begannen alle im Saal zu murmeln. Dann folgte respektvolle Stille. Obi-Wan sah, dass Lena die Aufmerksamkeit jedes einzelnen Wesens im Saal hatte, als sie von Verbrechen, Machtmissbrauch und all dem Übel erzählte, das die Cobrals über Frego gebracht hatten. Dann erzählte sie ihre eigene Geschichte und sprach über den Tod ihres Mannes und ihrer Kusine. Und schließlich erzählte sie von Senator Crotes Versuch, sie alle zu töten.

Unter dem Brüllen der Menge sprang Senator Crote auf die Beine. „Ihr lügt!“, schrie er. „Ich habe nur Gutes für Euren Planeten getan!“

Doch Obi-Wan sah am Gesichtsausdruck des Senators, dass er um seinen schlechten Stand wusste, als Lena die Beweise präsentierte – nicht nur seine Verbindung zu dem Schläger, der sie angegriffen hatte, sondern auch Aufzeichnungen von Kommunikationen, die man gefunden hatte und die ihn definitiv mit der Zerstörung der *Degarian II* in Verbindung brachten. Seine Karriere als Politiker – und als freier Mann – war vorbei.

Es dauerte nicht lange, bis eine Abstimmung durchgeführt wurde. Senator Crote wurde seines Amtes enthoben und die Cobrals wurden in Abwesenheit unter Arrest gestellt, um für ihre Verbrechen verurteilt zu werden. Sobald dann eine neue Regierung aufgestellt sein würde, sollte ein neuer Senator für Frego gewählt werden.

Obi-Wan strahlte. Er war stolz auf Lena und auf alles, was sie für ihren Planeten erreicht hatte.

Denn dank ihres Einsatzes würde Frego jetzt endlich die Chance für einen Neubeginn bekommen, die Chance für bessere Lebensbedingungen.

Kapitel 19

Im Konsulat von Frego gab es eine kleine Feier in Lenas Räumlichkeiten. Es wurde viel über den Erfolg der Aussage und die Zukunft geredet. Ein paar Senatoren waren so beeindruckt von Lenas Aussage, dass sie ihr vorschlugen, sie sollte sich doch für das Amt des Senators aufstellen lassen.

„Ich habe kein Interesse an einem solchen Amt", gab sie geradeheraus zurück. „Ich werde nach Frego zurückkehren, um bei der Aufstellung der Übergangsregierung zu helfen. Doch danach möchte ich auf meinem Planeten ein neues Leben beginnen."

Sie zwinkerte Obi-Wan zu und er hatte das Gefühl, dass Politik in Lenas Zukunft sehr wohl eine Rolle spielen würde. Vielleicht würde sie als Beraterin auf Coruscant arbeiten. Ihm wurde klar, dass er sie dann von Zeit zu Zeit sehen würde ...

Nachdem die kleine Gruppe ein gemeinsames Festessen eingenommen hatte, erklärte Lena, dass sie sich ein wenig ausruhen wollte. „Es ist so viel passiert und ich brauche etwas Zeit, um alles zu verarbeiten. Ich werde schon bald wieder nach Frego zurückkehren. Und ich fürchte, dass ich dort nicht viel Ruhe finden werde."

Qui-Gon nickte. Er wusste, wie viel Arbeit die Umbildung einer Regierung mit sich brachte. „Ich bin mir sicher, dass etwas Ruhe jetzt das Beste ist", sagte er. „Der Jedi-Meister Mace Windu und ich müssen noch einiges im Tempel erledigen, aber wir werden bald zurück sein. Obi-Wan kann bei Euch bleiben, wenn Ihr es wünscht."

„Das ist sehr nett, aber ich wäre gern eine Weile allein", gab Lena höflich zurück.

Obi-Wan versuchte, seine Enttäuschung zu verbergen. Doch er nickte. „Natürlich", sagte er.

Während Mace und Qui-Gon zum Tempel aufbrachen, blieb Obi-Wan unschlüssig draußen vor Lenas Tür stehen. Er wollte zwar ihren Wunsch respektieren, wollte aber auch in der Nähe bleiben, falls sie es sich doch noch anders überlegte. Die Tür nebenan war offen und der Raum war leer. Obi-Wan ging hinein und setzte sich in einen bequemen Stuhl. Von hier aus konnte er hören, was in Lenas Zimmer vor sich ging.

Er hatte gerade die Augen geschlossen, als er eine undeutliche, aber irgendwie vertraute Stimme hörte. Es war nicht Lenas Stimme und sie klang nicht freundlich.

„Überrascht, mich zu sehen, liebe Lena?“, fragte die Stimme. „Ich dachte es mir. Aber andererseits magst du doch Überraschungen.“

Dann gab es ein gedämpftes Geräusch, als würde der Eindringling mit Kleidern hantieren. Obi-Wan hörte, wie Lena stöhnte.

In weniger als einer Sekunde war er draußen im Korridor. Mit der Hand am Lichtschwert drückte er die Kontrollen für die Türöffnung. Doch es geschah nichts. Die Tür war blockiert.

Obi-Wan aktivierte sein Lichtschwert. Er musste ein Loch in die Tür schneiden. Doch als die Klinge das Türblatt berührte, sagte ihm etwas, dass er es nicht tun sollte.

Er konzentrierte sich und schloss die Augen. Er hörte ein leichtes Kratzen an der Tür. Lena war nur ein paar Zentimeter entfernt – auf der anderen Seite des Türblatts. Er konnte nicht hindurchschneiden, ohne Lena zu gefährden.

„Das hätte ich schon vor Jahren tun sollen“, fuhr der Eindringling fort. „Vielleicht hätte ich dann meinen Lieblingssohn retten können. Den, den ich am meisten geliebt habe. Den, der mir immer am meisten bedeutet hat.“

Es war eine Frauenstimme. Zanita.

„Ich habe versucht, ihn zu retten, ich habe alles versucht. Doch als erst einmal herausgekommen war, dass er die Familie verraten wollte, dass du ihn dazu überredet hattest, gegen sein eigen Fleisch und Blut auszusagen, konnte ich nichts mehr tun. Ja, es war ein großer Verlust für mich. Aber unumgänglich."

Lena schluchzte. „Unumgänglich?", wiederholte sie ungläubig. „Zanita, er war dein Sohn!"

„Ich weiß, Lena. Ich hätte mir sogar gewünscht, dass er eine Tochter gewesen wäre. Jungen und Männer sind nichts anderes als dumme Marionetten. Man muss ihnen immerzu sagen, was sie tun sollen – und dann machen sie es meistens auch noch falsch. Die Lage auf Frego war ein einziges Chaos, bevor ich alles in die Hand genommen habe. Ich habe unsere Kräfte gebündelt und die Regierung dazu gebracht, die Dinge aus unserer Sicht zu sehen. Alles lief wunderbar, bis du gekommen bist. Du hast meinem Rutin das Herz gestohlen, ihn willenlos gemacht und manipuliert."

„Rutin hatte seinen eigenen Willen", sagte Lena ruhig.

Obi-Wan tastete die Wand ab und versuchte, sich an alles zu erinnern, was sich auf der anderen Seite befand. Er hatte schweißnasse Hände und sein Herz klopfte. Er hatte nicht viel Zeit, um zu reagieren – und keine Zeit für Fehler.

Zanita schien ihre Schwiegertochter nicht zu hören. „Und wegen dir werde ich meine beiden anderen Söhne ebenfalls verlieren", sagte sie. „Aber das werde ich nicht zulassen."

Obi-Wan hörte ein ominöses Klicken. Er musste etwas unternehmen – und er hoffte, dass es noch nicht zu spät war. Er hob sein Lichtschwert und rammte die Klinge in die Wand.

„Hättest du gern noch etwas Zeit, um deine Haare zu richten, meine Liebe?", fragte Zanita. „Du könntest Rutin in ein paar Augenblicken begegnen."

Obi-Wan schnitt mit bemerkenswerter Geschwindigkeit durch die Wand – und kam gerade herein, als Lena nur ein paar Meter entfernt zu Boden fiel. Sie schlug mit einem dumpfen Schlag auf und blieb regungslos liegen.

Zanita hielt noch immer den Blaster in der Hand und richtete ihn auf die Brust ihrer Schwiegertochter. Sie schien Obi-Wans Gegenwart nicht einmal wahrzunehmen.

Obi-Wan löste seinen Blick von Lena und ging ein paar Schritte auf Zanita zu. Sie wirbelte herum und zielte mit dem Blaster auf ihn.

„Ah, ein Jedi", sagte sie. „Natürlich."

Sie feuerte ein paar schnelle Schüsse ab. Obi-Wan war erstaunt über die Zielgenauigkeit. Er musste hüpfen und sich ducken, um zwei der Schüssen auszuweichen und gleichzeitig drei mit dem Lichtschwert abzulenken.

Als er vorwärts ging, spürte er, wie einer der Blasterschüsse seine Robe streifte. Er wirbelte herum, sprang in die Luft, landete neben Zanita und ergriff ihren Blaster.

Die alte Frau warf sich nach vorn auf Lenas Körper. Ihre Schultern zuckten heftig und sie schluchzte ein paar Mal. Sie war besiegt und dachte vielleicht an die Zeit, die sie demnächst im Gefängnis verbringen würde.

Obi-Wan deaktivierte sein Lichtschwert und hängte es wieder an seinen Gürtel. An der Stelle, an der der Blasterschuss getroffen hatte, befand sich ein kleines Loch in seiner Robe. Er betastete es vorsichtig, dankbar, dass er nicht verwundet war. Aber Lena …

Plötzlich hörte er ein Geräusch hinter sich.

„Obi-Wan, pass auf!“, rief jemand. Es war Qui-Gon.

Den Bruchteil einer Sekunde war Obi-Wan nicht sicher, wohin er schauen sollte. Dann sah er das Glitzern einer Waffe in Zanitas Hand. Es war ein Vibro-Dolch.

Noch bevor Obi-Wan sie zum zweiten Mal entwaffnen konnte, hatte Zanita die vibrierende Klinge in ihre Brust gestoßen.

Eine Sekunde später fiel sie tot neben Lena zu Boden.

Kapitel 20

Qui-Gon blickte von der Liege in seiner Unterkunft im Jedi-Tempel auf und sah seinen Padawan im Türrahmen stehen.

„Ich dachte, Ihr wolltet vielleicht mitkommen und Lena besuchen“, sagte er.

Obi-Wan scharrte ganz leicht mit dem Fuß und Qui-Gon musste wieder an den Jungen denken, den er vor mehr als vier Jahren als Padawan angenommen hatte. Ungeduldig und starrköpfig, aber auch unsicher. Sie waren seitdem einen langen Weg zusammen gegangen. Doch in diesem Augenblick wurde Qui-Gon klar, dass der junge Jedi noch immer seine Zuwendung und sein Einverständnis suchte. Qui-Gon konnte es ihm nicht verübeln und war sogar dankbar dafür. Obi-Wan würde bald ein selbstständiger Jedi sein und ihn nicht länger brauchen. Doch im Augenblick war er noch ein Junge.

Qui-Gon wusste, dass ihr Verhältnis in letzter Zeit nicht

sonderlich gut gewesen war. Und er spürte einen leisen Anflug von Schuldgefühlen. Er war sich nicht sicher, warum er so große Schwierigkeiten hatte, sich in Gefühlsdingen seinem Padawan anzuvertrauen. Es war einfach schwierig, so wie vieles andere auch.

„Das würde ich gern", sagte Qui-Gon und stand auf. „Wie geht es ihr?"

„Der Schlag auf den Kopf, als sie zu Boden ging, war recht heftig", gab Obi-Wan zurück. „Aber sie erholt sich gut und soll heute noch entlassen werden. Sie hat vor, übermorgen nach Frego zurückzukehren."

Qui-Gon passte sich Obi-Wans Tempo an, als sie den Korridor entlanggingen. „Körperliche Wunden heilen schnell", sagte Qui-Gon leise. „Die emotionalen Wunden brauchen mehr Zeit."

Obi-Wan schwieg, als sie so dahingingen. „Als Tahl starb", sagte Qui-Gon, „war die Wunde so tief und schmerzhaft, dass ich dachte, ich könnte nicht mehr weiterleben. Ich dachte, es würde nicht gehen. Und in all meinem Schmerz wurde ich blind für meine Umgebung – für die, die ebenfalls um Tahl trauerten und sie liebten."

„Ich habe auch um sie getrauert", sagte Obi-Wan. „Aber ich wusste immer, dass mein Schmerz sich mit dem Euren nicht messen konnte. Ich wusste nicht, wie ich Euch helfen sollte. Ich war verzweifelt."

Qui-Gon blieb plötzlich stehen und sah seinen Padawan an. „Ich war verzweifelt, Padawan. Du warst sehr geduldig mit mir. Und ich brauchte deine Geduld. Ich spüre noch immer die Wunde, die ich erlitten habe, als ich Tahl verlor. Ich werde sie für den Rest meines Lebens spüren."

Obi-Wan nickte bedrückt. „Ich weiß", sagte er leise.

Qui-Gon legte die Hand auf Obi-Wans Schulter. „Ich danke dir für deine Bemühungen, mir in meinem Schmerz zu helfen. Ich war lange Zeit nicht bereit, deine Worte zu hören, aber du hattest dennoch Recht, sie auszusprechen. Dank dir habe ich mich selbst wieder gefunden. Ich habe einen Weg gefunden weiterzuleben. Deine Worte ... *du* bist mir Trost, Obi-Wan. Danke."

Obi-Wan atmete tief ein und lächelte. „Nichts zu danken", sagte er.

STAR WARS™

JEDI-PADAWAN

DIE INNERE BEDROHUNG

Band 18

Jude Watson

PANINI BOOKS

Kapitel 1

Obi-Wan Kenobi stand vollkommen regungslos da. In dem abgedunkelten Zimmer war keinerlei Bewegung zu spüren und doch war jeder seiner Muskeln angespannt und zum Angriff bereit. Nur die leuchtende, blaue Klinge seines Lichtschwerts erhellte den Raum. Die einzigen Geräusche waren das Summen der Klinge und das kaum wahrnehmbare Atmen des jungen Jedi. Obi-Wan balancierte nun schon seit fast einer Stunde regungslos an der selben Stelle auf einer dünnen Geländerstange. Und er wartete noch immer.

Plötzlich durchbrach Qui-Gons Stimme die Stille und Obi-Wan verlor die Konzentration. Eine Nachricht seines Meisters über den Comlink hatte er nicht erwartet. Abgelenkt wie er war, verfehlte er beinahe den Trainings-Droiden, der auf seinen Kopf zuraste. *Darauf* hatte er gewartet.

Obi-Wan drehte sich unbeholfen auf der dünnen Stange um und traf den Droiden mit dem Lichtschwert mitten im Flug. Er sprang dabei auf eine weitere, im Dunkeln unsichtbare Stange hoch und zerschnitt zwei andere der fliegenden Droiden. Einen Moment später ging das Licht an und der junge Jedi deaktivierte sein Laserschwert.

Obi-Wan schüttelte den Kopf. Die Aufgabe hatte er bestanden, doch der siebzehnjährige Jedi war mit seiner Leistung ganz und gar nicht zufrieden.

„Ja, Meister", sagte Obi-Wan in den Comlink.

„Wir wurden vom Rat gerufen", sagte Qui-Gons Stimme. „Wir treffen uns dort."

„Natürlich", gab Obi-Wan zurück. Hoffnung kam in ihm auf. Vielleicht hatte der Rat sie wegen einer Mission gerufen. Obi-Wan und Qui-Gon hatten die letzten beiden Monate im Tempel verbracht. Es war immer eine Erleichterung, nach dem Ende einer Mission nach Hause zu kommen, Obi-Wan jedoch mochte nie allzu lange dort bleiben.

Das Jedi-Dasein bedeutete ständige Arbeit. Und irgendwie schienen die Hingabe, die Energie und die Geduld noch intensiver zu sein, wenn Obi-Wan im Tempel war – wenn er nicht das Ziel einer Mission vor Augen hatte.

Jedi hörten niemals auf, zu arbeiten. Aber nach endlos vielen Trainingslektionen spürte Obi-Wan jetzt, wie seine Konzentrationsfähigkeit nachließ. Er hätte auf den Trainings-Droiden nicht so unbeholfen reagieren dürfen. Er hätte auf alles vorbereitet sein müssen. Ihm wurde es langsam langweilig und das war gefährlich.

Vor dem Ratssaal sah er die hoch gewachsene Gestalt seines Meisters. Obwohl er ihm den Rücken zugewandt hatte, spürte Obi-Wan, dass sein Meister im Gegensatz zu ihm nichts von dieser gespannten Erwartung in sich trug. Sein Meister strahlte wie immer Ruhe aus. Qui-Gon war immer glücklich mit einsamem Training und Meditation. Weshalb war Obi-Wan so auf Unternehmungen aus?

Qui-Gon lächelte und nickte seinem Padawan zu, als der sich näherte, bevor er den Türöffner aktivierte und in den Ratssaal ging. Obi-Wan folgte mit einem halben Schritt Abstand, als sein Meister in die Mitte des Saales trat und die anwesenden Meister mit einem Nicken begrüßte.

Obi-Wans Puls stieg etwas. Aber es war anders als die Nervosität, die er normalerweise fühlte, wenn er vor den Rat gerufen wurde.

Mace lehnte sich in seinem Stuhl zurück und faltete die Hände. „Wir haben eine Nachricht von Vorzyd 4 erhalten." Er kam gleich zur Sache. „Sie berichten, dass Vorzyd 5 Sabotageakte durchführt und bitten um Schlichtungsgespräche. Die Planeten des Vorzyd-Systems waren noch nie in kriegerische Auseinandersetzungen irgendeiner Art verwickelt. Aber zwischen dem vierten und fünften Planeten haben sich offensichtlich Spannungen entwickelt. Alle Planeten des Systems sind voneinander abhängig und so könnte ein Konflikt zwischen zweien von ihnen eine Kettenreaktion auslösen, die die ganze Planetenballung in Unruhe versetzt. Das möchten wir natürlich verhindern."

„Also ist die Situation delikat", schloss Obi-Wan Meister Windus Ausführungen und bereute es sofort. Er wollte dem Rat seine Ungeduld nicht zeigen.

„Sehr", fuhr Mace fort. Er schien weder Obi-Wans Ungeduld, noch die Tatsache, dass er ihn unterbrochen hatte, zur Kenntnis zu nehmen. „Und um alles noch komplizierter zu machen: Vorzyd 5 leugnet jegliche unlauteren Handlungen."

„Bevor Ihr die beiden Planeten zu Gesprächen zusammenbringt, müsst Ihr Euch umfassend über die Situation informieren", fügte Meister Yarael Poof hinzu. „Es steht hier mehr auf dem Spiel als es zunächst erscheint."

Obi-Wan sah, wie Qui-Gon langsam nickte und er wusste, dass ihre Arbeit bereits beginnen müsste, bevor sie den Tempel verlassen würden. Er hatte schon einmal von der Vorzyd-Ballung gehört, aber nur beiläufig in einem anderen Zusammenhang. Der nächste Schritt war also, dem Tempel-Archiv einen Besuch abzustatten. Schlichtungsgespräche setzten viel Recherche und Hintergrundwissen voraus; die Jedi mussten auf jeden möglichen Konflikt vorbereitet sein.

Jocasta Nu erwartete die Jedi bereits, als sie im Archiv ankamen. Sie verbrachte einen Großteil ihrer Zeit damit, Recherchen für Jedi-Missionen anzustellen. Obwohl sie von einem Ratsmitglied ständig darüber informiert wurde, welche Planeten und Systeme möglicherweise bald die Hilfe der Jedi brauchen könnten, war ihre Fähigkeit, die richtige Information zum richtigen Zeitpunkt parat zu haben, unübertroffen. Sie spürte fast immer den Augenblick, wenn ein sich anbahnendes Problem zu einem Konflikt werden konnte.

Als Obi-Wan und Qui-Gon in den Raum kamen, zeigte der Bildschirm im Archiv gerade die Aufzeichnung einer Kommunikation von Chairman Port, dem Oberhaupt von Vorzyd 4. Jocasta Nu schaltete das Bild schnell ab.

„Sie schicken Euch nach Vorzyd 4, nicht wahr?", fragte sie mit einem leichten Lächeln. „Ich bin mir sicher, dass das eine sehr produktive Reise werden wird." Obi-Wan verstand den Witz hinter dieser Anmerkung nicht. Doch als Jocasta Nu ihnen mehr über Vorzyd 4 erzählte, begann er zu verstehen.

Der kleine Planet war für seine atemberaubend effektive Produktion und den Verkauf von Waren bekannt. Vorzyd 4 stellte die Nahrungsmittel und andere Güter für alle fünf Planeten des Systems her.

„Sämtliche Einwohner von Vorzyd 4 arbeiten", erklärte Jocasta Nu. „Kinder fangen im Alter von zehn Jahren an, gleichzeitig wird ihr Unterricht reduziert. Von diesem Zeitpunkt an gehen sie nur noch sechs anstatt sieben Tage zur Schule und arbeiten einen Tag der Woche. Danach kommt jedes Jahr ein Arbeitstag in der Woche hinzu, bis sie Vollzeit arbeiten. Das sind von da an sieben Tage in der Woche.

Wenn sie siebzig Jahre alt sind, müssen die Arbeiter in den Ruhestand treten. Die Vorzydianer befürchten, dass die Alten nicht mehr mit dem Arbeitstempo Schritt halten können. Tragischerweise sterben die meisten älteren Vorzydianer nur ein paar Wochen, nachdem sie aufgehört haben zu arbeiten. Der Grund dafür ist unbekannt. Die meisten Ruheständler erfreuen sich einer hervorragenden Gesundheit, bevor sie mit der Arbeit aufhören."

Obi-Wan warf seinem Meister einen Blick zu, um herauszufinden, was der über diese Praxis dachte. Qui-Gon war um die fünfzig und Obi-Wan konnte sich nicht vorstellen, dass ihn irgendjemand einmal als ‚unproduktiv' bezeichnen würde. Und Meister Yoda war über achthundert Jahre alt. Es war undenkbar, dass man ihn in den Ruhestand schicken würde. Seine Weisheit war einer der wertvollsten Schätze des Rates.

Der Gedanke daran, dass irgendjemand diese Jedi in den Ruhestand versetzen würde, entlockte Obi-Wan ein

Lächeln. Doch Qui-Gon sah ihn streng an und er nahm sich zusammen.

Natürlich waren die Einwohner von Vorzyd 4 einzigartige Wesen mit einzigartigen Lebenszyklen und kulturellen Gepflogenheiten. Obwohl sie überwiegend menschlich aussahen – sie hatten humanoide Körper, aber ein paar lange Antennen auf dem Kopf und etwas größere Augen – war Obi-Wan nicht so ignorant, sie mit anderen Wesen zu vergleichen.

„Was ist mit Vorzyd 5?“, fragte Qui-Gon. „Und mit den Spannungen zwischen den beiden Planeten?“

„Vorzyd 5 produziert weniger als die Hälfte dessen, was es verbraucht, und seine Existenz hängt zu einem großen Teil vom Handel mit Vorzyd 4 ab. Sie hatten schon früher Probleme und oft Schulden bei Vorzyd 4, aber alles in allem war das Verhältnis zwischen den beiden Planeten friedlich und freundlich. Für Vorzyd 4 spielten die Schulden keine Rolle, da sie über eine dauernde Überproduktion verfügten. Und auf Vorzyd 5 schien niemand über die Schulden, die man beim Nachbarplaneten hatte, beunruhigt zu sein. Aber jetzt haben sich die Verhältnisse geändert.“

„Inwiefern?“, fragte Obi-Wan.

„Vorzyd 5 hat mit dem Bau von Spielkasinos begonnen. Mit dem daraus gewonnenen Profit konnten sie viele ihrer interplanetarischen Schulden begleichen.“

„Und sie sind nicht mehr von Vorzyd 4 abhängig", sagte Qui-Gon ruhig.

„Stimmt. Vorzyd 4 behauptet, dass Vorzyd 5 nun die Vorherrschaft unter den Planeten erlangen will. Dass sie die Produktion von Vorzyd 4 sabotieren, um vor dem restlichen System und der Galaxis stärker zu erscheinen. Vorzyd 5 weist diese Vorwürfe natürlich als lächerlich zurück. Und sie sind aufgrund der andauernden Beschuldigungen sehr ungehalten."

Jocasta Nu gab Qui-Gon einige Datenträger und spielte Chairman Ports Nachricht noch einmal ab. Der große Mann auf dem Bildschirm schien sich nicht besonders wohl zu fühlen, doch sein Anliegen klang sehr eindringlich.

„Ich kontaktiere Euch mit der Bitte um ein Schlichtungsgespräch. Wir werden angegriffen. Und Vorzyd 5 hat Schuld. Wir haben sämtliche Diplomaten und der Spionage verdächtigte Bürger unseres Planeten verwiesen. Doch die Sabotageakte dauern an. Bitte kontaktiert uns umgehend." Die Antennen des Chairman bewegten sich während seiner Rede wie Vögel, die einen Landeplatz suchten.

„Es ist ungewöhnlich, dass der Vorsitzende Kontakt mit uns aufnimmt", sagte Jocasta Nu, als Port wieder vom Bildschirm verschwunden war. „Die Vorzydianer hatten in der Vergangenheit nur wenig Kontakt mit dem Rest der Galaxis. Sie haben sich sogar lange überlegt, ob sie überhaupt im Galaktischen Senat repräsentiert sein wollten. Dass sie nun Hilfe von außen anfordern, kann nur bedeuten, dass sie in einer aussichtslosen Lage sind."

Qui-Gon und Obi-Wan dankten der Archivarin und verließen sie mit einem Haufen von zusätzlichen Informationen auf Datenträgern, die sie selbst durchsehen mussten. Obi-Wan war über diese Aufgabe nicht sonderlich glücklich. Die Mission, so war ihm jetzt klar, würde nicht die Aktion bieten, auf die er so sehr gewartet hatte. Das Vorzyd-System schien langweilig zu sein und Diplomatie war oftmals ein langwieriger und nervenaufreibender Prozess. Obi-Wan seufzte und ermahnte sich selbst. Er wusste, dass er für jede Mission dankbar sein musste. Zumindest bot sie Abwechslung.

Kapitel 2

Qui-Gon lief schon die Shuttle-Rampe hinunter, noch bevor sie den Boden des Hangars auf Vorzyd 4 berührte. Er hatte während der ganze Reise die Informationen über die Planeten und ihre Geschichte durchgesehen und war froh, sich endlich bewegen zu können und etwas frische Luft zu bekommen. Alle Datenträger hatten Informationen über die gemeinsame Geschichte der Planeten enthalten und obwohl der Erfolg von Vorzyd 4 als friedliche Handelsmacht bewundernswert war, so hatte es sich doch um eine sehr trockene Recherche gehandelt. Unter all den Informationen hatte Qui-Gon keinerlei Hinweise darauf gefunden, wie die Vorzydianer als Individuen waren.

Der Hangar, in dem sie gelandet waren, war recht ruhig. Abgesehen von ein paar Arbeitern, die anscheinend einige Transportschiffe mit Frachtgütern beluden, waren nicht viele Wesen hier.

„Wird uns irgendjemand in Empfang nehmen?", fragte Obi-Wan. Er unterdrückte ein Gähnen, als er mit Qui-Gon vor der Rampe stand. Qui-Gon nahm an, dass die Recherche seines Padawans auch nicht unterhaltsamer gewesen war.

Noch bevor Qui-Gon die Frage bejahen konnte, erschien ein junger Vorzydianer vor ihnen. Er blieb einen Augenblick stehen und verneigte sich dann vor den Jedi. Er verhielt sich ruhig, doch seine Antennen zuckten nervös. Qui-Gon wusste aus seinen Nachforschungen, wie unwahrscheinlich es war, dass der Vorzydianer schon einmal Lebewesen gesehen hatte, die nicht von seinem Planetensystem stammten.

„Willkommen", sagte ihr Führer ausdruckslos. „Folgt mir." Er drehte sich um und ging schnell aus dem Hangar. Die Jedi mussten eilig folgen, um Schritt halten zu können.

Qui-Gon hatte sich darauf gefreut, mit dem jungen Vorzydianer sprechen zu können. Er hatte gehofft, auf diese Weise die Spezies etwas besser kennen zu lernen. Doch abgesehen von der knappen Begrüßung schien der Vorzydianer zu keinerlei weiterer Konversation bereit zu sein. Er führte sie in recht schnellem Tempo durch die Straßen.

Als Qui-Gon versuchte, ein paar Fragen zu stellen, zeigten der konsternierte Blick und die zuckenden Antennen deutlich, dass ihr Führer sich dabei unwohl fühlte. Vielleicht hatte Chairman Port ihn angewiesen, nichts zu sagen. Qui-Gon beschloss daher, sich auf die Beobachtung der Umgebung zu konzentrieren. Er würde die Vorzydianer schon noch näher kennen lernen.

Die Straßen von Vorzyd 4 waren beinahe leer. Obwohl es mitten am Tag war, war niemand unterwegs. Qui-Gon sah auch keine Getränkeverkäufer oder Plätze, an denen man sich treffen konnte.

Alle Gebäude waren hoch und viereckig. Es gab keinerlei bogenförmige Eingänge oder Portale. Keine großen Fenster oder Verzierungen. Kein einziges Materialkörnchen war für irgendein Dekor verschwendet worden. Alles schien im Hinblick auf höchste Effizienz gebaut worden zu sein, einschließlich des Rasters, in dem die Gebäude angeordnet waren, und ihrer eintönigen Farbmarkierungen.

Als Qui-Gon den Vorzydianer vor ihnen betrachtete, wurde ihm klar, dass das auch für die Kleidung auf Vorzyd 4 galt. Bisher hatte ausnahmslos jeder, den er gesehen hatte, einen einfachen, eng anliegenden, einfarbigen Overall getragen. Der besaß noch nicht einmal einen Kragen.

Die Drei waren noch nicht weit gegangen, als der Vorzydianer vor einem unscheinbaren, blassbraunen Gebäude stehen blieb. Auf dem Schild neben dem Eingang stand MULTYCORP. Der Führer aktivierte den Türöffner und bat die Jedi hinein. Qui-Gon, der erwartet hatte, einen Eingangsbereich oder zumindest einen Korridor zu betreten, war überrascht festzustellen, dass sie sich in einem Turbolift wiederfanden, der sofort in den vierundzwanzigsten Stock fuhr. Eine droidenhafte Stimme sagte die Namen des jeweiligen Stockwerks an, das sie passierten. „Montage Sieben, Montage Acht, Produktion Neun, Produktion Zehn ..." Irgendwann erreichten sie „Verwaltung Vierundzwanzig."

Die Tür glitt auf und ein großer Vorzydianer betrat hastig den Aufzug, ohne zu warten, bis die Insassen ausgestiegen waren. Er rannte Obi-Wan beinahe um.

„Unproduktiver Eintritt", murmelte der vorzydianische Führer.

Der große Vorzydianer starrte die Gruppe an, sagte aber nichts. Qui-Gon fragte sich, wer er wohl war.

„Kennt Ihr ihn?", fragte er den Führer.

Der schüttelte nur den Kopf und führte die Jedi aus dem Turbolift und durch ein Gewirr von beigefarbenen Arbeitsplätzen. Hunderte von Vorzydianern in Overalls saßen eng beieinander, sprachen in Kopfbügelmikrofone und tippten Informationen ein, die auf Datenschirmen erschienen.

Obwohl viele der Wesen gleichzeitig sprachen, hörte man nur ein gedämpftes Murmeln. Es war keine einzige Stimme herauszuhören. Es gab keinerlei Unterhaltung zwischen den Arbeitern. Und abgesehen von dem vorzydianischen Zahlensymbol über jeder der Stationen gab es kein einziges Merkmal, an dem die Arbeitsplätze zu unterscheiden gewesen wären.

Ist es möglich, dass Chairman Port von hier aus seinen Planeten regiert?, fragte sich Qui-Gon. *Von einer vorzydianischen Fabrik?* Qui-Gon sah seinen Padawan an, der die Augenbrauen leicht anhob. Offensichtlich war er ebenso perplex wie sein Meister.

„Wartet hier", instruierte sie der Führer. Er bat die Jedi in einen kleinen Raum, in dem ein großer Tisch, umgeben von Bänken, stand. Dann ging er eilig davon und verschwand in dem Labyrinth aus Arbeitsplätzen.

Einen Augenblick später erschien Chairman Port in der Tür. Hätte Qui-Gon das Gesicht des Mannes nicht im Tempel-Archiv gesehen, so hätte er niemals vermutet, dass dieser Mann der Regent eines Planeten war. Er trug denselben farblosen Overall wie der Rest der Planetenbewohner und er schien ebenso gehetzt. Obwohl sich seine Miene nicht veränderte, zuckten seine Antennen, während er sprach.

„Wir sind froh, dass Ihr gekommen seid", sagte er. Er durchschritt schnell den Raum und setzte sich auf eine der Bänke, die um den großen Tisch standen. „Wir haben alle Bewohner von Vorzyd 5 unseres Planeten verwiesen. Und doch gibt es noch immer Angriffe. Sie wollen unsere Produktivität senken. Diese Attacken müssen aufhören."

Qui-Gon holte tief Luft. „Gehe ich recht in der Annahme, dass bislang bei diesen Übergriffen noch niemand verletzt wurde?"

„Das ist richtig." Ports Antennen zuckten schneller.

„Die Saboteure haben sich darauf konzentriert, die Produktivität zu bremsen?", fragte Obi-Wan und hoffte, dass Chairman Port detaillierter Auskunft geben würde.

„Ja. Die Produktivität ist gefährdet. Wir können nicht mehr arbeiten." Chairman Port bewegte seinen Kopf nickend vor und zurück.

„Weshalb verdächtigt Ihr Vorzyd 5?", fragte Qui-Gon. „Haben sie sich zu irgendeinem der Übergriffe bekannt? Haben sie Bedingungen genannt oder Forderungen gestellt?"

Qui-Gon hielt es durchaus für möglich, dass Vorzyd 5 nach einer gewissen Zeit der Abhängigkeit von Vorzyd 4 eine ablehnende Haltung seinem Nachbarn gegenüber entwickelt hatte. Aber konkrete Maßnahmen gegen einen Nachbarplaneten zu ergreifen, erschien Qui-Gon nicht unbedingt nahe liegend – vor allem jetzt nicht, da Vorzyd 5 doch selbst aufblühte.

„Wir müssen Vorzyd 5 aufhalten", sagte Chairman Port und wich damit Qui-Gons Fragen aus. „Werdet Ihr Kontakt mit ihnen aufnehmen?"

Qui-Gon wollte gerade antworten, als Port aufstand. Er wollte die Sitzung offensichtlich so schnell wie möglich beenden. „Also an die Arbeit?", sagte er.

Qui-Gon blieb sitzen. Er wollte noch viel mehr fragen und langsam hatte er das deutliche Gefühl, dass hier nicht alles so war, wie es schien. „Bevor wir Vorzyd 5 kontaktieren, würde ich gern die Orte inspizieren, an denen die Sabotageakte durchgeführt wurden. Man sollte niemals voreilige Anschuldigungen äußern."

Chairman Port schien über Qui-Gons Worte nachzudenken, sagte aber nichts.

Der Jedi fuhr fort. „Ich würde außerdem gern mindestens eine Nacht auf Vorzyd 4 verbringen, um eine Vorstellung davon zu bekommen, wie Ihr lebt ..., wenn Ihr nicht arbeitet."

Chairman Ports Antennen bewegten sich jetzt so wild, dass sie sich jeden Moment zu verknoten schienen. „Wenn wir nicht arbeiten?", fragte er erstaunt. „Wir essen. Schlafen. Sonst nichts."

Port war mit Qui-Gons bedachter Vorgehensweise ganz eindeutig unzufrieden. Er wollte sofort Taten sehen. „Ich werde Euch am Ende des Arbeitstages zu den Wohnbauten bringen ..."

Chairman Port wurde unterbrochen, als eine Arbeiterin hereingelaufen kam. „Vorzyd 5!", rief sie. „Wieder ein Angriff!" Ihrer schrillen Stimme war die Aufregung zu entnehmen. „Die Produktivitäts-Überwachung zeigt alarmierende Daten an!"

Port lief aus dem Zimmer und schaute auf den nächstliegenden Datenschirm. „Sechs Tage hinter dem Zeitplan bei Warenlieferungen", murmelte er. „Das kann nicht sein."

Überall standen Arbeiter von ihren Stationen auf und sahen sich verwirrt um. Qui-Gon fiel auf, dass ihre ohnehin schon nervös zuckenden Antennen beim Anblick der braunen Jedi-Roben noch wilder zappelten. In dieser gleichförmigen Umgebung fielen er und Obi-Wan sogar in der schlichten braunen Jedi-Kleidung auf wie blinkende Warnleuchten.

Qui-Gon und Obi-Wan folgten Chairman Port zum Turbolift. Als sie sich durch das Labyrinth arbeiteten, fiel Qui-Gon auf, dass ein paar der Arbeiter sich wiegend vor und zurück bewegten. Andere schienen plötzlich krank zu sein, denn sie hatten ihre Hände auf den Bauch gelegt oder stützten sich auf die Tische. Nur Chairman Port schien relativ ruhig zu bleiben, obwohl er auch keinen sonderlich gesunden Eindruck mehr machte.

Als sich die Türen des Turbolifts schlossen, stieß Qui-Gon einen tiefen Seufzer aus. Offensichtlich konnten die Bewohner von Vorzyd 4 etwas anderes als ihre tägliche Routine nicht ertragen.

Dies würde eine sehr interessante Mission werden.

Kapitel 3

Obi-Wan saß nun schon seit über einer Stunde vor dem Computer-Mainframe. Der vorzydianische Techniker, der dieser Station zugewiesen war, ging unruhig hinter ihm auf und ab. Von Zeit zu Zeit blieb er stehen und spähte Obi-Wan über die Schulter. Manchmal streiften seine Antennen Obi-Wans Rücken und er hörte, wie er etwas über Vorzyd 5 murmelte.

Obi-Wans Meister war mit Chairman Port zu den Arbeitern gegangen, um sie zu beruhigen. Die Gesundheit der Vorzydianer schien ebenso bedroht wie ihre technischen Einrichtungen. Wenn es Chairman Port nicht gelingen würde, seine Arbeiter zu beruhigen, würde es mit Sicherheit zu einer schweren Krise kommen. In Anbetracht des allgemeinen Stresses, den Obi-Wan noch immer in dem ganzen Gebäude spürte, würde Qui-Gon aber wahrscheinlich nicht sonderlich viel Glück haben.

Doch Obi-Wan hatte ebenso wenig Glück. Das Problem lag darin, dass das Computersystem alles andere als einfach zu durchschauen war. Obi-Wan wusste, dass er das Durcheinander nicht schnell beseitigen konnte, er hoffte jedoch, im Laufe seiner Versuche etwas darüber herauszufinden, was zu diesem Problem geführt hatte.

Dann war jedoch urplötzlich die Störung so schnell verschwunden wie sie aufgetreten war. Alle Computer im Gebäude liefen wieder, als hätte es nie eine Störung gegeben. Und es war nicht zu erkennen, was mit den Maschinen geschehen war.

Obi-Wan gab dem nervösen Techniker ein Zeichen. Der nickte und sprach in einen Comlink an der Wand. „Zurück an die Arbeitsplätze. Arbeit wieder aufnehmen."

Ein paar Techniker in der Nähe sahen Obi-Wan dankbar an, als sie sich wieder an ihre Arbeitsstationen setzten. Sie nahmen wohl an, dass er das Problem behoben hatte.

Die restlichen Vorzydianer gingen eilig wieder an die Arbeit. Sie waren erleichtert, dass alles wieder normal ablief. Sogar die sehr kranken Vorzydianer mühten sich ab, wieder an ihre Arbeitsplätze zu kommen.

Obi-Wan blieb an Ort und Stelle. Er wollte das System noch eingehender durchsuchen. Vielleicht würde er so einen Hinweis auf das mysteriöse Problem finden. Doch der Techniker, der neben ihm stand, wollte offensichtlich, dass Obi-Wan verschwand.

„An die Arbeit?“, fragte der Techniker. Er schien recht aufgeregt zu sein.

Obi-Wan erhob sich seufzend. Er wollte nicht, dass seine Neugier den Vorzydianer beunruhigte.

Auf seinem Weg zurück zum vierundzwanzigsten Stockwerk dachte Obi-Wan noch einmal über alles nach, was er herausgefunden hatte. Unglücklicherweise war es nicht viel. Der Saboteur musste irgendjemand sein, der das Computersystem genau so gut wie die Techniker kannte, die es bedienten. Vielleicht sogar noch besser. Aber es gab definitiv keinen Hinweis darauf, dass Vorzyd 5 die Störung verursacht hatte. Obi-Wan wurde den Verdacht nicht los, dass der Störenfried aus den eigenen Reihen der Vorzydianer des vierten Planeten stammte – oder zumindest ein Spion war.

Bevor Obi-Wan seine Erwägungen Qui-Gon oder Chairman Port mitteilen konnte, erklang ein langes dumpfes Summen im Gebäude. Alle Vorzydianer stöhnten enttäuscht auf und der Ton hallte durch die Gänge. Der seltsame Klang ging Obi-Wan unter die Haut. Er war sich nicht im Klaren, ob die Arbeiter enttäuscht darüber waren, dass ihr Arbeitstag wegen der Unterbrechung verkürzt worden war, oder ob sie jeden Tag ein solches Geräusch von sich gaben, wenn es Zeit war zu gehen.

Wie alle anderen schien auch Chairman Port sich nur

schwer von seiner Arbeit losreißen zu können. Doch schließlich stand er auf und bat die Jedi, ihm zu folgen.

Unmengen von Vorzydianern strömten wie eine flüssige Masse aus den Gebäuden. Obwohl sie dicht gedrängt gingen, machten sie einen weiten Bogen um Qui-Gon und Obi-Wan – sogar in den vollen Shuttles, in denen sie zum vorzydianischen Wohngebiet fuhren. Obi-Wan tat es Leid, dass sich die Vorzydianer in ihrer Gegenwart so unwohl fühlten, er war aber auch dankbar, ein wenig Bewegungsfreiheit zu haben. So konnte er aus den Stahlglasfenstern des Shuttles schauen.

Obi-Wan erwartete, dass sich die Szenerie ändern würde, als sie den Arbeitsbereich der Stadt verließen. Er hatte angenommen, dass sie das Areal der identischen Gebäude verlassen würden und er nun einen Blick auf die unbebaute Landschaft des Planeten werfen könnte – oder zumindest auf Parks und Plätze. Doch dem war nicht so.

In den Randbezirken der Stadt wurde das Arbeitsviertel zum Wohngebiet. Hätte Chairman Port jedoch Obi-Wan nicht erklärt, wo sie waren, so hätte der es nicht bemerkt. Die Gebäude des Wohngebiets waren etwas kleiner und um Verkehrsverteiler angeordnet, an denen automatisierte Shuttles Passagiere aufnahmen und abluden. Alles andere glich exakt dem Arbeitsareal.

Es gab keine Vorgärten. Keine Landeplätze für private

Fahrzeuge. Keine Vorzydianer, die draußen saßen und sich entspannten.

Daher waren die Jedi auch nicht überrascht, dass sich das Heim von Chairman Port in keinster Weise von allen anderen Bauwerken unterschied. Wie seine Kleidung und sein Arbeitsplatz: Nichts unterschied ihn vom Rest der Bevölkerung. Port lebte im mittleren Stockwerk in einem der vielen Wohnbauten.

„Meine Frau Bryn", sagte Chairman Port und stellte Qui-Gon und Obi-Wan eine schlanke Vorzydianerin vor, die einen etwas anders gefärbten Overall trug. „Die Jedi", sagte Port. „Qui-Gon und Obi-Wan."

Bryns Antennen zuckten, als sie die Jedi ansah.

„Habt Dank für Eure Gastfreundschaft", sagte Qui-Gon und streckte ihr die Hand aus. „Chairman Port hat uns freundlicherweise eingeladen, mit Euch zu essen."

Bryn nickte noch einmal, schüttelte aber Qui-Gons Hand nicht. Stattdessen drehte sie sich zur Küche um. Sie drückte ein paar Tasten und stellte noch zwei Gedecke auf den Tisch, der bereits für zwei gedeckt war.

„Grath isst nicht mit uns", sagte sie.

Chairman Port nickte.

„Kommt er später heim?", fragte Obi-Wan. Er wusste aus den Informationen von Jocasta Nu, dass die Ports einen fünfzehnjährigen Sohn hatten. Obi-Wan konnte es kaum erwarten, ihn kennen zu lernen. Vorzyd 4 kam ihm so … langweilig vor. Er konnte sich nicht vorstellen, wie das Leben eines Teenagers auf diesem Planeten aussah. Er hatte gehofft, dass er sich mit dem Jungen besser unterhalten konnte als mit den Vorzydianern, die er bereits kennen gelernt hatte.

„Nach dem Essen", gab Bryn knapp zurück. „Er arbeitet."

Während sie darauf warteten, dass das Essen aufgetragen wurde, sahen sich Obi-Wan und Qui-Gon in der kleinen Wohnung um. Sie war ebenso zweckmäßig wie bequem möbliert, verriet aber nichts über die Bewohner. Sie erinnerte Obi-Wan an die sterilen Zimmer, die Reisende auf Coruscant mieten konnten. Da so viele verschiedene Spezies durchreisten, waren diese Unterkünfte einfach nur sauber und ordentlich.

„Ist Grath abends oft nicht zu Hause?", fragte Qui-Gon. „Es muss doch schade sein, die letzte Mahlzeit des Tages nicht gemeinsam einnehmen zu können."

Obi-Wan wusste, dass Qui-Gon auch nach Zeichen emotionaler Bindungen in der Familie suchte.

„Es ist eine Ehre, zu arbeiten", sagte Chairman Port angespannt.

Seine Frau nickte. „Möge er morgen so produktiv sein wie heute", sagte sie.

Qui-Gon und Obi-Wan tauschten Blicke aus, als sich wieder Schweigen am Tisch ausbreitete.

Obi-Wan kaute auf einem besonders zähen und geschmacklosen Stück des ohnehin nicht identifizierbaren Essens herum. „Was unternehmt Ihr abends, um Euch zu entspannen?", fragte er in der Hoffnung, doch noch eine Konversation in Gang bringen zu können. Obwohl er das Gefühl hatte, dass das ein sinnloses Unterfangen war, war er doch der Meinung, dass er es immerhin versuchen sollte.

Bryn sah mit einem konsternierten Gesichtsausdruck von ihrem Essen auf. „Wir lesen Anleitungen, um unsere Arbeit zu verbessern", gab sie zurück, als wäre das selbstverständlich.

Obi-Wan fragte sich plötzlich, ob Grath vielleicht absichtlich abends arbeitete, um nicht am Abendessen teilnehmen zu müssen. Er konnte sich nur schwer vorstellen, dass die jungen Leute auf Vorzyd 4 ebenso arbeitssüchtig waren wie ihre Eltern. In mancher Hinsicht, so dachte er, war das Leben hier dem Leben im Jedi-Tempel sehr ähnlich. Dort gaben sich Kinder wie Erwachsene vollkommen dem Studium der Macht hin. Der Weg der Jedi war natürlich faszinierender als alles andere, was Obi-Wan jemals in seinem Leben zuvor gesehen hatte. Doch auch Obi-Wan musste zugeben, dass er sich manchmal etwas Freizeit wünschte – eine Pause.

Als er von seiner Schüssel aufsah, bemerkte er, dass Qui-Gon ihn anstarrte. Obi-Wan spürte, wie er errötete.

Er hatte schon oft das Gefühl gehabt, als könnte Qui-Gon seine Gedanken lesen; er hoffte, dass es gerade jetzt nicht der Fall gewesen war.

Ja, Obi-Wan war in letzter Zeit frustriert gewesen. Doch das bedeutete nicht, dass er den Weg der Jedi verlassen wollte. Er hatte es schon einmal getan und das hatte sich als der größte Fehler seines Lebens herausgestellt. Und doch gab es Zeiten – vor allem wenn er das Gefühl hatte, nicht voranzukommen –, in denen er sich fragte, wohin ihn all seine harte Arbeit führen würde.

Kapitel 4

Chairman Port führte die Jedi zu einem Gebäude nicht weit von seiner Wohnung. „Das ist unser Gebäude für Ruheständler", sagte er. „Meine Mutter lebte hier, nachdem sie nicht mehr arbeitete. Jetzt ist sie tot. Das Zimmer ist frei." Seiner Stimme waren keinerlei Emotionen zu entnehmen.

„Es tut mir Leid zu hören, dass Eure Mutter verstorben ist", sagte Qui-Gon sanft. „Ist es lange her?"

„Einen Monat", gab Port zurück.

Qui-Gon fiel auf, dass die Antennen von Chairman Port leicht zitterten. „Es ist nicht einfach, einen Elternteil zu verlieren."

„Arbeiter leben ohne Arbeit nicht lange", gab Port mit fester Stimme zurück. Aber er blieb zögernd vor dem Gebäude der Ruheständler stehen, so als wollte er nicht hineingehen. „Zweiter Stock", sagte er. „Die dritte Tür links."

Er drückte Qui-Gon einen Schlüsselpass mit einem Zugangscode in die Hand und wandte sich zum Gehen. „Morgen werden wir Vorzyd 5 kontaktieren. Die Arbeit muss weitergehen."

Als sich die Tür hinter ihnen schloss, hörte Qui-Gon im Korridor ein Tappen. In alle Richtungen erstreckten sich Korridore mit vielen Türen. Zu ihrer Linken mühte sich jemand mit einer Gehhilfe ab. Er winkte, um ihre Aufmerksamkeit zu erregen. Es war ein alter Vorzydianer.

„An die Arbeit", rief er mit rauer Stimme. „Ist der Shuttle da? An die Arbeit." Obi-Wan wollte auf die gekrümmte Gestalt zugehen, doch Qui-Gon legte ihm die Hand auf die Schulter, um ihn davon abzuhalten. Der Vorzydianer drehte sich um und ging, noch immer murmelnd, in die andere Richtung davon. Er hatte gar nicht mit ihnen gesprochen. Er sprach vor sich hin und Qui-Gon wusste, dass sie nichts für ihn tun konnten.

Das Zimmer von Ports Mutter war ebenso dunkel wie der Rest des Komplexes. Doch es standen zwei Liegen darin und das war ausreichend für die Jedi. Obi-Wan ging unruhig zwischen den beiden Liegen hin und her. Qui-Gon wusste, dass er auf eine Gelegenheit wartete, endlich zu sprechen. Vor einem Jahr noch hätte er ihm schon lange seine Gedanken mitgeteilt. Doch Qui-Gons Padawan wurde älter, weiser. Er wurde ein Jedi.

„Meister, ich glaube nicht, dass Vorzyd 5 für den heutigen … Zwischenfall verantwortlich ist“, sagte Obi-Wan schnell. „Ich weiß nicht, wer verantwortlich ist, aber wir dürfen Vorzyd 5 nicht kontaktieren, bevor wir keine genauere Vorstellung darüber haben, was vor sich geht.“

„Das ist richtig“, sagte Qui-Gon und nickte.

„Ich spüre … ich spüre, dass auf Vorzyd 4 irgendetwas nicht in Ordnung ist“, fuhr Obi-Wan fort. „Und da ist noch mehr. Es gibt hier so etwas wie … ein Geheimnis.“

Qui-Gon nickte erneut. Er hatte dasselbe gespürt, war sich dessen aber nicht bewusst gewesen, bevor Obi-Wan es ausgesprochen hatte. Auf Vorzyd 4 gab es ein Geheimnis. Sie mussten sehr vorsichtig agieren.

Qui-Gon legte sich hin und atmete tief ein. Obi-Wan tat neben ihm dasselbe. Es war ein eigenartiger Tag gewesen und Qui-Gon freute sich auf die Meditation. Doch selbst nachdem er ein paar Minuten lang versucht hatte, sich zu entspannen, kam die gewohnte tiefe Ruhe nicht über ihn.

Stattdessen waren seine Gedanken voller Bilder von Obi-Wan. Obi-Wan befand sich in einem Übungsduell mit dem Jedi-Schüler Bruck Chun und ließ sich eher von seinem Zorn als von seinen Instinkten leiten. Dann ein Bild von Obi-Wan, der ihn auf Melida/Daan verlassen hatte, um einer Gruppe von Jugendlichen zu helfen. Verwundet und kleinlaut, aber tapfer genug, um seine Schwäche einzugestehen – auch wenn es bedeutete, dass er niemals ein Jedi werden würde. Der Junge war in den letzten fünf Jahren sehr gewachsen. Er war nicht nur stärker und größer geworden, er lernte auch mehr und mehr, seinen Instinkten und der Macht zu vertrauen.

Noch ein Bild von Obi-Wan kam Qui-Gon in den Sinn. Ein älterer Obi-Wan, der bereit war, den intensiven Weg der Prüfung zu beschreiten. Er würde bald kein Junge mehr sein. Er würde den Schritt zum Jedi-Ritter machen.

Stolz und Traurigkeit erfüllten Qui-Gon gleichermaßen, als er sich den Jedi-Meister Obi-Wan Kenobi vorstellte. Er freute sich schon auf die Zeit, wenn sie Seite an Seite als Jedi-Ritter kämpfen würden. Aber seine Gedanken waren von keinem Bild begleitet. Qui-Gon wurde eng um die Brust. Er war so stolz auf Obi-Wan – auf alles, was er erreicht hatte. Warum konnte er ihn nicht als Jedi-Ritter sehen? *Vielleicht möchte ich nicht sehen, wie der Junge erwachsen wird,* dachte er.

Das Klicken und Summen der Tür verdrängte den Gedanken aus Qui-Gons Kopf. Er riss die Augen auf. Er sah sofort, dass das Zimmer leer war. Obi-Wan war weg.

Kapitel 5

Obi-Wan ging auf den Ausgang zu. Anders als sein Meister war er zu unruhig, um zu meditieren. Obwohl er sich wünschte, dass er Qui-Gons Fähigkeit hätte, seine Gedanken zu beruhigen, hatte er mittlerweile gelernt, wann es ihm unmöglich war und er es einfach akzeptieren musste. Es gab Zeiten, in denen es besser war, die Energien in konkrete Handlungen umzusetzen.

Der Korridor des Ruhestandskomplexes war dunkel und still und Obi-Wan war beinahe durch die Tür, als ein Geräusch die Ruhe störte. Er drehte sich überrascht um. War das Gelächter gewesen?

Obi-Wan ging schnell in die Richtung zurück, aus der das Geräusch gekommen war. Er bog um eine Ecke und sah zwei Vorzydianer – eine jüngere und eine ältere Frau – in einem der Zimmer. Die ältere Frau saß auf einer Liege, während die andere mit dem Rücken an die Wand gelehnt stand.

„Großvater war so komisch", sagte die junge Vorzydianerin.

Die alte Frau nickte. „Das habe ich so an ihm geliebt." Sie lächelte und ihr kleiner, dünner Körper schien plötzlich voller Energie zu sein, als sie sich auf der Schlafcouch aufrichtete. „Er war so erfrischend. Natürlich dürfen wir uns solche Dummheiten nicht erlauben. Vor allem jetzt nicht."

Die junge Vorzydianerin nickte bedeutungsschwer. „Die Zeiten ändern sich, Großmutter", sagte sie. Das Mädchen sah auf den Zeitmesser an seinem Handgelenk, stieß sich von der Wand ab und ging zu seiner Großmutter. „Ich muss jetzt gehen, bin aber bald wieder zurück."

Die alte Frau strich mit ihren Antennen sanft über das Gesicht der jüngeren. Ihre Augen waren voller Traurigkeit. „Versprich es mir", sagte sie leise. „Ich habe nicht mehr viel Zeit."

Das Mädchen runzelte die Stirn und schüttelte den Kopf. „Sag das nicht, Großmutter. Du wirst sicher noch lange leben." Es legte seine Fühler um die der älteren Frau und so standen sie einige Zeit schweigend beieinander.

Trotz der Worte des Mädchens spürte Obi-Wan, dass es erkannte, dass seine Großmutter die Wahrheit gesagt hatte. Die alte Vorzydianerin sah recht zerbrechlich aus und es schien so, als würden ihre Lebenskräfte schwinden.

„An die Ar…" Die alte Frau hielt inne und sprach den traditionellen Gruß der Vorzydianer nicht zu Ende. „Also auf Wiedersehen", sagte sie lächelnd.

„Bis bald, Großmutter", gab das Mädchen beinahe flüsternd zurück. Doch es ließ noch ein paar Sekunden verstreichen, bevor es die Fühler seiner Großmutter losließ. Dann wandte es sich um und ging schnell aus dem Zimmer.

Obi-Wan verschwand hinter einer Ecke. Er war sich nicht sicher, ob das Mädchen ihn gesehen hatte. Er hatte leichte Schuldgefühle, denn das Treffen sollte sicher nicht bemerkt werden. Andererseits war er froh, jetzt zu wissen, dass es auf Vorzyd 4 auch emotionale Bindungen gab. Das machte ihm ein wenig Hoffnung.

Das Mädchen ging hastig den Korridor entlang und zur Tür hinaus. Obi-Wan folgte ihm. Die Nacht war dunkel und still. Außer den Schritten des Mädchens war keinerlei Geräusch zu vernehmen. Offensichtlich schlief der größte Teil der Bevölkerung.

Als das Mädchen nicht weit entfernt in ein Gebäude ging, tauchte eine andere Gestalt vor dem Wohnbau auf, in dem auch die Ports lebten. Es war ein Junge. Obi-Wan nahm an, dass es sich um Grath handelte, den Sohn der Ports. Er spürte einen leichten Anflug von Aufregung. Er hatte an diesem Abend bereits wertvolle Informationen gesammelt und konnte vielleicht noch mehr sammeln, bevor die Sonnen aufgingen.

Grath schaute sich vorsichtig um und ging über die Straße zur Shuttle-Plattform. Das überraschte Obi-Wan. Warum sollten die Shuttles in Betrieb sein, wenn doch fast alle im Bett lagen? Das wäre kaum effektiv.

Während sich Obi-Wan im Schatten versteckte, wartete Grath auf der Plattform. Es dauerte nicht lange und ein kleiner Wartungs-Shuttle hielt an der Station. Eine Sekunde später gingen die Türen auf und Grath stieg ein.

Obi-Wan wusste, dass er nicht ungesehen mit dem Shuttle mitfahren konnte. Es blieb ihm also nur eine einzige Möglichkeit …

Er suchte schnell die Außenseite des Fahrzeugs ab und fand eine Durastahl-Stange, die an der Außenseite um das ganze Dach herum führte. Sie befand sich ein paar Meter über seinem Kopf und sehr dicht am Fahrzeug. Obi-Wan war sich nicht einmal sicher, ob sie sein Gewicht tragen würde – oder ob er sich überhaupt richtig daran festhalten konnte. Es gab nichts, worauf er seine Füße hätte abstützen können und er hatte natürlich keine Ahnung, wie lange die Fahrt dauern würde.

Obi-Wan hatte nicht viel Zeit nachzudenken, denn die Türen schlossen sich schon wieder zischend. Er lief zu dem Shuttle, stieß sich vom Boden ab und bekam die

Stange zu fassen. Seine Finger reichten gerade um das Rohr herum und er konnte sich festhalten.

Das würde unbequem werden.

Der kleine Shuttle nahm Fahrt auf und es dauerte nicht lange, bis er mit Höchstgeschwindigkeit dahinschoss. Obi-Wan versuchte, seine schmerzenden Finger und Arme zu ignorieren, damit er sich auf die Unterhaltung konzentrieren konnte, die in dem Shuttle geführt wurde. Der Lärm des Fahrzeugs und der Wind in seinen Ohren machten das schon schwierig genug. Doch eine der Türen war offen und er bekam immer wieder Bruchstücke mit.

„Das Treffen …" „Bisher unser bestes …" „Die Aufmerksamkeit unserer Eltern …"

Während Obi-Wan zuhörte, wurde ihm immer klarer, dass er das Geheimnis von Vorzyd 4 gelüftet hatte. Die Kinder des Planeten hatten etwas vor; unter der Oberfläche geschah sehr viel mehr, als die erwachsenen Arbeiter wussten. Es war sogar denkbar, dass die Kinder für die Sabotage verantwortlich waren.

Obi-Wan fragte sich, was die Motive der Kinder waren – und was wohl ihr nächster Schlag sein würde – als er nach rechts sah. Der Shuttle war kurz davor, in unvermindertem Tempo durch einen kleinen Tunnel zu schweben. Und Obi-Wan würde nicht mit hindurch passen.

Kapitel 6

Obi-Wan presste sich so dicht wie möglich gegen die Seitenwand des Shuttles, als der in den Tunnel schoss. Die harte Oberfläche aus Durabeton streifte die Tunika an seinem Rücken, kratzte jedoch nicht an seiner Haut. Einen Augenblick später wurde der Tunnel breiter und der Shuttle begann kreischend abzubremsen.

Obi-Wan verlor beinahe den Halt. Unter Aufbringung seiner letzten Kraftreserven packte er noch einmal fest zu. Seine Knöchel traten weiß hervor und seine Fingerspitzen schmerzten. Doch er durfte nicht abstürzen und entdeckt werden. Endlich blieb der Shuttle stehen. Obi-Wan stieß einen erleichterten Atemzug aus und ließ sich vorsichtig auf den Boden gleiten.

Die Türen des Shuttles öffneten sich und Grath stieg mit dem Fahrer aus. Obi-Wan sah erst jetzt, dass es ein Mädchen war. Die beiden unterhielten sich angeregt, als sie in einem Durchgang verschwanden …

Obi-Wan folgte ihnen mit ein paar Schritten Abstand. Der Durchgang war dunkel und er musste vorsichtig gehen, da der Boden nicht völlig eben war.

Grath und das Mädchen gingen schnell durch ein Labyrinth von Korridoren und ein paar Treppen hoch. Obi-Wan fiel auf, dass die vorzydianischen Kinder wie ihre Eltern recht schnell liefen. Wegen der Effektivität, wie er annahm. Doch ihre angeregte Unterhaltung war mit der eigenartigen Kommunikation ihrer Eltern nicht zu vergleichen.

Die Treppen endeten in einem verlassenen Büro. Leere Schreibtische und verstaubte Stühle standen überall herum. Der große Raum war offensichtlich seit einiger Zeit nicht mehr benutzt worden. In einem großen, leeren Raum hatten sich ein paar Kinder versammelt. Obi-Wan beschloss, den Raum nicht zu betreten und sich draußen vor der Tür zu verstecken.

„Warum habt ihr so lange gebraucht?“, fragte eines der Kinder, als Grath und das Mädchen hereinkamen.

„Probleme mit dem Shuttle“, antwortete Grath langsam.

Es gab eine Pause und einen Augenblick befürchtete Obi-Wan, dass Grath ihn damit gemeint hatte. Er konnte sich allerdings nicht vorstellen, weshalb Grath vorgegeben hätte, ihn nicht zu sehen, wenn er ihn doch gesehen hatte.

„Nania kam später als verabredet", fügte Grath hinzu.

Obi-Wan seufzte erleichtert.

„Meine Eltern haben mich nicht aus den Augen gelassen", erklärte Nania. „Ich musste warten, bis sie im Bett waren."

„Na ja, jetzt bist du ja hier", sagte eine Jungenstimme. „Das Treffen der Freilinge kann offiziell beginnen."

Es war einen Moment lang still und die Kinder standen nur mit hängenden Armen da. Dann redeten alle auf einmal. Die Worte hallten von den Wänden wider: „Es muss geheim bleiben. Es muss friedlich bleiben. Es muss eine Überraschung sein."

Obi-Wan war beeindruckt, wie sehr sich der Chor der Stimmen von dem leisen Summen der Erwachsenen, das diese am Ende des Tages von sich gaben, unterschied. Die Stimmen der Kinder waren voller Energie.

Nachdem die Regeln ausgesprochen waren, begann das Treffen. Sofern Obi-Wan es einschätzen konnte, drehte es sich um ernsthafte Berichte der verschiedenen Jugendlichen über ihre neuesten Sabotageaktionen, die sie als ‚Streiche' bezeichneten. Sie erzählten einer nach dem anderen was sie unternommen hatten und wie es ausgegangen war. Ihre Stimmen verrieten Aufregung, aber alle Teenager warteten geduldig ab, bis sie an der Reihe waren. Das Treffen war voller Energie, lief aber geordnet ab.

„Wir haben die Verkehrszeichen verstellt und die Arbeiter kamen eine Stunde zu spät auf ihre Posten", berichtete ein Junge.

„Mein Vater war furchtbar wütend, als er nach Hause kam", sagte ein anderes Mädchen. „Aber ich sah, wie meine Mutter lächelte, als er ihr davon erzählt hat."

„Gut", sagte Grath. „Wir wollen sie zum Nachdenken bringen."

„Die falschen Arbeitsanweisungen, die wir heute in der Elektronikfabrik verbreitet haben, haben alle durcheinander gebracht", sagte jemand anderes. „Sie haben die Geräte tatsächlich den halben Vormittag lang falsch zusammengebaut."

„Ich habe gehört, wie diese Maschinchen Musik abgespielt haben, anstatt Statistiken vorzulesen", berichtete eine andere Stimme.

„Haben sie überhaupt gemerkt, dass es Musik war?", fragte ein Mädchen.

Obi-Wan war hin- und hergerissen, als er zuhörte. Er war sich nicht sicher, ob das, was die Kinder taten, richtig war. Er hatte selbst gesehen, wie viel Verwirrung und Stress es den Erwachsenen verursacht hatte. Und die Anschuldigungen gegen Vorzyd 5 waren ungerechtfertigt. Er musste allerdings zugeben, dass er – wäre er ein Kind auf Vorzyd 4 gewesen – viel Vergnügen bei derartigen Aktionen gehabt hätte. Vor allem angesichts der freudlosen, nur von Arbeit erfüllten Zukunft, die vor ihm liegen würde. Und diese Kinder *arbeiteten* gemeinsam, sie setzten ihren Verstand kreativ ein. Ganz abgesehen davon mochten und vertrauten sie sich und verließen sich aufeinander. Das war mehr, als die meisten Arbeiter von sich sagen konnten.

Außerdem, so argumentierte Obi-Wan vor sich selbst, wurde niemand verletzt. Die Regeln der Freilinge sagten klar und deutlich, dass die Aktionen friedlich sein sollten. Und obwohl er nicht sicher sein konnte, nahm er an, dass sie ein gutes Motiv hatten. Eines, an das auch Obi-Wan glauben konnte.

Plötzlich erschienen in Obi-Wans Gedanken wieder Bilder von Melida/Daan. Tod, Zerstörung …

Melida/Daan war ein Planet, der von einem Bürgerkrieg zerrüttet gewesen war, der Generationen gedauert hatte. Eine Gruppe, die sich Die Jungen nannte, hatte versucht, den Kämpfen ein Ende zu setzen. Obi-Wan hatte sehr stark an die Sache der Jungen geglaubt und er hatte sogar den Weg der Jedi verlassen, um ihnen zu helfen.

Die Entscheidung war falsch gewesen. Die Ideen der Jungen waren zwar gerecht und gut gewesen, die Situation hingegen kompliziert. Es hatte Kämpfe zwischen den Anführern und einen enormen Konflikt zwischen den Generationen gegeben. Viele der Jungen waren ums Leben gekommen und es hatte überall auf dem Planeten zahlreiche Opfer gegeben. Obi-Wan war in die Kämpfe verstrickt gewesen. Als alles vorüber gewesen war, hatte Obi-Wan sich ebenso zerrissen gefühlt wie es der Planet gewesen war. Er war dankbar gewesen, dass der Rat der Jedi sich einverstanden erklärt hatte, ihn wieder aufzunehmen. Er wusste aus Erfahrung, dass es gefährlich war, zu schnell an die Ziele anderer zu glauben.

Obi-Wan fühlte sich unter dem Tisch plötzlich beengt. Er brauchte Luft und Platz. Als er sich aufsetzte, fühlte er sich besser und er konnte sogar die Kinder in dem Zimmer nebenan sehen. Er bemerkte, dass ein paar von ihnen ihre Overalls mit Stofffetzen in leuchtenden Farben verziert hatten. Andere trugen selbst gemachte Hüte oder Stirnbänder. Die Gruppe unterhielt sich noch immer angeregt. Obi-Wan war so sehr in seine Beobachtungen vertieft, dass er nicht einmal sah, wie ein vorzydianisches Mädchen auf ihn zukam.

„He, was machst du denn hier draußen?", fragte es.

Obi-Wan schaute ertappt auf und zog schnell seine Kapuze hoch, um die Tatsache zu verbergen, dass er keine Antennen hatte. Glücklicherweise war das Bürogebäude recht dunkel.

„Es geht mir nicht gut", sagte Obi-Wan und stand langsam auf. „Ich bin hierher gekommen, um mich etwas auszuruhen. Aber ich glaube, es wäre besser, wenn ich nach Hause gehe."

Das Mädchen sah ihn neugierig an. „Was sind denn das für komische Kleider?", fragte es ihn.

Obi-Wan sah an seiner Jedi-Robe hinab. „Das ist mein neuer Bademantel. Ich musste mich in letzter Minute hinausschleichen und hatte keine Zeit, mich umzuziehen." Er warf einen Blick auf die einfache Tunika des Mädchens und hoffte, dass die Vorzydianer abends andere Kleider trugen. „Sieht komisch aus, nicht?", fügte er schüchtern hinzu.

„Schon", gab das Mädchen zurück. Obi-Wan schien es so, als wäre es misstrauisch, doch das Mädchen lächelte freundlich, als es den Korridor entlang und zur Tür hinaus ging.

Als sich Obi-Wan ebenfalls auf den Weg nach draußen machte und schließlich die Treppe hinablief, stieß er einen erleichterten Seufzer aus. So weit, so gut.

Kapitel 7

Qui-Gon öffnete die Augen und setzte sich in einer einzigen, flüssigen Bewegung auf. Das Zimmer war dunkel, aber er brauchte keinen Zeitmesser, um zu wissen, dass es sehr spät war. Er musste keinen Blick auf die leere Couch werfen, um zu wissen, dass das Zimmer immer noch leer war. Obi-Wan war noch nicht zurückgekehrt.

Wo ist er?, dachte Qui-Gon frustriert. *Er hätte sich mit mir absprechen sollen, bevor er ging.*

Er griff in seine Jedi-Robe, holte seinen Comlink hervor und schaltete ihn an. Er wollte gerade seinen Padawan kontaktieren, als ihn etwas dazu bewegte, es nicht zu tun.

Lass den Jungen ein paar Erkundigungen machen. Er ist kein Kind mehr, das dauernd Anweisungen braucht. Vielleicht tut er ja etwas Wichtiges. Und seine Ermittlungen könnten sich für die Mission als nützlich erweisen.

Qui-Gon legte mit einem Seufzer den Comlink zur Seite. Wieder wurde er mit Bildern seines Padawans bombardiert – Bilder eines talentierten, ungeduldigen Jungen, der zum Mann wurde. Er und Obi-Wan hatten eine Menge zusammen erlebt: Rache, Verrat, Krieg, Tod. Und es war nicht immer alles glatt zwischen ihnen verlaufen. Sie hatten beide einen starken Willen, und dabei war es manchmal zu Zusammenstößen gekommen. Andererseits hatten sie sich daran gewöhnt, auf den anderen zu bauen und ihm zu vertrauen. Sie waren mehr als ein hervorragendes Jedi-Team: Sie mochten einander und waren gute Freunde.

Als Qui-Gon sich in dem leeren Zimmer umsah, wünschte er, dass Obi-Wan für immer ein Junge blieb. Er wollte nicht, dass er sich veränderte und erwachsen wurde.

Wenn er erwachsen wird, verliere ich ihn, dachte er. *So wie ich Tahl verloren habe.*

Qui-Gon erschrak angesichts seiner Wünsche. Wie konnte er so etwas wollen? Obi-Wan musste sein eigenes Leben leben, seine eigene Bestimmung finden. Qui-Gon durfte sich nicht einmischen oder etwas anderes wünschen als das, was vorbestimmt war.

Als er sich wieder auf seine Schlafstatt legte, hielten ihn Schuldgefühle und Traurigkeit wach. Er versuchte, diese Emotionen durch sich hindurch und hinweg fließen zu lassen.

Es dauerte sehr lange, bis es geschah.

Qui-Gon schlief ruhig, als Obi-Wan zurückkam. Er konnte im Schlaf die Aufregung seines Padawans spüren, als sich die Tür hinter Obi-Wan schloss. Energie ging wie eine elektrische Spannung von dem Jungen aus. Qui-Gon wurde wach und setzte sich auf.

Obi-Wan schaltete ein gedämpftes Licht an und setzte sich auf seine Liege. „Meister", sagte er mit leuchtenden Augen. „Ich habe Neuigkeiten. Ich habe eine Menge Dinge herausgefunden, die für unsere Mission von Nutzen sein können."

Qui-Gon lächelte. Vor einem Jahr hätte Obi-Wan wie ein kleiner Jungen seine Neuigkeiten einfach erzählt, ganz gleich, worum es sich gehandelt hätte. Jetzt führte er sie trotz seiner aufgeregten Stimmung der Reihe nach auf.

„Erzähl", sagte Qui-Gon milde.

„Zwei Dinge", erklärte Obi-Wan. „Erstens sind die Vorzydianer sehr wohl in der Lage, emotionale Bindungen zu haben. Ich habe ein junges Mädchen mit seiner Großmutter gesehen und so wie sie miteinander umgingen, war es offensichtlich, dass sie einander sehr liebten."

Qui-Gon war froh über diese Neuigkeit. Irgendwie beruhigte es ihn, dass die Vorzydianer des vierten Planeten mehr Gefühle hatten, als sie normalerweise zeigten. „Und die andere Sache?"

„Das ist noch wichtiger", sagte Obi-Wan. „Vorzyd 5 ist definitiv nicht für die Sabotageaktionen verantwortlich."

Qui-Gon hob eine Augenbraue. „Ich nehme an, du wirst mir gleich verraten, wer es ist", sagte er.

Obi-Wan atmete hörbar ein. „Freilinge – die Kinder der Vorzydianer."

Qui-Gon schwieg einen Moment und ließ die Neuigkeiten auf sich wirken. Das veränderte ihre Mission entscheidend.

„Ich bin ein paar Kindern gefolgt und habe eines ihrer Treffen von einem Nebenzimmer mitgehört", erklärte Obi-Wan. „Wenn ich mich als vorzydianischer Junge ausgeben würde, könnte ich vorgeben, ihre Sache zu unterstützen und so Informationen über die Kinder einholen und das, was sie versuchen zu erreichen. Dann könnten wir ..."

„Auf keinen Fall", sagte Qui-Gon. „Verdeckte Aktionen sind nicht Teil unserer Aufgabe. Wir müssen Chairman Port über die Geschehnisse informieren."

Obi-Wan wollte schon etwas sagen, überlegte es sich aber sofort anders. Qui-Gon hatte das Gefühl, dass sein Padawan seine ganze Willenskraft einsetzen musste, um nicht vor Wut zu explodieren.

Obi-Wan nahm sich etwas Zeit, um seine Gedanken zu sortieren. Dann stand er auf, ging quer durch das Zimmer und drehte sich wieder um, um seinen Meister anzuschauen. Qui-Gon konnte fast sehen, wie sein Verstand arbeitete.

„Diese Gesellschaft ist zweifellos ungesund", sagte Obi-Wan schließlich in aller Ruhe. „Sie tut nichts für die Leute. Die Aktionen der Jugendlichen sind offensichtlich ein Hilfeschrei. Wenn wir nicht vorsichtig mit der Enthüllung ihrer Pläne sind, gehen wir das Risiko ein, alles zu gefährden. Wir könnten damit sogar jede Hoffnung auf eine Veränderung zunichte machen."

Obi-Wan schwieg eine Minute, sah aber seinem Meister die ganze Zeit in die Augen. Qui-Gon spürte, dass er nicht nachgeben würde.

„Den Vorzydianern wäre mehr geholfen, wenn wir beide Seiten auf die unvermeidbare Konfrontation vorbereiteten", schloss Obi-Wan. „Das wäre noch immer ein Vermittlungsgespräch, nur nicht zwischen den Parteien, zwischen denen wir es erwartet hatten."

Qui-Gon sah seinen Padawan an. Der stand in der Nähe der Tür und hatte die Arme über der Brust verschränkt. Seine Augen waren voller Entschlossenheit. Er glaubte einfach, dass dies der beste Weg war, die Mission fortzuführen.

Qui-Gon war anderer Meinung. Der Rat hatte sie nicht hierher geschickt, um verdeckt unter den Vorzydianern zu ermitteln. Sie müssten nun einfach erklären, dass Vorzyd 5 keine Schuld traf und Vorzyd 4 seine Probleme selbst regeln lassen. Die Jedi waren Friedenshüter, keine Politiker oder Spione.

Andererseits verliefen Mission nicht immer wie geplant. Dies war keine Ausnahme. Auf Vorzyd 4 war nichts so, wie sie es erwartet hatten. Das Abendessen bei den Ports war nicht nur anders, sondern steif und beklemmend gewesen. Das Verhältnis zwischen den Generationen konnte man wahrhaft als ungesund bezeichnen. Aber war das der Weg, es zu ändern? Und lag das überhaupt innerhalb ihrer Zuständigkeit?

Qui-Gon stand auf und ging in dem Zimmer auf und ab. Hatte er Obi-Wan nicht immer wieder gesagt, er sollte seinem Instinkt vertrauen? Wie konnte er dem Jungen diesen Ratschlag geben und ihn dann niemals danach handeln lassen?

Weil du Angst hast, ihn gehen zu lassen. Du hast Angst vor dem Tag, an dem du nicht mehr sein Meister sein wirst.

„Meister?" Obi-Wans Stimme unterbrach Qui-Gons Überlegungen. Er hatte nicht vorgehabt, so lange zu schweigen. Obi-Wan sah ihn an und wartete geduldig auf eine Antwort.

Qui-Gon atmete langsam aus. „Du kannst drei Tage lang Informationen sammeln", sagte er schließlich. „Aber du musst mich über alle Ereignisse auf dem Laufenden halten. Doch wenn du innerhalb dieser Zeit die Freilinge nicht davon überzeugen kannst, an die Öffentlichkeit zu treten und ihr Anliegen mit den Erwachsenen zu besprechen, muss ich Chairman Port von ihrer Rolle bei den Sabotageakten berichten."

Obi-Wan ließ die Arme fallen und lächelte. In seinen blauen Augen war deutlich seine Dankbarkeit zu erkennen. „Danke", sagte er.

Qui-Gon nickte. Er war sich ganz und gar nicht sicher, ob er die richtige Entscheidung getroffen hatte.

Kapitel 8

Obi-Wan begann sofort, seine nächsten Schritte zu planen. Er war etwas überrascht gewesen, dass Qui-Gon ihm die Leitung der Mission überlassen hatte, war aber auch froh darüber. Es war das erste Mal, dass Qui-Gon ihm so viel Verantwortung übergab.

Vielleicht sieht er mich jetzt langsam eher als einen Partner und weniger als Schüler, dachte Obi-Wan. Der junge Jedi hatte lange auf eine Chance wie diese gewartet – und jetzt war er entschlossen, seine Sache gut zu machen.

Obi-Wan lag auf seiner Schlafstatt und überdachte, was er bei dem Treffen der Freilinge gehört hatte. Je mehr er wusste, desto besser konnte er sich bei ihnen einschleichen. Er hatte das Gefühl, dass er gerade erst eingeschlafen war, als sein Meister ihn sanft weckte.

„Zeit aufzustehen“, sagte Qui-Gon. „Die Ports warten.“

Obi-Wan stand auf und zog sich schnell an. Doch als sie zur Wohnung der Ports kamen, war die Familie bereits aufgebrochen. Auf dem Tisch standen noch kalte Kibi und Patot Panak; die Jedi setzten sich hin und aßen davon, obwohl dass Essen nicht sonderlich appetitlich aussah.

In einer Nachricht auf dem Datenschirm des Hauses wurden die Jedi gebeten, baldmöglichst zum Büro von Chairman Port im Arbeitsbau zu kommen. Er wollte sofort Vorzyd 5 kontaktieren.

„Ich muss mir etwas einfallen lassen, um ihn davon abzuhalten", sagte Qui-Gon, als er in ein Panak biss.

Obi-Wan nickte. „Ich würde heute gern die Vorzyd-Schule besuchen, Meister", sagte er. „Es hat keinen Sinn, auf ein nächstes Geheimtreffen zu warten. Das wäre nur Zeitverschwendung."

„Das ist wahrscheinlich klug. Aber sei vorsichtig, Padawan." Er hielt einen Moment inne. „Und ich muss dir wahrscheinlich nicht sagen, dass du die Augen und Ohren offen halten musst, weil uns genau das so weit gebracht hat, wie wir jetzt sind."

Obi-Wan dachte einen Moment, dass sein Meister ihn zurechtwies, doch der blickte vergnügt drein, als er seinen Schüler über den Tisch ansah.

„Nein, ich glaube nicht, dass Ihr das sagen müsst", gab Obi-Wan zurück.

Als Qui-Gon den Wohnbau verlassen hatte, suchte

Obi-Wan Graths Kleidungscontainer und borgte sich einen farblosen Overall. Dann bastelte er sich einen provisorischen Turban aus seiner Robe, um seinen antennenlosen Kopf zu verstecken.

„Sieht nicht gerade top-modisch aus", sagte er zu seinem verdattert dreinschauenden Spiegelbild. Aber ein paar der Kinder, die er am Vorabend gesehen hatte, hatten umgearbeitete Kleider und selbst gemachte Hüte getragen – Versuche, sich abzuheben und anders auszusehen. Wenn er Glück hätte, würde niemand seinen Hut für eine Verkleidung halten, sondern als Beispiel für seine Selbstverwirklichung ansehen.

Mit einem letzten Blick in den Spiegel verließ Obi-Wan das Wohnhaus und ging zur Shuttle-Plattform. Es war spät am Morgen und die meisten waren bereits bei der Arbeit. Der Shuttle war beinahe leer.

Da die Stadt so ordentlich organisiert war, hatte Obi-Wan keine Probleme, die Schule zu finden. Er hatte angenommen, dass sie wie alle anderen Bauwerke auf Vorzyd 4 aussehen würde und er hatte Recht. Drei identische, unscheinbare Gebäude standen in einer Reihe und beherbergten Schüler verschiedenen Alters.

Als er um die Gebäude herum ging, spähte Obi-Wan in so viele Klassenzimmer wie möglich. Alle sahen gleich aus, nur das Alter der Schüler veränderte sich von Klassenzimmer zu Klassenzimmer. Mit starrem Blick schauten die Schüler auf große Schirme an der Vorderseite der Zimmer. Erwachsene standen dabei und paukten so viele Information wie möglich ein, wobei es sich zweifellos um Arbeitstechniken handelte. Das Ganze sah eher wie ein Arbeitslager und nicht wie eine Schule aus.

Doch Obi-Wan wusste aus Erfahrung, dass es in der Galaxis allerhand Arten von Schulen gab. Ihm fiel plötzlich der furchtbare Lern-Ring auf dem Planeten Kegan ein. Obwohl es warm war, fror er bei dem Gedanken daran, wie er und Siri, ein Padawan-Mädchen, eingesperrt worden waren.

In der dortigen Schule hatte man Kinder einer Gehirnwäsche unterzogen und so dazu gebracht, an Dinge zu glauben, die nicht stimmten. Schwierige und kranke Kinder waren eingesperrt worden – für immer. Vorzyd 4 war sicher nicht der einzige Ort, an dem Kinder daran gehindert wurden, eigene Vorstellungen zu entwickeln. Zum zweiten Mal an diesem Morgen war Obi-Wan froh, dass sein Meister ihm gestattet hatte, den Verlauf dieser Mission selbst zu gestalten. Dass er versuchen konnte, auf seine Art ein Problem zu lösen. Er wollte weder Qui-Gon noch sich selbst enttäuschen. Daher war er entschlossener denn je, seinen Plan erfolgreich durchzuführen.

Obi-Wan bog um eine Ecke und spähte durch ein kleines, rechteckiges Fenster. Dahinter lag ein kleiner, karger Raum. Grath und ein paar andere Kinder, die an dem

Treffen in der Nacht zuvor teilgenommen hatten, saßen darin auf ein paar Liegen. Der Raum sah aus wie ein Krankenzimmer, doch keines der Kinder schien krank zu sein. Sie saßen ganz im Gegenteil aufrecht da und unterhielten sich angeregt.

Obi-Wan ging etwas näher an das Fenster in der Hoffnung, mehr sehen zu können und vielleicht etwas zu hören, was die Kinder sagten. Doch im gleichen Moment ging die Tür auf und ein erwachsener Vorzydianer kam in den Raum. Die Kinder legten sich sofort hin und taten so als wären sie krank oder eingeschlafen. Der Erwachsene sah sich jedes der Kinder an und blieb dann besonders lange bei Grath stehen. Schließlich drehte er sich um und verließ – offensichtlich zufrieden – das Zimmer.

Kaum hatte sich die Tür hinter ihm geschlossen, richteten sich die Kinder wieder auf und setzten ihre Unterhaltungen fort. Ein Mädchen sprang von der Liege und gestikulierte mit den Händen, um zu betonen, was es sagte. Obi-Wan erkannte in ihm das Mädchen, das ihn am Tag zuvor bei dem Treffen entdeckt hatte.

Es schien so, als planten die Kinder etwas.

Obi-Wan ging von dem Fenster weg und konzentrierte sich auf seine Körpertemperatur. Er spürte schon bald, wie seine Glieder von einer unnatürlichen Wärme erfüllt wurden – er hatte sich selbst Fieber verschafft. Ein vorzydianisches Fieber, wie er hoffte.

Obi-Wan ging um das Gebäude herum und fand den Eingang zu dem Krankenzimmer. Er öffnete ihn und ging hinein.

„Der Knopf!", rief jemand.

„Schnell!", rief eine andere Stimme.

„Die Tür!"

Nach einer verwirrten Sekunde begriff Obi-Wan. Die Kinder wollten, dass er die Tür offen hielt – sie konnten sie von innen anscheinend nicht öffnen. Obi-Wan konnte gerade noch verhindern, dass sich die Tür schloss, indem er einen Knopf drückte. Die vier Kinder sprangen von ihren Liegen auf und rannten in das Sonnenlicht hinaus.

„Was ist mit Tray passiert?", fragte Grath, als er sich zu Obi-Wan umdrehte.

Der junge Jedi zuckte mit den Schultern und hoffte, dass das als Antwort genügte.

„Wie auch immer", sagte das Mädchen mit den lebhaften Händen. „Ich bin froh, dass uns überhaupt jemand herausgelassen hat. Es wurde langsam etwas schwierig, den Mediziner davon zu überzeugen, dass wir überhaupt krank waren."

„Los", sagte Grath und sah sich um. „Lasst uns hier verschwinden, bevor uns jemand sieht."

Die Kinder unterhielten sich weiter, als sie auf einem Durabeton-Weg vom Schulbau wegliefen.

„Ich finde, wir sollten das nächste Mal versuchen, dass

noch mehr Kinder den Unterricht verlassen können", sagte einer der Schüler, ein kleiner Junge. „Lehrer Nelo ist so besessen von seinen Lektionen, dass es ihm wohl kaum aufgefallen würde."

„Wir dürfen nicht riskieren, entdeckt zu werden", gab ein Mädchen zurück. Obi-Wan glaubte, dass es die Shuttle-Fahrerin vom Abend zuvor war, aber er war sich nicht sicher.

Die Gruppe war jetzt schon recht weit vom Schulbau weg und so verlangsamten alle ihren Lauf in ein zügiges vorzydianisches Gehen.

„Der neue Plan ist schon kompliziert genug, da sollten wir nicht noch mehr Freilinge einweihen", erklärte Grath. „Wir müssten sie dazu bringen, sich auf *ihren* Teil des Planes zu konzentrieren: Die Kinder, die die Regeln blind befolgen, dazu zu bringen, anders zu denken."

Grath drehte sich zu dem Jungen um. „Aber es ist immer gut, vorauszudenken, Flip", fügte er hinzu.

Grath lächelte den Jungen an, der sofort strahlte. Flip sah offensichtlich zu dem Anführer der Freilinge auf.

Grath lief ein paar Schritte weiter – noch immer rückwärts – und drehte sich um. „Also an die Arbeit?", rief er lächelnd.

Die anderen kicherten und liefen ihrem Anführer hinterher. Obi-Wan spürte einen Energieschub, als er sich beeilte, um den Anschluss nicht zu verlieren.

Kapitel 9

Gleichförmige Gebäude zischten am Fenster vorbei, als Qui-Gons Shuttle zum Arbeitsareal der Stadt fuhr. Der Ausblick war alles andere als inspirierend und Qui-Gons Gedanken schweiften immer wieder zu Obi-Wan ab.

Qui-Gon hatte vor dem Wohnbau der Ports gewartet und gesehen, wie sein Padawan in den Shuttle eingestiegen war, der zur Schule fuhr. Er hatte nicht hinter dem Jungen her spionieren wollen, aber irgendetwas hatte ihn dort gehalten. Als er gesehen hatte, wie sein Padawan selbstsicher an Bord des Shuttles gegangen war, hatte Qui-Gon denselben Stich in der Brust verspürt wie am Abend zuvor.

Das Gefühl war ihm neu und so unbekannt, dass es ihn bedrückte. Er fragte sich, weshalb er Obi-Wan nur so zögerlich die Führung der Mission überlassen wollte. Hatte er Angst, den Jungen zu verlieren oder machte er sich über dessen Sicherheit Sorgen?

„Produktionssektor sieben“, sagte eine gelangweilt klingende Stimme.

Qui-Gon war beinahe überrascht, dass er an seinem Ziel angekommen war – und gleichzeitig dankbar für die Ansage. Es gab keinerlei Hinweise anhand derer er den Weg zurück zum Büro der Multycorp gefunden hätte, das er erst am Tag zuvor besucht hatte. Als er hinter ein paar anderen Arbeitern aus dem Shuttle stieg, versuchte Qui-Gon, seine Gedanken zu ordnen.

Um ihn herum eilten Vorzydianer zu ihren Stationen. Qui-Gon fragte sich, woraus diese Wesen ihre Begeisterung für die Arbeit bezogen. Sie schienen es furchtbar eilig zu haben, zur Arbeit zu kommen; sie wirkten beinahe verzweifelt.

Als Qui-Gon in den Turbolift zur vierundzwanzigsten Etage stieg, dachte er darüber nach, wie er Chairman Port bremsen konnte. Doch schon lange bevor er dessen Büro erreichte, spürte er, dass etwas nicht in Ordnung war. Plötzlich dämmerte es ihm, dass die Vorzydianer, die mit ihm aus dem Shuttle gestiegen waren, nicht nur deshalb aufgeregt waren, weil sie schnell zur Arbeit kommen wollten.

Die Turbolifttür öffnete sich auf der vierundzwanzigsten Etage. Als Qui-Gon ausstieg, wurde er von einer alarmierenden Szenerie begrüßt – und den passenden Geräuschen dazu.

Ein tiefes, insektoides Summen – um einiges eindringlicher als das, das der Jedi am Abend zuvor gehört hatte – erfüllte den ganzen Raum. Arbeiter wiegten sich wie verstörte Kinder in ihren Stühlen vor und zurück und murmelten vor sich hin.

Im Besprechungszimmer umkreiste Chairman Port den großen Tisch immer wieder. Seine Antennen vibrierten und seine Augen sahen größer als sonst aus. Als Qui-Gon eintrat, sprang Port ihn beinahe an.

„Endlich", sagte er. Seine Stimme klang höher als sonst. „Es hat wieder einen Angriff gegeben. Wir müssen Kontakt mit Vorzyd 5 aufnehmen! Sofort!"

„Beizeiten", sagte Qui-Gon ruhig. „Sagt mir erst, was passiert ist."

„Es ist furchtbar", sagte Chairman Port und ging immer schneller um den Tisch herum. „Der bislang schlimmste Vorfall. Der Zentrale Operations-Computer. Er kontrolliert das komplette Produktionsraster. Er arbeitet nicht mehr. Keiner von uns arbeitet."

Qui-Gon schien es, als würde Chairman Port gleich in Tränen ausbrechen – oder in dieses unverständliche Summgeräusch verfallen. Qui-Gon musste das Regierungsoberhaupt beruhigen. Ohne Ports Hilfe konnte er die restlichen Vorzydianer wahrscheinlich nicht davon abhalten, in Panik zu verfallen.

Qui-Gon ging auf die andere Seite des Raumes und

stellte sich Chairman Port in den Weg. Der blieb gezwungenermaßen stehen.

„Zuerst einmal sagt mir, wo der Zentrale Operations-Computer ist", bat Qui-Gon mit fester Stimme. „Dann habe ich Arbeit für Euch."

Chairman Port sah zu dem großen Jedi auf. Qui-Gon erkannte, wie sich in dessen Gesicht etwas veränderte, so als wäre ihm plötzlich klar geworden, dass er sich zusammenreißen musste. Er wusste nur nicht, ob Port überhaupt dazu in der Lage war. „Ja, ja, ja", sagte er. „Wir müssen wieder an die Arbeit. An die Arbeit." Seine Antennen schienen sich ein wenig zu beruhigen.

„Der Operations-Computer", wiederholte Qui-Gon.

„In der ersten Unterebene. Nehmt dem Turbolift nach S Eins."

Qui-Gon nickte. „Kontaktiert die Techniker und kündigt an, dass ich komme. Und wenn Ihr das getan habt, müsst Ihr den Arbeitern Aufgaben zuweisen. Redet mit den Vorarbeitern. Beschäftigt alle, bis die Computer wieder laufen. Es ist vollkommen egal, was sie tun. Stellt nur sicher, dass sie etwas zu arbeiten haben und dass es ihnen gut geht. Das ist Eure *Arbeit.*" Qui-Gon betonte das letzte Wort.

Chairman Port nickte. Er schien erleichtert zu sein, eine Aufgabe zu haben, und Qui-Gon hoffte, dass einfache Arbeiten auch die anderen Vorzydianer beruhigen würden. Aber er hatte keine Zeit, zu warten und sich davon zu überzeugen.

Verwirrte Arbeiter quetschten sich in den Turbolift. Ein paar von ihnen wiegten sich vor und zurück. Andere hielten sich die Ohren zu. Anstatt sich zur konsternierten Menge zu gesellen, ging Qui-Gon zur Treppe und eilte zu Fuß hinunter.

Als er im dreiundzwanzigsten Stockwerk ankam, verstand Qui-Gon, weshalb so viele Vorzydianer sich die Ohren zuhielten. Die Computer auf dem dreiundzwanzigsten Stockwerk schalteten sich dauernd an und ab und gaben dabei ein unangenehm schrilles Heulen von sich. Er konnte sich vorstellen, dass dieses Geräusch für die Vorzydianer und ihre empfindlichen Ohren um einiges schlimmer war als für ihn. Er empfand das Geräusch lediglich als irritierend und chaotisch. Doch er lauschte lange genug, um feststellen zu können, dass das Geräusch einem bestimmten Muster folgte.

Das Chaos wurde größer, je weiter Qui-Gon die Treppen hinabging. Auf Montage Acht schalteten sich die Maschinen ebenfalls an und ab und gaben schrille Geräusche von sich. Die Arbeiter waren völlig verzweifelt. Sie standen zuckend an den Wänden, während ein matschiges Nahrungsprodukt auf ein Förderband und von dort auf den Boden quoll.

Auf Verpackung Vier war es nicht besser. Riesige Bottiche, die eigentlich unter Füllrohre gehörten, waren stehen geblieben. Getreide rieselte aus den Rohren und bildete überall auf dem Stockwerk kleine Haufen und eine rutschige Gefahrenquelle für die ratlosen Vorzydianer. Ein paar gestürzte Arbeiter ruderten auf dem Boden mit den Armen, während andere nur zusahen. Sie waren offensichtlich außerstande, ihnen zu helfen.

Qui-Gon schüttelte den Kopf. Die Hilflosigkeit der Vorzydianer angesichts unvorhergesehener Ereignisse war extrem. Er konnte sich nicht erinnern, wann er zum letzten Mal mit so unflexiblen Denkstrukturen konfrontiert war. Im Leben eines Jedi liefen die Dinge selten nach Plan. Flexibles Denken war für einen Jedi essenziell.

Schließlich erreichte Qui-Gon die erste unterirdische Ebene. Hier gab es nur wenige Vorzydianer, sodass er die verschiedenen Töne der Maschine besser voneinander unterscheiden konnte. Als Qui-Gon einen Augenblick stehen blieb und lauschte, musste er beinahe laut lachen. Doch er hielt inne, als er einen Schrei hörte. Die Vorzydianer konnten über die Situation nicht lachen.

Qui-Gon lief den Durabeton-Korridor entlang und fand eine vorzydianische Frau, die in einem Raum voller Schaltelemente stand. Ein paar davon hatten offensichtlich einen Kurzschluss und die arme Kreatur starrte sie voller Entsetzen an, wobei sich ihre Arme zuckend auf und ab bewegten. Sie wusste wohl nicht, was sie tun sollte.

Qui-Gon hätte die Frau gern beruhigt, doch er wusste, dass es wichtiger war, schnell zum Zentralen Operations-Computer zu kommen. Er drehte um und lief den Korridor zurück.

Der Techniker an dem riesigen Terminal drückte wie wild auf Knöpfe, doch die Displays gaben nichts weiter als ein Blinken von sich. Er zuckte zusammen, als er Qui-Gon sah, obwohl klar war, dass er ihn erwartet hatte.

„Nichts ist kaputt", jammerte er. „Es gibt keinen elektrischen oder mechanischen Schaden. Das ist einfach nicht logisch."

„Das ist kein mechanischer Schaden", stimmte Qui-Gon zu. „Aber es steckt eine Logik dahinter. Euer Computer spielt Musik. Er dirigiert die Maschinen in diesem Gebäude, ein bestimmtes Lied zu spielen."

„Ein was?", fragte der Techniker und hörte auf, die Knöpfe zu drücken. Er starrte Qui-Gon an.

„Irgendjemand hat mit Eurem System herumgespielt", erklärte Qui-Gon. „Euer Computer macht Musik."

Der Techniker sah ihn voller Abscheu an. „Das passt zu Vorzyd 5", schnaubte der Techniker. „Sie spielen Spiele. Das ist alles, was sie tun. Spielen verhindert Produktivität."

Qui-Gon schwieg, als er dem Techniker dabei half, das fehlerhafte Kommando zu finden und zu ändern. Als sie wussten, wonach sie suchten, dauerte es nicht lange.

Und sobald der Fehler behoben war, hörten auch die Geräusche im Gebäude schlagartig auf.

Es war beinahe vollkommen still auf der Unterebene, als Qui-Gon einen vertrauten Schrei hörte. Er ließ den Techniker stehen und lief den Korridor entlang. Die vorzydianische Frau, die er vorhin gesehen hatte, schrie jetzt wieder, doch ihre Arme und Fühler bewegten sich nicht mehr. Sie schien vor lauter Angst gelähmt zu sein.

Qui-Gon hatte angenommen, dass auch die Schaltelemente, vor denen sie stand, in das Computersystem eingebunden waren. Er hatte angenommen, dass sie wieder in Gang kommen würden, nachdem das Computerproblem einmal gelöst war.

Doch er hatte sich getäuscht.

Als er genauer hinsah, stellte Qui-Gon fest, dass er vor den Schaltkontrollen für das Arbeitsareal der gesamten Stadt stand. Das war das Produktionsraster, von dem Chairman Port gesprochen hatte. Der Kontrollbereich, der das Gebäude darstellte, war in Ordnung. Aber es hatte wohl eine Kettenreaktion gegeben und in der ganzen Stadt versagten Schaltbereiche ihren Dienst, einer nach dem Anderen. Die Frau neben ihm zeigte auf den nächsten Bereich, der sich abschalten würde.

„Das ist das Kinderkrankenhaus", wimmerte sie. „Dort darf auf keinen Fall die Energieversorgung ausfallen."

Seinem Instinkt folgend, rannte Qui-Gon zurück zum

Zentralen Operations-Computer. Wenn er das Netzwerk abschalten und das System von Hand bedienen könnte, würde er diese Kettenreaktion vielleicht aufhalten können. Wenn nicht, würde dieser Sabotageakt mehr als nur Chaos bringen.

Er würde Tod bringen.

Kapitel 10

Obi-Wan trabte ein paar Schritte hinter Grath und den anderen Kindern her. Er hatte zugegeben, dass eines der Mädchen, Pel, ihn in der Nacht zuvor im ‚Bademantel' gesehen hatte. Glücklicherweise schien es in keinster Weise misstrauisch sein.

Das andere Mädchen, Nania, hatte eine ihm bekannt vorkommende Stimme. Sie musste den Shuttle gelenkt haben, an den Obi-Wan sich geklammert hatte. Aber bislang hatte ihn noch niemand enttarnt.

Obi-Wan wartete darauf, dass ihn eines der Kinder fragte, wer er sei, und weshalb er ihnen folgte. Aber das geschah nicht. Es schien sie nicht zu interessieren, nachdem Grath Obi-Wan von Anfang an akzeptiert hatte. Vielleicht waren die Freilinge aber auch eine so große Gruppe, dass sie sich nicht alle kannten.

Das war unerheblich, solange die Schüler Obi-Wan mitkommen ließen. Je mehr Zeit er mit ihnen verbrachte, desto einfacher würde es sein, ihr Vertrauen zu gewinnen – und sie letztlich davon zu überzeugen, das Richtige zu tun.

Obwohl er liebend gern gewusst hätte, wohin sie gingen, wollte Obi-Wan seine Tarnung nicht gefährden, indem er irgendwelche Fragen stellte. Es war besser zuzuhören. Unglücklicherweise wurde jetzt nicht mehr viel gesprochen.

Ungefähr einen Kilometer von der Schule entfernt ging die kleine Gruppe aus Freilingen zu einer großen Müllverwertungsanlage. In einer der Hallen begannen Flip und Nania, Trümmerstücke von einem großen Haufen zur Seite zu werfen. Obi-Wan war sich nicht sicher, was er tun sollte.

Er fragte sich, ob der nächste Streich wohl etwas mit Müll zu tun haben würde und nahm ebenfalls ein Stück weg. Dann räumte Nania ein großes Wrackteil von dem Haufen zur Seite und Obi-Wan sah darunter etwas, das ihm bekannt vorkam. Es war der Anhänger des Shuttles, an den er sich gestern geklammert hatte. Die Freilinge hatten ihn offensichtlich hier abgestellt.

„Steigt ein“, sagte Flip und zeigte auf eine Schiebetür. Die Kinder betraten das Fahrzeug. Nania setzte sich auf den Pilotensitz und die Repulsorlift-Generatoren erwachten brüllend zum Leben. Trümmer und Staub rutschen von der Windschutzscheibe ab.

„Festhalten", sagte Nania über die Schulter. Mit einem Satz und einem Vibrieren kam das kleine Fahrzeug aus dem Müllhaufen frei und zischte aus der Halle.

Flip, der sich offensichtlich nicht gut genug festgehalten hatte, landete in Graths Schoß.

„Was sie wohl jetzt gerade in den Büros der Multycorp machen?", fragte er den älteren Jungen grinsend.

Grath schob Flip mit einem Lachen zur Seite. „Ich weiß es nicht", sagte er verschmitzt. „Tanzen?"

Obi-Wan verstand den Witz nicht, lachte aber zusammen mit den anderen Kindern. Als das Lachen abklang, sprach Grath weiter.

„Aber morgen werden sie wohl kaum tanzen. Morgen werden sie gehen."

Grath klang ernst und die Stimmung im Shuttle änderte sich. Die Gruppe schien jetzt für den nächsten Plan bereit zu sein. Obi-Wan wusste nur noch immer nicht, was sie planten.

Im hinteren Bereich des Shuttles gab es nicht viel Licht und Obi-Wan musste sich gut festhalten, um bei Nanias Fahrstil nicht hin und her geworfen zu werden. Als er sich auf die nächste Kurve vorbereitete, fiel ihm plötzlich etwas auf, was ihm bisher entgangen war. Der Shuttle war mit kleinen, selbst gemachten Sprengsätzen beladen.

Mit einer letzten, halsbrecherischen Wendung brachte Nania den Shuttle in einer Transportbucht zum Stehen. Grath, Flip, Pel und Nania griffen sich die kleinen Sprengladungen und liefen aus dem Wartungsfahrzeug. Trotz einer Vorahnung nahm Obi-Wan ebenfalls ein paar Sprengsätze und folgte ihnen.

„Pel, Nania, ihr beide übernehmt den Ostflügel", wies Grath an. „Wir machen den Rest."

Obi-Wan sah voller Beklemmung zu, wie Grath mit den Sprengsätzen unter einen der Shuttles kroch. Er musste herausfinden, was sie vorhatten – und zwar sofort. Es schien so, als wollten Grath und Flip die Sprengsätze unter den Passagierkabinen befestigen. Hatten sie etwa vor, die Fahrzeuge zu sprengen, während Passagiere darin saßen?

„Ich habe vergessen, wann wir die Dinger zünden wollen", sagte Obi-Wan so ungezwungen wie möglich, als er neben Grath unter den Shuttle kroch und an einem der Sprengsätze zu hantieren begann.

Grath sah Obi-Wan seltsam an. „Keine Sorge. Niemandem wird etwas zustoßen. Das ist eine unserer Regeln, weißt du es nicht mehr? Wir verstecken die Sprengsätze, damit sie während der Abendfahrten niemand sieht. Heute Nacht, wenn die Shuttles wieder im Hangar stehen, zünden wir sie ferngesteuert. Morgen, wenn dann alle bereit sind, zur Arbeit zu gehen … na ja. Sie werden auf jeden Fall nicht die normalen Transportmittel zur Verfügung haben." Ein Lächeln machte sich auf Graths Gesicht breit, aber Obi-Wan machte sich zu große Sorgen darüber, was alles schiefgehen konnte, um das Lächeln erwidern zu können. Dieser Plan war gefährlich – um einiges gefährlicher als das Vertauschen von ein paar Daten auf einem Display oder einen Computer mit falschen Daten zu füttern.

Grath bemerkte, dass Obi-Wan nicht lächelte. „Keine Sorge“, sagte er noch einmal etwas ruhiger. „Wir werden wirklich niemanden umbringen. Wir wollen sie nur wachrütteln.“

Obi-Wan rang sich ein Lächeln ab und nickte. „Also an die Arbeit?“, fragte er.

„Morgen nicht!“, gab Grath lachend zurück.

Kapitel 11

Qui-Gon holte tief Luft und betätigte einen Schalter. Der Bildschirm vor ihm wurde zuerst dunkel und leuchtete dann wieder auf. Das Geschrei im Korridor hörte endlich auf. Die Schaltbereiche waren nicht mehr kurzgeschlossen und für das Kinderkrankenhaus bestand keine Gefahr mehr. Aber es war knapp gewesen – nur allzu knapp.

Qui-Gon seufzte. Er wusste, dass er nun Chairman Port über das bevorstehende nächste Desaster informieren musste – eine Aufgabe, die er nicht gerade schätzte. Vielleicht war es ein Fehler gewesen, Obi-Wan drei Tage zu gewähren. Nach diesem letzten Streich der Freilinge würde es noch schwieriger werden, den nervösen Vorzydianer aufzuhalten.

Vielleicht sogar unmöglich, dachte er, als er zurück in den vierundzwanzigsten Stock ging. Er war nicht auf das vorbereitet, was er sah, als er in das Besprechungszimmer kam.

Chairman Port stand vor einem großen Hologramm einer streng aussehenden Vorzydianerin mit einem Turban auf dem Kopf. Es war Felana, die Regentin von Vorzyd 5.

„Was soll das bedeuten?", fragte Felana. „Ihr wagt es, Vorzyd 5 der Sabotage zu beschuldigen, nachdem Ihr uns bereits beleidigt habt, indem Ihr alle unsere Botschafter Eures Planeten verwiesen habt? Ich verstehe Euch nicht, Chairman Port."

„Hier ist der J... J... Jedi", stammelte Port. Er winkte Qui-Gon neben sich vor den Holoprojektor. „Er kennt die Wahrheit und wird sie Euch mitteilen."

Felana sah jetzt noch wütender aus. „Ihr habt Beistand von außen gerufen? Glaubt Ihr denn, dass das Eure grundlosen Anschuldigungen unterstützen wird?"

Einen Moment lang wusste Qui-Gon nicht, was er tun sollte. Dies war sicher nicht die Art und Weise, wie eine Schlichtung ablaufen sollte. Chairman Port hatte ihn in eine unangenehme Lage gebracht. Jetzt war es ihm unmöglich, sich als neutralen Beobachter vorzustellen. Ihm wurde klar, dass er nichts weiter tun konnte als den Schaden auf ein Minimum zu begrenzen.

„Sagt es ihr!", kreischte Chairman Port den Jedi an. „Sagt ihr, was sie unserem Planeten angetan hat!"

„Es reicht!", tobte Felana. „Wir haben uns lange genug von Euch an der Leine führen lassen, Chairman Port.

Und jetzt beschuldigt Ihr uns auch noch zu unrecht. Wir werden diese Anschuldigungen allerdings nicht tolerieren!"

Qui-Gon legte Port eine Hand auf die Schulter. Unter Zuhilfenahme der Macht beruhigte er den erregten Vorzydianer so weit, dass er nichts sagte, was er bereuen würde. Dann wandte er sich Felanas Bild zu.

„Bitte nehmt Chairman Ports Entschuldigung an", sagte Qui-Gon und verneigte sich. „Vorzyd 4 wurde jüngst von terroristischen Aktivitäten heimgesucht und er wollte Euch lediglich auf diesen Umstand hinweisen, damit Ihr auf Eurem Planeten nach ähnlichen Vorkommnissen Ausschau halten könnt."

Qui-Gon sah an Felanas Gesichtsausdruck, dass sie ihm nicht glaubte. Doch sie widersprach ihm auch nicht.

„Bitte teilt Chairman Port mit, dass ich seine Besorgnis zu schätzen weiß, und versichert ihm, dass Vorzyd 5 für einen Kampf gerüstet ist", sagte Felana kühl. „Vorzyd 5 lässt sich nicht erniedrigen. Wir sind in diesem System nicht mehr länger der schwächere Planet. Wir brauchen nur eine Gelegenheit, um unsere Stärke zu demonstrieren."

Qui-Gon dankte Felana und beendete die Übertragung. Er nahm ihre letzte Bemerkung als das zur Kenntnis, was sie war: eine Drohung.

Wenn Vorzyd 4 den fünften Planeten weiterhin illegaler Aktivitäten beschuldigte, würden die Konsequenzen höchstwahrscheinlich grauenhaft sein.

Krieg.

Qui-Gon ging im langen Korridor des Altenheims auf und ab, während er auf seinen Padawan wartete. Zwar hätte er ihn einfach per Comlink kontaktieren können, doch er wollte keinesfalls die Tarnung des jungen Jedi gefährden und ihn damit in Gefahr bringen. Außerdem wollte er die Zeit nutzen und nachdenken, was er Obi-Wan sagen wollte, wenn der auftauchte.

Qui-Gon erreichte das Ende des Korridors und drehte auf dem Absatz um. Wenn er Obi-Wan die versprochenen drei Tage nicht gewährte, würde der Junge den Eindruck bekommen, dass er ihm nicht vertraute. Doch die Dinge entglitten ihm langsam. Wenn Qui-Gon schweigen würde …

Qui-Gons Überlegungen wurden plötzlich von einer zögerlichen Frauenstimme unterbrochen. „Entschuldigt bitte“, sagte sie.

Qui-Gon hatte den Korridor mit seinen langen Schritten mindestens ein Dutzend Mal durchquert, ohne die offene Tür zu bemerken. Jetzt blieb er davor stehen und sah zu der alten Vorzydianerin hinein, die ihn in das Zimmer bat.

„Es tut mir Leid“, sagte sie und sah nervös Qui-Gons

hoch gewachsene Gestalt an. „Ihr seid doch kein Arbeiter, oder? Ich dachte, Ihr wäret vielleicht ein Arbeiter, der zu Besuch kommt. Die Arbeiter scheinen anzunehmen, dass das Leben endet, wenn man nicht mehr arbeitet. Aber ich habe draußen jemanden gehört und ich dachte ..."

„Ich würde Euch gern besuchen", sagte Qui-Gon sanft. Obwohl er mit seinen Gedanken ganz woanders war, fühlte er mit dieser Frau.

„Oh, das würdet Ihr? Ich bekomme nicht viel Besuch. Und bitte versteht mich nicht falsch – ich mache ihnen keine Vorwürfe. So sind die Vorzydianer nun einmal."

Qui-Gon folgte der Frau in ihr kleines Zimmer und setzte sich ihr gegenüber auf einen Stuhl. Sie fragte ihn nicht, wer er sei, sondern redete einfach weiter. Offensichtlich genoss sie es, dass ihr jemand zuhörte.

„Wisst Ihr, wir leben für die Arbeit. Niemand ist sich darüber im Klaren, dass es auch ein Leben nach der Arbeit gibt. Niemand weiß das. Ich wünschte, ich könnte einfach sterben so wie die anderen. Aber da ist ja noch Tray. Tray kommt noch zu mir. Sie sagt, dass sich alles verändern wird. Ich möchte ihr so gern glauben, aber es sind doch noch Kinder ..."

Die Frau hielt inne und legte den Kopf zur Seite. Draußen im Korridor hörte Qui-Gon Schritte von Stiefeln. Obi-Wan.

Qui-Gon entschuldigte sich und ging in den Korridor hinaus. Seine kurze Unterhaltung mit der Ruheständlerin hatte bei ihm neue Fragen aufgeworfen. Es gab noch eine Menge Dinge, die er die Frau fragen wollte, doch das musste wohl warten. Im Moment musste er mit seinem Padawan sprechen.

Kapitel 12

„Die Shuttles sollen heute Nacht hochgehen, wenn alle schlafen. Grath hat mir versichert, dass niemand in der Shuttle-Bucht sein wird." Obi-Wan versuchte, zuversichtlich zu klingen, als er seinem Meister von der Sabotageaktion der Freilinge erzählte. Er wollte die Unruhe verbergen, die ihn aufwühlte. Er hatte schon jetzt das Gefühl, dass die verdeckten Ermittlungen zu lange dauerten. Er wünschte, er wäre in der Lage gewesen, die Kinder davon abzuhalten, die Sprengsätze zu befestigen, hatte aber keine Möglichkeit gefunden. Es war noch zu früh gewesen, seine Identität aufzudecken.

Qui-Gon schwieg.

„Sie wollen niemandem wehtun", fügte Obi-Wan hinzu.

„Dennoch werden sie jemanden verletzen", sagte Qui-Gon schließlich. „Heute wurden schon beinahe Einwohner verletzt."

Obi-Wan wusste, dass sein Meister Recht hatte. Die Freilinge gingen tatsächlich zu weit und es stand mehr auf dem Spiel, als ihnen klar war. Sie wollten nichts weiter, als ihren Eltern zeigen, dass sie am Leben waren, dass sie mehr von ihnen erwarteten als nur eine Arbeitsausbildung. Aber das alles geriet in falsche Bahnen.

Jetzt fragte sich Obi-Wan, ob der Plan, sie aufzuhalten, auch falsch war. Als er Qui-Gon in die Augen sah, schien es ihm, als ob sein Meister ebenfalls an ihm zweifelte.

„Ich fürchte, die Sabotageakte haben eine neue Dimension erreicht. Die Kinder wissen nicht mehr, was sie tun. Heute hat Chairman Port die Regentin von Vorzyd 5 kontaktiert. Sie war außer sich über seine Anschuldigungen und kündigte Maßnahmen für den Fall an, dass das nicht aufhört. Außerdem gab es einen Übergriff auf den Zentralen Operations-Computer. Wäre ich nicht da gewesen, um zu helfen, hätte das zu einem Ausfall der Energieversorgung für die ganze Stadt führen können. Und zu vielen Toten."

Qui-Gon sprach ruhig, dennoch fühlte Obi-Wan sich zurechtgewiesen. Und obwohl er die Zweifel seines Meisters teilte, wollte er sie beseitigen.

„Ich habe noch zwei Tage", sagte Obi-Wan mit neuer Entschlossenheit. „Ich kann es schaffen." Warum konnte Qui-Gon ihm nicht vertrauen? Obi-Wan wollte seinen

Plan plötzlich unbedingt zu Ende bringen. Es erschien ihm wichtiger als alles andere.

„Es ist keineswegs so, dass ich dir nicht vertraue", sagte Qui-Gon und sah seinem Padawan tief in die Augen.

Es verblüffte Obi-Wan immer wieder erneut, wie gut Qui-Gon seine Gedanken erraten konnte.

„Aber die Situation ist kompliziert und eine einzelne Person kann sie unmöglich kontrollieren", schloss Qui-Gon. „Wir müssen vorsichtig fortfahren."

Obi-Wan nickte. Er war darauf vorbereitet, seinen Plan weiter zu verteidigen, doch Qui-Gon hatte ihn nicht wie erwartet in seine Grenzen gewiesen. Er hatte ihm die Freiheit gelassen weiterzumachen.

Warum? fragte sich Obi-Wan später, als er auf seiner Schlafcouch lag. Warum ließ Qui-Gon ihn weitermachen, wenn er doch offensichtlich kein Vertrauen in seinen Plan hatte? Einen Moment lang hatte Obi-Wan den Verdacht, sein Meister würde ihm lediglich die Gelegenheit geben, zu versagen – damit er ihm später eine Lektion erteilen konnte. Doch das war undenkbar. Ein Jedi würde niemals das Leben anderer Wesen riskieren, nur um etwas zu beweisen. Qui-Gon hatte Obi-Wan nicht die Chance gegeben zu versagen, sondern eine, um erfolgreich zu sein.

Obi-Wan lag in der Dunkelheit und war hin- und hergerissen. Er war ganz und gar nicht überzeugt, das Richtige zu tun. Und doch hatte er keine andere Wahl, als weiterzumachen.

Mein Plan wird funktionieren, sagte sich Obi-Wan. Er musste einfach funktionieren.

Das Türschloss klickte und summte. Obi-Wan war auf den Beinen, bevor er sich überhaupt darüber im Klaren war, dass er wach war. Die Tür öffnete sich und ein extrem nervöser Chairman Port kam herein.

„Die Shuttles", keuchte Port. „Vorzyd 5 sprengt die Shuttles in die Luft. Die Arbeiter der Frühschicht ..." Die Antennen des Vorzydianers zuckten hektisch und er stützte sich am Türrahmen ab. Er schien unter Schock zu stehen. „Verwundete", sagte er. „Ein paar werden es vielleicht nicht überleben."

„Die Shuttles explodieren mit Leuten an Bord?", fragte Obi-Wan ungläubig. „Wann? Wo?"

„Überall", flüsterte Port. „In diesem Augenblick."

„Nehmt Kontakt mit der Shuttle-Bucht auf", drängte Qui-Gon. „Sagt ihnen, sie sollen sie evakuieren und alle Shuttles aufhalten."

Chairman Port nahm sich zusammen, damit er zur Kommunikationsstation in der Nähe des Haupteingangs gehen konnte.

Ohne ein weiteres Wort rannten Qui-Gon und Obi-

Wan zum Ausgang. Obi-Wan hörte die Schritte seines Meisters hinter sich. Sie mussten so viele Vorzydianer wie möglich davon abhalten, einen Shuttle zu besteigen.

Draußen fuhr gerade ein halb voller Shuttle an den Straßenrand, um vielleicht ein halbes Dutzend Arbeiter aufzunehmen, die bereits warteten.

„Halt!", rief Obi-Wan und winkte, um die Menge daran zu hindern einzusteigen. Doch die Gegenwart der seltsam gekleideten Jedi hatte genau den gegenteiligen Effekt und die Gruppe versuchte panisch, sich in den kleinen Shuttle zu zwängen.

Qui-Gon reagierte schnell und stellte sich dem Shuttle in den Weg. Obi-Wan verstand sofort und sprang unter das Fahrzeug. Er entschärfte die Sprengsätze einfach, indem er zwei Drähte abriss. Doch das war nur ein Shuttle.

Plötzlich hallte die Stimme von Chairman Port aus den Lautsprechern des Shuttle.

„Die Shuttles sofort evakuieren. Aussteigen und von den Shuttles zurücktreten. Sämtliche Shuttle-Systeme werden bis auf weiteres außer Betrieb gesetzt."

Verwirrte Vorzydianer taten, was man ihnen sagte. Doch ein paar von ihnen begannen mit dem bekannten Summen und einige wiegten sich vor und zurück. Die meisten von ihnen gingen schließlich den langen Weg zur Arbeit zu Fuß.

„Wir dürfen nicht zulassen, dass dies Vorzyd 5 in die

Schuhe geschoben wird", sagte Qui-Gon ruhig hinter Obi-Wan.

Der junge Jedi nickte. Wie Qui-Gon es vorausgesehen hatte, war der Plan der Freilinge auf furchtbare Weise schiefgegangen – und mit ihm der von Obi-Wan.

„Ich werde herauszufinden versuchen, wie groß der Schaden ist und Chairman Port dazu veranlassen, jeden Shuttle in der Stadt zu untersuchen", fuhr Qui-Gon fort. „Du solltest Kontakt mit den Freilingen aufnehmen. Du musst sie davon überzeugen, an die Öffentlichkeit zu treten, bevor ich gezwungen bin, es für sie zu tun. Wir haben nicht mehr viel Zeit."

Obi-Wan nickte noch einmal. Er hatte nicht erwartet, dass Qui-Gon ihn mit seiner verdeckten Ermittlung weitermachen ließ – nicht nach diesen Ereignissen. Er wusste, dass sein Meister jedes Recht hatte, sofort zu Chairman Port zu gehen und ihm alles zu erzählen. Doch auch dafür gab es noch keinen Grund, wie Obi-Wan jetzt klar wurde. Es wäre für alle Vorzydianer besser, wenn die Freilinge ohne Zwang an die Öffentlichkeit traten. Die Kinder und Erwachsenen in Feindschaft an einen Tisch zu zwingen, könnte die Situation sogar noch verschlimmern. Qui-Gon hatte das offensichtlich in Betracht gezogen.

Obi-Wan seufzte. Was auch immer der Grund dafür sein mochte, Qui-Gon gab ihm noch eine letzte Chance, die Angelegenheit auf seine Art zu regeln. Und dafür war er ihm überaus dankbar.

Doch als er seinem Meister hinterhersah, überkam Obi-Wan plötzlich ein eigenartiges Gefühl. Er hatte das Gefühl, als würde irgendjemand jeden seiner Schritte beobachten.

Obi-Wan drehte sich schnell um und schaute nach oben. Hoch über ihm in einem Fenster des Baus der Ruheständler glaubte er ein Gesicht zu sehen, das zu ihm hinunter starrte. Dann verschwand es.

Kapitel 13

Obi-Wan blickte noch einmal zum Fenster hinauf, um vielleicht doch noch erkennen zu können, wer dahinter stand. Leider vergeblich. Er dachte wieder an die Unterhaltung, die er gerade mit Qui-Gon geführt hatte und ging zum Wohnbau, in dem auch die Ports lebten.

Es dauerte nicht lange, bis Grath auftauchte. Als der Junge etwas näher gekommen war, rief Obi-Wan seinen Namen und lief zu ihm. Noch bevor er Graths Gesicht sah, wusste Obi-Wan, dass er aufgewühlt war.

„Ich weiß nicht, warum alles schiefgehen konnte", sagte Grath verunsichert. Er sah erschöpft aus und seine Augen waren rot. Von dem charismatischen, verspielten Jungen, den Obi-Wan noch am Tag zuvor kennen gelernt hatte, war nichts mehr zu spüren.

„Es muss einen Fehler in der Fernzündung gegeben haben. Die Explosionen gingen während …" Grath verstummte.

„Ich weiß", sagte Obi-Wan und legte Grath die Hand auf die Schulter.

Der vorzydianische Junge schluckte. „Ich habe ein Krisentreffen einberufen. Ich hoffe nur, dass niemand merkt, wie viele von uns bei der Arbeitsausbildung oder der Arbeit fehlen."

Obi-Wan versuchte, optimistischer zu erscheinen, als es seinen Gefühlen entsprach. Es wäre sinnlos gewesen, Grath noch mehr zu verwirren als er es ohnehin schon war. „Lass uns gehen", sagte er.

Das Treffen wurde in der Müllverwertungshalle abgehalten. Grath schaffte es, sich zusammenzureißen. Er sah wieder wie ein Anführer aus, als er die Versammelten zur Ruhe aufforderte.

„Wir haben ein Problem", begann er. „Die Sprengladungen sind gestern Nacht nicht wie geplant hochgegangen. Stattdessen sind sie heute Morgen während des Frühverkehrs explodiert."

Unter den Schülern war ein besorgtes Murmeln zu hören. Eine besonders aufgeregte Stimme erhob sich über den Rest. Es war Flip.

„Und die Stadt versinkt im Chaos!", rief er. „Wir wussten, dass wir einen größeren Knall erzielen würden, wenn wir nur etwas besser nachdenken und warten würden, bis die Leute endlich aufmerksam wären. Jetzt werden unsere Eltern wirklich aufwachen!"

Eisiges Schweigen kam über die Gruppe und alle starrten Flip an.

„Du warst das?", fragte Grath den Jungen. „Du hast dich an der Fernsteuerung zu schaffen gemacht?"

Flip nickte stolz. „Ja!" Er sah erwartungsvoll zu Grath hinauf. Obi-Wan schien es, als würde der Junge darauf warten, von Grath mit Lob überschüttet zu werden. Der Jedi hingegen war überzeugt, dass es kein Lob geben würde.

Graths Mund stand einen Moment lang offen. Dann schloss er ihn. Seine Antennen hingen herunter und sein Mund verzog sich zu einer wütenden Grimasse. Aber seine Augen verrieten noch ein anderes Gefühl: Schuld.

Obi-Wan war nicht sicher, welches der beiden Gefühle die Oberhand in Grath gewinnen würde. Dann begannen alle Freilinge gleichzeitig zu reden.

„Was sollen wir jetzt tun?"

„Ich hoffe, meinen Eltern geht es gut."

„Es war an der Zeit, dass irgendjemand etwas Richtiges unternimmt."

Obi-Wan drehte sich um, um zu sehen, wer diese letzte Bemerkung gemacht hatte. Doch der Raum war voller Kinder und er konnte es unmöglich feststellen.

Grath räusperte sich und brachte alle zur Ruhe – zumindest für den Augenblick.

„An diesem Morgen wurden sehr viele Vorzydianer

verletzt", sagte er niedergeschlagen. „Ein paar davon werden vielleicht nicht überleben. Unsere Mission besteht darin, die Leute wachzurütteln und ihnen zu zeigen, was vor sich geht. Sie besteht nicht darin, sie zu töten." Grath sah Flip direkt an. „Du hättest den Plan nicht ändern sollen", sagte er geradeheraus. „Es war ein Fehler."

Einen Moment lang herrschte Stille. Alle sahen Flip an. Der Junge blickte zuerst verwirrt, dann wütend drein. Er schaute mit stechendem Blick zu Grath hinauf. „Es war notwendig", sagte er. „Und es war richtig. Jetzt werden sie uns *endlich* zuhören."

Die Gruppe brach in Geschrei aus. Obi-Wan erkannte, dass sich eine Teilung abzeichnete. Ein paar der Kinder glaubten, dass Grath Recht hatte. Ihrer Meinung nach war friedliches Handeln die einzige Möglichkeit. Andere jedoch hatten von der friedfertigen Taktik genug. Sie fanden, dass Gewalt ein notwendiges Übel bei einer Revolution war.

„Die Erwachsenen werden niemals auf uns hören, wenn wir weiter friedlich vorgehen", rief Flip. „Bisher haben wir nur nicht gearbeitet. Unsere Sabotageakte brauchen etwas mehr Taktik."

„Wir wollen doch keinen Krieg anfangen!", rief jemand zurück. „Es geht hier um unsere Eltern."

„Es geht um Erwachsene, die uns ignorieren!", rief noch jemand.

Bald schrien alle so laut, dass Obi-Wan nicht mehr viel von dem verstand, was gesprochen wurde. Er konnte nur spüren, dass alle fest von ihrer Position überzeugt waren und dass die Gruppe geteilt war. Dann erhob sich wieder eine Stimme aus dem Lärm. Es war die von Flip.

„Nur Feiglinge haben Angst aufzustehen und für das zu kämpfen, was sie wollen!", rief er.

Das brachte die Freilinge wieder auf. Die Kameradschaft, die Obi-Wan bei der Gruppe so bewundert hatte, war vollkommen verschwunden. Kinder, die friedlich zusammengearbeitet hatten, schrien einander an. Antennen schlugen aggressiv umher. Im Raum verbreitete sich ein einziges Chaos.

Schließlich sprang Nania auf einen Haufen aus Müll. „Hört auf!", rief sie. Die Gruppe kam sofort zur Ruhe und alle sahen sie an. Einigen Kindern schien die Unterbrechung zu missfallen, doch niemand sagte etwas.

„Diese Streiterei ist sinnlos", sagte Nania. „Wir müssen zusammenarbeiten oder wir werden gar nichts erreichen. Wir sollten uns bei unseren Arbeitsausbildungsstellen melden, bevor man uns vermisst. Dann können wir uns heute Abend wie geplant wieder treffen."

Ein paar der Freilinge maulten laut, doch die Gruppe ging langsam aus der Halle. Es gab eine kleine Diskussion und Obi-Wan spürte die Spannung in der Luft.

Und er spürte einen Knoten in der Magengegend. Die

Teilung der Gruppe war kein gutes Zeichen. Wenn die Freilinge ernst genommen werden wollten, mussten sie friedlich als geschlossene Gruppe an die Öffentlichkeit treten und mit den Erwachsenen reden. Im Augenblick schien es allerdings so, als würde diese Chance mit jeder Minute geringer.

Obi-Wan beschloss, mit Grath zu reden und herauszufinden, was er dachte. Er ging um einen Haufen Kunststoffteile herum, wo er ihn zuletzt gesehen hatte. Doch anstatt Grath sah er Flip und ein dunkelhaariges Mädchen, das er nicht kannte. Die beiden führten offensichtlich ein ernsthaftes Gespräch. Obi-Wan versuchte unbeteiligt zu erscheinen, als er näher trat.

„Es reicht noch nicht", sagte das Mädchen. „Grath ist auf deren Seite."

Er sah, wie Flip langsam nickte. Das Mädchen trat etwas näher an ihn heran und flüsterte jetzt beinahe.

„Uns bleibt keine andere Chance, als es selbst in die Hand zu nehmen", sagte es. „Und zwar bald."

Obi-Wan ging noch näher an die Freilinge heran. Er wollte jedes Wort hören. Doch die Bewegung erregte ihre Aufmerksamkeit und sie gingen sofort auseinander. Es war offensichtlich, dass sie nicht belauscht werden wollten. Doch er hatte keine Ahnung, ob sie wussten, dass er zugehört hatte.

Obi-Wans Verstand raste. Er brauchte Zeit, um einen

klaren Kopf zu bekommen. Als er aus der Müllverwertungshalle ging, sah er Gruppen von Kindern, die auf dem Weg zum Arbeitsausbildungs-Gebiet waren. Er wusste instinktiv, dass die Arbeitsausbildung kein guter Ort für ihn war, um die Dinge zu überdenken. Und so ging er in die andere Richtung zu den Wohnbauten.

Auf dem Weg dorthin stellte er fest, dass die erwachsenen Arbeiter noch immer zu Fuß zur Arbeit gingen. Manche liefen paarweise und unterhielten sich. Andere schlenderten und sahen in den Himmel. Niemand schien mehr besonders eilig zur Arbeit kommen zu wollen. Und es gab kein hörbares Summen. Es war beinahe so, als würden sie die Dinge anders sehen, jetzt, da sie nicht bei der Arbeit waren.

Vielleicht sind die Erwachsenen nun für Veränderungen bereit, dachte Obi-Wan. Eine winzige Hoffnung keimte in ihm auf. Wenn er und Qui-Gon nur die Kinder und Erwachsenen zusammenbringen konnten, hätte Vorzyd 4 vielleicht eine Chance.

Kapitel 14

„Vorzyd 5 wird büßen", sagte Chairman Port, als er mit Qui-Gon ins Bürogebäude der Multycorp ging. „Wir werden sie sofort kontaktieren."

Qui-Gon atmete langsam aus. Obwohl er diese Reaktion von Port erwartet hatte, hatte er noch keinen Plan, wie er ihn davon abhalten konnte, diesen Kontakt aufzunehmen.

Einmal mehr überlegte er, ob es so klug gewesen war, dass Obi-Wan sich bei den Freilingen eingeschlichen hatte. Er hatte seinem Padawan Entscheidungsfreiheit geben wollen. Und er hatte geglaubt, dass Vorzyd 4 die beste Möglichkeit für eine friedliche Lösung hätte, wenn die Kinder aus eigenem Antrieb an die Öffentlichkeit treten würden. Unglücklicherweise war ihm dieser Glaube im Moment keine große Hilfe.

Nun ist es an der Zeit für dich, flexibel zu denken, sagte er sich trocken.

„Ich glaube, es wäre vernünftiger, die Ergebnisse der Shuttle-Untersuchung abzuwarten", sagte Qui-Gon beschwichtigend. Chairman Port hatte eine Untersuchung aller Shuttles in der Stadt angeordnet und sie warteten auf den Bericht. „Je mehr Informationen wir haben desto besser."

„Es ist ihre Schuld!", bellte Port. „Sie müssen bestraft werden!"

„Wissen wir das?", sagte eine Stimme hinter ihnen. Qui-Gon drehte sich um und sah Felana im Türrahmen stehen, flankiert von zwei großen Vorzydianern.

Von Ports Gesicht war plötzlich jeglicher Ärger gewichen. Er schaute verwirrt und ängstlich drein. Seine großen Augen waren jetzt noch weiter aufgerissen als sonst und seine Antennen zuckten unkontrolliert. Es war offensichtlich, dass er es nicht gewohnt war, unerwartete politische Gäste zu empfangen – erst recht nicht, wenn es sich um feindliche handelte.

„Wie könnt Ihr es ..."

„Ich bin gekommen, um diese Sache ein für alle Mal klarzustellen, Chairman Port", sagte Felana und trat in den Raum. Sie war für eine Vorzydianerin bemerkenswert groß und ihr aufrechter Gang betonte das noch.

Port blinzelte überrascht. Qui-Gon spürte, dass er gern gewusst hätte, wie sie unbemerkt und unbehelligt den Weg bis in sein Büro zurückgelegt hatte. Wahrscheinlich war das aber im Chaos nach den Shuttle-Explosionen kein Problem gewesen.

Einen Moment herrschte bedrückende Stille. Dann strich Chairman Port seinen Overall zurecht und räusperte sich laut. Nun schaute er selbstgerecht und rechthaberisch drein.

„Ihr habt unsere Produktionskapazitäten sabotiert", sagte er voller Überzeugung. „Unsere Computer und Fertigungsstraßen haben Fehlfunktionen. Ihr missgönnt uns unsere Produktivität. Ihr wollt vor dem Rest des Vorzyd-Systems stärker dastehen. Das ist die einzige Erklärung."

„Erklärungen interessieren mich nicht", gab Felana zurück. „Eure grundlosen Anschuldigungen gegen meinen Planeten und gegen mein Volk dagegen sehr. Und wir missgönnen Euch Eure Produktivität nicht", fügte sie mit funkelnden Augen hinzu. „Im Gegenteil. Wir finden Eure Arbeitsgewohnheiten eher eintönig."

Wäre die Situation nicht so ernst gewesen, hätte Qui-Gon bei Felanas Bemerkung gelächelt. Die vorzydianischen Kinder fanden die Arbeitsgewohnheiten auf ihrem Heimatplaneten offensichtlich ebenso eintönig.

„Seht Ihr?", sagte Chairman Port zu Qui-Gon. „Sie sind missgünstig."

Qui-Gon schwieg. Einerseits wollte er Chairman Port alles erzählen. Doch sein Gefühl sagte ihm, dass dieses

Treffen keine sofortige oder gewaltsame Reaktion hervorrufen würde. Und er hoffte noch immer, dass die Freilinge aus eigenem Antrieb an die Öffentlichkeit treten würden. Außerdem hatte er seinem Padawan versprochen, dass er warten würde. Wenn alles glatt lief, würde es bald ein Treffen der verschiedenen tatsächlich beteiligten Parteien geben – sehr bald.

„Wir hatten nichts gegen Euch", betonte Felana noch einmal. „Bevor Ihr uns irgendwelcher Verbrechen beschuldigt habt." Sie sah Chairman Port eindringlich an. „Ich will, dass alle diese haltlosen Anschuldigungen sofort ein Ende haben, andernfalls werden wir gegen Euch in Aktion treten."

Die Antennen von Chairman Port begannen wieder zu zucken. „Was für Aktionen?", fragte er nervös.

Felana sah das Oberhaupt von Vorzyd 4 noch eindringlicher an. „Viel schlimmeren als die Sabotage, derer Ihr uns fälschlicherweise beschuldigt."

Kapitel 15

Noch am gleichen Abend traf sich Obi-Wan mit Grath. Der vorzydianische Junge sah müde aus, sein Blick aber war offen. Obi-Wan spürte, dass er eine neue Richtung eingeschlagen hatte.

„Ein paar der Erwachsenen schienen glücklich zu sein, als sie heute zu Fuß zur Arbeit gingen", sagte Obi-Wan zu ihm. „Ich glaube, sie haben die Freizeit genossen."

Grath nickte. „Es geht auch ohne Gewalt", sagte er zuversichtlich. „Die Leute brauchen nur etwas Zeit, um herauszufinden, wie es funktionieren könnte."

Obi-Wan war froh, dass Grath wieder der alte zu sein schien. Eigentlich wollte er dessen Zuversicht nicht erschüttern, indem er ihm von der Unterhaltung zwischen Flip und dem dunkelhaarigen Mädchen erzählte, die er belauscht hatte. Andererseits konnte er so eine Information auch nicht für sich behalten.

„Ich habe ein Gespräch gehört ..."

Obi-Wan wurde von einem Shuttle unterbrochen, der an die Plattform heranfuhr. Am Steuer saß Nania, die Obi-Wan mit einem Lächeln begrüßte. Obi-Wan war dankbar für den weichen Sitz, in den er sich setzen konnte. Eine Fahrt in Nanias Shuttle konnte ziemlich nervenaufreibend sein, aber es war noch immer besser, als draußen an der Dachstange zu hängen.

Als sie am üblichen Treffpunkt im verlassenen Bürogebäude ankamen, sah Obi-Wan Flip sofort. Er stand neben dem dunkelhaarigen Mädchen in der Ecke und zog eine düstere Grimasse.

Grath ging zu ihnen. „Hallo Flip", sagte er freundlich.

Flip gab keine Antwort und sein Gesichtsausdruck wurde noch düsterer. Es war offensichtlich, dass er noch immer wütend wegen der Zurechtweisung war, die er früh am Morgen erhalten hatte. Das Mädchen neben ihm schwieg ebenfalls.

Als er die beiden so betrachtete, wurde Obi-Wan plötzlich klar, dass er das Mädchen schon einmal gesehen hatte, und zwar nicht bei den Freilingen. Es hatte seine Großmutter im Heim der Ruheständler am ersten Abend besucht, an dem er auf Vorzyd gewesen war. Jetzt erschien es ihm aber vollkommen anders – da war keine Spur mehr von dem warmherzigen, mitfühlenden Mädchen, dem er so gern zugehört und zugesehen hatte.

Grath blieb einen Augenblick vor Flip stehen und versuchte, den Jungen wieder aufzuheitern. Als ihm klar wurde, dass das nicht von Erfolg gekrönt sein würde, konzentrierte Grath sich wieder auf das vor ihm liegende Treffen. Er kletterte auf einen der Tische und bat alle um Aufmerksamkeit.

„Wenn wir den Arbeitern ohne Gewalt zeigen können, dass es im Leben noch mehr gibt als Produktivität, werden sie uns helfen", sagte er ruhig.

„Die Arbeiter sind schon zu abgestumpft", erwiderte das dunkelhaarige Mädchen aufgebracht. „Angst ist das Einzige, was sie davon abhalten wird, sich gegen uns zu stellen."

Grath runzelte die Stirn. „Das stimmt nicht, Tray", sagte er. „Und du weißt es."

Es dauerte nicht lange, bis die Meinungsverschiedenheiten und der Zorn des letzten Treffens die Gruppe spaltete. Alle brüllten nur noch, um sich Gehör zu verschaffen. Antennen zuckten und peitschten durch die Luft. Hände ballten sich zu Fäusten. Die beiden Gruppen begannen sich nun auch räumlich zu teilen – Grath und seine Anhänger gingen zur einen Seite des Büros und Flip mit seinen Anhängern zur anderen.

„Wir müssen an die Öffentlichkeit treten", brüllte jemand. „Die Arbeiter haben keine Ahnung, dass wir die Urheber der Streiche sind. Sie glauben nicht einmal, dass wir dazu fähig sind."

„Wir bekommen nicht einmal die verdiente Anerkennung“, rief eine andere Stimme.

„Oder die Schuld“, rief jemand auf der anderen Seite.

Die Rufe wurden lauter und lauter. Es war beinahe unmöglich, überhaupt noch etwas zu verstehen. Obi-Wan sah von einer Seite des Raumes zur anderen und wusste nicht, was er unternehmen sollte. Er hatte das deutliche Gefühl, dass er etwas tun sollte, wollte aber nicht riskieren, dass seine Tarnung aufflog.

Plötzlich leuchteten die Lampen draußen vor dem Bürogebäude auf. Stimmen drangen herein und von der Treppe erklangen hastige Schritte.

Grath sah alarmiert auf. Die Kinder verstummten.

Man hatte die Freilinge entdeckt.

Kapitel 16

Die Schritte und Stimmen kamen immer näher. Die Freilinge schauten einander ängstlich und mit zuckenden Antennen an.

Aus dem Augenwinkel sah Obi-Wan, wie Flip eine kleine Kapsel auf den Boden schleuderte. Sofort breitete sich eine dichte Wolke aus grünem Rauch im Raum aus. Erstaunlicherweise schien der Rauch die Lungen nicht anzugreifen. Niemand in der Gruppe hustete oder keuchte.

„Hier entlang“, sagte Flip ruhig. Er führte die Kinder durch einen Ausgang aus dem Büro, in einen Tunnel und ein paar Treppen hinunter. Als sie eine schwere Durastahl-Tür passierten, standen sie auf dem Dach eines Nebengebäudes. Es war dunkel, doch die Sterne am Himmel leuchteten.

Unten war alles ruhig. Die Kinder waren in Sicherheit.

Kaum waren alle Freilinge auf dem Dach, da wandte

sich Flip zu Obi-Wan um. „Es gibt etwas, das ihr nicht wisst!", rief er der Gruppe zu. „Grath hat es euch verheimlicht. Dieser Junge wurde geschickt, um uns aufzuhalten. Er ist ein Jedi – und ein Verräter!"

Ein hörbares Raunen ging durch die Reihen der Freilinge, als sie Obi-Wan ansahen. Einen Moment lang spürte Obi-Wan, dass sie nicht sicher waren, ob Flip die Wahrheit gesagt hatte – und er dachte, dass er in Sicherheit war.

„Es stimmt!", rief da Tray. „Ich habe ihn im Gebäude der Ruheständler gesehen. Meine Großmutter lebt dort und er hat uns ausspioniert!"

Obi-Wan schloss einen Moment die Augen. Er hatte keine Ahnung gehabt, dass Grath über seine Jedi-Identität Bescheid gewusst hatte. Sagte Flip überhaupt die Wahrheit? Obi-Wan holte tief Luft und versuchte, sich zu sammeln. Er war nicht erfreut über das, was nun zweifelsohne passieren würde. Irgendjemand zog an seinem Turban und entblößte seinen antennenlosen Kopf.

„Verräter!", rief jemand.

„Grath ist ein Lügner, kein Anführer!", rief Flip.

„Was für ein Anführer vertraut seinen Leuten denn so wenig, dass er ihnen nicht einmal die Wahrheit sagt?", fragte eine leisere Stimme.

Kinder, die über die Frage der Gewalt zerstritten waren, stellten sich jetzt gegen Grath und Obi-Wan. Nur einige wenige standen auf Graths Seite.

„Grath muss schwierige Entscheidungen für uns alle treffen", sagte Nania beschwichtigend. „Vielleicht gefallen uns nicht alle, doch er trifft sie für das Wohl der gesamten Gruppe. Er hat uns noch nie in die falsche Richtung geführt."

„Der Jedi soll gehen", sagte Tray. „Sofort."

Schweigend nickte die Gruppe – beinahe einstimmig. Nur Grath bewegte den Kopf nicht.

Obi-Wan sah Grath Hilfe suchend an und hoffte, dass er etwas zur Gruppe sagen würde. Doch Grath blickte nur unschlüssig drein und schwieg.

Obi-Wan fühlte sich geschlagen, wusste aber, dass er nicht einfach so weggehen konnte.

„Frieden ist der einzige Weg zum wahren Sieg", sagte er zu den Freilingen. „Wenn ihr weiter eurem Weg folgt, dann werdet ihr eine unüberwindliche Mauer zwischen euch und den Arbeiten bauen. Es wird keine Chance für ein Gespräch oder eine neue Lebensform geben."

Obi-Wan sah die Gruppe eindringlich an. Er betrachtete ein Gesicht nach dem anderen. Auf keinem erkannte er eine Veränderung. Er konnte sie nicht überzeugen.

Obi-Wan senkte den Kopf und ging zur Treppe. Bevor sich die Tür hinter ihm schloss, sah er noch die grinsenden Gesichter von Flip und Tray.

Obi-Wans Verstand raste, als er das Dach verließ. Er kam sich wie ein Narr vor. Warum hatte er nicht gemerkt, dass Grath die ganze Zeit seine Identität gekannt hatte? Erst jetzt wurde ihm klar, dass er sich viel zu leicht hatte einschleichen können. Obi-Wan schämte sich, dass er es nicht früher bemerkt hatte. Er hatte seinen Plan so unbedingt verfolgen wollen, dass er davon ausgegangen war, alles würde gutgehen. Nur war das eben nicht eingetreten.

Obi-Wan lief durch die Straßen zurück zu den Wohnbauten. In seinem Hinterkopf erinnerte ihn eine Stimme daran, dass er mit den Freilingen auch nicht ganz ehrlich gewesen war. Er hatte ihnen nicht gesagt, dass er ein Jedi ist.

Aber ich habe im Interesse des Planeten gehandelt, sagte er sich. *Ich wollte eine friedliche Lösung für alle erreichen.*

Das Ganze erinnerte ihn nur allzu deutlich an die Situation auf Melida/Daan. Als er damals den Jungen beigetreten war, war er überzeugt gewesen, das Richtige zu tun. Doch dann war er sich aber nicht sicher gewesen, ob die Jungen auf dem rechten Weg waren. Und es hatte nicht lange gedauert, bis er herausgefunden hatte, dass sein Austritt aus dem Orden der Jedi für ihn nicht der richtige Weg gewesen war.

Auf der ersten Blick erschien die Situation auf Vorzyd 4 vollkommen anders als die auf Melida/Daan. Eigentlich fast harmlos. Aber jetzt konnte Obi-Wan kaum noch

Unterschiede mehr feststellen. Und nun wurde ihm klar, wie sehr die Situation hier der auf Melida/Daan ähnelte.

Die streitenden Freilinge. Die Explosionen. Die Unfähigkeit der Generationen, miteinander zu sprechen.

Und das Schlimmste war, dass Obi-Wan nicht mehr helfen konnte. Die Kinder vertrauten ihm nicht mehr. Und warum sollten die Erwachsenen jemandem trauen, der ihnen schon die ganze Zeit etwas verheimlichte?

Da er nicht wusste, was er sonst tun sollte, ging Obi-Wan zurück zu seinem Zimmer im Gebäude der Ruheständler. Er war noch nicht lange dort, als Qui-Gon kam.

Obi-Wan wusste, dass sein Meister sich Sorgen über ihn machte – und wahrscheinlich auch über die Situation. Mit einem Seufzer begann er ihm zu erzählen, was vorgefallen war.

„Irgendjemand muss den Erwachsenen einen Hinweis gegeben haben“, begann Obi-Wan.

Qui-Gon nickte. „Ich habe wie versprochen geschwiegen“, sagte er. „Aber ich habe zufällig gehört, wie die Truppe für die Gebäudewartung Chairman Port etwas von einer Unregelmäßigkeit erzählt hat. Sie haben tatsächlich auf einen Hinweis reagiert.“

Obi-Wan hatte ohnehin nicht angenommen, dass Qui-Gon für die Razzia verantwortlich gewesen war. Dennoch war er froh, es aus dem Mund seines Meisters zu hören.

„Eine Gruppe von Erwachsenen stürmte das geheime Treffen", sagte Obi-Wan. „Doch eines der Kinder, ein Junge namens Flip, war dafür gerüstet. Er warf eine Rauchkapsel auf den Boden und führte alle in Sicherheit."

„Er war für eine solche Razzia gut vorbereitet", sagte Qui-Gon grübelnd.

Obi-Wan nickte. „Das dachte ich mir auch", sagte er. „Vielleicht war *er* der Informant. Es erschien mir alles zu einfach. Aber seitdem ist noch einiges mehr passiert …"

Obi-Wan verstummte. Es fiel ihm schwer, seinem Meister in die Augen zu sehen. Er fühlte sich für das Verhältnis, das nun zwischen den Erwachsenen und den Kindern herrschte, verantwortlich. Einmal mehr hatte er das Gefühl, dass sein Instinkt ihn getäuscht hatte.

„Sprich weiter", sagte Qui-Gon sanft. Seine Augen signalisierten Verständnis. Doch das machte es für Obi-Wan auch nicht leichter. Eher schwerer. Er verdiente jetzt kein Verständnis. Die Lage auf Vorzyd 4 war schlimmer als vor ihrer Ankunft.

Und es war alles seine Schuld.

Kapitel 17

Qui-Gon sah, dass sein Padawan mit sich kämpfte. Er war versucht, ihn weiter zu befragen, um zu sehen, ob er sich öffnen würde. Doch er wusste, dass das jetzt nicht der richtige Weg war. Was Obi-Wan jetzt brauchte, war ein wenig Zeit und Bewegungsfreiheit, so wie Qui-Gon es selbst von Zeit zu Zeit brauchte.

In dem Zimmer im Gebäude der Ruheständler herrschte mehrere Minuten lang Schweigen. Dann sprach Qui-Gon.

„Ich glaube, wir sollten nach draußen gehen und gegeneinander kämpfen", sagte er. „Es ist lange her, dass wir zusammen mit den Lichtschwertern trainiert haben."

Qui-Gon hoffte, dass die körperliche Anstrengung seinem Padawan helfen würde, Spannungen abzubauen und seine Gedanken zu ordnen. Sich auf etwas vollkommen anderes zu konzentrieren, würde auf jeden Fall eine gute Abwechslung sein.

Obi-Wan schien zu zögern, als sie das Gebäude verließen. Doch als er draußen war und seinem Meister gegenüberstand, funkelten seine Augen mit einer Intensität, die Qui-Gon überraschte. Der junge Jedi zündete sein Lichtschwert und Qui-Gon tat dasselbe.

Die beiden Jedi kreisten umeinander wie in einem Tanz, langsam und mit gehobenen Lichtschwertern. Obi-Wan bewegte sich vorsichtig und sah Qui-Gon direkt in die Augen. Es war, als wollte er ihn dazu auffordern, den ersten Schritt zu tun.

Und das tat Qui-Gon. Er ließ das Lichtschwert in einem kraftvollen Hieb herunterschnellen – ein, zwei, drei Mal. Obi-Wans Klinge war jedes Mal da, um die Hiebe abzufangen. Die grazilen Bogen, in denen er sein Lichtschwert schwang, waren präzise und akkurat. Er ließ niemals den Blick von den Augen seines Meisters.

Qui-Gon wurde plötzlich klar, dass sich die Lichtschwert-Künste seines Padawans in den letzten Monaten deutlich verbessert hatten. Seine Energie war außergewöhnlich – jung und frisch. Obi-Wan kämpfte wie ein Jedi-Ritter.

Ganz abgesehen davon, dass er auf seinen Instinkt vertraut, dachte Qui-Gon. Er hatte plötzlich das Gefühl, dass ihn der Junge eines Tages schlagen würde. Und dass dieser Tag nicht allzu weit in der Zukunft lag.

Die beiden Jedi sprangen und schwenkten mit unglaublicher Schnelligkeit. Ihre blauen und grünen Lichtschwert-Klingen erhellten die vorzydianische Nacht. Doch hinter den Schwertern pulsierte etwas viel Stärkeres – der Wille der beiden Jedi. Qui-Gon wusste, dass Obi-Wan gleichberechtigt behandelt werden wollte. Zwar war er in den letzten Jahren gewachsen, doch war er erst siebzehn. Er musste noch viel lernen.

Mit jedem Hieb trieb Qui-Gon Obi-Wan weiter zurück. Das war nicht sonderlich schwer. Doch während er auf seinen Padawan eindrang, hatte er das Gefühl, dass der es zuließ. Dass sein Padawan irgendwie Herr der Lage war.

Und genau so war es. In einem blendend hellen, grünen Blitz schwang Obi-Wan sein Schwert, duckte sich weg und drehte sich um. Seine blauen Augen blitzten auf und auf seinen Lippen lag ein leichtes Lächeln. Jetzt hatte er die Oberhand.

Qui-Gon war gewohnt, dass ein Feind eine solch überhebliche Strategie anwendete. Es war allerdings etwas beunruhigend, sie bei seinem Padawan zu erleben. Und doch hatte sie funktioniert.

So als hätte er die Gedanken seines Meisters gelesen, legte Obi-Wan noch etwas Tempo zu. Jetzt schlug er unablässig und mit phänomenaler Kraft zu und trieb Qui-Gon damit in einem weiten Bogen über der Hof. Obi-Wans grüne Klinge war ein verwischter Lichtstreif in der Dunkelheit und er bewegte sich voller Sicherheit und Energie.

Qui-Gon musste sich enorm konzentrieren, um vor seinem Padawan zu bleiben. Sie hatten oft genug Seite an Seite gekämpft und so konnte Qui-Gon einschätzen, was Obi-Wan als jeweils Nächstes tun würde. Das gleiche galt natürlich auch für Obi-Wan. Und manchmal blockte der junge Jedi einen Hieb so schnell ab, dass Qui-Gon überzeugt war, sein Schüler hätte ihn schon vorher kommen sehen.

Mit einem Aufblitzen trafen die Lichtschwerter summend aufeinander und bildeten ein hoch erhobenes Kreuz. Beide Männer waren außer Atem und schwitzten von der Anstrengung. Das war kein leichter Trainingskampf gewesen.

Obi-Wan sah seinem Meister mit wachem Blick tief in die Augen. Es war klar, dass er den Kampf zwar nicht wirklich gewonnen hatte, doch er hatte seinen Standpunkt klargemacht. Zwischen ihnen hatte sich etwas geändert. Obi-Wan hatte einen weiteren Schritt auf dem Weg zum Jedi-Ritter getan. Und Qui-Gon war bereiter als je zuvor, ihn gehen zu lassen.

Ohne ein Wort deaktivierten die Jedi ihre Lichtschwerter und gingen zurück in das Gebäude der Ruheständler.

„Du musst dich mit Grath treffen“, sagte Qui-Gon ruhig. „Die Schüler und Arbeiter müssen viel von einander lernen."

Obi-Wan nickte. „Einverstanden", sagte er. „So wie Ihr mir viel beibringen musstet. Ich danke Euch, Meister."

Qui-Gon war stolz. Obi-Wan war ein guter Mensch und er würde ein hervorragender Jedi-Ritter werden. „Wir lernen voneinander, Padawan", sagte er. „Aber vielen Dank."

Obi-Wan nickte. „Ich glaube, ich sollte Grath sofort suchen", sagte er. „Ich sehe jetzt, dass wir noch immer eine Chance haben, den Disput beizulegen und die beiden Seiten dazu zu bewegen, aufeinander zu hören. Aber wir haben nicht viel Zeit. Ich glaube allerdings, dass die Schüler und Erwachsenen tief in ihrem Innern dasselbe wollen."

„Ja, tief in ihrem Innern", stimmte Qui-Gon ihm zu.

Kapitel 18

Obi-Wan schlief in dieser Nacht tief und wachte mit einem klaren Kopf auf. Er wusste genau, was zu tun war und war darauf vorbereitet.

Nachdem er seine Jedi-Robe angezogen hatte, verließ er das Gebäude der Ruheständler, ging zur Wohnung der Ports und klopfte an die Tür. Es war, als hätte Grath auf der anderen Seite gestanden, denn die Tür ging sofort auf. Obi-Wan war überrascht, hinter Grath Nania zu sehen.

„Wir wollten gerade aufbrechen und zu dir gehen", sagte Grath. Er sah ein wenig verschämt aus. „Ich bin froh, dass du gekommen bist."

Grath ging zur Seite und Obi-Wan trat ein. Nania führte sie an den Tisch.

„Es tut mir Leid, Obi-Wan", sagte Grath, als sie saßen. „Ich wusste, dass du ein Jedi bist, weil ich meinen Vater belauscht hatte. Ich hätte es dir sagen sollen. Aber ich dachte, du würdest uns vielleicht nicht mehr helfen wollen, wenn du wüsstest, dass wir über deine wahre Identität informiert waren. Außerdem war ich mir nicht sicher, ob alle Freilinge die Hilfe eines Jedi akzeptiert hätten."

Grath sprach ohne zu zögern und seine Worte schienen ehrlich gemeint zu sein. Obi-Wan konnte sehen, weshalb er der Anführer der Freilinge war.

„Ich habe euch ebenfalls angelogen", gab Obi-Wan zu. „Ich weiß, es war unehrlich, euch zu verschweigen, dass ich ein Jedi bin. Aber ich dachte, es wäre die beste Möglichkeit, euren Planeten kennen zu lernen und herauszufinden, wie wir helfen könnten."

Graths Miene hellte sich etwas auf. „Ich weiß", sagte er. „Und ich glaube, *dass* ihr uns helfen könnt. Wir müssen uns bei unseren Eltern Gehör verschaffen. Sie sind nicht unsere Feinde. Du hast ja selbst gesehen, wie unser Verhältnis ist. Es wird immer schlechter. Wir müssen die Grundfesten neu aufbauen. Und du hast vielleicht die Möglichkeit, das zu schaffen."

„Im Augenblick könnten beide Seiten ein Problem sein", gab Nania zu bedenken. „Da die Erwachsenen uns verdächtigen, die Urheber der Sabotageakte zu sein, könnten sie uns feindlich gesinnt sein. Vor allem weil sie Vorzyd 5 beschuldigt haben. Wir haben viel Unfrieden gestiftet – und jetzt sind die Freilinge gespalten."

„Ich habe Euch nicht bei den Erwachsenen verraten", sagte Obi-Wan ernsthaft. Er wollte, dass Grath und Nania wussten, dass er sie niemals so verraten würde.

„Das wissen wir", sagte Grath.

„Es war Flip", fügte Nania hinzu. „Ich habe ihn und Tray darüber lachen hören, wie einfach es doch gewesen sei, den Rest der Gruppe an der Nase herumzuführen." Sie berührte Obi-Wans Arm. „Wir wissen, dass du uns nur helfen wolltest, Obi-Wan", sagte sie. „Das ist doch auch deine Aufgabe als Jedi, oder nicht?"

„Das stimmt", gab Obi-Wan zurück.

„Aber es wird alles immer schlimmer", sagte Grath und er sah aus, als wäre er geschlagen. „Wir haben alles bisher nur aus Spaß gemacht. Damit eben etwas geschieht."

„Eine Zeit lang ging es gut und es war auch in Ordnung", erklärte Nania. „Wir hatten unseren Spaß. Wir hatten an der Planung und Ausführung der Streiche lange zusammen gearbeitet. Und niemand wurde verletzt."

„Aber dann haben wir die Regeln geändert", fuhr Grath fort. „Wir haben versucht, die Arbeiter aufzurütteln – unsere Eltern und Großeltern. Dann begann mein Vater, Vorzyd 5 zu beschuldigen." Seine Stimme klang plötzlich verbittert. „Wir wollten ihre Produktivität behindern, denn das schien das Einzige zu sein, was ihnen wichtig war. Wir wollten doch nur, dass man uns zuhört …"

Grath verstummte und er sah zu Boden.

„Wir sind nicht mehr sicher, ob Sabotage überhaupt der richtige Weg war", gab er zu. „Wir hatten nie vorgehabt, die Sprengsätze zu zünden, während sich Leute in den Shuttles aufhielten. Wir wollten niemanden verletzen."

„Jetzt wollen wir das beenden, womit wir begonnen haben", fuhr Nania fort. „Aber wir wissen nicht, ob wir Flip und die Freilinge auf seiner Seite davon überzeugen können, alles abzublasen. Davon, dass Gewalt nicht der richtige Weg ist."

Obi-Wan hob eine Augenbraue. „Wäre der nächste Sabotageakt ein gewaltsamer gewesen?"

„Eigentlich nicht", gab Grath zurück. „Aber ein explosiver. Und so wie es das letzte Mal ablief ..."

Er hielt zum zweiten Mal inne. Doch dieses Mal sah er zur Decke hoch. „Ich weiß nicht, was mit Flip los ist", sagte er traurig. „Er war ein großartiger Mensch. Ein echter Freund. Und ich dachte immer, er hätte zu mir aufgesehen."

„Das hat er auch", sagte Nania. „Aber Flip ist eine selbstständige Person. Du darfst dich nicht für seine Überlegungen und Handlungen verantwortlich fühlen."

Obi-Wan fühlte mit Grath. Er wusste, wie es war, wenn man sich für etwas verantwortlich fühlte. Er hatte es schon oft am eigenen Leib erfahren. Wenn seine

Freunde in Gefahr gewesen waren. Wenn seine Rivalen gestorben waren.

„Ich bin mir sicher, dass er noch immer zu dir aufsieht“, sagte Obi-Wan und dachte daran, wie verletzt Flip gewesen war, als Grath ihn wegen der verfrühten Explosionen während des Morgenverkehrs zurechtgewiesen hatte. „Ich glaube, dass sein Zorn nur seine Verletzlichkeit überdecken soll. Er wollte, dass du stolz auf ihn bist.“

„Aber ich *bin* stolz auf ihn“, sagte Grath. „Irgendwie. Ich glaube nur, dass er seine Energie in die falsche Richtung lenkt.“

„Es ist jetzt wichtig für euch, dass ihr etwas unternehmt und die richtigen Entscheidungen trefft“, sagte Obi-Wan. „Für alle, einschließlich Flip. Es ist an der Zeit, sich mit den Erwachsenen zu treffen und ihnen zu erzählen, was vor sich geht. Ihr müsst ihnen vertrauen.“

Grath atmete hörbar aus. „Ich weiß“, sagte er. „Aber ich weiß nicht, wo ich anfangen soll.“

„Ich kann das Treffen für euch organisieren“, sagte Obi-Wan. „Und Qui-Gon wird uns helfen, indem er mit den Arbeitern spricht.“

Grath seufzte. „In Ordnung“, sagte er. „Aber ich habe das Gefühl, dass ein Gespräch mit den Arbeitern einfacher sein wird, als die Freilinge davon zu überzeugen, den nächsten Sabotageakt abzublasen und bei dem Treffen zu erscheinen.“

Kapitel 19

An diesem Abend, bei einem faden Mahl aus Brühe und einem zähen Fladenbrot, erzählte Obi-Wan seinem Meister von dem Treffen mit Grath und Nania.

„Ich bin überzeugt, dass wir die Situation ins Positive wenden können“, sagte er voller Zuversicht. „Die Freilinge müssen erkennen, dass ein Treffen mit den Arbeitern das Richtige ist. Es ist das Beste für alle.“

„Dem stimme ich zu, Padawan“, sagte Qui-Gon. „Und ich glaube, ich sollte dich bei diesem Treffen der Freilinge begleiten. Es steht viel auf dem Spiel.“

Obi-Wan fühlte sich bevormundet. War sein Meister der Meinung, dass er ohne ihn die Situation nicht Griff hatte? Hatte er nicht deutlich zum Ausdruck gebracht, dass er das Problem jetzt aus einer anderen Richtung angehen wollte?

Obi-Wan schluckte den letzten Löffel Brühe und sah seinen Meister über den Tisch hinweg an. „Ich würde gern allein gehen", sagte er langsam. „Um das, was ich begonnen habe, selbst zu Ende zu bringen. Wir werden natürlich beide bei dem Treffen zwischen den Freilingen und den Arbeitern zugegen sein." Obi-Wan hoffte, dass die letzte Anmerkung seinen Meister ein wenig positiv stimmen würde.

Es herrschte einen Moment Stille, bevor Qui-Gon wieder das Wort ergriff. „Also gut", sagte er. „Ich verstehe, dass es wichtig für dich ist, allein zu gehen. Meine Anwesenheit könnte die Balance zerstören, die du herzustellen versucht hast. Ich werde Chairman Port kontaktieren, um sicherzugehen, dass die Arbeiter zu einem Treffen bereit sind. Ich werde dabei sein, wenn er Vorzyd 5 kontaktiert, um sich zu entschuldigen. Und ich kenne noch ein paar Leute, die vielleicht gern bei einem Treffen zwischen den Freilingen und den Arbeitern anwesend wären."

Obi-Wan fragte sich, worüber sein Meister wohl sprach, doch ein Klopfen an der Tür ihres Zimmers im Bau der Ruheständler unterbrach ihre Unterhaltung. Eine Sekunde später glitt die Metalltür auf und Grath stand im Rahmen. Er sah Qui-Gon verschämt an, so als wüsste er nicht genau, wie man einen Jedi-Meister begrüßen sollte.

Qui-Gon stand auf und deutete vor Grath eine Verneigung an.

„Es ist mir eine Ehre, den Anführer der Freilinge kennen zu lernen", sagte er.

Grath schaute ihn überrascht an und Obi-Wan lächelte. Sein Meister war sehr gut, wenn es galt, anderen die Scheu zu nehmen.

„Obi-Wan hat mir viel von dir erzählt", fuhr Qui-Gon mit einem freundlichen Lächeln fort.

Grath erwiderte es. „Es ist auch mir eine Ehre, Euch kennen zu lernen", sagte er. „Und ich möchte Euch für Eure Hilfe danken. Ich hoffe, dass Ihr Vorzyd 4 auf einen neuen Weg führt, bevor Ihr uns wieder verlasst."

„Das ist auch mein Wunsch", sagte Qui-Gon und begann, die Essutensilien vom Tisch zu räumen. Obi-Wan spürte, dass er ihren Aufbruch erleichtern wollte. In stiller Dankbarkeit verließ er mit Grath das Zimmer.

Die beiden gingen über den Hof und warteten darauf, dass Nania sie mit dem Shuttle abholte. Obwohl er im Gebäude der Ruheständler noch zuversichtlich gewesen war, fühlte er jetzt einen Anflug von Nervosität. Was wäre, wenn die Freilinge nicht auf ihn und Grath hören würden? Was wäre, wenn sie ihn noch immer für einen Verräter hielten?

Als sie schließlich die Müllverwertungsanlage erreichten, praktizierte Obi-Wan eine beruhigende Jedi-Atemtechnik. Aber er musste sich keine Sorgen machen. Die Freilinge hörten Grath schweigend zu.

„Ich muss mich bei euch allen dafür entschuldigen, dass ich euch nicht über den Jedi unter uns in Kenntnis gesetzt habe", sagte Grath von einem Müllhaufen herunter. „Aber es erschien mir richtig."

Obi-Wan sah sich in der Halle um, während er Grath zuhörte. Die Kinder lauschten aufmerksam und manche nickten. Nur Tray stand etwas weiter weg, allein in einer Ecke, und blickte böse drein. Von Flip war nichts zu sehen.

„Obi-Wan ist gekommen, um uns zu helfen", fuhr Grath fort. „Er versteht, was wir erreichen wollen. Und er kann uns mit den Arbeitern zusammenbringen."

„Nein!", rief Tray und stampfte mit dem Fuß auf. Als Obi-Wan sie dabei beobachtete, fragte er sich, weshalb sie so sehr auf Gewalt aus war. Was wollte sie erreichen?

Ein Murmeln ging durch die Reihen und die Kinder begannen zu reden, wenn auch um einiges geordneter als am Tag zuvor. Sie versuchten, einander zuzuhören. Obi-Wan hielt das für ein gutes Zeichen.

„Wir sind ihnen vollkommen gleichgültig", sagte jemand. „Alles dreht sich nur um Produktivität."

„Und sie hören nicht zu", sagte ein anderer Freiling. „Sie werden nur die Sabotage beenden wollen, aber die Sabotage ist ..." Der Junge suchte die richtigen Worte.

„Das mag sein", sagte Grath. „Unsere Treffen, bei denen wir die Streiche geplant haben, waren das Lustigste, was ich seit Monaten erlebt habe, und es könnte sogar das Beste sein, was ich je getan habe. Aber wir lösen damit nicht das Problem. Wir kommen unseren Eltern nicht näher. Wir müssen irgendwo anfangen, wenn wir die Veränderungen erreichen wollen, die wir brauchen."

Einen Moment lang war es still, als sich die Freilinge ansahen. Obi-Wan fiel auf, dass Trays Antennen durch die Luft zuckten, so als würden sie gegen einen Unsichtbaren kämpfen. Doch die anderen schienen zu verstehen, was Grath meinte. Sie verstanden, dass Gewalt kein Mittel war.

„Du musst nicht zu dem Treffen mitkommen, wenn du dagegen bist", sagte Nania und schaute Tray an. „Aber wir hoffen, dass du mitkommst. Es ist besser für uns alle. Es ist die einzige Möglichkeit."

Nania wandte ihren Blick nicht von Tray, so als würde sie Widerspruch erwarten. Doch das Mädchen schwieg. Dann richteten sich Nanias Antennen auf.

„Wo ist Flip?", fragte sie.

Tray zuckte mit den Schultern. „Ich weiß es nicht", sagte sie. Aber ein Aufblitzen in ihren Augen verriet Obi-Wan, dass sie nicht die Wahrheit sagte.

Obi-Wan schaltete seinen Comlink an. Es war an der Zeit, Qui-Gon zu kontaktieren. Das kleine Gerät knisterte einen Moment, dann hörte er die Stimme seines Meisters.

„Die Freilinge haben einem Treffen zugestimmt", sagte Obi-Wan.

„Das sind gute Neuigkeiten", gab Qui-Gon zurück. „Wir sind im Gebäude der Multycorp in der Nähe von Chairman Ports Büro. Wir haben mit Vorzyd 5 Frieden geschlossen und eine große Gruppe von Arbeitern hat sich hier mit ein paar Ruheständlern versammelt. Wir können es kaum erwarten, anzufangen."

„Ausgezeichnet", sagte Obi-Wan. Zum ersten Mal seit Tagen fühlte er sich erleichtert und hatte wieder Hoffnung. „Wir sind unterwegs."

Obi-Wan beendete die Kommunikation und stieg auf einen kleinen Schutthaufen. „Die Arbeiter warten darauf, sich mit uns zu treffen – um zu hören, was wir zu sagen haben", sagte er zu den Freilingen. „Es sind auch ein paar Ruheständler da. Sie möchten mit den Gesprächen beginnen. Wir sollten alle sofort zum Multycorp-Bau gehen."

Die Begeisterung war hörbar, als die Freilinge untereinander zu reden begannen. Überall in der Halle hüpften Kinder auf und ab. Obi-Wan drehte sich nach Tray um und sah, wie sie zu Boden sank. In ihrem Gesicht war blankes Entsetzen zu erkennen.

„Aber meine Großmutter", stammelte sie. „Nein." Sie sah zu Grath und Obi-Wan hoch. „Der Mutycorp-Bau wird explodieren."

Kapitel 20

Die Freilinge verstummten, als sich Trays Worte gesetzt hatten.

„Was?“, fragte Grath. „Was hast du gesagt?“

Tränen standen in Trays Augen. „Der Mutycorp-Bau wird explodieren“, wiederholte sie.

Obi-Wan griff nach seinem Comlink. Wenn er Qui-Gon sagen konnte, was vor sich ging, dann könnten sie die Explosion vielleicht verhindern. Doch noch bevor Obi-Wan überhaupt versuchen konnte, eine Verbindung aufzubauen, schüttelte Tray den Kopf.

Obi-Wan versuchte den Comlink in Betrieb zu nehmen, aber es kam nichts außer statischem Rauschen.

„Er funktioniert nicht mehr“, sagte Tray hölzern. „Wir haben die gesamte Kommunikation gestört.“ Sie sah auf ihren Zeitmesser. „Es ist zu spät.“

Tray sprang auf. „Wir müssen die Explosion verhindern!“, rief sie. „Los!“

Tray lief zum Wartungs-Shuttle voraus und kletterte in den Sitz im Cockpit. Einen Moment schien es so, als würde Nania ihr die Kontrollen aus der Hand reißen, doch dann besann sie sich. Tray brauchte eine Aufgabe.

Unglücklicherweise war Tray keine sonderlich gute Pilotin. Wenn ein Flug mit Nania ein Abenteuer war, dann war einer mit Tray eine Katastrophe. Der Shuttle hüpfte und machte Sprünge und warf dabei die anderen Freilinge hin und her.

Obi-Wan versuchte, einen klaren Kopf zu behalten, als er in seinen Sitz gedrückt wurde. Er musste Qui-Gon eine mentale Warnung wegen der Explosion schicken. Aber in dem Shuttle herrschte zu viel Aufregung und er konnte sich nicht konzentrieren. Er schloss die Augen und versuchte, alle anderen Emotionen und die Geräusche auszublenden. Er griff nach der Macht und sandte Qui-Gon eine Warnung. *Schafft alle aus dem Multycorp-Gebäude*, sagte er ihm. *Sofort.*

Obi-Wan öffnete die Augen und sah, dass Grath ihn anstarrte. „Ich hoffe, dass es funktioniert hat – was auch immer du gerade gemacht hast“, sagte der Junge mit zitternder Stimme. „Wenn meinem Vater wegen mir etwas zustößt, oder wegen etwas, das ich getan habe …“ Es fehlten ihm plötzlich die Worte und er verstummte.

Obi-Wan versuchte, Grath zu beruhigen. „Wir tun alles, was wir können“, sagte er. „Wir dürfen die Hoffnung nicht aufgeben." Aber Obi-Wan hatte selbst das üble Gefühl, es könnte zu spät sein.

„Es ist alles meine Schuld", fuhr Grath fort. „Ich habe die Streiche verändert. Ich wollte ihre Aufmerksamkeit erregen. Ich wollte ihnen zeigen ..." Graths Augen füllten sich mit Tränen, als er durch das Fenster des Shuttles starrte. „Und jetzt ist mein Vater, das Oberhaupt des Planeten, in Gefahr."

„Es ist nicht deine Schuld, Grath", sagte Tray mit schwankender Stimme. „Sondern meine." Sie zwang den Shuttle in eine scharfe Linkskurve. Die Freilinge, die gegen die Wand geschleudert wurden, stöhnten auf.

„Ich habe Flip dazu überredet, dass die Streiche gewalttätiger werden sollten. Ich habe ihm gesagt, du würdest ihn respektieren, wenn er die nächste Stufe erklimmt. Dass du stolz sein würdest ..." Tray nahm eine Hand von den Kontrollen, um sich die Augen abzuwischen und der Shuttle ging sofort in den Sinkflug. Er schrammte kurz am Boden entlang, bevor Tray ihn wieder auf die Bahn bringen konnte.

„Und er hat auf mich gehört", sagte sie mit einem Schluchzen. „Er hat jedes Wort geglaubt, das ich ihm gesagt habe."

Schließlich bog der Shuttle um eine Ecke und der Bau der Multycorp kam in Sicht. Obi-Wan stieß einen tiefen Seufzer aus. Das Bauwerk stand noch.

Doch noch bevor der Shuttle nahe genug kam, damit irgendjemand eine Warnung rufen konnte, erschütterte eine gewaltige Explosion die ganze Gegend. Metallsplitter, Durabeton-Trümmer und andere Bruchstücke wirbelten durch die Luft, als die Vorderseite des Multycorp-Komplexes explodierte und einstürzte.

„Nein!", schrie Grath und hielt sich die Hände vor das Gesicht. Nania starrte durch die Scheibe. Sie war so schockiert, dass sie kein Wort hervor brachte. Tray brach über den Kontrollen des Shuttles zusammen. Obi-Wan suchte den Bereich vor der Windschutzscheibe ab und wartete, bis sich der Staub gelegt hatte. Hatte Qui-Gon seine Nachricht erhalten? Waren die Vorzydianer rechtzeitig herausgekommen? Obi-Wan spürte, dass sein Meister in der Nähe war, konnte aber nicht sagen, ob es ihm gut ging.

Irgendwann sah Obi-Wan eine Gruppe von Leuten. Ein paar von ihnen standen vornübergebeugt da, andere lagen im Geröll auf dem Boden. Sonst war nichts zu sehen.

Obi-Wan drückte die Tür des Shuttles auf und lief auf sie zu. Er hoffte verzweifelt, dass er nicht auf ein Todesszenario zulief.

Kapitel 21

Am Explosionsort herrschte ein einziges Chaos. Alles war voller vorzydianischer Arbeiter und Ruheständler – sie lagen auf dem Boden, summten vor sich hin oder versorgten Verletzte. Alle standen unter Schock. Obi-Wan folgte Grath und Tray, als sie in den Trümmern nach ihren Familienangehörigen suchten.

Irgendwann sah Obi-Wan Qui-Gons braune Robe. Sein Meister kniete neben einem Körper auf dem Boden. Neben ihm stand Chairman Port.

„Vater!“, rief Grath und lief los.

Chairman Port drehte sich um. Sein Gesicht war verbrannt. Mit einer Hand hielt er seinen verletzten Arm, der seltsam verdreht herabhing. Grath gab Acht, dass er den gebrochenen Arm nicht berührte und ging zu seinem Vater. Anstatt etwas zu sagen, berührten sie sich mit ihren Antennen und versicherten sich so gegenseitig, dass alles in Ordnung war.

Obi-Wan lief zu Qui-Gon. Er war erleichtert, seinen Meister unverletzt zu sehen, doch der Jedi schien das Gefühl nicht erwidern zu können. Etwas anderes beschäftigte ihn. Qui-Gons Gesichtsausdruck ließ Obi-Wan inne halten. Die Gestalt auf dem Boden war Trays Großmutter. Ihre Augen waren geschlossen und ihr Gesicht war voller Blut.

Tray fiel neben ihrer Großmutter auf die Knie, unfähig zu sprechen.

„Sie wird es überstehen", sagte Qui-Gon leise. „Sie wurde bei der Flucht aus dem Gebäude von einem kleinen Trümmerstück am Kopf getroffen."

Die Augen der alten Frau öffneten sich flatternd und sie streckte die Hand nach ihrer Enkelin aus. Tray nahm ihre Hand, doch ihr Gesicht war eine Maske des Entsetzens. Obi-Wan wusste, dass sie sich die Schuld gab.

Qui-Gon legte Tray eine Hand auf die Schulter. „Deine Großmutter ist eine tapfere Frau."

Tray sah Qui-Gon mit tränenerfüllten Augen dankbar an. Der erwiderte ihren Blick voller Zuversicht und wandte sich dann an Obi-Wan.

„Dank deiner Warnung haben es fast alle rechtzeitig aus dem Gebäude geschafft."

„Fast alle?", fragte Obi-Wan. Doch Qui-Gon sagte nichts mehr. Da wusste Obi-Wan, wer im Gebäude zurückgeblieben war. „Flip“, sagte er leise. Er wollte Tray nicht noch mehr aufregen. Doch sie hatte es gehört.

„Nein!“, rief sie weinend. „Nein, nicht Flip. Wir müssen ihn finden. Wir müssen ihn da herausholen.“

Obi-Wan nickte traurig. Natürlich mussten sie Flip suchen. Er hoffte nur, dass sie ihn lebendig finden würden.

Grath rief und winkte die immer größer werdende Gruppe der Freilinge zu der Ecke, die einmal die Vorderseite des Multycorp-Annexes gewesen war.

„Das Geräusch kommt aus dem Keller“, erklärte er. „Wir müssen irgendwie dort hinein kommen.“

Ein Team der Arbeiter hatte die Trümmer erst ein paar Minuten durchsucht, als sie schon ein leises, metallisches Klopfen gehört hatten. Es hätte eine Maschine sein können, die noch immer lief. Es hätte ein Tier sein können. Oder es könnte Flip sein.

Ein Dutzend kräftige Arbeiter kam zusammen und drückte mit vereinter Kraft an dem schweren Metallträger, der den Zugang zum Keller blockierte. Doch er rührte sich nicht von der Stelle.

„Wir müssen gleichzeitig anheben“, sagte Grath zu seiner Gruppe. „Auf drei.“

Ein paar der Arbeiter sahen die jungen Freilinge skeptisch an. Doch dann traten sie zur Seite und ließen sie an den Träger.

„Eins, zwei, drei“, zählte Grath. Gemeinsam schaffte die Gruppe es, den Träger anzuheben. Sie schoben ihn zur Seite, bis eine ein Meter breite Öffnung entstanden war.

„Stützt die Seiten ab“, rief Grath.

Die Öffnung war nicht groß, aber sie reichte aus, damit Obi-Wan sich hindurchzwängen konnte.

„Beeil dich, Obi-Wan“, sagte Grath, als der junge Jedi in die dunklen Reste des Kellers hinabstieg. Doch der Anführer der Freilinge musste das nicht zweimal sagen. Obi-Wan wusste, dass die Reste des Multycorp-Gebäudes instabil waren. Auch mit dem Träger als Stütze war die Gefahr groß, dass der Eingang einstürzte. Und selbst wenn Flip noch am Leben war, konnte die Zeit drängen.

Obi-Wan blieb einen Augenblick stehen und wartete, bis sich seine Augen an die Dunkelheit gewöhnt hatten. Er hörte auf das metallische Klopfen. Es schien von einer Stelle direkt vor ihm und etwas links zu kommen. Aber es kam immer unregelmäßiger.

„Pass auf“, sagte eine Stimme über Obi-Wan. „Ich komme auch runter.“

Das Licht von oben war einen Augenblick lang verdeckt. Dann landete Tray neben Obi-Wan.

„Das Geräusch kommt von dort drüben“, sagte Obi-Wan und zeigte in die entsprechende Richtung. Er ging voran, doch Tray lief an ihm vorüber.

„Flip?“, rief sie. „Flip? Halte durch, wir kommen.“ Das vorzydianische Mädchen ging gebückt unter einem großen Maschinenwrack hindurch. Es schob sich schnell und behände durch zum Teil eingefallenen Räume und verschwand außer Sicht. Doch Obi-Wan hörte noch immer, wie es nach seinem Freund rief.

„Flip? Flip!“ Trays Stimme ließ keinen Zweifel daran, dass sie den Jungen gefunden hatte. Obi-Wan lief an einem Haufen Schutt vorbei zu ihnen.

„Flip“, sagte Tray jetzt etwas ruhiger. Gemeinsam hoben sie und Obi-Wan ein Durastahl-Teil von Flips Brust, das ihn auf den Boden gedrückt hatte. Tray fiel neben ihm auf die Knie und nahm Flips Hand. Sie lockerte seinen Griff um die Durastahl-Stange, mit der er das Notsignal gegen den Träger geklopft hatte.

Abgesehen von einer großen Schramme an der Stirn schien Flip nichts zu fehlen. Doch obwohl der Träger ihn nun nicht mehr behinderte, konnte er nicht aufstehen. Obi-Wan sah, wie der Junge nach Luft rang, um zu sprechen; er war offensichtlich doch in einem schlechteren Zustand als er angenommen hatte. Flip hustete und zuckte vor Schmerz zusammen.

„Leg dich wieder hin“, sagte Obi-Wan. „Versuch nicht, dich zu bewegen oder zu sprechen.“ Dann wandte er sich an Tray. „Bleib solange bei ihm, bis ich die Mediziner geholt habe.“

Als Obi-Wan zurück zum Kellereingang lief, hörte er Tray leise sprechen.

„Es tut mir so Leid", flüsterte sie. Sie schluchzte. „Ich hatte Unrecht."

Kapitel 22

Tray stand so dicht wie möglich neben der Gravbahre, als Flip aus dem Keller gebracht wurde. Grath bewegte sich nervös, als sie herauskamen. Für Obi-Wan war klar ersichtlich, dass der Junge mit Flip reden wollte, irgendetwas ihn jedoch zurückhielt.

Qui-Gon warf seinem Padawan einen Blick zu und ermutigte ihn mental, Grath anzustoßen. Doch Obi-Wan ging schon auf den Anführer der Freilinge zu. Qui-Gon hörte nicht, was Obi-Wan Grath ins Ohr flüsterte, doch was immer es auch war, es gab dem Jungen den Mut, den er brauchte, um auf den verletzten Flip zuzugehen.

Grath legte seine Hände auf die von Flip, beugte sich dicht vor dessen Gesicht und sprach leise mit ihm. Obwohl Flip nicht antworten konnte, sagten seine Augen, das alles vergeben war. Grath und der Junge berührten sich kurz mit ihren Antennen. Dann senkten sich Flips

Fühler auf seine Stirn und sein Körper erstarrte. Flip war tot.

„Nein!", schluchzte Tray. Sie beugte sich über Flips Gesicht und legte ihren Kopf auf seine Brust. „Nein", flüsterte sie. „Nicht du."

Grath legte Tray tröstend die Hand auf den Rücken. „Es ist nicht deine Schuld, Tray", sagte er leise. „Flip war selbstständig und er traf seine eigenen Entscheidungen. Wir alle haben getan, was wir für richtig hielten."

Tray sah Grath dankbar an. Ihre großen Augen waren voller Tränen. Dann ließ sie den Kopf sinken. „Aber unser Weg war nicht der richtige", sagte sie.

„Das glaube ich auch", sagte Grath. „Aber jetzt gehen wir einen anderen Weg. Den Weg zum Frieden."

Tray nickte langsam. Qui-Gon spürte, dass sie Flips Tod im Laufe der Zeit verkraften würde. Aber es würde lange dauern.

Grath sah auf Flips leblosen Körper hinab, beugte sich vor und verabschiedete sich kurz. Tray tat dasselbe und nach ihr noch ein paar andere Freilinge. Dann bedeckten die Freilinge Flips Leichnam mit einem schweren grauen Tuch und luden die Gravbahre auf einen Transporter.

Grath, Tray und Obi-Wan standen schweigend beisammen, als der Transporter abhob. Langsam versammelten sich mehr und mehr Freilinge um das Trio, nahmen sich an die Hände und begannen zu summen. Der

Ton war zuerst nur leise, wurde aber schnell lauter und intensiver. Ein Ton voller Schmerz und Sorge. Die junge Gruppe hatte viel durchgemacht und musste jetzt einen Toten aus ihrer Mitte beklagen. Qui-Gon wusste, dass das alles nicht einfach sein würde. Und es lagen noch viel Arbeit und unzählige Herausforderungen vor ihnen.

Als der letzte der verletzten Vorzydianer in ein Med Center gebracht worden war und sich der Staub endlich gelegt hatte, herrschte einen Moment lang Stille. Doch dieser friedliche Augenblick war schnell wieder vorüber.

Ein großer, wütender vorzydianischer Arbeiter zeigte mit dem Finger auf die Freilinge. „Seht nur, was ihr angerichtet habt", sagte er und deutete auf den Trümmerhaufen. „Wie sollen wir jetzt arbeiten?"

„Habt ihr denn keinen Respekt?", fragte ein anderer wütender Arbeiter. „Haben wir euch denn nichts beigebracht?", rief er böse.

„Ihr habt uns genug beigebracht", gab eine Stimme aus der Mitte der Freilinge zurück. „Ihr habt uns beigebracht, dass nur die Arbeit euch wichtig ist. Und *das* mussten wir tun, um eure Aufmerksamkeit zu erhalten."

Die Szenerie entwickelte sich schnell zu einem heftigen Wortgefecht zwischen den Freilingen und den Arbeitern. Qui-Gon sah von der Seite zu, zusammen mit ein paar Ruheständlern. Dieser Streit würde nirgendwo hinführen. Beide Parteien beschuldigten die jeweils andere, weiter nichts. Qui-Gon wollte gerade einschreiten, als Obi-Wan sich von den Freilingen löste und zwischen die beiden Gruppen stellte.

„Es hat keinen Sinn, sich gegenseitig die Schuld zu geben", sagte er laut hörbar. „Ich glaube, ihr seid euch alle einig, dass viel Schaden angerichtet wurde." Obi-Wan sprach langsam und bedächtig; er sah dabei den Freilingen und den Arbeitern in die Augen. Qui-Gon spürte, wie eine Welle des Stolzes durch ihn hindurchfloss. Wann war Obi-Wan nur so weise geworden?

„Ihr müsst zusammenarbeiten, um die Wunden zu heilen, die sich heute gezeigt haben." Obi-Wan richtete seinen Appell an die Arbeiter. Doch trotz der Wahrheit in Obi-Wans Worten spürte Qui-Gon, dass die Vorzydianer noch nicht überzeugt waren.

„Mein Padawan hat Recht", sagte er und trat zu Obi-Wan zwischen den beiden Fraktionen. „Die Generationen können einander viel geben." Er legte einen Arm um Obi-Wans Schulter. „Im Laufe der Zeit werdet Ihr lernen, dass es im Leben mehr gibt als nur Arbeit und Produktivität. Ihr müsst Euch nicht immer einig sein, aber wenn Ihr Euch die Zeit nehmt, einander zuzuhören und voneinander zu lernen, wird die Arbeit, die Ihr gemeinsam verrichtet, unendlich viel befriedigender sein."

Die Worte hallten in Qui-Gons Kopf wider, als er sie aussprach. Er hoffte, dass Obi-Wan begriff, dass er nicht nur über die Vorzydianer sprach. Er sprach auch über sie beide. Wie viel sie voneinander lernen konnten. Wie glücklich sie die Zusammenarbeit und die Tatsache machte, dass sie sich aufeinander verlassen konnten. Wie gut es war zu wissen, dass sie füreinander da waren, auch wenn sie manchmal nicht einer Meinung waren.

Mit einem Blick auf seinen Schüler sah Qui-Gon, dass er verstanden hatte. Die beiden Jedi brauchten keine Antennen, um sich ihre Gefühle mitzuteilen. Sie verband eine starke Bindung.

Qui-Gons Worte drangen wohl auch zu einigen der Vorzydianern vor. Aber viele waren noch immer anderer Meinung.

„Wer seid Ihr, dass Ihr uns sagen wollt, was wir zu tun und zu lassen haben?“, fragte einer der Arbeiter Qui-Gon und Obi-Wan böse.

Da schleppte sich Chairman Port vor die Menge. Grath ging zu ihm, um ihm zu helfen. „Ihr habt Recht“, sagte Port zu dem wütenden Vorzydianer. „Nicht die Jedi sollten uns sagen, wie wir unsere Probleme lösen können. Wir haben die Katastrophe gemeinsam heraufbeschworen.“ Er stützte sich schwer auf seinen Sohn. „Und wir müssen gemeinsam daran arbeiten, sie zu beheben.“

Kapitel 23

Innerhalb von nur drei Tagen hatte sich das Gebäude der Ruheständler entscheidend verändert. Fast alle Türen standen offen, auch der Haupteingang, der zum Hof führte. Nach Arbeitsende gingen jetzt allerlei Vorzydianer ein und aus. Manchmal konnte man sogar ein Lachen in den einst leeren Korridoren hören.

Obi-Wan ging mit Qui-Gon zum Ausgang und nahm die Veränderung noch einmal bewundernd zur Kenntnis. Die Vorzydianer brauchten Zeit, um Flips Tod zu betrauern – und den Schaden, den er angerichtet hatte. Die Kluft zwischen den Generationen würde sich nicht so schnell überbrücken lassen. Aber Obi-Wan war voller Hoffnung.

Das Plappern eines Vorzydianers hallte durch den Korridor. Obi-Wan lächelte unwillkürlich und blieb stehen. Es klang wie Grath.

„Meister, wartet", rief Obi-Wan. Er lief den Gang zurück zu dem vertrauten Geräusch und wurde nicht enttäuscht.

Grath saß in einem der Räume in einem Kreis aus Stühlen. Obi-Wan fiel auf, dass dieses Zimmer jetzt nicht mit Liegen, sondern mit Tischen und Stühlen eingerichtet war. Die Möbel standen so, dass man sich bequem unterhalten konnte. Das Zimmer war in eine Art Freizeitraum umgewandelt worden.

Obi-Wan freute sich über die Veränderungen im Zimmer, spürte aber sofort die Traurigkeit, die darin herrschte.

Grath stand auf und begrüßte seinen Freund. „Wir haben gerade über Flip gesprochen“, erklärte er. „Die Dinge, die er getan hat, sind noch immer sehr schmerzhaft für uns, aber es hilft uns allen, wenn wir unsere Erinnerungen teilen.“ Er deutete auf die anderen in dem Zimmer – ein paar Freilinge, sein Vater, Tray und ihre Großmutter Ina. Sie alle winkten zur Begrüßung mit ihren Antennen in Obi-Wans Richtung.

Grath wandte sich wieder an Obi-Wan. „Du gehst doch noch nicht, oder?“

Obi-Wan war froh, als hinter ihm Qui-Gon ins Zimmer trat und ihm eine Antwort auf Graths Frage ersparte. Sie waren tatsächlich im Begriff, nach Coruscant zurückzukehren.

„Chairman Port“, sagte Qui-Gon mit warmer, freundlicher Stimme. Er durchquerte das Zimmer mit zwei

Schritten und reichte Port die Hand. „Ihr seid nicht in Eurem Büro. Habt Ihr keine Arbeit zu erledigen?" Qui-Gons Augen funkelten erfreut.

Chairman Port nahm Qui-Gons Hand, erwiderte das Lächeln aber nicht. „Ihr habt uns gezeigt, dass es wichtigere Arbeiten zu erledigen gibt", sagte er höflich. „Wir danken Euch dafür."

„Wir waren gerade auf dem Weg, um Euch zu danken", sagte Grath. „Aber wir haben hier Halt gemacht, um Ina zu besuchen und uns über Flip zu unterhalten."

Obi-Wan lächelte. Die verschiedenen Generationen der Vorzydianer verbrachten endlich ein wenig Zeit miteinander und teilten sich ihre Gefühle mit. Und trotz der Trauer über Flips Tod schienen sie es zu genießen.

„Wir möchten Euch danken", sagte Chairman Port förmlich. „Dafür, dass Ihr uns bei unseren Beziehungen zu Vorzyd 5 geholfen habt und ..." Port musste nach den richtigen Worten suchen. Seine wedelnden Antennen berührten den Kopf seines Sohnes und verwuschelten dessen Haar. „Und bei unseren Beziehungen hier auf Vorzyd 4."

Qui-Gon nickte und nahm den Dank an.

„Oh, und ich habe einen neuen Plan", sagte Tray aufgeregt.

Einen Moment glaubte Obi-Wan, sie würde über einen neuen Sabotageakt der Freilinge reden.

„Die jungen Leute helfen, einen Platz im Freien für uns zu bauen“, erklärte Ina.

„Die Arbeiter werden ebenfalls helfen“, fügte Grath hinzu. „Mein Vater hat die Arbeitszeit um einen Tag verkürzt, damit wir etwas Zeit dafür haben.“

Die Vorzydianer sahen einander an. Ihre Antennen bewegten sich sanft vor und zurück, so als stünden sie in einer leichten Brise. Obi-Wan hatte die Vorzydianer noch nie so lebhaft und glücklich gesehen wie in diesem Augenblick.

„Es gibt noch viel zu tun“, sagte Chairman Port. „Aber wir haben einen Anfang gemacht. Und wir werden es zusammen zu Ende führen.“

„Ich bin sicher, dass Ihr das werdet“, stimmte Qui-Gon ihm zu. „Wir müssen jetzt nach Coruscant aufbrechen. Auch wir haben viel zu tun.“

„Natürlich, natürlich“, sagte Chairman Port.

Die Vorzydianer verabschiedeten sich von den Jedi und Obi-Wan folgte seinem Meister den Korridor entlang. Obi-Wan wusste, dass viel Arbeit vor ihnen lag. Und es war Arbeit, die sie gemeinsam verrichten mussten.

„Auch wir haben gerade erst begonnen, mein Padawan“, sagte Qui-Gon und riss Obi-Wan damit aus seinen Gedanken. Als sie auf den Hof kamen, blieb Qui-Gon stehen und drehte sich zu seinem Padawan um. „Und obwohl wir den Beginn unserer Reise schon längst hinter uns haben, sind wir noch nicht ganz am Ziel angelangt."

Obi-Wan nickte. „Ich weiß. Ich muss noch viel lernen."

„Und doch bist du um einiges erwachsener geworden", sagte Qui-Gon anerkennend. „Ich bin stolz auf dich, Obi-Wan. Stolz auf das, was aus dir geworden ist. Es ist mir eine Ehre, dich zu unterrichten und mit dir zu arbeiten. Ich könnte mir keinen besseren Padawan vorstellen."

Obi-Wan strahlte. „Also an die Arbeit", sagte er.

„Ja", sagte Qui-Gon. „An die Arbeit."

Glossar

Adi Gallia
Eine ➢Jedi-Meisterin, die für ihr imposantes Auftreten bekannt ist. Adi Gallia strahlt nicht nur aufgrund ihrer Körpergröße eine starke Autorität aus. Sie kann mit nur einem einzigen Blick eine ganze Klasse unruhiger Jedi-Schüler zur Räson bringen. Ihr Padawan ist ➢Siri Tachi.

Äußerer Rand
➢Outer Rim

Absoluten, die
Eine von der ehemaligen Regierung auf ➢New Apsolon unterstützte und beim Volk verhasste Geheimpolizei, die sich durch besondere Grausamkeit auszeichnete. Nach dem politischen Umbruch auf New Apsolon wurden Die Absoluten offiziell aufgelöst, doch im Untergrund sind sie noch immer aktiv.

Alani
Zwillingsschwester von ➢Eritha. Die beiden sind Töchter des ermordeten Gouverneurs von ➢New Apsolon, ➢Ewane. Alani und Eritha lebten beim neuen Gouverneur ➢Roan, der kürzlich ebenfalls ermordet wurde. Die Zwillinge sind gute Bekannte von ➢Qui-Gon Jinn und vor allem von ➢Tahl, die sie um Hilfe riefen, weil sie aufgrund der instabilen politischen Situation auf New Apsolon um ihr Leben fürchteten. Alani wird mittlerweile von ihrer Schwester Eritha beschuldigt, mit ➢Balog und den ➢Absoluten gemeinsame Sache zu machen.

Apsolon
➢New Apsolon.

Arbeiter, die
Der Name des arbeitenden Teils der Bevölkerung von ➢New Apsolon. Vor dem von ihnen initiierten politischen Umbruch auf New Apsolon wurden sie unterdrückt und mussten unter ärmlichen Verhältnissen hinter Energiebarrieren in speziellen Vierteln leben. Trotz einer Besserung ihrer politischen Situation kämpfen Die Arbeiter nach Ermordung des aus ihren Reihen gestellten Gouverneurs ➢Ewane um einen erneuten Regierungsumbruch, da sie die alten Mächte noch nicht besiegt glauben und

Angst vor einer Wiederkehr der alten Zustände haben. Es gibt eine Gruppe, die in den Steinbrüchen fernab der Hauptstadt arbeitet und sich daher Fels-Arbeiter nennt.

Bacta

Eine dicke, gelatineartige, durchsichtige Flüssigkeit, die zur Wundheilung benutzt wird. Bacta kann selbst die schlimmsten Verletzungen ohne zurückbleibende Narben heilen.

Balog

Der Oberste Sicherheitsoffizier auf ➢New Apsolon. Balog gehörte ursprünglich zur Gruppe der ➢Arbeiter und wurde von ➢Roan auf seinen Posten befördert. Es stellte sich später heraus, dass Balog in Wirklichkeit der neue Anführer der ➢Absoluten ist. Er entführte ➢Tahl.

Bant Eerin

Jedi-Schülerin und beste Freundin von ➢Obi-Wan im ➢Jedi-Tempel auf ➢Coruscant. Bant ist ein vierzehnjähriges ➢Mon Calamari-Mädchen und ➢Padawan von ➢Tahl.

Bard Cobral

Mit ➢Solan Cobral einer der beiden noch lebenden Brüder der ➢Cobral-Familie.

Blaster

Die meistgebrauchte Waffe in der ➢Galaxis. Es

existieren viele Varianten von Pistolen und Gewehren. Blaster emittieren Strahlen aus Laserenergie.

Bruck Chun
Bruck Chun war ein Jedi-Schüler, der wie viele andere gehofft hatte, als ➢Padawan erwählt zu werden. Bruck Chun ließ sich zur Dunklen Seite der ➢Macht verführen und kam bei einem Sturz von einer Felsklippe während eines Kampfes mit ➢Obi-Wan ums Leben.

Bryn
Die Frau von Chairman ➢Port.

Clee Rhara
Eine Jedi-Ritterin, die gemeinsam mit ➢Tahl und ➢Qui-Gon im ➢Jedi-Tempel ausgebildet wurde.

Cobral-Familie
Eine kriminelle Familie, die den Planeten ➢Frego auf verbrecherische Weise beherrscht. Sie kontrolliert die Regierung mittels Erpressung und Gewalt.

Comlink
Ein Kommunikationsgerät, mit dem man Gespräche, Bilder und wissenschaftliche Daten übertragen kann.

Comm Unit
Allgemeiner Begriff für eine schiffsgestützte Kommunikationseinheit. Der Begriff Comm Unit wird gelegentlich auch für

den transportablen ➢Comlink verwendet.

Crote, Senator
Der Senator des Planeten ➢Frego. Er vertritt seinen Heimatplaneten im ➢Galaktischen Senat auf ➢Coruscant.

Datapad
Mobiler Datenspeicher in handlicher Form. Das Datapad ist eine Art Personalcomputer und verfügt über enorme Speicherkapazitäten. Es ist mit einem Monitor und einer Tastatur ausgestattet und kann überall mit hin genommen werden. Datapads werden u. a. als elektronische Notizbücher, Terminplaner, Datensammlungen etc. verwendet.

Degarian II
Ein Diplomatenschiff der Regierung von ➢Frego.

Droiden
Roboter, die für nahezu jede nur vorstellbare Aufgabe in der ➢Galaxis eingesetzt werden. Form und Funktion der Droiden variieren stark.

Durabeton
Ein sehr hartes, aber relativ leichtes Baumaterial, das meist im Häuserbau eingesetzt wird.

Durafolie
Eine papierähnliche Folie, die mit einem Impulsgeber beschriftet wird. Es gibt Versionen, auf denen die Schrift nach einiger Zeit verblasst

und solche, die unlöschbar sind.

Duraplast
Ein extrem widerstandsfähiger Kunststoff, der leicht herzustellen ist und für allerlei Zwecke von der Herstellung von Gebrauchsgegenständen bis hin zum Hausbau verwendet wird.

Durastahl
Ein sehr hartes und ultraleichtes Metall, das höchsten mechanischen Beanspruchungen und Temperaturschwankungen standhält. Es wird sehr oft im Raumschiff- und Häuserbau eingesetzt.

Eritha
Zwillingsschwester von ➢Alani. Die beiden sind Töchter des ermordeten Gouverneurs von ➢New Apsolon, ➢Ewane. Alani und Eritha lebten beim neuen Gouverneur ➢Roan, der kürzlich ebenfalls ermordet wurde. Die Zwillinge sind gute Bekannte von ➢Qui-Gon Jinn und vor allem von ➢Tahl, die sie um Hilfe riefen, weil sie aufgrund der instabilen politischen Situation auf New Apsolon um ihr Leben fürchteten. Eritha glaubt, dass ihre Schwester mit ➢Balog und den ➢Absoluten gemeinsame Sache macht.

Ewane
Vater der Zwillinge ➢Alani und ➢Eritha. Ewane war ein ➢Arbeiter und wurde nach einer

unblutigen Revolution Gouverneur von ➢New Apsolon. Er wurde nach seiner Wiederwahl fünf Jahre nach Amtseinführung von unbekannten Mächten ermordet.

Felana
Die Regentin von ➢Vorzyd 5.

Fels-Arbeiter
➢Arbeiter.

Flip
Ein junger Schüler vom Planeten ➢Vorzyd 4. Flip ist Mitglied der ➢Freilinge und sieht zu deren Anführer ➢Grath auf.

Frego
Ein Planet mit zwei Monden, der Mitglied der ➢Galaktischen Republik ist, aber seit beinahe zwanzig Jahren von der kriminellen ➢Cobral-Familie beherrscht wird, die die eigentliche Regierung mittels Erpressung und Bestechung kontrolliert.

Freilinge
Eine Vereinigung von Schülern auf dem Planeten ➢Vorzyd 4, die sich zum Ziel gesetzt hat, die arbeitssamen Erwachsenen ihres Heimatplaneten auf die größer werdende Kluft zwischen den Generationen hinzuweisen.

Galaktische Republik
Die Galaktische Republik setzt sich aus den durch die Gouverneure im ➢Galaktischen Senat

repräsentierten Mitgliedsplaneten zusammen.

Galaktischer Kern
Der Galaktische Kern bildet die Region der dicht bevölkerten Welten um den Galaktischen Tiefkern, in dem sich wiederum eine große Menge Antimaterie und ein schwarzes Loch befinden. ➢Coruscant liegt im Galaktischen Kern.

Galaktischer Senat
Der Galaktische Senat tagt in einem riesigen, amphitheaterähnlichen Gebäude auf ➢Coruscant, wo tausende von Senatoren aus allen Welten der ➢Galaktischen Republik den Sitzungen beiwohnen.

Galaxis
Eine Ballung von Milliarden von Sternen. Galaxien sind in Galaxienhaufen, diese wiederum in so genannten Superhaufen organisiert. Die Entfernungen zwischen den einzelnen Galaxien sind jedoch derart groß, dass sie bislang nicht überwunden werden konnten.

Ginka
Eine Blumenart auf ➢New Apsolon.

Gleiter
Ein ➢Repulsor-getriebenes Fahrzeug zur Fortbewegung über Land. Es gibt allerlei Ausführungen und Größen, die sich im Allgemeinen ca. 0,5–1 m über dem Boden schwe-

bend und recht schnell bewegen können.

Grath
Ein junger ➢Vorzydianer und Sohn von ➢Chairman Port. Grath ist Anführer der ➢Freilinge.

Gravbahre
Eine ➢Repulsor getriebene Schwebebahre zum Transport von Kranken.

Holobild
➢Hologramm

Holobildschirm
➢Hologramm

Hologramm
Ein bewegtes dreidimensionales Bild, das an einen anderen Ort zum Zweck der interaktiven audiovisuellen Kommunikation übertragen werden kann. Am Empfangsort erscheint das Hologramm als geisterhafte Projektion im Raum. Je nach Ausführung des Holo-Projektors kann das Hologramm in der Größe variieren.

Holotape
Ein gängiges Aufzeichnungsmedium für ➢Hologramme.

Hoverscout
Ein ➢Repulsor-getriebener Landtransporter, ähnlich dem ➢Landgleiter. Der Unterschied ist, dass Hoverscouts größer sind, immer eine geschlossene Bauweise haben und manche Ausführungen sich sehr viel schneller fortbewegen können.

Ina
Eine alte ➢Vorzydianerin und die Großmutter von ➢Tray. Ina hat das Arbeitsleben hinter sich und wohnt in einem Gebäude für Ruheständler auf Vorzyd 4.

Irini
Eine ➢Arbeiterin, die zu Zeiten der alten Regierung auf ➢Apsolon im Widerstand tätig war und von den ➢Absoluten gefoltert wurde. Irini arbeitet jetzt ehrenamtlich in einem Museum auf ➢New Apsolon und engagiert sich in der neuen Widerstandsbewegung.

Jedi-Meister
Sie sind die ➢Jedi-Ritter, die den höchsten Ausbildungsstand erreicht haben und selbst junge ➢Jedi-Padawane ausbilden.

Jedi-Padawan
Ein junger Jedi-Anwärter, der von einem ➢Jedi-Meister als dessen persönlicher Schüler angenommen wurde.
Ein Jedi-Schüler, der bis zu seinem dreizehnten Geburtstag von keinem Jedi-Meister als Padawan angenommen wurde, kann nicht mehr zum ➢Jedi-Ritter ausgebildet werden.

Jedi-Ritter
Die Hüter von Frieden und Gerechtigkeit in der ➢Galaxis. Jedi-Ritter zeichnen sich durch eine besonders gute Beherr-

schung der ➢Macht aus und haben sich vor Jahrtausenden zu einem Orden zusammengeschlossen.

Jedi-Tempel
Der riesige Jedi-Tempel ist Sitz des ➢Rates der Jedi auf ➢Coruscant. Hier werden auch die jungen Jedi-Schüler ausgebildet.

Jenna Zan Arbor
Eine talentierte Wissenschaftlerin, die sich ursprünglich humanitären Zwecken verschrieben hat. Im Rahmen eines Experiments, die ➢Macht messbar zu machen, entführte sie als Versuchsobjekt unter anderem ➢Qui-Gon Jinn.

Jocasta Nu
Eine ➢Jedi-Ritterin, die mittlerweile nur noch Dienst als Archivarin im ➢Jedi-Tempel verrichtet. Jocasta Nu mag auf Fremde den Eindruck einer alten Bibliothekarin machen, sie ist aber auch eine hervorragende Kämpferin.

Jungen, Die
Eine Vereinigung von Kindern und Jugendlichen auf ➢Melida/Daan, die gegen den Willen der Älteren für den Frieden auf ihrem Planeten eintraten. Nach langen Kämpfen haben Die Jungen den Krieg gegen die Älteren gewonnen und regieren nun Melida/Daan.

Juno
Ein Küchendiener der Cobral-Familie.

Kegan
Ein Planet am ➢Outer Rim, der sich lange Zeit vollkommen vom Rest der ➢Galaxis abgeschottet hatte. Auf Kegan herrschte ein Menschen verachtendes Regierungssystem, das auf der scheinbaren Gleichheit aller Bürger beruhte. In Wirklichkeit aber wurde auf Kegan unter anderem Gehirnwäsche in den so genannten Lern-Ringen betrieben, die Einrichtungen zur Inhaftierung unliebsamer Schüler waren. ➢Qui-Gon, ➢Obi-Wan und ➢Siri konnten das Regime des Planeten zerschlagen.

Kibi
Ein vegetarisches Gericht, das nicht nur auf ➢Vorzyd 4, sondern auch in der restlichen ➢Galaxis bekannt ist.

Kopi
Eine buschartige Pflanze, die überall in der ➢Galaxis verbreitet ist. Aus ihren Blättern lässt sich ein wohlschmeckender Tee kochen.

Landgleiter
➢Gleiter

Lena Cobral
Die Witwe des ermordeten ➢Rutin Cobral. Lena Cobral hat sich entschlossen, gegen die Cobrals vor dem ➢Galaktischen Senat auszusagen.

Lenz
Der Anführer der neuen Widerstandsbewegung der ➢Arbeiter. Lenz wurde unter der alten Regierung von ➢New Apsolon von den ➢Absoluten gefoltert.

Lichtschwert
Die Waffe eines ➢Jedi-Ritters. Die Klinge besteht aus purer Energie. Jedi-Ritter lernen im Laufe ihrer Ausbildung, diese Schwerter in den Höhlen des Planeten Ilum mit Hilfe von nur dort vorkommenden Kristallen eigenhändig herzustellen. Es gibt verschiedene Lichtschwert-Versionen mit feststehender Amplitude und Klingenlänge sowie schwache Trainings-Lichtschwerter und solche, bei denen sich diese Parameter mittels eines Drehschalters verändern lassen. Lichtschwerter werden bisweilen auch als Laserschwerter bezeichnet.

Luftgleiter
➢Gleiter.

Mace Windu
Mace Windu ist eines der obersten Mitglieder im ➢Rat der Jedi. Er ist für seine strenge, aber weise Art bekannt.

Macht
Die Macht ist ein gleichermaßen mystisches wie natürliches Phänomen: ein Energiefeld, das die ➢Galaxis durchdringt und alles miteinander verbindet. Die Macht wird

von allen Lebewesen erzeugt, weswegen man in diesem Zusammenhang auch von der ‚Lebendigen Macht' spricht. Wie alle Energieformen kann die Macht manipuliert werden. Vor allem die ➢Jedi-Ritter beherrschen diese Kunst. Ein Jedi-Ritter, der die Macht beherrscht, hat besondere Fähigkeiten: Er kann beispielsweise entfernte Orte sehen oder Gegenstände und die Gedanken anderer bis zu einem gewissen Maß kontrollieren. Die Macht hat zwei Seiten: Die Lebendige Seite der Macht schenkt Frieden und innere Ruhe; die Dunkle Seite der Macht erfüllt mit Furcht, Zorn und Aggression. Wer sich als Jedi diesen negativen Gefühlen allzu leicht hingibt, steht in Gefahr, der Dunklen Seite der Macht zu verfallen.

Manex
Der wohlhabende Bruder von ➢Roan. Er bietet ➢Qui-Gon Jinn und ➢Obi-Wan Kenobi jede erwünschte Hilfe an.

Med Center
Kurzform für Medizinisches Center: Krankenhaus.

Melida/Daan
Ein Planet, auf dem ein jahrtausendelanger Zwist zwischen den beiden Völkern Melida und Daan herrschte. Da sogar über den Namen der Welt Uneinigkeit herrschte, wurden die Völkernamen,

geteilt durch einen Schrägstrich, als Kompromiss verwendet. ➢Obi-Wan Kenobi hatte einmal vorübergehend den Weg der ➢Jedi verlassen, um einer Gruppe von Jugendlichen auf Melida/Daan zu helfen, den Frieden auf den Planeten zurückzubringen.

Mica
Die Kusine von ➢Lena Cobral.

Mon Calamari
Amphibische Spezies vom gleichnamigen Planeten mit großen, fischähnlichen Augen, die an Land auf feuchtes Klima angewiesen ist.

Mota
Ein Schwarzmarkthändler auf ➢New Apsolon, bei dem ➢Qui-Gon und ➢Obi-Wan einen Sucher-Droiden kauften.

Multycorp
Eine der wenigen großen Firmen, die für die hohe Produktivität von ➢Vorzyd 4 sorgen.

Nelo
Ein ➢vorzydianischer Lehrer.

New Apsolon
Ein Planet mit drei Monden, der eine Doppelsonne umkreist. New Apsolon hieß früher einfach Apsolon und erfuhr seine Namensänderung nach einem politischen Umbruch vor sechs

Jahren. Die Bevölkerung von New Apsolon ist in zwei Gruppen geteilt: ➢Die Arbeiter und ➢Die Zivilisierten, wobei Die Arbeiter früher in einem Zustand der Unterdrückung lebten, der durch eine Geheimpolizei namens ➢Die Absoluten aufrecht erhalten wurde. Die Arbeiter schafften es, in einer unblutigen Revolution einen Arbeiter namens ➢Ewane als Gouverneur einzusetzen, was von den ➢Jedi-Rittern ➢Qui-Gon Jinn und ➢Tahl überwacht wurde. Ewane wurde fünf Jahre später, nach Antritt seiner zweiten Amtsperiode, ermordet. Seitdem herrscht wieder Unruhe auf New Apsolon. Die kommissarische Regierung nennt sich Vereinigter Rat.

Obi-Wan Kenobi
Obi-Wan ist ein sechzehnjähriger Junge, der von ➢Qui-Gon Jinn nach langem Zögern als ➢Jedi-Padawan angenommen wurde und sich schließlich dafür entschied, seine Jedi-Ausbildung aufzugeben und stattdessen auf einem zerstrittenen Planeten für den Frieden zu kämpfen. Am Ende dieses Kampfes bereute er seine Entscheidung und wollte wieder von Qui-Gon als Padawan aufgenommen werden. Nach einer Probezeit, um die er den ➢Rat der Jedi gebeten hatte, nahm ihn Qui-Gon wieder auf. Obi-Wan brach jüngst mit Qui-Gon

zum Planeten ➢New Apsolon auf, um seinem Meister bei der Suche nach der ➢Jedi-Ritterin ➢Tahl zu helfen.

Oleg
Ein Bote der ➢Absoluten, von dem angenommen wird, dass er eine geheime Liste mit Namen von Informanten der Absoluten gestohlen hat.

Outer Rim
Der Outer Rim, oft auch als „Äußerer Rand" bezeichnet, ist die Randzone der ➢Galaxis und gilt im Allgemeinen als uninteressante und verschlafene Region.

Padawan
➢Jedi-Padawan.

Patot Panak
Ein knollenartiges Gewächs, das die Bewohner des ➢Vorzyd-Systems gern gebacken essen.

Pel
Eine Schülerin vom Planeten ➢Vorzyd 4. Sie ist Mitglied der ➢Freilinge.

Pleni
Ein Mitglied des Vereinten Rates von ➢New Apsolon.

Plo Koon
Ein ➢Jedi-Ritter und Mitglied des ➢Jedi-Rates.

Port, Chairman
Das Oberhaupt des Planeten ➢Vorzyd 4.

Prüfung
So nennt man den Vorgang, in dessen Verlauf ein ➢Jedi-Padawan zum ➢Jedi-Ritter wird. Die Prüfung, die vom ➢Rat der Jedi abgehalten wird, enthält umfangreiche Tests der mentalen und körperlichen Fähigkeiten des angehenden Jedis sowie seiner Beherrschung der ➢Macht.

Qui-Gon Jinn
Qui-Gon ist ein erfahrener ➢Jedi-Meister, der seine Fähigkeiten auf vielen Missionen unter Beweis gestellt hat. Nach langem Zögern hatte er ➢Obi-Wan Kenobi als ➢Jedi-Padawan angenommen. Obi-Wan entschied sich jedoch, den Weg der Jedi und damit Qui-Gon Jinn wieder zu verlassen. Qui-Gon Jinn hat den Jungen nach längerem Zögern wieder angenommen. Jüngst folgte er, getrieben von einer erschreckenden Vision, der Jedi-Ritterin ➢Tahl auf den Planeten ➢New Apsolon, nachdem diese sich von einer Mission nicht zurückgemeldet hatte. Seine Befürchtungen bewahrheiteten sich: Tahl wurde von ➢Balog entführt und kam dabei ums Leben. Tahl und Qui-Gon hatten sich kurz zuvor noch ihre Liebe gestanden.

Rat der Jedi
Gremium aus zwölf ➢Jedi-Meistern, die sich um die Angelegenheiten der ➢Galaxis kümmern

und als Hüter von Frieden und Gerechtigkeit auftreten.

Repulsor
Antriebssystem für Boden- und Raumfahrzeuge, das ein Kraftfeld erzeugt. Der hierbei entstehende Antischwerkraftschub ermöglicht die Fortbewegung von Boden-, Luftgleitern und Düsenschlitten. Sternjäger und Raumschiffe nutzen Repulsoren als zusätzliches Schubkraftsystem, etwa beim Andocken oder beim Flug in der Atmosphäre.

Retina-Scan
Ein Vorgang, bei dem die Iris (Retina) des Auges optisch abgetastet und so die Identität eines Menschen festgestellt wird. Eine Retina hat noch genauere Einzelmerkmale als ein Fingerabdruck und gilt als unfälschbar.

Rian
Die Hauptstadt des Planeten ➢Frego.

Röhrenpark
Ein riesiger künstlicher Park, der sich in einer mehrere Kilometer langen, begehbaren Rohrkonstruktion aus ➢Stahlglas durch ➢Rian, die Hauptstadt des Planeten ➢Frego, windet.

Roan
Gouverneur von ➢New Apsolon und Nachfolger von ➢Ewane. Roan wurde kürzlich von Unbekannten ermordet. Er

gehörte zur Gruppe der ➢Zivilisierten, hatte sich aber – untypisch für seinen Stand – schon sehr früh für politische Veränderung auf New Apsolon ausgesprochen. Manche Bürger glauben dennoch, dass er für Ewanes Ermordung verantwortlich war.

Rorgam
Ein Planet, der von Immigranten aus den verschiedensten Welten der ➢Galaxis bevölkert wird.

Rutin Cobral
Einer der drei Söhne der ➢Cobral-Familie. Rutin Cobral wurde jüngst von Unbekannten ermordet. Er hinterließ seine Frau, ➢Lena Cobral.

Saal der Tausend Quellen
Ein riesiger Raum im ➢Jedi-Tempel, der voller Brunnen und Quellen ist und in den man sich zurückziehen kann, um Ruhe zu finden.

Seilkatapult
Ein kleines Gerät, in dem sich ein äußerst stabiles, aufgewickeltes Seil befindet, das sich über weite Entfernungen schießen lässt und so zur Überbrückung dienen kann.

Sinnesblockierende Internierung
Eine von den ➢Absoluten angewandte Bestrafungs- und Foltermethode, bei der das Opfer in einen sargähnlichen Behälter eingesperrt wird, in dem es weder sehen noch

hören noch sich bewegen kann. In den meisten Fällen wurde diese Internierung durch eine lähmende Droge unterstützt. Viele Opfer überlebten die sinnesblockierende Internierung nicht oder verloren ihren Verstand.

Siri Tachi
Eine sehr talentierte und strebsame ➢Jedi-Schülerin. Obwohl sie erst elf Jahre alt ist, wurde sie von ➢Adi Gallia bereits als ➢Padawan angenommen. Sie ist in ihren Fähigkeiten gleichaltrigen Mitschülern weit voraus. Siri ist für ihr Temperament bekannt.

Solan Cobral
Mit ➢Bard Cobral einer der beiden noch lebenden Brüder der ➢Cobral-Familie. Solan trat die Nachfolge seines ermordeten Bruders ➢Rutin Cobral an.

Speeder-Bikes
Kleine ➢Repulsor-getriebene Fahrzeuge, die sich mit bis zu 500 km/h und bis maximal 25 m über dem Boden bewegen können. Es gibt sie in allerlei Ausführungen, die meisten jedoch sind Einmann-, höchstens Zweimann-Gefährte, auf denen der Fahrer rittlings sitzt. Speeder-Bikes werden auch als Düsenschlitten bezeichnet.

Sucher-Droide
Ein kleiner, einfacher, schwebender ➢Droide, der für bestimmte

Aufgaben programmiert werden kann. Bei den ➢Jedi werden die Sucher-Droiden oft für das Training mit dem ➢Lichtschwert als fliegende Zielobjekte oder simulierte Angreifer benutzt.

Stahlglas
Transparenter Stahl, der überall verwendet wird, wo stabile Sichtfenster benötigt werden – sowohl innerhalb einer Atmosphäre als auch im freien Raum. Seine Eigenschaften in Bezug auf Stabilität und Temperaturverhalten sind hervorragend.

Strahlbohrer
Ein Bohrer, mit dem mittels eines Plasmastrahls Löcher in feste Materie gebohrt wird. Strahlbohrer gibt es in verschiedenen Größen: von tragbar bis Fahrzeuggröße.

Swoop
Eine abgewandelte Form des ➢Speeder-Bikes, die sich durch eine kleinere Bauform, größere Wendigkeit und extreme Schnelligkeit auszeichnet.

Tahl
Eine ➢Jedi-Ritterin, die für ihre diplomatischen Fähigkeiten bekannt war und bei Kämpfen vor drei Jahren so schwer verwundet wurde, dass sie ihr Augenlicht verlor. Tahl brach kürzlich zum Planeten ➢New Apsolon auf, um einem Hilferuf der Zwillinge ➢Alani und ➢Eritha zu folgen. Sie wurde bei verdeckten

Ermittlungen im Kreis der ➢Absoluten von deren Anführer ➢Balog entführt und kam dabei ums Leben. Kurz zuvor hatten sie und ➢Qui-Gon sich ihre Liebe gestanden.

Tray
Eine Schülerin vom Planeten ➢Vorzyd 4. Sie ist Mitglied der ➢Freilinge und steht ➢Flip sehr nahe.

Valorum, Kanzler
Der Kanzler der ➢Galaktischen Republik.

Veda-Stoff
Ein sehr kostbarer Stoff vom Planeten Veda, der für dieses Produkt bekannt ist.

Vereinter Rat
So nennt sich die kommissarische Regierung von ➢New Apsolon.

Vero
Ein Angestellter in einem ➢Med Center auf ➢New Apsolon.

Vibro-Brenner
Ein Schneidewerkzeug, das mittels einer Kombination aus Laserenergie und einer von einem ➢Vibro-Generator getriebenen Klinge auch sehr harte Materialien schneiden kann.

Vibro-Waffen
Handwaffen, die es in vielen Varianten (Vibro-Axt, Vibro-Dolch, Vibro-Messer, Vibro-Schwert) gibt. Ein Ultraschall-

Generator (Vibro-Generator) im Griff erzeugt Schwingungen, die die Schnittkraft der Klinge erheblich steigern. Die geringste Berührung kann gefährliche Verletzungen hervorrufen.

Vorzyd-System
Ein System mit zwei Sonnen. Die bedeutendsten Planeten des Systems sind Vorzyd 4 und 5. Der vierte Planet ist für sein arbeitssames Volk und seine äußerst produktive Wirtschaft bekannt; lange Zeit kaufte der eher schwächere Planet Vorzyd 5 daher Versorgungsgüter von Vorzyd 4 zu. Erst in jüngerer Zeit konnte Vorzyd 5 durch den Bau von Spielkasinos seine Abhängigkeit von Vorzyd 4 lösen. Der vierte Planet ist seit kurzem Ziel rätselhafter Sabotageakte, die laut der Bevölkerung von Vorzyd 5 ausgehen. Vorzydianer haben ein Paar Antennen auf dem Kopf und vergleichsweise große Augen.

Yanci
Eine ➢Arbeiterin auf ➢New Apsolon, die als Medizinerin bei einer Gruppe der ➢Fels-Arbeiter tätig ist.

Yarael Poof
Ein Mitglied des ➢Rates der Jedi.

Yoda
Ein über 800 Jahre altes Mitglied im ➢Rat der Jedi. Yoda ist nur 70 cm groß und hat Schlitz-

ohren. Er gilt nicht nur als der weiseste Jedi, sondern trotz seiner geringen Körpergröße auch als der mächtigste; seine Beherrschung der ➢Macht und des ➢Lichtschwerts ist unübertroffen.

Zanita Cobral
Die Mutter der drei Cobral-Söhne ➢Bard, ➢Rutin und ➢Solan.

Zivilisierten, die
Eine politische Gruppe auf ➢New Apsolon. Die Zivilisierten sind im Vergleich zu den ➢Arbeitern wohlhabend und haben mehr politische Macht. Vor dem sechs Jahre zurückliegenden Umbruch wurde der Status der Zivilisierten von den ➢Absoluten beschützt.

Das Imperium beherrscht die Galaxis.
Der Jedi-Rat ist zerschlagen und die Jedi vernichtet.

STAR WARS™

DER LETZTE JEDI

Die spannende Romanreihe um die Geschehnisse
direkt im Anschluss an den Kinohit Star Wars EPISODE III

Band 10:
Die Abrechnung
ISBN 978-3-8332-1734-0

Band 9:
Der Meister der Täuschung
ISBN 978-3-8332-1733-3

Band 8:
Gegen das Imperium
ISBN 978-3-8332-1514-8

Band 7:
Die Geheimwaffe
ISBN 978-3-8332-1513-1

Band 6:
Die Rückkehr der dunklen Seite
ISBN 978-3-8332-1515-5

Band 5:
Im Netz des Bösen
ISBN 978-3-8332-1365-6

Band 4:
Tod auf Naboo
ISBN 978-3-8332-1358-8

Band 3:
Unterwelt
ISBN 978-3-8332-1357-1

Band 2:
Düstere Vorboten
ISBN 978-3-8332-1275-8

Band 1:
Auf verlorenem Posten
ISBN 978-3-8332-1274-1

LUCAS BOOKS

PANINI BOOKS
www.paninicomics.de

STAR WARS
REBEL FORCE

Die spektakuläre, neue Romanreihe um die Helden der Rebellion im Kampf gegen das übermächtige Imperium.

***STAR WARS*: Rebel Force**
Band 1: Im Fadenkreuz
ISBN 978-3-8332-1878-1

***STAR WARS*: Rebel Force**
Band 2: Die Geisel
ISBN 978-3-8332-1938-2

***STAR WARS*: Rebel Force**
Band 3: Der Attentäter
ISBN 978-3-8332-1939-9

***STAR WARS*: Rebel Force**
Band 4: Unter Beschuss
ISBN 978-3-8332-2031-9

***STAR WARS*: Rebel Force**
Band 5: In der Falle
ISBN 978-3-8332-2032-6

***STAR WARS*: Rebel Force**
Band 6: Der Aufstand
ISBN 978-3-8332-2033-3

LUCAS BOOKS

PANINI BOOKS
www.paninicomics.de